SOFIA CASPARI

Inselglück und Sommerträume

ROMAN

lübbe

Dieser Titel ist auch als E-Book erschienen

Originalausgabe

Dieses Werk wurde vermittelt durch
die Literarische Agentur Thomas Schlück GmbH, 30161 Hannover.

Textredaktion: Marion Labonte, Labontext
Titelillustration: © adehoidar/shutterstock; Ververidis Vasilis/shutterstock
Umschlaggestaltung: Christin Wilhelm, www.grafic4u.de
Satz: hanseatenSatz-bremen, Bremen
Gesetzt aus der Adobe Garamond Pro
Druck und Verarbeitung: GGP Media GmbH, Pößneck
Printed in Germany
ISBN 978-3- 404-18368-5

2 4 5 3 1

Sie finden uns im Internet unter
www.luebbe.de
Bitte beachten Sie auch: www.lesejury.de

Prolog

Es war ein Ende, das alle kaum erwarten konnten. Denn dieses Ende war auch ein Anfang. Etwas Neues würde beginnen, lang ersehnte Träume in Erfüllung gehen. Daran zweifelte keiner in dieser unzertrennlichen Fünfer-Clique, denn jetzt, unmittelbar nach dem Abitur, stand ihnen die Welt offen, sie gehörte ihnen.

Wie der See und der Steinbruch in dieser milden Sommernacht.

Im Verlauf des Abends war es hier ruhiger geworden. Die Volleyballer hatten den letzten Ballwechsel gespielt, die Schwimmer das Wasser verlassen. Nach und nach hatten sich die offiziellen und inoffiziellen Picknickplätze am alten Steinbruch geleert, alle Feiern waren beendet, die Stimmen verklungen, letzte Lieder gespielt, die Kassettenrekorder und Gitarren weggepackt. Die Grillfeuer waren niedergebrannt, doch der Duft von Gebratenem und Kräutern hing noch angenehm in der Luft.

Nur Sandra und Nils, Daniela, Maike und Nicolai waren noch da und genossen gemeinsam den lauen Abend. Nicolai spielte Melodien auf seiner Gitarre, während Maike und Daniela immer wieder das Feuer schürten. Sandra strich über Nils' weiche Haare, der seinen Kopf in ihren Schoß gebettet hatte. Dann beugte sie sich vor und küsste zärtlich seine – für einen Mann sehr vollen – Lippen. Das zumindest hatte sie als Erstes gedacht, als sie sich in der Oberstufe im Deutsch-Leistungskurs getroffen hatten, in dem er der Hahn im Korb gewesen war. Sie kannte seinen Ruf und war eigentlich sicher gewesen, dass sie nichts miteinander anfangen konnten. Auch, weil er ein wenig ausgesehen hatte wie der junge Sascha Hehn, sie aber eher auf Robert Smith von *The Cure* stand. Aber da war rasch etwas gewesen, was sie hatte aufmerken lassen: Nils wirkte immer wie jemand, der aus dem Vollen schöpfte. Zurückhaltung war nicht das Wort, das einem in Bezug auf ihn als Erstes in den Sinn kam, und bald stellte sich heraus, dass er auch auf *The Cure* stand. Seit Mitte der zwölften Klasse waren sie das Traumpaar der Schule, und wenn es auf der offiziellen Abschlussfeier einen Ballkönig und eine Ballkönigin gegeben hätte, dann wären das ohne Zweifel sie gewesen.

Nils öffnete die Augen, schob eine dunkelblonde lockige Strähne hinter Sandras Ohr zurück und betrachtete sie aufmerksam, so wie sie es von ihm kannte. Wieder küssten sie einander.

Über ihren Köpfen huschten im Lichte des Vollmondes Fledermäuse auf der Suche nach Insekten hin und her. Frösche quakten. Zwischen den alten, längst üppig bewachsenen Abraumhalden hatten sich viele Pflanzen und Tiere angesiedelt, seit der Steinbruch stillgelegt worden war. Tagsüber flitzten Eidechsen hin und her, und im See gab es sogar Fische. In der Abenddämmerung hatte hin und wieder einer mit einer plätschernden Wellenbewegung die Oberfläche in Richtung des goldroten Himmels durchbrochen.

Nicolai stimmte *There's no limit* auf der Gitarre an.

No, no, no, no, no, no, no, no, no, no, there's no limit … / No, no, no, no, no, no, no, no, no, no, there's no limit …, sang Sandra still in ihrem Kopf, und sie fühlte sich tatsächlich frei, grenzenlos geborgen im Kreis ihrer Freunde und frei, endlich das zu tun, von dem sie schon lange geträumt hatte. Sie wollte Lehrerin werden, aber zuerst würde sie ein Jahr als Au-pair im Ausland verbringen – London vielleicht oder Vancouver oder New York, das würde sich in Kürze entscheiden. Nils würde an eine Journalistenschule gehen. Er hatte schon einen Platz und, nachdem die Schülerzeitung unter seiner Leitung einen kleinen Skandal im Rahmen eines Schulfestes aufgearbeitet hatte, bereits jetzt einen Ruf, der über ihr Gymnasium hinausging.

»Hey, eine Eule!«, rief Maike. Sandra hob den Kopf und sah das Tier, lautlos für ihre Ohren, gerade noch aus ihrem Blickfeld verschwinden. Lächelnd blickte sie zu Maike, die an der Uferlinie stand und versuchte, Steine über das Wasser flitschen zu lassen. Der Mond verfärbte die Oberfläche des Sees silbrig. In Strandnähe tanzten die Spiegelungen ihres Lagerfeuers auf dem Wasser. Wieder und wieder hüpften die Steine darüber, und Sandra war klar, dass Maike nicht aufhören würde, bevor es nicht mindestens sechsmal geklappt hatte, so oft wie bei Nicolai eine Weile zuvor. Maike war einfach ehrgeizig in allem, was sie tat, wahrscheinlich hatte sie auch deshalb das beste Abitur geschrieben. So war sie, Leistung war wichtig für sie. Ganz im Gegensatz zu Nicolai, dem Jüngsten im Bunde. Dass der Stein so häufig gesprungen war, war Zufall gewesen, und Nicolai würde ganz sicher keine Zeit mehr in die Verbesserung seiner Leistung investieren. Er war immer mit dem Mindestmaß zufrieden gewesen, außer wenn es um seine große Leidenschaft, die Musik, ging. Nicolai gab es so gut wie nie ohne Gitarre. Sogar in der Schule hatte er sie ständig dabei. Er spielte alles: Pop, Rock, aber auch Klassik. Seine Finger konnten den Saiten Töne entlocken, die Sandra immer wieder überraschten.

Dicht neben Sandra stieß Daniela einen wohligen Seufzer aus. Sandra streckte die Hand nach ihrer besten Freundin aus und berührte sie lächelnd. Selbst hier, neben dem Feuer sitzend, die Beine angezogen und die Arme um die Knie geschlungen, sah Dani unglaublich schick aus. Sie trug eine schmale Hose und einen nachtblauen Pullover, der lässig von ihrer Schulter gerutscht war. Ihre schwarzen Haare hatte sie im Nacken zu einem lockeren Dutt zusammengenommen, ihren Hals schmückte eine zarte, goldene Kette, die sie zum Abitur bekommen hatte. Untereinander scherzten sie nicht selten, dass Dani gewiss eine Weltklassedesignerin werden würde. Sandra würde es nicht wundern, wenn sie nach Paris ging. Ganz bestimmt aber würde sie eines Tages ihre eigene Boutique haben, und Sandra würde stolz darauf sein, echte *Daniela-Modic*-Klamotten zu tragen. Dabei war Danis Abschlussnote ganz und gar nicht berauschend, letztendlich aber hatte sie das Abitur geschafft, im Fach Kunst war sie sogar ausgezeichnet worden. Aber sie hatte auch wenig Zeit zum Lernen gehabt, denn ihre Eltern betrieben ein jugoslawisches Restaurant, und Dani musste an den Wochenenden häufig dort aushelfen. Heute hatte sie, wie so oft, das Essen für das Picknick mitgebracht, und obwohl Sandra eigentlich pappsatt war, hätte sie jetzt schon wieder eines dieser leckeren Cevapcici essen können. Zufrieden ließ sie ihren Blick über ihre Freunde gleiten: Dani würde also Designerin werden, sie selbst Lehrerin und Nicolai mit seiner Band berühmt. Maike würde eine angesehene Ärztin werden und Nils sicher irgendwann den Pulitzerpreis gewinnen.

Sandra ließ ihren Blick zärtlich auf seinem Gesicht ruhen.

»Beobachtest du mich?«, fragte er mit geschlossenen Augen.

»Vielleicht.«

Er öffnete die Augen und sah sie an, dann küssten sie einander. In wenigen Stunden würde der neue Tag anbrechen, in ihrem neuen Leben, in dem sie sich nicht mehr mindestens fünfmal die Woche in der Schule sahen. Aber sie würden sich selbstverständlich nicht aus den Augen verlieren. Das war klar.

Erstes Kapitel

Noch nie zuvor in ihren mittlerweile über zwanzig Jahren als Lehrerin hatten sich die Sommerferien so bedrohlich vor Sandra ausgedehnt. In den letzten Arbeitstagen war es ihr in der Schule gelungen, gute Miene zum bösen Spiel zu machen – es gab viel zu tun, Abschiede zu feiern, Mut zuzusprechen, Urlaubspläne auszutauschen –, aber dass Fred ihr vor ein paar Tagen die Scheidungspapiere hatte zukommen lassen, traf sie doch schwer.

Nun, was hatte sie sich eigentlich gedacht? Dass er seine Meinung nach einem Jahr Trennung noch ändern würde? Sie hatten sich in den letzten Wochen oder sogar Monaten nicht oft gesehen. Anfangs war das noch anders gewesen, wenn Sandra ihre Tochter Alex zu ihrem Vater gefahren hatte, aber die Fünfzehnjährige legte neuerdings keinen Wert mehr darauf, von Mama zu Papa oder umgekehrt gefahren zu werden. Sie könne das sehr gut alleine, schließlich sei sie keine drei mehr, hatte sie mehrfach betont. Sandra hatte jedenfalls keine Ahnung, wie oft Alex ihren Vater in den letzten Wochen überhaupt gesehen hatte. Außerdem hing sie ohnehin am liebsten mit ihren Leuten ab, manchmal wusste Sandra nicht einmal wo. Die Zeiten, in denen Alex sich an sie gekuschelt hatte oder nachts zu ihr ins Bett gekommen war, weil im eigenen Zimmer ein Monster sei, waren lange vorbei. Und auch wenn sich Sandra zu dieser Zeit mehr Ruhe gewünscht hatte, vermisste sie die Alex von damals sehr. Es war definitiv nicht leicht, mit diesem Teenager zusammenzuleben.

Und ab heute lagen sechs Wochen Ferien vor ihr. Sandra betrat ihre Wohnung, schloss die Tür hinter sich und schob mit dem Fuß die schwer beladene Schultasche beiseite. Mindestens eine Woche lang wollte sie nicht hineinschauen. Wenn sie überhaupt so lange durchhielt, denn was sollte sie ansonsten tun, wenn sie alleine war? Auch ihre Lieblingskollegin würde gleich zu Beginn in Urlaub fahren, mit den anderen hatte sie kaum privaten Kontakt. An ein oder zwei Tagen würde sie ihre Eltern besuchen, aber die hatten auch etwas vor: Ihre Mutter hatte von einer Reise in die Dominikanische Republik erzählt. Seit die beiden in Rente waren, reisten sie quasi ständig durch die Welt. »Was soll ich mit deinem Vater sonst auch anfangen?«, hatte ihre Mutter einmal spitz bemerkt. »Er ist ein ziemlicher Langweiler.«

Sandras Blick fiel auf das Bild der kleinen Alex im Flur. Und da war Fred. Damals waren sie glücklich gewesen, was war nur geschehen?

Sie betrachtete sich einen Moment in dem kleinen Flurspiegel. Ihre Haut sah in diesem Licht etwas käsig aus, war aber ansonsten ganz in Ordnung. Klar, sie war älter geworden, hatte Augenringe, feine horizontale Falten auf der Stirn, die Kerbe zwischen den Augenbrauen war tiefer, und in ihrem immer noch langweilig dunkelblonden Haar fanden sich inzwischen mehr silbrige Strähnen. Sollte sie es färben lassen? Sie war vierundvierzig, gottverdammt, und jetzt auch noch alleine – Single. Ja, manchmal hatte sie im letzten Jahr durchaus der Gedanke überfallen, dass es das jetzt wohl gewesen war: Das Leben war vorbei. Neues würde es nicht mehr geben, nein, es würde immer so weitergehen, tagein, tagaus, immer so weiter … Wie in einem Hamsterrad.

40 ist das neue 30, nee, so fühlte sich das wirklich nicht an. Eine neue Beziehung? Unwahrscheinlich in ihrem Alter. Und wollte sie das überhaupt? Sie war eine erwachsene Frau. Sie brauchte niemanden, der sich hier breitmachte und mit dem sie neue Rahmenbedingungen aushandelte.

Mit einem Seufzer schlüpfte Sandra aus ihrem Blazer und den Schuhen. Kurz darauf saß sie in der Küche, einen Kaffee und die *Brigitte Woman* vor sich, die Alex als ›Zeitschrift für alte Schachteln‹ oder schlimmer noch ›Magazin für Gammelfleisch‹ bezeichnete. Der Kühlschrank war leider ziemlich leer. Auch Fünfzehnjährige, die Bella Hadid nacheiferten, wuchsen und hatten manchmal viel mehr Hunger, als sie sich zugestehen wollten. In dieser Phase konnte der Blick in den Kühlschrank oder die Vorratsschränke sehr ernüchternd sein. Immerhin hatte Sandra noch ein paar Grissini im Schrank gefunden, dazu den Gorgonzola, den Alex ›voll eklig‹ fand und nicht gegessen hatte. Sandra kaute langsam und spülte mit etwas Kaffee nach.

Ihr Handy klingelte. »Fred« leuchtete auf dem Display auf. Ihr Mann.

Ex-Mann. Einmal hatten sie sich ewige Liebe geschworen, und es hatte sich richtig angefühlt. Sie waren auf derselben Uni gewesen, sogar im selben Fachbereich, hatten sich aber irgendwie erst während des Referendariats kennengelernt.

Sie nahm das Gespräch an. »Ja?«

»Hast du Post bekommen?«

»Hallo, Fred, schön, mal wieder von dir zu hören.«

Er sagte nichts. Sandra hörte ihn nur atmen, während ihr viele Dinge durch den Kopf gingen, aber dann konnte sie nichts davon sagen, sie hatte schon viel zu lange gewartet.

»Und?«, bohrte er nach.

»Hm.«

»Ich hoffe, du siehst ein, dass es besser so ist. Für alle.«

Sie sah ihn jetzt förmlich vor sich, im Flur seiner neuen Wohnung, immer noch jugendlich schlank, das Gewicht auf einem Bein, mit einer Schulter gegen die Wand gelehnt, einen Kaschmirpullover – na ja, dafür war es wahrscheinlich zu warm, aber der gehörte einfach zu ihrem Bild – locker über der Schulter, die Flasche Bollinger in der kleinen schicken Appartement-Küche auf dem Tisch, um ihre Einwilligung zu feiern.

»Hm«, machte Sandra noch einmal. Sie dachte an seine Neue, eine Dreißigjährige, gegenüber der sie sich wie eine Mutti vorkam. Es hatte Zeiten gegeben, da hätten sie und Fred gemeinsam über so etwas gelacht, über Männer, die sich jüngere Frauen suchten. Aber sie hatten verlernt, miteinander zu lachen, und Fred fand es ganz normal, dass er sich in die fünfzehn Jahre jüngere Mimi verliebt hatte, die bevorzugt enge Lederhosen und Designer-Oberteile trug (und darin gut aussah), und sich mit ihr ein wahres Liebesnest aufgebaut hatte.

Es ist so lächerlich.

Sandra schluckte die vielen falschen Worte hinunter. Anfangs hatte sie wütend über Mimis Namen gestichelt, aber Mimi war eigentlich ganz okay. Und Mimi, ebenfalls Lehrerin, hübsch, schlank, blond und langbeinig, eine Frau, die so manchem Pubertierenden sicherlich feuchte Träume bescherte, ließ sich auch durch nichts aus der Ruhe bringen. Und ja, sie war eine gute Lehrerin, und Sandra hätte sie gerne inbrünstiger gehasst, aber irgendwie war sie auch nett. Fred und sie hatten sich auf einer Fortbildung kennengelernt, ganz klassisch. Er und Sandra waren schnell ehrlich zueinander gewesen, und oh ja, das macht es ja soooo viel besser …

»Sandra?«

Sie konnte Freds Stimme anhören, dass er ungeduldig wurde. »Ja, schon klar, ich unterschreibe.« Sie war es einfach leid. Sie hatte es einfach so satt. Es war Zeit für endgültige Entscheidungen, auch wenn sie furchtbar weh taten.

Sie wechselten noch ein paar belanglose Worte, als wären sie nach sechzehn Jahren Ehe gezwungen, ein paar Worte miteinander zu reden. Bald sagte er, dass er jetzt auflegen müsse, und Sandra war froh darüber. Sie hatten sich ohnehin nichts zu sagen.

Sie legte das Telefon auf den Tisch und stopfte frustriert die letzten Grissini in sich hinein. Um zwanzig Uhr kam Alex nach Hause und ging grußlos direkt in ihr Zimmer. Sandra überlegte, ob sie nach dem Zeugnis fragen sollte, verschob das dann aber auf den nächsten Tag. Alex war versetzt worden, ansonsten hätte sie das mitbekommen. Das war die Hauptsache, zwischenzeitlich hatte es eher düster ausgesehen. In Alex' Zimmer ging die Musik an.

Am ersten Ferientag war Alex früh wach. Sandra war überrascht, sie um kurz vor halb acht in der Küche zu sehen. Sie selbst machte sich gerade ihren ersten Kaffee und hatte schon Brötchen geholt, die ihre Tochter allerdings keines Blickes würdigte. Neuerdings frühstückte sie nicht, zumindest nicht mit Sandra.

»Was machst du denn schon hier? Ich dachte, ihr Teenager schlaft in den Ferien bis zum Mittagessen«, versuchte Sandra zu scherzen, aber der Versuch, eine lockere Stimmung zu schaffen, ging sofort nach hinten los. Jedes Gespräch mit Alex war dieser Tage ein wahres Minenfeld.

»Willst du mich hier nicht? Ich kann auch zurück in mein Zimmer gehen«, blaffte Alex zurück, bevor sie sich eine Tasse schwarzen Kaffee am Vollautomaten zog und sich auf ihren Stuhl fallen ließ. Sie trug ein schwarzes Schlafshirt und übergroße rosa Hausschuhe aus Kunstfell mit seltsamen Krallen daran, die bei jedem Schritt Klack, Klack, Klack auf dem Parkett machten.

Sandra atmete tief durch und nahm ein Glas aus dem Schrank. »Hey, ist ja schon gut. Willst du vielleicht ein Glas Wasser mit Zitrone?«

»Was soll der Scheiß? Ich habe Hunger.«

Sandra spürte Ärger in sich aufsteigen, schluckte ihn aber herunter. Verdammt, Alex war neuerdings so unberechenbar. Sie konnte jederzeit hochgehen und änderte ihre Vorlieben blitzschnell: Pubertät eben, die Zeit, in der die Eltern seltsam werden. Sandra stellte das Glas zurück in den Schrank und knallte die Tür zu. Blöderweise konnte auch sie sich nicht immer beherrschen. »In den letzten Wochen hast du den Scheiß getrunken.«

Das war jetzt aber sehr erwachsen, Sandra.

Alex starrte düster vor sich hin. »Und der bringt mal voll gar nichts.«

Sandra schluckte die Bemerkung herunter, dass die Gewichtsabnahme, die Alex sich davon versprochen hatte, viel eher daran gescheitert war, dass sie in letzter Zeit definitiv zu viele Chips gegessen hatte. Alex griff nach der *Brigitte Woman* und blätterte darin, während sie mit langsamen Schlucken und angewidertem Gesicht ihren Kaffee trank. Er schmeckte ihr nicht ohne Milch, das war auch heute deutlich zu sehen, aber die coolen Chicas in ihrer Klasse tranken ihn eben schwarz. Sandra stellte wortlos die frischen Brötchen auf den Tisch, holte Marmelade, Honig und Butter dazu und einen weiteren Teller. Alex nahm sich sofort ein Brötchen und tat

Heidelbeermarmelade darauf. Als sie ihre Finger beim Essen mit Marmelade verschmierte, wirkte sie wieder so viel jünger. Sie schwiegen, während auch Sandra sich ein Brötchen schmierte.

»Und, was fängst du mit deinen Ferien an?«, fragte sie schließlich.

»Keine Ahnung«, sagte Alex undeutlich mit vollem Mund und griff nach einem weiteren Brötchen.

Sandra trank einen Schluck Milchkaffee. »Wirst du ein paar Tage bei deinem Vater sein? Habt ihr darüber gesprochen?«, fragte sie dann.

»Keine Ahnung. Hab ich doch schon vor ein paar Tagen gesagt.« Alex blickte sie düster an. »Der will bestimmt lieber mit seiner Tussi rummachen«, stieß sie hervor.

»Frag ihn doch.«

»Vielleicht.«

»Wir könnten ein paar Ausflüge machen«, schlug Sandra vor.

Alex blickte sie überrascht an. »Mama, ich bin kein Baby mehr.«

»Holiday Park, Phantasialand? Das wolltest du doch immer.«

»Soll ich etwa Karussell fahren, ja?« Alex verdrehte die Augen, dann stand sie auf und war auch schon an der Küchentür. »Lou ist noch im Lande. Ich denke, wir werden heute zusammen abhängen, bevor sie mit ihren Alten …«

»Alex!«

»… schon gut … Eltern wegmuss.«

Sandra nickte. Lou und Alex hatten sich Anfang der achten Klasse kennengelernt und waren seitdem quasi unzertrennlich. Sandra war sich immer noch nicht sicher, ob Lou der richtige Umgang war, aber sie wusste auch nichts Vernünftiges dagegen zu sagen. Lou färbte ihre Haare grün und redete davon, nach der zehnten Klasse von der Schule abzugehen. Wer braucht schon den ganzen Mist? Sandra hatte nie gedacht, dass es bei Alex einmal Thema sein würde, nicht das Abitur zu machen. Sie war eine gute Schülerin, selbst wenn sie sich nicht sonderlich anstrengte. Im letzten Jahr hatte sie allerdings viel geschwänzt und vor kurzem sogar davon geredet, Tätowiererin zu werden. Tätowiererin, was sagte man als Mutter da?

Alex verharrte noch zögernd in der Tür, dann sagte sie: »Ich dusch dann mal kurz.«

»Denk dran, dass du noch das Wohnzimmer aufräumen …«

Doch Alex war schon im Flur. Dann hörte Sandra, wie die Tür vom Badezimmer geöffnet und mit dem charakteristischen Quietschen wieder geschlossen wurde. Kurz darauf drang das Geräusch von rauschendem Wasser durch die hellhörige Wohnung.

Zweites Kapitel

Die Post kam an diesem Samstagmorgen früh. Dem Postboten war es zu gönnen, denn die Temperaturen würden im Laufe des Tages sicher noch deutlich zulegen. Kurz nachdem auch Sandra den Tisch abgedeckt, geduscht und eine Weile den Klängen von Nirvana gelauscht hatte, die aus Alex' Zimmer drangen, hörte sie durch das gekippte Küchenfenster das unverwechselbare Klappgeräusch des Briefkastens.

Auf dem Weg hinunter sammelte Sandra im Flur die Lederjacke auf, die Alex ihr im Frühjahr abgeschwätzt und die gestern offenbar den Weg zur Garderobe nicht gefunden hatte. Ein kurzer Blick ins Wohnzimmer zeigte das immer noch unveränderte Chaos von Donnerstagabend, als Alex spontan Besuch von ein paar Freundinnen bekommen hatte, während Sandra den Abend im Arbeitszimmer verbracht hatte. Eigentlich hätte Alex das Durcheinander ohne weitere Ansage gestern noch beseitigen sollen, aber Alex hatte natürlich nichts getan. Sogar die Stereoanlage blinkte noch. Mit einem Seufzer stakste Sandra über auf dem Boden verteilte Decken und Kissen und schaltete das Gerät aus, sammelte auf dem Rückweg die Chipstüten ein und nahm sie mit dem wieder viel zu vollen Müll mit nach unten.

Im Briefkasten lag lediglich ein Brief. Die Schrift auf dem Umschlag kam Sandra bekannt vor, aber im ersten Moment wollte ihr nicht einfallen woher. Sie ging zurück in die Küche, in der es zu dieser Tageszeit angenehm sonnig war, und setzte sich mit einem frischen Kaffee an den Tisch. Für einen Moment sog sie den Duft des Kaffees ein, den sie immer geliebt hatte, außer während einer sehr kurzen Phase in der Schwangerschaft mit Alex. Durch die angelehnte Küchentür drangen dumpfe Bässe, Alex hatte ihre Musik jetzt noch etwas lauter gedreht. Sandra drehte den cremeweißen Umschlag um, doch es war keine Absenderadresse angegeben, nur ein kleines, verschnörkeltes DM.

DM? Sandra angelte im Sitzen ein Messer aus der Schublade direkt neben dem Herd und schnitt vorsichtig den Umschlag auf. Sie zog eine festere Klappkarte heraus, eine Einladung, nicht gekauft, sondern selbst gestaltet und doch edel.

DM. Daniela. Daniela Modic. Dani. Aber klar, so etwas konnte nur von Dani kommen … Was wollte sie, nach all den Jahren? Und warum jetzt? Wie lange hatten sie sich nicht gesehen?

Sandra hielt inne, war für einen kurzen Moment wieder fünfundzwanzig Jahre jünger, und die Welt lag verlockend offen vor ihr … Im Flur waren plötzlich Geräusche zu hören. Sandra schob die Karte eilig zurück in den Umschlag, kurz bevor Alex' Kopf in der Türöffnung erschien.

»Ich geh jetzt mal zu Lou.«

»Aber nicht wieder so lange. Und denk an das Wohnzimmer«, hörte Sandra sich sagen, obwohl sie ganz sicher etwas anderes hatte sagen wollen, irgendwas im Sinne von »Habt Spaß« oder so.

Alex verzog den Mund.

»Wir wollen heute Abend mal zusammen essen, Alex. Ich mache auch dein Lieblingsessen, Pizza.«

Alex schüttelte den Kopf. »Weißt du, ich wollte dieses Jahr doch ab und zu ins Schwimmbad, ohne dass die Greenpeace anrufen müssen.«

Sandra wusste nicht, worauf sie hinauswollte.

»Schiebt den Wal zurück ins Wasser, du weißt schon.«

Sandra lachte, und auch Alex grinste. Also nahm sie die Sache vielleicht mit Humor, aber da konnte man sich auch täuschen.

»Wer keine Bikinifigur hat, muss nackt baden«, wagte Sandra dennoch einen Versuch.

»Sehr witzig, Mama.« Alex schwieg einen Moment. »Also tschüss dann«, fügte sie schließlich hinzu und verschwand durch die Haustür.

Sandra horchte und machte sich dann zögerlich mit dem Umschlag samt Karte auf den Weg ins Arbeitszimmer. Aus irgendeinem Grund machte sie die bevorstehende Lektüre der Karte nervös. War etwas passiert? Warum schrieb Dani nach so vielen Jahren? Und wie hatten sie sich eigentlich so aus den Augen verlieren können? Sie waren doch beste Freundinnen gewesen …

Es half nichts. Sie gab sich einen Ruck, fingerte die Karte aus dem Umschlag, setzte sich und klappte die Karte auf.

»Fünfundzwanzig Jahre Abitur sind ein Grund zum Feiern!«

Sandra blickte nachdenklich auf die Zeilen. War das wirklich so? Wenn sie es recht bedachte, gab es heute eigentlich eher nichts in ihrem Leben, was sie feiern wollte.

»Zu diesem Anlass möchte ich Euch spontan nach Lošinj einladen, auf eine der sonnenreichsten Inseln Europas. Wäre es nicht schön, einander mal wiederzusehen und sich an gemeinsame alte Zeiten zu erinnern?«

Wäre es das? Sandra starrte aus dem Fenster. Beim Öffnen des Umschlags war da doch dieses kurze Glücksgefühl gewesen, aber jetzt? Die anderen wiederzusehen konnte doch nur bedeuten, sich des eigenen Scheiterns um so bewusster zu werden. War es nicht besser anzuerkennen, dass die alten Zeiten aus und vorbei waren?

Und wollte sie vor allem Nils wirklich wiedersehen und sich mit ihm all der falschen Vorstellungen bewusst werden, die sie sich einmal gemacht hatte? Wollte sie wirklich all den kaputten Träumen wiederbegegnen?

Alex kam am frühen Abend nach Hause. Sie roch nach Zigarettenqualm, wie Sandra entsetzt bemerkte, und verlangte sofort etwas zu essen.

Sandra verschränkte die Arme vor der Brust. »Ich habe noch nichts gekocht. Ich wusste ja nicht, wann du kommst.«

Alex zog die Augenbrauen zusammen. »Na ja, macht nix«, sagte sie dann unerwartet zahm.

Sandra öffnete die Türen zum Vorratsschrank. »Ich mach schnell die Pizza.«

»Och, nö, Mama.« An der Anrichte stehend begann Alex, sich das letzte Brötchen vom Morgen zu schmieren, und biss auch gleich hinein. Die Krümel flogen auf die Arbeitsplatte und den Boden. Sandra sah darüber hinweg, das war der Weg des geringsten Widerstands.

»Komm schon, lass uns was zusammen essen. Zum Ferienanfang.«

Alex verdrehte die Augen. »Pizza dauert ewig. Lou und

ich wollten später noch ein bisschen rumlaufen. Es ist echt warm. Draußen ist richtig war los.«

»Du bist doch gerade erst heimgekommen. Und seit wann lauft ihr rum?«

Alex' Blick sagte Sandra, dass sie das gar nichts anging. Sandra holte Mehl, Backpulver, Olivenöl und Salz und begann, einen schnellen Teig zu mixen. Alex beobachtete sie dabei.

»Ich bleibe nicht, Mama.«

Sandra reagierte nicht. »Weißt du inzwischen, was du in den Ferien machen willst?«, fragte sie stattdessen.

Alex zuckte die Achseln. »Nö, und geht's dich was an?«

Sandra starrte auf ihren Teig und konzentrierte sich, so gut es ging, auf das Kneten. Die Bewegung tat ihr gut, und ja, sie konnte auch ein bisschen Wut in den Teig hineinkneten. Manchmal wollte sie einfach nicht besonders erwachsen reagieren, und das machte die Situation oft nicht besser.

Apropos erwachsen: Ihre Gedanken wanderten zu Danis Einladung. Sandra hatte eine Weile überlegt und dann schließlich nacheinander bei Nils, Maike und sogar Daniela angerufen, bisher jedoch ohne Erfolg. Allein die Nummern herauszufinden war nicht ganz einfach gewesen. Sie hatte Nils' und Maikes Mutter erreicht und die Nummern erfragt, bei Nicolais Eltern hatte sie vorerst keinen Erfolg gehabt. Dessen ungeachtet waren offenbar alle unterwegs, nur sie, Sandra hockte zu Hause. So fühlte es sich jedenfalls an.

Vor ihrem inneren Auge tauchte Nicolais schlaksige Gestalt mit dem Wust sehr dunkler Locken auf. Nach dem Essen oder spätestens morgen würde sie es nochmal bei ihm versuchen, auch wenn es vermutlich noch unwahrscheinlicher war, ihn zu erreichen. Nicolai hatte immer ganz weit weggewollt, weg aus seinem spießigen Elternhaus mit dem Bankkaufmann-Vater und der Mutter, die seinetwegen zu

Hause geblieben und später halbtags als Verkäuferin gearbeitet hatte, damit man sich – neben den Versicherungen und dem Häuschen, was abbezahlt werden musste – noch was gönnen konnte: einen neuen weißen Audi, Urlaub in Italien, dort, wo sich fast nur Deutsche befanden, man Deutsch sprach und es Schnitzel gab. Von Nicolai hatte Sandra nach dem Abi sehr bald gehört, dass er sich auf Reisen befand: Neuseeland, Australien, sogar die Arktis und die Mongolei. Das letzte Mal war allerdings lange her, seitdem hatte sie auch ihn aus den Augen verloren.

Ein Klirren riss Sandra aus ihren Gedanken. Alex hatte ihr Messer in die Spüle geworfen.

»Räumst du es bitte in die Spülmaschine?«

»Oh, Mann.«

Sandra musste sich jetzt doch sehr anstrengen, nichts weiter zu sagen. Manchmal wollte sie ihre Tochter am liebsten auf den Mond schießen.

Sandra nahm sich vor, zehnmal bei Nicolais Eltern klingeln zu lassen. Vier, fünf. Sie überlegte, wie lange sie schon nicht mehr mit Nicolais Mutter geredet hatte, und fragte sich, ob sie ihre Stimme wiedererkennen würde. Acht, neun. Nicolais Mutter war immer diejenige gewesen, die ans Telefon gegangen war, als sei das ihre Aufgabe. Sandra atmete durch. Gleich würde sie auflegen können. Sie war beinahe erleichtert. Sie telefonierte ohnehin nicht gerne, und bei Nicolais Familie hatte sie sich immer als Störenfried empfunden.

»Nicolai Diehl, hallo?«

Sandra hätte vor Schreck fast das Telefon fallen lassen.

»Hallo? Wer ist denn da?«

»Nicolai?«

»Ja, klar. Ist meine Nummer und mein Name. Und mit wem spreche ich, bitte?«

»Sandra.«

Ein langes Schweigen folgte, und Sandra dachte mit einem Mal, dass es verdammt peinlich werden würde, wenn er sich jetzt nicht an sie erinnerte. Das war immerhin möglich, denn Nicolai war ein cooler Kerl gewesen, und vermutlich war sie doch einfach zu durchschnittlich gewesen, ein beliebtes Mädchen, aber keines, an das man sich erinnerte …

»Sandra? Sandra Jaenicke?«

Sandra atmete vor Erleichterung laut aus.

»Was war das denn?«, fragte Nicolai überrascht, und dann fragten sie beide im gleichen Atemzug: »Hast du auch eine Einladung von Dani bekommen?«

Sandra musste vor Nicolai zugeben, dass sie erstaunt war, ihn zu Hause zu erreichen, doch er wusste zu berichten, dass er im letzten Jahr seiner Mutter nach einem Hüftbruch zur Seite gestanden hatte.

»Mein Vater war überfordert, weißt du, und er ist auch nicht mehr so fit, und echt, es war überraschend schön«, sagte er. »Meine Mutter und ich haben über ein paar alte Sachen geredet. Ich habe sie irgendwie besser kennengelernt. Komisch, nach so langer Zeit. Immerhin kennen wir unsere Eltern schon unser ganzes Leben.«

»Das klingt schön.« Sandra dachte an ihre Eltern, mit denen sie sich eigentlich gut verstand, und doch war da manchmal das Gefühl, dass Ungesagtes im Raum stand, das sie sich nicht erklären konnte. »Und wie geht's deinem Vater heute?«

»Ganz gut insgesamt. Er sammelt immer noch Briefmarken. Daran kannst du dich doch sicher erinnern, oder? Seit er pensioniert ist, ist es noch schlimmer. Wenigstens muss ich heute samstags nicht mehr ran.« Nicolai lachte. »Wie du weißt, versuchen meine Eltern, bestmöglich jedem Klischee zu entsprechen«, sagte er dann und fügte nach einer kurzen

Pause hinzu: »Tja, ich versuche da inzwischen allerdings etwas verständnisvoller zu sein.«

»Man wird älter«, sagte Sandra langsam.

»In der Tat.«

Eine Weile war es still auf beiden Seiten. Sandra suchte nach Worten und entschied sich dann für: »Das muss schwer gewesen sein, neben der Arbeit für deine Mutter da zu sein.«

»Ach, das ging schon. Weißt du, ich betreibe einen Blog, und ich gebe ein bisschen Musikunterricht. Das ist hauptsächlich von zu Hause aus und …«

»Spielst du noch in einer Band?«, platzte Sandra dazwischen. »Irgendwie bin ich gar nicht mehr auf dem Laufenden.«

Es war albern, aber wenn sie an damals dachte, fühlte sie sich jünger. Vor ihrem inneren Auge sah er ohnehin genauso aus wie damals, als sie sich zum letzten Mal gesehen hatten. Sie verdrängte den Gedanken daran, dass er vielleicht eine Plauze hatte …

»Nee. Da bin ich raus. Hab's aber lange gemacht.«

»Schade, ich hätte gedacht, zumindest du hast dir deine Träume erfüllt.«

»Du etwa nicht? Tut mir leid. Aber du bist Lehrerin, ja? Hab mal so was gehört.«

»Ja, bin ich. Ach Gott, es ist ganz okay. Ist vielleicht die Midlife-Crisis, die da aus mir spricht.« Sie lachte nicht, aus Angst, dass es ihr misslingen würde. »Vermisst du die Band?«

Wieder war es still. »Ich bin nicht unglücklich«, sagte Nicolai schließlich. »Ich betreibe wie gesagt einen Reiseblog. Der läuft nicht schlecht. Vielleicht guckst du ihn dir mal an?«

»Klar. Kriegst du da Reisen geschenkt?«

»Auch. Und Dinge, die man für Reisen gebrauchen kann, aber das ist echt nicht das Wesentliche. Und du? Bist du etwa unzufrieden? Hörte sich gerade so an.«

Sandra starrte auf einen tanzenden Lichtfleck an ihrer Wand. Irgendwo in einem der Nachbarhäuser war ein Fenster geöffnet worden. Sie hatte schon zu viel geredet, befand sie jetzt. »Das ist etwas hoch gegriffen«, hörte sie sich sagen. »Und nach einem Gespräch mit meiner Teenietochter bin ich, glaube ich, irgendwie oft unzufrieden …«

»Du hast Kinder?«

»Eins. Und du?«

»Nope.«

»Und keine Band?« Hatte sie das jetzt wirklich gesagt? Das war ja mal richtig peinlich, schließlich war das hier kein Wettbewerb. Oh, Mann … Sie sprach etwas schneller. »Na ja, Träume gehen nicht immer in Erfüllung, bei dir hätte ich allerdings gedacht …«

»Ausgerechnet bei mir? Ich war doch der Anstrengungsvermeider schlechthin.« Nicolai lachte jetzt doch, und Sandra stimmte ein. Es klang etwas schief.

»Ich weiß auch nicht. Und echt, dass du bei deinen Eltern wohnst, hätte ich nie gedacht. Bleibst du jetzt hier und suchst dir eine eigene Wohnung?«

Nicolai räusperte sich. »Ach, weißt du, ich fand es nie wichtig, mich mit Besitz zu belasten. Das Zimmer bei meinen Eltern ist da, wir verstehen uns besser als früher. Das passt schon.«

Sandra wusste nicht, ob das gut war oder nicht, aber Nicolai klang wirklich ganz zufrieden. Wahrscheinlich machte sie sich einfach immer zu viele Gedanken.

Drittes Kapitel

Nach dem Ende des Gesprächs legte Nicolai das Telefon vor sich auf den Tisch und stieß es dann mit einem leichten Schubser von sich. Oh ja, es war schön gewesen, mit Sandra zu reden, aber auf eine gewisse Weise hatte das Gespräch das schwarze Loch in ihm noch einmal vergrößert. Er dachte an den Nicolai, der er bis vor kurzem gewesen war. Sandra erinnerte sich offenbar noch an ihn, an den coolen Nicolai, dem so vieles zufiel und der sich nie übermäßig anstrengte, außer, wenn es um seine Musik ging. Musik, das war sein Leben, die Kontrolle seiner Finger über seine Welt. Nach dem Abitur hatte er so weit wie möglich weggewollt – und jetzt? Jetzt war er hier, verkroch sich bei seinen Eltern und lebte ihr Leben, so wie sie es jahrelang gelebt hatten: Um 8:00 Uhr gab es Frühstück, um 12:15 Mittag, um 18:30 Uhr Abendbrot und um 15:00 Uhr Kaffee. Er lebte ihren Rhythmus, dazwischen arbeitete er an seinem Blog, spielte Gitarre, soweit das noch ging, aber nur für sich alleine, nicht mehr auf der Bühne.

Nie wieder auf der Bühne, weil sich das Leben entschieden hatte, ihm einen vor den Bug zu knallen. Einfach so. Er würde zunehmend die Kontrolle über seinen Körper verlieren. Er konnte nicht sagen, wie schnell, aber er würde sie verlieren. Stück um Stück.

Würde er irgendwann gar nicht mehr Gitarre spielen können? Wann? Er hatte immer Angst, sich darüber Gedanken zu machen. Er wollte nicht über die Krankheit nachdenken, auch wenn es das nicht besser machte. Manchmal sagte er sich, dass er sich noch mehr mit ihr auseinandersetzen müsse, Lösungen finden, Heilungsansätze, und dann recherchierte und las er, aber eigentlich wollte er nur weglaufen, und zwar so schnell er konnte. Doch man entkam seinem Schicksal nicht, indem man den Kopf in den Sand steckte.

Nicolai starrte das Telefon an, als könnte es noch einmal klingeln, so wie damals, als er auf den Anruf gewartet hatte, der sein Leben so grundlegend verändert hatte. Und wenn Sandra jetzt noch einmal anrief, dann würde er ihr alles sagen, einfach alles …

Er würde von der Diagnose erzählen, die ihn wie mit einem Vorschlaghammer getroffen hatte. Davon, wie er im Krankenhaus seine Mutter besucht hatte und da diesem Experten über den Weg gelaufen war, der, auf ein blödes, spontanes leichtes Zittern hin Nicolais Leben einfach so über den Haufen geworfen hatte. Was hatte der sich eigentlich dabei gedacht?

»Lassen Sie das prüfen. Vielleicht ist nichts, und wenn doch … Auch bei Parkinson hat es Vorteile, wenn man frühzeitig mit der Therapie beginnt, und die Therapien werden immer besser, dessen können Sie sich gewiss sein«, hatte er gesagt und dabei freundlich geschaut.

Nicolai hatte nichts gesagt. Er hatte sich in diesem Moment so gefühlt, als sei der Arzt in seinen Tanzbereich eingedrungen, als habe er sich etwas herausgenommen, was ihm nicht zustand. *Parkinson? Schüttellähmung? Ich? Ich bin Musiker, das wäre das Todesurteil für meine Leidenschaft*, hatte er gedacht und beschlossen, sich nicht untersuchen zu lassen. Allerdings hatte seine Mutter zugehört und natürlich nicht lockergelassen. Seine Mutter liebte Diagnosen und Ärzte, sie kannte ihren Körper in- und auswendig. Ganz im Gegensatz zu seinem Vater, der wie er selbst stets zum Arzt gezwungen werden musste und somit zum Beispiel lange mit einem unentdeckten Leistenbruch unterwegs gewesen war.

Als er die Diagnose dann bekommen hatte, war eine Welt für ihn zusammengebrochen. Warum so früh? Warum er? Niemand in der Familie war je an Parkinson erkrankt. Hatte er irgendetwas falsch gemacht? Hatte er sich etwas vorzuwerfen? Das alles war jetzt wie viele Monate her? Einige, einige … Seit der Diagnose hatte Nicolai den Eindruck, dass er seinem Körper bei der Degeneration zusehen konnte. Inzwischen zitterte nicht nur sein rechter Arm immer häufiger leicht, immer wieder verlor auch sein rechtes Bein die Kraft, sodass er mitten im Schritt stolperte. Ganz schlimm war es, wenn sein Gesicht einfach einzufrieren schien und er nichts dagegen tun konnte. Das passte so überhaupt nicht zu ihm. Er war immer sehr beweglich gewesen; ein Seiltänzer, im wahrsten Sinne des Wortes. Einmal hatte er gehört, wie jemand ihn für betrunken gehalten hatte. *Betrunken zu sein,* dachte Nicolai, *ist weitaus cooler als Herr Parkinson, der einem den Kopf klar lässt und den Körper verwirrt, sodass man sich auch noch beim Scheitern zusehen kann.*

Nicolai hielt für einen Moment inne, griff nach seiner Teetasse auf dem Tisch und führte sie vorsichtig zum Mund. Er pustete leicht, bevor er trank, aus Gewohnheit, denn der Tee war längst erkaltet. Dann dachte er darüber nach, dass er eben im Gespräch gemeinsam mit Sandra entschieden hatte,

Danis Einladung anzunehmen. Trotz allem. Warum hatte er das getan? Weil es sich gut angefühlt hatte, mit Sandra zu sprechen? Weil er die hübsche Sandra mit den dunkelblonden Haaren vor sich gesehen hatte und Nils und Maike und Daniela natürlich … Weil er einfach spontan sein wollte wie früher, als sie so viel zusammen geträumt und geplant hatten? Weil er sich danach sehnte, sich noch einmal so zu fühlen wie vor fünfundzwanzig Jahren? Aber das war natürlich ein Trugschluss, und das wusste er. Er würde sich nie wieder fühlen wie vor fünfundzwanzig Jahren, und sein Leben würde nie wieder so sein wie damals.

Viertes Kapitel

»Das ist jetzt nicht dein Ernst, oder?« Alex verzog den Mund, stemmte die Hände in die Seiten und schaute ihre Mutter wütend an. »Du glaubst jetzt nicht, dass ich mit euch Gammelfleisch-Urlaub mache, oder was? Ich wollte mit Lou unterwegs sein, ins Schwimmbad, nach Köln fahren, abhängen …«

Gammelfleisch … Sandra spürte Ärger in sich aufwallen. Sie war eine erwachsene Frau in den Vierzigern. Gammelfleisch, was sollte das denn bitte heißen? Ihr erster Impuls war, sofort zurückzupatzen, aber sie hatte sich vorgenommen, ruhiger auf ihre herausfordernde Tochter zu reagieren, auch wenn ihr das nicht leichtfiel. Manchmal zählte Sandra innerlich bis zehn, bevor sie antwortete, manchmal gab es nicht genügend Zahlen, um ihre Wut zu zähmen. An den meisten Tagen konnte sie den Rabenmutteraward locker für sich beanspruchen.

»Weißt du überhaupt, ob Lou die Ferien über hier ist? Die

Schuberts fahren im Sommer doch immer weg. Doch, du hast selber gesagt, dass …«

Alex zuckte die Achseln und schaute so blasiert, wie nur ein Teenie schauen konnte. »Ist mir egal, ich fahre nicht mit. Was soll ich überhaupt da? Das wird voll langweilig.«

»Es soll sehr schön dort sein und sehr sonnig«, hörte Sandra sich sagen. Vor Danielas Einladung hatte sie eigentlich nichts von Lošinj gewusst. Inzwischen und insbesondere nach der gestern gemeinsam mit Nicolai getroffenen Entscheidung hatte sie nicht nur ausführlich mit Dani telefoniert, sondern sich auch zumindest grob informiert: Die Insel war mit ihren etwa fünfundsiebzig Quadratkilometern eher klein und lag in der Kvarner Bucht, wie auch Krk oder Cres, die Sandra zumindest vom Namen her kannte. Die Villa, in die Dani sie eingeladen hatte, lag in der Čikat-Bucht, in der Nähe von Veli und Mali Lošinj. Laut Internet lag Veli Lošinj, das »große Lošinj«, malerisch am Fuße eines Berges, in einer engen Bucht auf der südöstlichen Seite der Insel. Der Hauptort der Insel hieß heute Mali Lošinj, was früher das »kleine Lošinj« gewesen war. Lošinj galt als sehr pflanzen- und insbesondere blumenreich und gehörte zu den sonnigsten Plätzen Europas, was Sandra ihrer Tochter gegenüber anzupreisen suchte.

Doch Alex zeigte sich wenig beeindruckt. »Sonne macht eh nur Hautkrebs«, murmelte sie.

»Sonne ist etwas Wunderbares.«

»Wenn du meinst.« In Alex' Stimme schwang eine Mischung aus Genervtheit und Langeweile mit. »Ich fahre bestimmt nicht mit.«

Sandra bemerkte, dass sie vor Anspannung ihr linkes Handgelenk mit der rechten Hand umklammert hielt. Sie ließ los und wandte sich der Anrichte zu, um die letzten Reste des Mittagsgeschirrs in die Spülmaschine zu räumen. Jetzt, von einem Moment auf den anderen, hatte sie Alex' Verhalten mal wieder richtig satt. »Tja, das tut es mir echt leid, aber ich bin deine Mutter, und du bist minderjährig und damit zu jung, um alleine zu bleiben«, sagte sie so ruhig wie möglich.

»Oh Mann.« Alex rollte mit den Augen. Das konnte sie wirklich gut. Sandra bückte sich und machte die Spülmaschine zu, um nicht doch noch die Beherrschung zu verlieren, aber es gelang ihr nicht ganz: »Du kannst natürlich gerne zu deinem Vater und seiner Neuen«, stieß sie hervor.

»Das war ja klar.« Alex schob die Unterlippe vor und stemmte die Hände in die Seiten. »Was anderes fällt dir nicht ein, als mich zu Papa abschieben, was?«

Das Gespräch lief jetzt eindeutig aus dem Ruder. Sandra konnte förmlich dabei zusehen und hatte keine Ahnung, was sie dagegen tun sollte. Es war, als würde sie in einer Seifenkiste den Berg herunterrasen und feststellen, dass es keine Bremsen gab. Sie richtete sich auf und schaute ihre Tochter an. »Du hast die Wahl: Papa oder Gammelfleisch. Mindestens drei herrliche Wochen lang, schon ab der kommenden Woche. Aber beeil dich, ich will spätestens morgen die Flüge buchen.«

Alex' Hände rutschten für einen Moment aus ihrer Taille, bevor sie sie fest vor dem Körper verschränkte. Sie schob die Unterlippe wieder vor und zog die Augenbrauen zusammen.

»Also?«

»Also?«, äffte Alex sie nach. Sandra hasste es, nachgeäfft zu werden. Sie starrte ihre Tochter wortlos an, dabei fiel ihr auf, dass sie sich schon wieder die Haare gefärbt hatte – ein Rotton –, natürlich ohne zu fragen. Ihre Wut verstärkte sich. Sie drehte sich kurz um, zupfte an ihrem linken Ärmel, tat dann so, als müsse sie einen Flecken von der Schranktür entfernen, und studierte die Zettel an der Kühlschranktür, entfernte einige abgelaufene Termine und warf eine Handvoll Zettel in den Papiermüll.

»Wann hast du dir eigentlich die Haare gefärbt?«, fragte sie dann doch über die Schulter.

»Geht's dich was an?«

»Schon«, Sandra drehte sich um, »ich bin nämlich deine Mutter und für dich verantwortlich. Ich möchte gerne, dass du mich bei so etwas fragst.«

»Bin ich jetzt ein Baby?« Alex stieß Luft aus. »Soll ich jetzt alles so machen, wie du es willst, oder was?«

»Wenn du das sagst.« Mit dem Kopf nickte Sandra in Richtung des Telefons. »Aber wenn du dich für Papa entscheidest, ruf ihn vorher an. Dein Vater weiß sicher gerne frühzeitig Bescheid.«

»Weißt du was, genau das mache ich jetzt.« Alex schnappte sich das Telefon vom Küchentisch. »Dann bist du mich los, das wolltest du doch eh.« Die Tür schlug krachend hinter ihr zu. Sandra blieb für einen Moment reglos stehen, dann atmete sie langsam aus.

Fred rief abends an. Erfreut war er natürlich nicht. »Mimi und ich haben ein paar Wellness-Tage geplant. Die letzten Wochen vor den Sommerferien waren anstrengend, das weißt du.«

»Ja, das weiß ich. Das geht uns allen so. Tut mir echt leid, wenn dir da jetzt deine Tochter dazwischenkommt. Was denkst du eigentlich, was ich gemacht habe? Noten gewürfelt, Konferenzen geschwänzt und ansonsten ausgeruht?« Sandra hatte nicht so ätzend klingen wollen, aber es gelang ihr irgendwie nicht. Souverän war anders, aber es war, als ob Fred irgendetwas in ihr triggerte. Sie war oft einfach wütend, egal, was er sagte. Manchmal war es wirklich schwer, sich vorzustellen, dass sie einmal ein Paar gewesen waren, dass sie beide an Alex' Bettchen gestanden und auf ihr süßes Baby herabgeschaut hatte, überwältigt von Glücksgefühlen und voller Pläne für eine gemeinsame Zukunft.

Scheiße … Jetzt wurde sie auch noch sentimental. Daran war bestimmt auch Danis Brief schuld.

»Was hast du unserer Tochter denn gesagt? Sie wirkte hinterher nämlich ziemlich zufrieden«, versuchte sie die Wogen zu glätten.

Sie hörte Fred atmen. »Ich hab ihr gesagt, dass sie jederzeit willkommen ist.«

»Aber richtig passt dir das nicht, was? Sei doch einmal im Leben ehrlich!«

»Verdammt, Sandra. Ja, es passt mir nicht. Kommen kann sie natürlich trotzdem, sie braucht ja keine vierundzwanzig Stunden Betreuung.«

»Na ja, sie ist fünfzehn. Du hast schon die Verantwortung.«

»Willst du mir jetzt erzählen, wie ich mit ihr umzugehen habe? Du hast schon immer zu viel für sie gemacht, und das ist auch heute noch so.«

»Wenn du meinst.«

Irgendetwas klapperte im Hintergrund, jemand sagte etwas – Mimi –, aber Sandra konnte nicht verstehen, was.

»Lass das jedenfalls mal meine Sache sein«, sagte Fred dann. »Ich fand immer, dass du ihr zu sehr auf der Pelle hockst. So wird sie nie selbstständig.«

»Sie ist selbstständig genug.«

»Findest du?«

Sandra schluckte eine weitere patzige Antwort herunter. Sie stellte sich ans Fenster und schaute nach draußen. Es war noch hell, aber der Stimmung nach eindeutig Abend.

»Na ja«, hörte sie Fred dann langsam sagen, »dann kommt sie also zu uns, muss ich wohl mit klarkommen.«

»Ja, das musst du«, sagte Sandra. »Zum einen, weil du es ihr ja schon zugesagt hast, zum anderen, weil ich keine unbefleckte Empfängnis hatte.«

»Kannst du ein Mal sachlich bleiben?«, fragte Fred aufreizend ruhig.

Aus dem Hintergrund erklang wieder Mimis Stimme, diesmal klar verständlich mit der Frage, mit wem er denn da so lange telefoniere. Dem folgte undeutliches Gemurmel, offenbar hielt Fred die Sprechmuschel zu. Als seine Stimme wieder laut zu hören war, zuckte Sandra zusammen.

»Du, ich muss jetzt gehen«, sagte Fred. »Wir wollten heute Abend noch weg. Wir haben Theaterkarten.«

»Viel Spaß.«

Sandras Tonfall klang unecht, und sie kam sich kindisch vor. Ändern konnte sie ihn nicht mehr. Sie würde jetzt ihre Flüge buchen und dann Daniela Bescheid geben, dann kam sie vielleicht auf weniger doofe Gedanken.

Fünftes Kapitel

Als es angefangen hatte, war Maike manchmal mitten in der Nacht schweißgebadet aufgewacht, überzeugt davon, ihre Schicht verschlafen zu haben. Oder eine Diagnose falsch gestellt, Operationsbesteck im Körper vergessen oder eine falsche Medikation veranlasst zu haben. Eigentlich hatte sie sich immer schnell beruhigt – anfangs hatte es nicht mehr als ein paar Minuten gedauert, schließlich konnte sie logisch denken –, anschließend aber hatte sie dann doch immer einige Stunden wachgelegen, unfähig, zurück in den Schlaf zu finden. Natürlich war sie morgens, wenn der Wecker klingelte, dann immer völlig zerschlagen gewesen. Manchmal hatte sie zu weinen begonnen, sogar die ganze Fahrt bis ins Krankenhaus, um vor Ort dann wieder zu funktionieren, wie man es von ihr erwartete. Manchmal hatten Kollegen zu ihr gesagt: »Du siehst müde aus«, aber sie waren ja alle müde bei dem Job und den Bedingungen. Fünfzig-, teilweise Siebzig-Stunden-Wochen in Vollzeit waren die Normalität, und jeder

Patient, dem sie sich nicht zuwenden konnte, so wie sie das eigentlich wollte, hinterließ eine Art Loch in ihr. Nach ihrem Zusammenbruch im Ärztezimmer war sie krankgeschrieben worden. Zuerst für ein halbes Jahr, aber auch jetzt schlief sie noch schlecht.

Allerdings weinte sie nicht mehr, wenn sie aufstand, oder dachte daran, einfach liegen zu bleiben. Nie wieder aufstehen.

Mittlerweile duschte sie morgens, bereitete das Frühstück vor, überprüfte die Brotdosen der Zwillinge, gab manchmal einen der kleinen Joghurts hinzu, die Gregor verachtete, weil viel zu viel Zucker drin war. Manchmal wachten die Zwillinge von selbst auf, manchmal musste sie sie wecken.

Um 8:30 Uhr brachte Maike sie zu Fuß in den Kindergarten. Auf dem Heimweg machte sie ein paar Erledigungen. Sie war immer gut organisiert gewesen, und auch jetzt achtete sie darauf, ihren Tag durchzustrukturieren, um nicht wieder in ein Loch zu fallen. Nachmittags gingen sie auf den Spielplatz, dann gab es einen Obstteller. Zum Abendbrot mit Vollkornbrot, vegetarischem Aufstrich und Rohkost kam Gregor meist nach Hause. Die Zwillinge wurden gebadet. Er las ihnen vor.

»Mama?« Das war Bo, der ältere der Zwillinge.

»Ja?«

Er hielt ihr zwei Legosteine hin. »Machst du zusammen?«

Sie zeigte es ihm, aber er wollte nicht zugucken. Er wollte nur, dass es zusammen war. Sein Bruder Fynn beobachtete sie, kam dann heran und legte einen Kopf auf Maikes Knie. Maike streichelte über sein Haar.

Manchmal dachte sie noch an die Zeit, in der ihr sogar das zu viel gewesen war. Damals war ihr alles schwergefallen, sogar, die Einkäufe wegzuräumen, auch das hatte sich gebessert. Einmal in der Woche ging sie noch zur Therapie.

Sie wusste, dass sie immer noch schlecht aussah, kränklich irgendwie.

Gregor konnte das nicht verstehen. »Was ist denn los? Du arbeitest nicht, du passt nur auf die Zwillinge auf.«

Maike wusste keine Antwort darauf, als dass sich die Erinnerung an ihr altes Leben in ihr eingeprägt hatte und dass es schwer war, davon loszukommen. Lustig, sie war erst vierundvierzig Jahre alt und dachte schon an ihr altes Leben …

An diesem Abend, als die Kinder im Bett waren, redeten sie wieder über die Reise. Gregor fand sie zu gefährlich. Die Zwillinge seien erst zweieinhalb, ihr Immunsystem noch zart. »Übrigens«, setzte er jetzt an, »hast du den Badeschrank mit den Putzutensilien wieder mal offen gelassen.«

»Tut mir leid.«

»Mehr hast du nicht zu sagen? Irgendwann trinkt einer der Jungs Chlorreiniger, und dann?«

»Wir haben gar keinen Chlorreiniger«, entgegnete Maike hilflos.

Gregor schüttelte den Kopf. »Darum geht es nicht. Es geht darum, dass man manche Fehler nur einmal machen kann. Das müsstest du doch wissen, du bist Ärztin.«

Sie schwieg. Nachts im Bett lagen sie Rücken an Rücken. Maike starrte in die Dunkelheit.

Sechstes Kapitel

Sandra parkte den Wagen bei der Drehbrücke von Osor. Der Ort lag noch auf Cres, und von hier war es laut Navi mit dem Mietwagen etwa noch eine halbe Stunde bis Mali Lošinj, und von dort aus nicht mehr weit zur Villa. Der Tag war herrlich und sonnig, und auch deshalb hatte sie nach dem frühen Flug und der längeren Autofahrt entschieden, dem Städtchen einen kurzen Besuch abzustatten. Möglicherweise lag das allerdings auch daran, dass sie sich zunehmend Gedanken um das Wiedersehen machte. Sie war jetzt froh, dass Nicolai sich entschieden hatte, nicht gleich mit ihr zu fliegen, sondern erst zwei Tage später anzureisen. Von Dani wusste sie, dass tatsächlich alle zugesagt hatten, der Kurzfristigkeit zum Trotz, und der Gedanke machte Sandra zunehmend unruhig. Was hatte sie dazu gebracht zu denken, dass es eine gute Idee sein könnte, die anderen nach so vielen Jahren wiederzusehen? Was hatte sie denn vorzuweisen?

Sandra stieg aus und machte sich daran, den kleinen Ort

mit dem hübschen historischen Kern zu erkunden. Manche Häuser waren verputzt und gestrichen, bei manchen zeigten sich die rohen Steinmauern. Sandra gefielen vor allem die blauen Fensterläden, die sie auch schon von anderen Urlauben im Mittelmeerraum kannte. Glatte, bucklige Pflastersteine gaben den Gassen einen besonderen Charme, und überall wuchsen zahlreiche Pflanzen, Blumen und blühende Büsche. Hier und da zeigten sich noch die Überreste der einst vermutlich beeindruckenden Stadtmauer. Besonders auffällig aber waren die Statuen und Büsten, auf die sie an den verschiedensten und teilweise auch ganz unerwarteten Stellen traf. Die meisten davon, stellte Sandra bald fest, waren dem Thema Musik gewidmet.

Am Hauptplatz fand sie schließlich die wichtigsten Bauwerke vergangener Zeiten: den Bischofspalast, die Zisterne, den ehemaligen städtischen Ratssaal mit einer Loggia, der heute ein Museum beherbergte, und natürlich die Kathedrale Sveta Marija mit ihrem auffälligen, freistehenden Turm.

Da sie Hunger verspürte, entschied Sandra, einige Schritte weiter in einer Pizzeria einzukehren. Sie nahm an einem der Tische draußen Platz, bestellte und genoss den Schatten unter den Bäumen. Die einsame Fahrt war durchaus anstrengend gewesen, die Mittagssonne hatte ihr Übriges getan, und es tat gut, sich ein wenig auszuruhen. Bald war es so weit, bald würde sie die anderen wiedersehen. Was dann?

Etwas über eine Stunde später reihte Sandra sich in die Autoschlange vor der stählernen Drehbrücke ein, die nach Lošinj hinüberführte. Ein schmaler Kanal trennte hier die beiden eng beieinanderliegenden Inseln Cres und Lošinj voneinander. Bald würde die Brücke von Hand geöffnet werden, um den wartenden Booten die Abkürzung von der einen zur anderen Seite der beiden Inseln zu ermöglichen.

Sandra blickte sich um, während sie wartete. Die mediterrane, hügelige Landschaft mit ihrem typischen Baumbewuchs, die gelben Blüten des Ginsters, die dunkelgrünen Wacholderbüsche mit ihren stacheligen Blättern und das teils harte, graugrüne Gras, an dem sie auf der Fahrt sogar hier und da Ziegen oder Schafe hatte rupfen sehen, die Pflanzen am Seitenstreifen – Rosmarinbüsche, wilder Lorbeer, Ginster und Salbei – all das brachte eine Saite in ihr zum Klingen. Langsam ließ sie ihren Blick über die Gebäude im typisch kroatischen Stil und über das Meer gleiten, auf dem die Sonne geradezu verschwenderisch glitzerte – und verspürte mit einem Mal das Gefühl von Urlaub. Mit jeder Minute, die verstrich, fühlte sie sich entspannter. Dabei war es keineswegs so, dass Cres und wahrscheinlich auch Lošinj sich nur von ihrer lieblichen Seite zeigten, mit weichen Wiesen, Blumen und weißen Sandstränden, nein, hier, auf diesen Inseln, war die Erde oft steinig, und die Farben waren weniger strahlend: ein graues Oliv, ein rötliches Braun, ein helles Grau. Aber Sandra gefiel diese Wildheit und Ursprünglichkeit, die sich selbst hier an der Brücke noch zeigte, wo sich Häuser, Menschen, Autos und ein Campingplatz voller Caravans befanden.

Es war immer noch recht warm. Sandra ließ kurzentschlossen die Scheibe herunterfahren und atmete tief ein. Es roch nach einem Gemisch aus Rosmarin, Autoabgasen, Salz, Pinien und Zigarettenqualm. Irgendwo dudelte Balkan-Pop. Auch das war Urlaub, eine Geruchs- und Geräuschkulisse, die sie zu Hause nicht hatte.

Als endlich alle wartenden Boote den Kanal passiert hatten, wurde die Brücke wieder geschlossen, und kurz darauf fuhren die ersten Autos hinüber.

Bei aller Kargheit grüßte Lošinj Sandra mit viel Grün und den sommerlichen Überresten jener wunderbaren Blütenpracht, von der sie gelesen hatte. Sandra lenkte ihr Auto kurzerhand zur Seite, stieg aus und streckte sich. *Das tut gut*, dachte sie, und im nächsten Moment: *Ich bin da.*

Ein paar Grashüpfer sprangen davon. Zwischen groben Steinen wuchsen winzige blaue Blumen hervor. *Ich bin da!*

Kurz darauf fuhr sie am Meer entlang auf der D100 in Richtung Süden.

Sie fand eine Tankstelle und tankte nach. Bei Nerezine entfernte sich die Straße etwas von der Küste, um hinter Sveti Jakov wieder zum Meer zurückzukehren. Weiter und weiter ging es auf der zumeist geraden Strecke nach Süden, bis zu der Landmasse, auf der sich Mali und Veli Lošinj befanden, und die sich wie ein riesiger Finger in die blaue Adria hineinschob.

Sandra überquerte einen weiteren schmalen Kanal und erreichte Mali Lošinj. Sie müsse sich dort rechts halten, hatte Daniela gesagt, in Richtung des Waldgebietes Čikat, in dem die Villa lag. Tatsächlich wurde die Gegend bald waldreicher. Sandra fuhr an einer Kirche vorbei – dass musste die Kavalrija sein –, von der Dani berichtet hatte. Ein gutes Stück weiter kam ein Campingplatz, und dann war das Schild plötzlich da, wie aus heiterem Himmel: *Nada* – »Hoffnung« auf Kroatisch.

Sandra war so überrascht, dass sie auf die Bremse trat. Die Autoreifen knirschten auf dem Schotter, das Auto rutschte ein Stück und blieb dann stehen. Sandra verharrte einen Moment reglos und betrachtete den Weg, der vor ihr zwischen zwei Kalksteinblöcken und dann unter hohen Pinien hindurch von der Straße wegführte, dann setzte sie den Blinker und bog ab. Die Reifen knirschten erneut, Staub wirbelte auf, doch zwischen den Bäumen dämpften Piniennadeln die

Geräusche. Nach etwa einer Minute zeichnete sich zwischen den Bäumen zunehmend ein dreistöckiges, hellgelbes Villengebäude ab, das, so erkannte Sandra, als sie den Wald hinter sich ließ, rechts und links jeweils von einer Rasenfläche mit Blumenrabatten gesäumt war. Ein schlanker, alter Herr mit schlohweißem Haar, blauer Arbeitshose mit weißem Hemd, rechte mit sorgsamen Bewegungen Blätter zusammen, hielt auf das Autogeräusch aber inne und verfolgte Sandras Ankunft mit neugierigem Blick.

Als Sandra das Auto erneut zum Stehen brachte und schließlich den Motor ausschaltete, flog auch schon die Tür der Villa auf, und eine elegante, dunkelblau gekleidete Frau in hochhackigen roten Schuhen eilte die Stufen herunter.

Sandra stieg aus dem Wagen. »Dani?«

»Sandra?«

Im nächsten Moment lagen sie sich in den Armen. Was auch immer Sandra befürchtet hatte: Da war keine Fremdheit zwischen ihnen. Es fühlte sich so vertraut an, wie sie es sich gar nicht hätte erträumen können, als hätten sie sich gestern zum letzten Mal gesehen und könnten es kaum erwarten, sich über den Vortag auszutauschen, dabei hatte es seit dem letzten Mal so viele Vortage gegeben.

Wie haben wir einander nur so aus den Augen verlieren können?

Arm in Arm gingen sie zum Haus und stiegen die Treppe hinauf. Daniela schob die Eingangstür weiter auf, trat dann zur Seite und ließ die Freundin ein. Sandra machte einen vorsichtigen Schritt in das Gebäude und dann noch einen. Danielas hochhackige Schuhe klackerten auf den Fliesen, dann fiel die schwere Tür mit einem satten Geräusch hinter ihnen zu. Sandra schaute sich staunend um. Die großzügige Eingangshalle war schwarz-weiß gekachelt und hier und da mit roten Fliesen abgesetzt. Am Ende des Raumes führte eine breite, dunkle Holztreppe nach oben, auf der auch eine Prinzessin oder vielleicht Scarlett O'Hara – Sandra hatte jetzt Vivien Leigh vor Augen – in einer ausladenden Krinoline gut ausgesehen hätte. Wenn sie den Kopf in den Nacken legte, konnte sie ein großes, modernes Fenster sehen, das ins Dach eingelassen worden war und, neben einem weiteren Fenster Richtung Terrasse, Tageslicht hineinließ.

»Meine Mutter fand es immer zu dunkel im Eingangsbereich. Sie hat meinen Vater gebeten, ein Dachfenster einbauen zu lassen, und er hat es veranlasst. Das war echt aufwendig, aber er kann ihr eben auch heute noch kaum einen Wunsch abschlagen.«

Sandra lächelte. Sie erinnerte sich, dass sie die Modic' schon in der Schule als vorbildhaftes Paar gesehen hatte. So ganz anders als ihre eigenen Eltern, die es eben nur irgendwie miteinander ausgehalten hatten.

»Und, wie gefällt dir unsere Insel?«, fuhr Daniela in ihre Gedanken.

»Auf den ersten Blick ziemlich gut. Es war eine schöne Idee, uns hierher einzuladen.« Sandra schwieg einen Moment und horchte in sich hinein. »Ich bin jetzt richtig froh, dass ich zugesagt habe.«

Siebtes Kapitel

Am nächsten Morgen machte Sandra sich auf, ihre Umgebung zu erkunden. Sie fühlte sich so ausgeschlafen wie schon lange nicht mehr, und es fühlte sich auch irgendwie gut an, als Erste angekommen zu sein. Sie fand es immer noch unglaublich, dass sie alle es tatsächlich so kurzfristig hatten möglich machen können, hierherzukommen. Das war sicherlich ungewöhnlich, aber vor allem war es schön: Das war sie, das war die alte Clique! Es passte immer noch!

Neugierig betrat sie den Garten, der die Villa umgab. Er war wunderbar, fast wie aus einem Katalog für exklusive Reisen. Die Blütenpracht war geradezu berauschend. Links und rechts des Haupteingangs standen große, alte Rosenbüsche in Gelb und Apricot, die einen feinen Duft verbreiteten. Links der Rasenfläche schloss sich ein weiterer Garten an, der von einer kleinen Mauer umgeben war, über deren niedrigen First hinweg Lorbeerbüsche und Sommerflieder zu sehen waren, die, genau wie auch der Lavendel, Oregano und Rosmarin, von einer Vielzahl von Bienen und Schmetterlingen umgeben waren.

Sandra blieb im Hinausgehen einen Moment auf der Eingangstreppe stehen und strich vorsichtig über die samtigen Blütenblätter der Rosen, bevor sie an den Blüten roch.

Der Rasen vor dem Haus leuchtete in saftigem Grün, hier und da durchsetzt von bienenumschwirrten Wildblumen. Sandra wusste nicht warum, aber sie hatte etwas anderes erwartet. Solch eine Pracht hatte sie sich gar nicht vorstellen können ...

Sie machte sich auf den Weg in den ummauerten Gemüsegarten, von dem Daniela ihr gesagt hatte, dass sie ihn sich unbedingt ansehen müsse. Die Freundin war zum Markt gefahren, also überquerte Sandra zunächst allein die Rasenfläche und trat durch ein kleines Tor in der Trockenmauer ein. Der ältere Mann, den sie bereits am Vortag gesehen hatte, werkelte an einem Beet mit hohen Bohnenstangen. Milan hieß er, hatte Daniela gesagt. Sie grüßten einander, bevor Sandra langsam über die von hellen Steinen eingefassten Pfade schlenderte, welche die Beete voneinander trennten. Sie nahm sich viel Zeit, um ihre Umgebung in sich aufzunehmen. Hier wuchsen Kartoffeln, Wassermelonen, Tomaten, sogar Bananen – Letztere waren ein Versuch, das hatte Daniela ihr gestern erzählt. Dazwischen staksten Hühner umher. Eine graugetigerte und eine cremefarbene Katze hatten es sich auf der Trockenmauer bequem gemacht. An einer Stelle bedeckten großblättrige Kürbispflanzen den Boden, an einer anderen standen Tomaten dicht an dicht. Dazwischen fand sich noch mehr von der üppigen Pracht von Blüten und Kräutern aus dem Garten. Ein Stück entfernt wiegte sich ein Feigenbaum im leichten Wind. Als Sandra näher trat, bemerkte sie links davon eine alte Steinbank mit längst verwitterten Verzierungen. Sandra streckte sich nach den Früchten und pflückte ein paar. Sie liebte Feigen, und diese Früchte waren besonders süß und saftig, wie sie gleich darauf feststellte. Sie setzte sich auf die Bank an der Mauer und sah zu, wie die Sonne den Garten nach und nach in ein kräftigeres, aber immer noch morgendliches Licht tauchte. Während sie aß, beobachtete sie den alten Mann. Es hatte etwas Beruhigendes, ihn anzusehen. Milan war auf seine Arbeit konzentriert und wirkte in seinen Bewegungen wie vollkommen eins mit sich und seiner Umwelt. Dann hob er den Kopf und lächelte Sandra zu. Ein freundliches Wohlwollen lag in seinem Blick, und Sandra lächelte erfreut zurück.

Nach einer schier endlosen Weile im Garten ging sie langsam zurück zum Haus. Auf halbem Weg hielt sie inne und betrachtete das Gebäude. Es war seltsam, aber mal überwog das warme Gelb seiner Wände, mal war es, als verstecke es sich in den Schatten, wie jemand, der seine Geheimnisse nie ganz preisgeben würde. Die Villa war alt, das stand außer Frage, sie hatte schon vieles gesehen.

»Der Gemüsegarten sieht super aus«, sagte Sandra später am Vormittag zu Daniela, als sie diese beim Ernten der Kräuter und Tomaten für einen Mittagsimbiss begleitete. »Manchmal träume ich ja von so etwas, aber das ist einfach ziemlich viel Arbeit.«

»Hm.« Daniela nickte. »Milan kümmert sich darum und verarbeitet auch einen guten Teil der Ernte, wenn keine Gäste da sind. Sind welche da, bekommen die natürlich auch etwas davon ab. Ich glaube, es gibt kaum etwas Leckereres als Gemüse aus dem eigenen Garten, findest du nicht?«

»Oh ja. Bei uns reicht es aber gerade mal für ein paar Tomaten auf dem Balkon.« Sandra seufzte. »Aber die sind wirklich auch sehr lecker. Meistens essen wir sie allerdings direkt vom Strauch. Zu einer Tomatensauce hat es, glaube ich, noch keine gebracht.«

Daniela lachte. »Na, direkt vom Strauch sind sie aber auch am leckersten. Genau wie die Feigen und die Erdbeeren …«

»Mhm«, stimmte Sandra ihr zu. »Ich bin auch total begeistert von der Blumenpracht hier. Und das, obwohl es hier so heiß ist. Auf der Fahrt sah die Gegend stellenweise ziemlich trocken aus, und vielerorts ist der Sommer im Mittelmeerraum doch eher grau-grün-stachelig, oder?«

Daniela lachte. »Andernorts vielleicht, nicht auf Lošinj. Wir sind die Blumeninsel, hier gibt es mehrere tausend verschiedene Pflanzenarten.«

»Ja, davon habe ich gelesen.«

»Und im Frühjahr ist es natürlich noch bunter! Im Mai blüht der Salbei, dann ist die ganze Insel in ein sattes Violett gehüllt. Das ist einfach wunderschön. Ich wünschte, du könntest das mal sehen.«

»Ja, das klingt verlockend.« Sandra sah sich noch einmal um, während Dani ihre Ausbeute auf einem kleinen, schnörkeligen Metalltisch ablegte.

In diesem Moment kreuzte ein kleines, weißes Huhn pickend ihren Weg. In etwas größerer Entfernung stolzierte der Hahn vorüber, ohne seine Hühnerschar aus dem Blick zu lassen. Daniela beobachtete die Tiere nachdenklich und wandte sich dann entschlossen an Sandra.

»Komm, lass uns Eier suchen! Ich bin gespannt, wo sie sie heute wieder versteckt haben. Manchmal habe ich den Eindruck, dass wir jeden Tag einen neuen Wettbewerb antreten.«

Sie lachte, und Sandra stimmte ein.

An diesem Abend saßen Sandra und Daniela im großen Salon der Villa zusammen. Im Kamin flackerte ein Feuer. Der dunkle Holzboden schimmerte warm im Licht der tanzenden Flammen. Ein großes Ensemble bestehend aus einem Dreisitzer, einer Chaiselongue und zwei großen Sesseln in einem hellen Taubengrau nahmen dem Raum die Größe, ohne ihn beengend wirken zu lassen. Daniela hatte auf einem der Sessel Platz genommen, eine dünne, grob gewebte Decke leicht über ihre Beine gezogen und nippte an ihrem Weinglas. Sandra konnte nicht umhin, sie für ihre so mühelose Eleganz zu bewundern. Das war schon in der Schule so gewesen: Dani konnte mit Leichtigkeit Dinge tragen, die an anderen aufgesetzt wirkten. Sandra beugte sich zu ihrem Weinglas vor. Der helle Rote funkelte wie ein Rubin. Sie schnupperte, bevor sie den ersten Schluck trank. Ein leichter Wein, gut für diesen Abend.

Irgendwie passte es ganz gut, dass sie beide als Erste aus Deutschland hier waren: Sie waren schließlich einmal beste Freundinnen gewesen, die Vertrautesten unter den Vertrauten. Es tat gut, ein wenig Zeit mit Dani zu haben, bevor die anderen auftauchten und das Gefüge wieder veränderten. Es gab Sandra Zeit, sich vorzubereiten, die Balance zwischen Unbehagen und Neugier zu finden.

Ob sie sich – vielleicht in diesem Augenblick – die gleichen Gedanken machten wie sie selbst? Ob sie ihr Leben Revue passieren ließen, Erwartungen und Erreichtes gegeneinander abwogen, ihre Wunden leckten, überlegten, ob es richtig gewesen war zuzusagen, sich fragten, wie viel Ehrlichkeit möglich und wie viel nötig war? Und was wollte man überhaupt voneinander wissen? Gab es da irgendetwas, was sie heute noch teilten? Was war, wenn sie sich doch zu weit voneinander entfernt hatten, wenn dieses Treffen nur zeigen konnte, was unwiderruflich verloren war?

Sandra nippte an ihrem Wein. Daniela tat es ihr gleich. Vielleicht dachten sie gerade das Gleiche. Vielleicht fragten sie sich beide, ob es doch besser gewesen wäre, die Vergangenheit hinter sich zu lassen und die anderen nicht wiederzusehen?

Ich grübele doch ohnehin viel zu viel. Macht ein solches Treffen nicht einfach alles noch viel schlimmer?

Sandra unterdrückte einen Seufzer und stellte das Glas zurück auf den Tisch. Daniela hatte den Wein vom Weinhändler ihres Vertrauens, und irgendwie hatte auch das Getränk etwas sehr Elegantes. Er passte zu ihr. Hatte Dani sich überhaupt geändert? Was war bei ihr anders gelaufen, als sie sich das vorgestellt hatte? Sie war immer noch schlank, immer noch elegant. Sie sah jung aus. Kinder hatte sie nicht. Geheiratet hatte sie auch nicht, das hatten sie schon geklärt.

»Gute Entscheidung«, war es aus Sandra herausgeplatzt.

»Haben dein Mann und du Probleme?«, erkundigte sich Daniela.

»Ein paar.« Das war der Moment gewesen, in dem Sandra die Wahrheit hätte sagen können, doch sie hatte ihn verstreichen lassen, als wäre eine Scheidung immer noch ein Stigma. Aber darum ging es nicht: Es fühlte sich nur für sie wie Scheitern an. Das war es. Sie wollte nicht die Schachtel sein, deren Ehe nicht funktionierte. Die, die für den Rest ihres Lebens alleine bleiben würde. Sie wollte kein Mitleid. Daniela hatte zum Glück nicht weiter nachgehakt.

»Das ist ein beeindruckendes Haus«, sagte Sandra jetzt. »Aus welcher Zeit stammt die Villa?«

»Aus der Zeit der österreichisch-ungarischen Monarchie. Damals wurde Čikat zum Reiseziel. Es war die österreichisch-ungarische Aristokratie, die diesen Flecken Land entdeckte und sich prächtige Sommerresidenzen in der Bucht bauen ließ, wahrscheinlich um dem stressigen Alltag in Wien zu entkommen.« Dani zupfte an ihrer Decke. »Nach dem Ersten Weltkrieg waren Cres und Lošinj lange italienisch«, fuhr sie dann fort. »Viele haben hier über die Zeit ihre Spuren hinterlassen: Venezianische Löwen oder auch der ein oder andere Name auf dem Friedhof zeugen davon. Die Alten sprechen manchmal einen Mischmasch aus Italienisch und Kroatisch, den ich nicht verstehe. Dafür hätte ich wohl hier aufwachsen müssen.« Daniela schaute sich fast nachdenklich um. »Unsere Villa ist eher klein, aber aus heutiger Sicht immer noch ziemlich großzügig.«

»Wie viele Zimmer hat sie eigentlich?«

»Acht.«

Sandra lehnte sich gegen die Lehne des Sofas zurück. »Ich mag diese breite Treppe in der Halle, die ist ein bisschen wie aus einem Märchenfilm. Man denkt, gleich schreitet die Prinzessin ihrem Prinz entgegen, während der Saum ihrer prächtigen Krinoline über die Stufen raschelt.«

»Das sind aber ziemlich genaue Vorstellungen.« Daniela lachte. »Ich habe mich aber auch schon öfter gefragt, wie es damals wohl in dem Haus zuging. Ich glaube, solche Häuser verlocken einfach dazu.« Sie hielt ihr Glas jetzt wieder mit beiden Händen umfasst, hatte die Beine angezogen und sah dabei just in diesem Moment aus wie einer Homestory entsprungen. »Als meine Eltern es vor vierzig Jahren kauften«, fuhr sie dann fort, »war es ziemlich verfallen, aber sie hatten sich einfach in das Haus verliebt. Es war ihres, auf den ersten Blick. Irgendwann später wollten sie hauptsächlich hier in diesem Haus in Kroatien wohnen. So hatten sie sich das vorgestellt. Dann kam irgendwann der Krieg, und alles wurde komplizierter …«

Sandra wusste, dass Daniela auf die furchtbaren Jahre Anfang der Neunziger ansprach, als das alte Jugoslawien zerfallen war.

Dani räusperte sich. »Erst vor ein paar Jahren konnte die Renovierung abgeschlossen werden, die ganze Familie musste mithelfen … Es war nicht immer leicht. Wir sind ziemliche Dickköpfe, fürchte ich.«

Sandra fröstelte. Es war, als wäre da etwas, was Dani ihr

nicht sagte. »Beeindruckend jedenfalls, was daraus geworden ist.«

»Ja, das macht einiges wieder gut.«

Da war immer noch dieser Tonfall in ihrer Stimme, und Sandra überlegte, ob sie nachfragen sollte. Daniela zog die Decke etwas enger um sich. Da sie kaum als Schutz gegen die nicht vorhandene Kälte dienen konnte, musste sie einen anderen Zweck haben.

»Es hat auch Spaß gemacht«, fügte sie dann hinzu. »Es hat uns zusammengebracht, und ich konnte Papas Familie besser kennenlernen. Die haben nämlich auch geholfen. So konnte ich mein Kroatisch verbessern.« Sie schaute nachdenklich vor sich. »Die Familie meines Vaters ist übrigens unglaublich groß. Was natürlich auch bedeutet, dass es das Jahr über einen strengen Belegungsplan für die Villa gibt. Wenn sich keiner aus der Familie hier aufhält, kann das Haus vermietet werden, aber das gestaltet sich immer recht schwierig.« Sie lachte. »Ich fürchte, mein Vater hat sich das anders vorgestellt, aber er beschwert sich nicht …«

Sandra konnte sich nicht vorstellen, dass sich Danielas Vater je über irgendetwas beschwerte. Soweit sie sich erinnerte, hatte er immer gute Laune gehabt, auch wenn die Arbeit im familieneigenen Restaurant in Deutschland schwer gewesen war. Sie erinnerte ihn jedenfalls nur lachend.

»Was macht das Restaurant?« Sandra hatte kurz den Eindruck, dass Daniela sich versteifte, dann aber hatte sie sich wieder unter Kontrolle.

»Läuft«, sagte sie.

»Und deine kleine Schwester? Wie hieß sie noch? Zita? Meine Güte, die muss ja jetzt auch schon Mitte zwanzig sein … Ich habe sie ja eigentlich nur kurz kennengelernt.«

Daniela zupfte an ihrer Decke. »Es ist einfacher, seit sie die Schule endlich hinter sich hat. Das war vielleicht eine

Qual, sag ich dir. Sie hat mit Ach und Krach und einer Ehrenrunde einen Abschluss gepackt … Na ja, eigentlich wurde er ihr eher geschenkt.«

»Immerhin.« Sandra merkte selbst, dass sie in diesem Moment klang wie eine Lehrerin.

Daniela seufzte. »Sie ist intelligent. Da wäre viel mehr drin gewesen, aber Zita hat ihren eigenen Kopf. Ich weiß seitdem immer noch nicht, ob eine Lehre oder eine andere Art von Ausbildung bei ihr im Moment überhaupt eine Rolle spielen. Mama macht sich Sorgen. Papa sagt, das wird schon. Da sieht man, wer von den beiden deutsch ist, was?«

Sie schauten eine Weile stumm dem Spiel der Flammen zu, dann ging Sandra auf Toilette. Nach ihrer Rückkehr betrachtete sie noch einmal die Bilder auf dem Kaminsims. Sie deutete auf das Schwarz-Weiß-Bild eines jungen, schlanken Paares. Die Frau trug einen knielangen, eleganten Rock und lehnte vorne an einem heutzutage alten VW-Käfer – damals war er das natürlich noch nicht gewesen –, der Mann hatte den Arm um sie gelegt.

»Sind das deine Eltern?«

»Ja, Mama war siebzehn, Papa achtzehn. Celia und Andro.« Daniela lächelte. »Man sieht es nicht, aber ihr Anfang war eher holprig.«

Sandra betrachtete das Bild genauer. »Das mag man bei diesem Anblick tatsächlich kaum glauben. Sie sehen aus, als wären sie füreinander bestimmt.«

»Vielleicht, ist aber so. Hab ich dir das nie erzählt? Bei ihrer ersten Begegnung war meine Mutter, glaube ich, ziemlich wütend auf meinen Vater …«

Andro sah dieses wunderhübsche Mädchen viel zu spät, und als er es schließlich tat, war er auch schon durch die Pfütze gerauscht und hatte sie von oben bis unten nass gemacht.

Natürlich würde sie das für Absicht halten, denn die Pfütze war eigentlich nicht zu übersehen gewesen. Für einen kurzen Moment spielte er mit dem Gedanken, so fest es ging in die Pedale zu treten und sich aus dem Staub zu machen, dann aber kehrte er um und fuhr zu ihr zurück. Er wusste nicht, warum er sein Fahrrad zwischen sich und die junge Frau stellte. Womöglich fürchtete er, angegriffen zu werden, und wie er später feststellen würde, als sie bereits lange ein Paar waren, lag er mit dieser Vermutung nicht falsch: Celia wusste sich durchaus zu wehren.

In diesem Moment schimpfte sie wie ein Rohrspatz, doch er schwieg und dachte, dass sie auch wütend einfach wunderhübsch aussah. Oh, wie schön sie war! Er war froh, dass er den Mut gehabt hatte, stehen zu bleiben.

Und dann standen sie eine Weile schweigend voreinander und sahen sich an. Andro dachte, dass er noch nie eine Frau mit rotem Haar und grünen Augen gesehen hatte, und Celia dachte – wie sie später zugab –, dass sie noch nie einen solch gut aussehenden Mann gesehen hatte.

Das erfuhr er natürlich erst später, indem sie es ihm erzählte und er sich abwenden musste, weil er nicht wollte, dass sie sah, dass er rot anlief.

In diesem Moment aber, als sie da so nass vor ihm stand, suchte er nur nach den richtigen Worten für eine Entschuldigung. Sein Deutsch war in jenen Tagen noch nicht so gut, aber daran lag es nicht, dass das, was er aussprach, etwas völlig anderes war. Vielleicht sprach in diesem Moment der Mut aus ihm, vielleicht auch so etwas wie Wahnsinn. Er wusste nur eins, nämlich, dass er sie nicht einfach gehen lassen durfte. Er fragte also, während er sich zugleich leicht duckte: »Darf ich dich nach Hause begleiten?«

Vielleicht waren deshalb ihre ersten Worte: »Spinnst du?«, weil sie da nass vor ihm stand, schmutzig vom Pfützenwasser und fröstelnd. Und dann hatte sie doch »Ja« gesagt, und er hatte sie tatsächlich nach Hause begleitet – sie bewohnte ein kleines Zimmer nicht weit entfernt, auf dem Weg dorthin erfuhr er auch noch, dass sie Kunst studierte –, ging allerdings bei diesem ersten Mal nicht hinein. Sie bat ihn, unten zu warten, während sie aus den nassen Klamotten schlüpfte und sich frisch machte. Er stand unten und versuchte, in ihrem Hausflur unauffällig auszusehen. Einfach war dies nicht, schließlich war er der Fremde, der Jugo mit dem dunklen Teint und dem schwarzen Haar, der ein Messer im Stiefel stecken hatte (er trug keine Stiefel) und Autos knackte ... Jedenfalls hatte er so etwas schon zu hören bekommen.

Er war froh, als sie zurückkam und er noch nicht verhaftet worden war. Als sie die Straße entlanggingen, bewegten sich an einigen Scheiben die Gardinen.

An diesem Tag gingen sie in ein Café, wie er bisher keines kannte, ein Café, in dem man auf Kissen auf dem Boden saß und wo die Bedienungen, sowohl Männer als auch Frauen, lange Haare trugen und jeden mit »du« ansprachen. Ein Café, in dem es an manchen Stellen süßlich roch. Den Geruch kannte er. Marihuana hatte er schon von Kollegen angeboten bekommen.

Es war Ende des Monats, und er hielt den Atem an, was sie bestellen würde, aber es war nur ein Kaffee, und danach machten sie einen Spaziergang am Fluss entlang, und sie redeten und redeten, bis es dunkel wurde, und auch danach – in ihrem Zimmer – hörten sie nicht auf. Am nächsten Tag rief er sie nach der Arbeit an, und sie redeten weiter. Er hatte noch nie so viel mit einer Fremden geredet, aber mit jedem Wort wurde sie ihm vertrauter, und schon am zweiten Tag konnte er sich nicht mehr vorstellen, je von ihr getrennt zu sein.

Am Wochenende machten sie einen Ausflug. Er erzählte

ihr von Kroatien, sie von dem kleinen Ort im Taunus, aus dem sie stammte. Sie hieß übrigens Celia Silberpfennig, er Andro Modic.

Celia Modic malte er abends auf ein Blatt Papier und kam sich ein wenig albern dabei vor.

Zwei Monate später besuchte er erstmals ihre Familie. Celias Vater war Lehrer, ihre Mutter töpferte und hatte darüber oft keine Zeit für den Haushalt. Das war neu für Andro. Bei ihm arbeiteten Vater und Mutter in ihrem kleinen Restaurant, in das ihre Landsleute kamen, um von der Heimat zu träumen, und ein paar Deutsche, um sich die Erinnerung an ihren Urlaub zu bewahren. Andro half in dem Restaurant aus, war aber nicht sicher, ob er das ewig tun wollte, und dachte darüber nach, später zu Opel zu gehen.

Als er Celia seinen Eltern vorstellte, fürchtete er deshalb, sie könnte sie für spießig halten, aber dem war nicht so. Sie fühlte sich wohl in seiner Familie, und auch seine Mutter gewöhnte sich rasch an die Deutsche. Sie hatte vermutlich gedacht, dass er nur Erfahrungen sammeln und die Beziehung schnell in die Brüche gehen würde, aber so war das nicht. Wenn sie miteinander stritten, flogen durchaus die Fetzen, aber danach waren sie sich stets näher als zuvor. Sie gingen nie wütend aufeinander ins Bett, und seit jenem denkwürdigen Moment mit der Pfütze sahen sie einander eigentlich jeden Tag. Celias Mama lud ihn sogar zum Töpfern ein, wodurch er der Masse an Gegenständen im Haus ein ungelenk geformtes Schüsselchen hinzufügte.

Als Andros Vater fünfundsiebzig Jahre alt wurde, schlug Celia vor, dass sie das Familienrestaurant weiterführen könnten, und Andro überlegte. Ein Restaurant führt sich nicht nebenher, ein gutes Restaurant verlangt dein Herzblut und deinen vollen Einsatz. Und würde Papa das überhaupt zulassen? Natürlich gab es viele Diskussionen, Rückschritte, Streits mit seinem Vater, doch dann war plötzlich alles klar. Celia versprach, dass sie die Dinge nur behutsam ändern würde, und hielt sich daran. Als sie gerade ein paar Wochen im Geschäft waren, wurde Celia schwanger, arbeitete aber weiter, nachdem sie die Übelkeit der ersten Wochen überstanden hatte. Sie renovierten, veränderten Dinge behutsam, schärften das Profil, wie Celia sagte. Trotzdem hielt Andro den Atem an, als *sein* Vater *sein* Restaurant erstmals wieder betrat. Obwohl alles geklärt schien, war der Vater am Tag der Übernahme nicht gekommen, und Andro hatte sich Sorgen gemacht.

Andros Vater schimpfte nicht. Er sagte aber auch nichts. Doch sie hatten Erfolg. Daniela wurde geboren – nicht rothaarig, wie er sich das vorgestellt hatte – und ergänzte ihr Glück. Daniela war von Anfang an mit dabei. Sie wuchs quasi im Restaurant auf, es ging ihr ins Blut über. Als Kleinkind schlief sie hinter dem Tresen, abends wurde sie oft von der Großmutter betreut. Mit sechs servierte sie erstmals und durfte das Trinkgeld behalten. Daniela mochte dieses Leben. Sie war ein fleißiges Mädchen. Sie bewältigte die Grundschule. Manchmal half ihr der deutsche Opa. Sie kam aufs Gymnasium. Mit dreizehn gab es einen kleinen Einbruch, dann lernte sie Sandra kennen. Mit fünfzehn entdeckte sie das Nähen für sich und begann, ihre Kleider selbst aufzuarbeiten, bevor sie eigene Entwürfe zu schneidern begann. Sie wurde Teil der Theatergruppe und war dort für die Kostüme zuständig. Im letzten Schuljahr beschloss sie, eine Schneiderlehre zu machen und anschließend Mode zu studieren, und machte sich schlau darüber. Dann änderte sich alles.

Achtes Kapitel

»Ich glaube, wir werden deinen Artikel noch einmal schieben«, sagte Jörg. »Gutes Thema, ohne Zweifel, aber das da …«, er tippte auf ein Blatt, »ist aktueller …«

»Okay«, hörte Nils sich sagen. Es war nicht überraschend, und doch glich es einem Schlag in die Magengrube. Er fragte sich, ob sein Schwiegervater, oder sollte er sagen: *ehemaliger* Schwiegervater, etwas damit zu tun hatte. Natürlich würde er niemals zugeben, dass er so kleinlich war, aber Familie war eben Familie, und Caroline war seine Tochter. Er schluckte die Fragen herunter, Jörg konnte er sie ohnehin nicht stellen. »Ich muss dann. Wochenende, die Kinder kommen, du weißt ja …«

Jörg Brendler, Chefredakteur, nickte. Nils kam sich fast ein wenig gedemütigt vor, als er sich zur Tür drehte. Früher hätte er sich das nicht bieten lassen. Früher hätten sie sich gar nicht gewagt, ihm einen solchen Vorschlag zu machen, denn er hatte immer viele Eisen im Feuer gehabt, immer mehr Möglichkeiten als eine. Früher hatte man ihn abwerben wollen. Er hätte Posten haben können, sich aber nicht binden wollen. Früher wäre ihm so etwas nicht passiert, aber die Dinge hatten sich geändert. Er war nicht mehr der prämierte Journalist mit der Trüffelnase. Er war einer von vielen, ein Rädchen im System, ein Ex-Schwiegersohn. Karnevalssitzung, Kindergarten, Kaninchenzüchterverein, prämierte deutsche Hasen, das war neuerdings seine Welt … Vielleicht hatte der Erfolg ja doch auch mit dem Schwiegervater zusammengehangen. Nils wollte sich das natürlich nicht einmal vorstellen, und es war gewiss auch falsch. Es musste einfach falsch sein.

»He, du hast die Adresse vergessen.«

Nils drehte sich um und pflückte den Zettel aus Jörgs Hand. »Ja, sorry, ich bin wohl ein bisschen erkältet. Mein Kopf ist irgendwie zu.«

Übermorgen bin ich ohnehin nicht mehr da. Denn er hatte diesem Treffen letztendlich zugestimmt, über das er jetzt lieber nicht nachdenken wollte. Hallo, ich bin Nils, gescheitert nach allen Regeln der Kunst, schön, euch wiederzusehen.

Er tippte leicht gegen seine Schläfe, um auf diese Weise noch einmal auf die anrückende Erkältung aufmerksam zu machen. Jörg betrachtete ihn sichtlich skeptisch, sagte aber nichts. Einmal war Jörg der Lakai gewesen und er Superman. Wie lange war das jetzt her? Es hatte Zeiten gegeben, da hatte er Jörg eher übersehen.

Jörg beugte sich vor und stützte seine Arme vor sich auf den Tisch, als wolle er damit zeigen, dass dieser Platz nun ihm gehörte. »Sommergrippe? Soll ich jemand anderen schicken? Packst du das?«

»Nee, nee.« Nils blieb stehen und drehte sich noch einmal um. »Mein Urlaub geht doch okay, ja?«

»Welcher Urlaub?«

»Wir hatten doch am Montag darüber gesprochen?«

»Ja, ja.« Jörg wühlte auf dem Tisch herum. »Dein Antrag liegt hier irgendwo.« Er lehnte sich zurück und grinste. »Und wen soll ich dann zu den Kaninchenzüchtern schicken?«

»Ha, ha.« Nils bemühte sich, aber sein Lachen klang flach. Er wäre gerne cooler gewesen, aber die Bedeutungslosigkeit tat immer noch weh, und Jörg wusste genau, wo er ihn packen konnte. Wahrscheinlich war das doch die Rache für vergangene Jahre. Natürlich hatte er Jörg nicht herabsetzen wollen. Er hatte einfach keinen Gedanken an ihn verschwendet.

Als Nils abends nach Hause kam, wirkte seine Wohnung leerer, als eine leere Wohnung wirken konnte. Die Kinder kamen erst morgen früh und gingen abends schon wieder. Das hatte er Jörg nicht gesagt, warum sollte er? Die Stille war jedenfalls furchterregend, und er machte den Fernseher an, mehr der Stimmen wegen. Dann kontrollierte er den Anrufbeantworter.

Nichts. Eigentlich hatten ihn die Kinder ab morgen besuchen sollen, aber er fuhr doch nach Kroatien. Damit vermasselte er Caroline dieses Wochenende, die Woche und auch einen Teil des nächsten Wochenendes, wo die Kinder eigentlich bei ihm hätten sein sollen. Heute hatte sie ihm noch rückmelden wollen, ob die Abmachung klarging, dass er die Kinder dann am nächsten Wochenende in Kroatien übernahm. Nils starrte das blinkende »null Nachrichten« an. Caroline hasste es, wenn er ihre Pläne durchkreuzte, hatte aber Verständnis geäußert, dass er seiner alten Clique erst einmal alleine gegenübertreten wollte.

»Wir wollten ohnehin meine Eltern besuchen«, hatte sie gesagt. Als ob sie die nicht häufig genug sahen … Manchmal hatte er den Eindruck, als wolle sie sich für die Zeit rächen, in der ihm sein Beruf wichtiger gewesen war und sie, ungefragt, auf die Kinder aufgepasst hatte. Dabei war auch sie eine erfolgreiche, prämierte Journalistin gewesen. Und doch hatte auch ihr Vater ihm den Rücken gestärkt. Im jungen Alter gehören die Kinder eben zur Mutter, hatte er gesagt, und er, Nils, hatte sich bequem in diesem Leben eingerichtet. Damals hatte er das nicht so gesehen, aber heute konnte er erkennen, dass er seine Bestätigung aus dem Beruf gezogen hatte und nicht aus seiner Familie. Und er wusste, dass er es wieder tun würde, wenn sich ihm die Chance bot.

Neuntes Kapitel

»Dein Vater hatte einen Unfall?« Sandra war fassungslos. Eben noch hatte Daniela von der wunderbaren Liebesgeschichte ihrer Eltern erzählt und dann das. »Verdammt, Dani, warum hast du nie davon erzählt? Ich dachte, du meldest dich nicht, weil du keine Zeit hast. Ich dachte, du bist in Paris oder weiß Gott wo, wo es um Mode geht, und arbeitest Tag und Nacht an deinen Entwürfen. Ich habe immer auf einen Artikel über dich gewartet und mir vorgestellt, wie ich irgendwann in einen Laden gehe, und da hängt dann ein Daniela-Modic-Kleid.«

Daniela lächelte schief. Für einen kurzen Moment wirkte sie wie erstarrt, dann ging eine Art Vibrieren durch ihren Körper.

»Na, dann hätte ich dich bestimmt angerufen, daran besteht kein Zweifel.« Sie starrte auf das leere Glas Rotwein zwischen ihren Fingern. »Weißt du, ich bin irgendwie nicht dazu gekommen. Es war eigentlich keine Absicht. Ich hatte einfach die ganze Zeit zu viel zu tun. Erst waren Mama und Papa gerade noch einmal Eltern geworden, und dann hatte Papa diesen schrecklichen Unfall und plötzlich ...« Daniela brach ab. Sandra hörte ihrer Stimme an, dass es ihr auch nach so vielen Jahren noch schwerfiel, über diese Zeit zu sprechen, in der alles durcheinandergewirbelt worden war, in der sich das Leben neu zusammengefügt hatte und sie sich von Zukunftsplänen hatte verabschieden müssen. Die Wunden waren noch da, sie waren vernarbt, aber sie waren noch da.

Sandra betrachtete die Freundin, hätte sie am liebsten in den Arm genommen, zögerte aber. Und mit einem Mal konnte sie es nicht leugnen: Es lagen doch Jahre zwischen ihnen, Jahre, in denen sie keinen Kontakt gehabt hatten, Jahre, in denen sie sich vielleicht ein wenig fremd geworden waren. Und je mehr Sandra darüber nachdachte, desto schwieriger war es zu entscheiden, wie sie reagieren sollte. »Es tut mir so leid«, sagte sie leise.

Daniela nickte. Sie sah mit einem Mal sehr schmal und zart aus. Sandra senkte den Blick. Dieser Unfall war in ihrem Bekanntenkreis, in ihrer Stadt passiert, aber sie hatte nichts davon mitbekommen. Niemand hatte ihr davon berichtet. Wo war sie damals gewesen? Es musste zu ihrer Zeit als Au-pair passiert sein, als sie vor Beginn ihres Studiums ihr Englisch noch einmal hatte auffrischen wollen. Warum hatte ihr niemand Bescheid gesagt? Wie hatten sie sich so schnell aus den Augen verlieren können, dass niemand daran dachte, ihr als Danis bester Freundin Bescheid zu sagen? Dass man sie informieren musste ... *Aber ich habe mich ja auch nicht bei ihr gemeldet ... Es gab so viel Neues, was meine Aufmerksamkeit beansprucht hat. Immerhin war ich in London, in einer Metropole, und es war einfach nur geil ...* Sandra schluckte. »Ich kann dir gar nicht sagen, wie leid mir das tut. Das muss furchtbar gewesen sein, und ich hätte an deiner Seite sein müssen.«

»Ja, das war es. Es war schlimm. Erst der Unfall und danach …« Daniela stellte das Glas ab und schauderte. »Mein Vater war immer ein beweglicher, sportlicher Mann gewesen, einer, der stolz war auf seine körperliche Fitness. Er hat geweint, als sie ihm den Arm abgenommen haben. Ich habe ihn zum ersten Mal weinen sehen, das war furchtbar. Eine Zeitlang war er dann richtig depressiv. Er ging nicht mehr ins Restaurant. Er sprach kaum noch. Er ging nicht raus, damit ihn niemand nach dem Arm fragte oder ihn bemitleidete. Wir dachten wirklich lange Zeit, er gibt sich auf.« Daniela stieß einen Seufzer aus. »Und dann hat es mir auch für meine kleine Schwester leidgetan. Aber das alles ist nicht deine Schuld. Du wusstest das ja alles nicht.«

»Vermutlich hat Zita nicht so viel mitbekommen, oder?« Klang das jetzt wie eine Rechtfertigung?

»Vielleicht nicht, aber die Stimmung war schon sehr gedrückt. Kriegt das nicht auch ein kleines Kind mit?« Daniela schaute Sandra fragend an.

Die zuckte die Achseln. »Und heute?«

»Ach Gott, Zita ist ein Dickkopf, wie schon gesagt. Sie weiß immer, was sie will, und sie mag keine Umwege.« Daniela lachte. »Also muss ich mir um sie doch keine Gedanken machen. Sie ist jemand, der auf die Füße fällt, wie eine Katze.« Sie lachte überraschend.

Sandra stand auf, ging zu ihr und setzte sich auf die Sessellehne, streckte die Hand nach Dani aus und streichelte ihren linken Arm. »Ich hätte dir wirklich gerne geholfen. Du hättest dich melden können.«

»Ach, erst einmal warst du zu dem Zeitpunkt gar nicht da, und dann war ich plötzlich für so viel mehr verantwortlich. Ich wusste wirklich einfach nicht, wo mir der Kopf steht. Meine Lehre, das Restaurant, meine kleine Schwester … Mein Vater, den ich zu trösten versuchte, während meine Mutter in der Küche stand. Ich bin abends oft nur ins Bett gefallen und sofort eingeschlafen, zu mehr hat mir die Kraft gefehlt. Du und Nicolai, ihr wart weg. Die anderen haben studiert. Ihr hattet euer Leben. Ich wollte da nichts kaputtmachen. Ich wollte es alleine schaffen.«

Sandra spürte die letzten Worte wie einen leisen Stich. »Aber wir waren Freunde, vor allem wir beide.«

»Trotzdem.« Daniela schwieg für einen Moment. »Noch Wein?«

Sandra zögerte. »Warum nicht?«, sagte sie dann.

Daniela stand auf und schenkte nach.

Sandra kehrte zu ihrem Platz zurück und drehte ihr Glas dann nachdenklich in den Händen. »Um Hilfe zu bitten, ist dir noch nie leichtgefallen, was?«

»Wem fällt das schon leicht?« Daniela schaute Sandra intensiv an. Sandra zuckte die Achseln. Ob Daniela ahnte, dass auch sie nicht alles gesagt hatte? Und ja, sie hatte recht: Um Hilfe zu bitten, fiel ihnen beiden schwer.

Werde ich ihr alles sagen? Irgendwann? Jetzt? Später?

»Und du?«, fragte Daniela jetzt.

Sandra war froh, dass sie nicht zusammenzuckte. »Alles okay. Das Leben halt«, hörte sie sich sagen. »Manchmal ist es etwas weniger brillant, als man sich das so als junger Mensch vorgestellt hat.«

»So, wie man feststellt, dass man Kuchenteig ab jetzt nicht gänzlich und immer roh essen wird, auch wenn man es könnte?«

»Ungefähr so.« Sandra grinste schief.

»Und deine Tochter? Erzähl mir ein bisschen von ihr. Ist sie wirklich so schlimm?«

»Ein Teenie durch und durch. Sie hat ständig etwas an mir auszusetzen. Ich bin eine echte Zumutung, glaube ich. Genau wie sie umgekehrt für mich. In letzter Zeit reden wir nicht mehr viel.« Sandra seufzte, dann richtete sie sich auf und wühlte in der Tasche, die sie vor sich abgestellt hatte, nach ihrem Portemonnaie. »Hier, das ist sie.«

Daniela nahm das Foto entgegen. »Da ist sie aber jünger, oder?«

»Ist sie.« Sandra grinste schief. »Das sind Erinnerungen an bessere Zeiten, deshalb kann ich es wahrscheinlich einfach nicht ersetzen. Ich hoffe, die Alex, die ich kenne, kommt irgendwann wieder zurück. Es war nämlich eigentlich ganz nett mit ihr.« Jetzt musste sie doch lachen.

Daniela stimmte ein. Dann schwiegen die beiden Frauen einen Augenblick.

»Meinst du, wir waren anders?«, fragte Daniela schließlich.

Sandra zuckte die Achseln. »Keine Ahnung.«

»Und, wie geht es deinem Mann?«

Sandra starrte in ihr Glas. »Arbeitet viel. Und ist deshalb auch zu Hause geblieben.«

»Das gefällt dir wohl nicht?«

»Hm.«

»Es kommt mir so vor, als müsstet ihr was klären.« Daniela schmunzelte.

»Oh ja. Das müssen wir.«

Wenig später verabschiedeten sie sich. Sandra war müde, putzte sich rasch die Zähne und schlüpfte in die Nachtwäsche, fand nach diesem Gespräch aber schwer in den Schlaf und wachte am nächsten Morgen entsprechend spät auf. Als sie nach unten kam, war Daniela nicht zu sehen. Der Frühstückstisch war auf der Terrasse gedeckt. Darauf lag auch ein kurzer Gruß von Daniela: Sie würde für die nächsten Tage einkaufen, aber gegen Mittag zurück sein. »Ich freue mich auf einen Mittagssnack mit dir«, schrieb sie.

Sandra faltete den Zettel und steckte ihn in die Tasche ihrer Jeans-Bermuda. Es fühlte sich zunächst seltsam an, alleine am Tisch zu sitzen, doch sie gewöhnte sich schneller daran, als sie gedacht hätte.

Von ihrem Platz aus gab es auch einfach viel zu sehen. Sie ließ ihren Blick über eine Ecke des Gemüsegartens schweifen, dann über die Rosmarinbüsche, die entlang der Mauer wuchsen, und die zahlreichen farbenfrohen Blumen. Die Sonne schien hell vom tiefblauen Himmel, und Geräusche und Gerüche versetzten Sandra in Urlaubsstimmung. Die Terrasse war ringsum bewachsen, sodass das Licht dort fast ein wenig grün wirkte. Es war ein wirklich schöner Ort, um das Frühstück einzunehmen, und Sandra wusste schon jetzt, dass sie ihn nach ihrer Rückkehr nach Deutschland vermissen würde. Genüsslich ließ sie sich Brötchen, selbst gemachte Marmelade und goldgelbe Butter schmecken. Sie nahm die Porzellankanne auf und schenkte sich eine zweite Tasse tiefschwarzen Kaffee ein, gab dann Milch dazu. Sie spürte, wie sie wacher wurde, und beschloss, zum Abschluss doch noch ein zartes Plunderteilchen zu genießen. Es sah zu unregelmäßig aus, um nicht selbst gemacht zu sein, und schmeckte himmlisch. Entspannt lehnte sie sich zurück und beobachtete Milan, der einen Gartenweg harkte, mit jenen sanften, bedächtigen Bewegungen, die ihr schon am ersten Tag aufgefallen waren. Er war schlank und relativ groß, sein Haar schlohweiß. Er trug Sandalen zu einer blauen Arbeitshose, die Daniela ihm vermutlich aus Deutschland mitgebracht hatte, jedenfalls kam Sandra diese Art Hose bekannt vor. Es hatte etwas Beruhigendes, ihm zuzusehen. Er ruhte in seiner Arbeit. Sie war wichtig für ihn, und er ging ganz darin auf, so einfach sie auch sein mochte. Gestern hatte Daniela ihr erzählt, dass Milan schon von Anfang an hier wohnte. Er hatte hier schon gelebt, als ihre Eltern das Haus gekauft hatten, ein Einsiedler, ein Eremit mit zotteligen Haaren, der einzige Bewohner des verfallenen Gebäudes. Er hatte keine Familie, und niemand im Dorf wusste viel über ihn. Natürlich kannte man ihn dort, er verdiente seinen Lebensunterhalt, indem er kleinere Reparaturen übernahm und Hilfsarbeiten ausführte, aber mehr über ihn wusste man nicht, nicht einmal, wo er herkam. Die Familie Modic und er hatten sich einander langsam angenähert. Sie hatten ihm neue Kleidung gegeben, und Danielas Mutter hatte ihm irgendwann die Haare geschnitten, wenn auch nie kürzer als schulterlang. Er hatte bei der Renovierung geholfen und auf das Haus aufgepasst, wenn die Familie in Deutschland war. Nach der Fertigstellung des Hauses hatte Milan Hausmeistertätigkeiten übernommen. Von da an hatte er ein kleines Einkommen und eine saubere, warme Unterkunft. Er wohnte in einem kleinen, weiß getünchten Häuschen am Anfang der großen Wiese, mit einer kleinen Bank davor. Das Haus, so hatte Dani ihr erzählt, verfügte über zwei Zimmer, ein winziges Bad und eine Außentoilette. Milan war also schon immer Teil dieser Villa gewesen und es geblieben. Niemand konnte sich diesen Ort ohne ihn vorstellen. Wenn Daniela die Ferien hier verbracht hatte, hatte sie immer auch viel Zeit mit Milan verbracht, der ihr das meiste Kroatisch und die schönsten Geschichten beigebracht hatte.

»Er ist ein guter Zuhörer«, hatte Daniela gesagt. »Man kann ihm alles erzählen, und danach geht es einem irgendwie besser.«

Sandra dachte an den Moment des Vortags zurück, an dem er sie angelächelt hatte. Da war etwas an ihm, das ihr bekannt vorkam, wie etwas Gutes, das schon immer da gewesen war. Er war sicher jemand, zu dem man rasch Vertrauen fasste.

Sandras Gedanken wanderten wieder zu ihrem Gespräch mit Dani vom Abend zuvor: Warum war sie eigentlich nicht ehrlich zu ihr gewesen? Warum hatte sie nicht gesagt, dass auch bei ihr nicht alles rundlief? Warum hatte sie nichts von der Scheidung erzählt? Gestern hatte sie sich eingeredet, dass sie sich nicht in den Mittelpunkt drängen wollte, aber heute war sie sich dessen nicht so sicher. Vielleicht war sie einfach feige.

Mit einem Mal drang das Geräusch eines Motors in ihre Gedanken, und sie ging zur Vorderseite des Hauses, wo Danis Auto gerade zum Stehen kam. Das Fenster surrte herunter: »Hey Sandra, schau mal, wen ich mitgebracht habe!«

Nicolai sah immer noch jünger aus, als er war, und hatte immer noch die Macht, Menschen in seinen Bann zu ziehen. Da war diese Art, wie er sie ansah, eine Bewegung, die er machte, ein Lächeln, das er seinem Gegenüber zuwarf. Er hatte einfach immer diese unglaubliche Präsenz gehabt, und er hatte sie eindeutig nicht verloren. Sandra war sich sicher, dass sich immer noch alle Blicke auf ihn richteten, wenn er einen Raum betrat. Nicolai hatte einfach eine natürliche Präsenz. Als er jetzt die Tür von Danielas kleinem Wagen öffnete, ausstieg und dann kurz neben dem Auto stehen blieb, kam es Sandra vor, als würden Dani und sie tatsächlich den Atem anhalten: Nicolai war da. Vielleicht war der Gedanke blöd, aber irgendwie machte es alles ein bisschen wahrer. Sie waren wirklich hier. Sie würden sich wirklich alle wiedersehen.

Nicolai trug schmal geschnittene schwarze Hosen und ein graues T-Shirt mit dem Abbild irgendeiner Punkband darauf, dazu Chucks. Seine Haare waren immer noch dunkel, lockig und halblang, sein Grinsen frech. Es hatte eine Zeit gegeben, da hatte auch Sandra sich in seine dunklen Augen verguckt, wie sicher fünfzig Prozent der Mädchen in ihrer Klasse. Von ihnen dreien war er ganz offensichtlich derjenige, der sich äußerlich am wenigsten verändert hatte. Jetzt winkte er ihr über das Auto hinweg zu.

»Lust auf ein zweites Frühstück?«, fragte Daniela ihn.

»Klar. Geht ihr schon mal kurz voraus, ich bringe nur schnell meinen Koffer hoch. Treppe hoch, Gang rechts und dann das Zimmer ganz hinten? Frühstück auf der Terrasse? Wie besprochen?«

Daniela lachte. »Genau. Ich kann dir aber auch alles zeigen.«

Nicolai wehrte ab. »Nicht nötig. Ich pack das schon.«

»In Ordnung. Wir sind dann auf der Terrasse.« Sie deutete auf die Tür. »Und hier geht's rein.«

»Okay.« Nicolai nahm seinen Koffer aus dem Wagen, und Daniela und Sandra verschwanden ums Haus herum.

Etwas mehr als zehn Minuten später saßen sie alle gemeinsam beim zweiten Frühstück. Sandra hatte eigentlich nur einen weiteren Kaffee trinken wollen, nahm dann aber doch noch ein Teilchen. Meine Güte, die waren aber auch lecker. Ein paar Dinge hatten Nicolai und sie ja schon am Telefon besprochen, jetzt tauschten sie weitere Neuigkeiten aus. Daniela hatte sich Nicolais Reise-Website schon genauer angesehen, weil sie hin und wieder darüber nachgedacht hatte, eine Website für die Villa zu erstellen, und erhoffte sich Tipps von ihm. Also sprachen sie über das Internet, das Bloggen im Allgemeinen und seinen Reiseblog im Besonderen und dann über die Zeit, in der er direkt nach dem Abitur als Musiker unterwegs gewesen war. Alle drei empfanden eine Vertrautheit, die sich gut anfühlte. Keiner von ihnen hätte gedacht, dass das alles wieder so schnell zurück sein würde.

»Damals habe ich dann auch das Reisen für mich entdeckt, also das andere Reisen«, erklärte Nicolai, »nicht so, wie ich es mit meinen Eltern mit dem Wohnwagen getan habe. Adria mit Wiener Schnitzel und Pommes, bitte!«

Nicolai sprach davon, wie aus seinen Vorlieben Musik und Reisen der Blog entstanden war. Er bedeutete ihm wirklich etwas, das war deutlich zu sehen. »Und ich war wirklich überrascht, dass ich damit Geld verdienen konnte, aber das klappte tatsächlich. Es hat allerdings seine Zeit gedauert, und es ist durchaus Arbeit, wenn man es richtig machen will.«

»Und wie oder warum bist du nach Deutschland zurückgekommen? Ich meine, so einen Blog kann man ja von überall betreiben, und ich dachte immer, du willst weg von zu Hause?«, fragte Daniela neugierig.

Nicolai runzelte die Stirn. »Ach, meine Eltern werden eben auch älter, und ich dachte, dass sie meine Hilfe brauchen. Als meine Mutter dann an der Hüfte operiert wurde, bin ich einfach eine Weile dageblieben, auch um mich zu sortieren.« Er holte tief Luft, starrte einen Augenblick lang vor sich. »Ehrlich gesagt hat es auch gutgetan, mal wieder ins strukturierte Deutschland zurückzukehren. Ordnung und Struktur haben nicht nur Nachteile. Das kann ich euch als Vielgereister sagen.«

»Willst du noch Kaffee?«, fragte Daniela.

Für einen Augenblick schien es, als habe er sie gar nicht gehört.

»Hm«, stimmte er dann zu. Seine Miene entspannte sich, und dann war er wieder wie der Alte. »Das war letztes Jahr. Seitdem bin ich in Deutschland und schmiede Pläne. Na ja, ich war nie ein Getriebener, oder?«

Daniela und Sandra wechselten einen Blick, dann beugten sie sich beide leicht vor.

»Und gibt's eine Frau Nicolai?«, fragte Daniela.

Nicolai schüttelte den Kopf. »Derzeit nicht. Ich glaube, ich bin einfach nicht das Material zum Heiraten. Das war schon damals so. Meine Beziehungen hielten doch nie länger als sechs Monate, ihr erinnert euch doch, oder?«

Daniela und Sandra wechselten erneut einen Blick. Dann stießen sie gleichzeitig einen Seufzer aus und lachten.

Von seinem Fenster aus konnte Nicolai das Meer sehen. An diesem Abend stand er eine ganze Weile nur da, ohne etwas tun zu müssen. Er musste sich nicht bewegen. Er musste sich nicht darum kümmern, ob sein Gesicht vielleicht eine Maske war, sein Bein nachgab oder der Arm zitterte. Er musste nichts verbergen. Er war einerseits glücklich darüber und schämte sich andererseits, dass er Dani und Sandra nichts von der Krankheit erzählt hatte. War das feige? Wie lange würde er seinen Zustand überhaupt vor ihnen verbergen können? Sie waren seine alte Clique, eigentlich sollte er ihnen doch vertrauen … Andererseits brauchte er kein Mitleid. Er hasste es sogar. Und hatte er den Moment der Wahrheit nicht längst verpasst, wäre es nicht seltsam, jetzt noch mit offenen Karten zu spielen?

Ich will nicht, dass sie mich bemitleiden. Deshalb sage ich nichts.

Offenbar hatte er seine Rolle ganz gut gespielt. So wie sie reagiert hatten, sahen sie in ihm ohne Zweifel denjenigen, der seine Träume bestens erfüllt hatte. Dass er ein Jahr in Deutschland verbracht hatte, hieß ja nicht, dass er sich nicht jederzeit wieder auf den Weg machen konnte, dachten sie wahrscheinlich. Aber sein Leben hatte sich geändert, hatte eine Kehrtwendung genommen, und wenn er ehrlich war, kam er immer noch nicht damit zurecht und würde das vielleicht auch nie.

Werde ich je wieder reisen wie früher? Es tat weh, darüber nachzudenken. *Was wird aus mir werden?* Das Schlimmste war, dass er es einfach nicht unter Kontrolle hatte. Er wusste nicht, was aus ihm werden würde. Er wusste nicht, wie schnell die Krankheit voranschreiten würde, was sich verändern würde. Er war ihr ausgeliefert, er, der immer so viel Wert auf seine Unabhängigkeit gelegt hatte.

Nicolai stützte sich auf die Fensterbank und atmete die

laue Abendluft ein, Mittelmeer-Ferien-Seeluft, gemischt mit Piniennadeln. Er entdeckte ein paar schwankende Lichtpunkte auf dem Meer, Fischer bei der Arbeit. Grillen zirpten, sie waren wirklich laut. Da waren auch Glühwürmchen, die er seit einer gefühlten Ewigkeit nicht gesehen hatte. Wie hell sie leuchteten. Das sah hübsch aus.

Mathilda hätte es hier gefallen.

Der Gedanke kam sehr plötzlich. Mathilda, seine große Liebe. Bevor er sie kennengelernt hatte, hatte er nicht gedacht, dass er der Typ große Liebe war. Mathilda hatte ihn eines Besseren belehrt. Sie wollte er auf Händen tragen. Er hatte sogar darüber nachgedacht, sie zu heiraten und Kinder mit ihr zu haben. Mit ihr hatte er im VW-Bus die Welt erkunden wollen. Fast hätte er ihr einen Heiratsantrag gemacht. Er war morgens aufgewacht und hatte sie beim Schlafen beobachtet, und dann hatten sie miteinander geschlafen, und danach war er fast so weit gewesen, um ihre Hand anzuhalten. Damals hatte er sich nicht getraut, dann war die Diagnose gekommen und hatte einen Heiratsantrag unmöglich gemacht. Er wollte nicht, dass sie sich an ihn band. Dafür war sie zu jung. Trotzdem konnte er sie nicht vergessen.

Sie waren einander auf einem Campingplatz in Portugal begegnet. An einem See. Er war alleine aus dem Norden gekommen, sie mit Freunden aus der Richtung von Madeira.

Sie war ihm sofort aufgefallen, weil sie diese Hippie-Kleidung trug, dazu die langen hennaroten Haare, was doch ein bisschen wie ein Klischee war. Sie ging auch ständig barfuß und wirkte so eins mit sich selbst. Yoga machte sie natürlich auch. Er konnte gar nicht anders, als sie dauernd zu beobachten. Er schnappte auf, dass sie Mathilda hieß, und am ersten Abend, als sie alle am See saßen, holte er seine Gitarre. Er spielte *Waltzing Matilda* und sang dazu und weckte damit ihre Aufmerksamkeit. Erst hatte sie ihn nur beobachtet, dann kam sie zu ihm.

»Tanzt du einen Walzer mit mir?«, fragte er und wunderte sich über sich selbst. Normalerweise war er nicht so. Und der einzige Tanz, den er beherrschte, war der Pogo, einen Walzer hatte er noch nie getanzt.

Sie musterte ihn, bevor sie entgegnete: »Du weißt schon, dass das *Waltzing Matilda* weder etwas mit Walzertanzen noch mit einer Mathilda zu tun hat? Es geht um die Walz, und Matilda ist eine Bezeichnung für einen Umhängebeutel.«

Die Ernsthaftigkeit ihrer Antwort verblüffte ihn, stieß ihn aber nicht ab. »Interessant. Tanzt du trotzdem mit mir?«

Sie lächelte. »Wenn du das Lied für mich fertig spielst. Ich mag es nämlich, mein Name kommt darin vor, weißt du?«

Das tat er, und danach tanzten sie, als wäre niemand anderes da, und er sang das Lied in ihr Ohr.

Damals waren sie glücklich gewesen. Es waren Wochen des Glücks gewesen. Sie begleitete ihn sogar nach Deutschland, als das mit seiner Mutter war. Als er seine Diagnose erhielt, trennte er sich von ihr. Natürlich sagte er ihr nicht, was los war. Stattdessen tat er es auf die brutalstmögliche Art, sagte ihr, dass er sie nicht liebe, so ähnlich wie John Malkovich in »Gefährliche Liebschaften«, den er kurz zuvor mit ihr gemeinsam gesehen hatte …

»Liebst du mich nicht mehr?«

»Nein, nicht mehr, es ist vorbei. Dagegen bin ich machtlos.«

Vielleicht war ihr das Zitat sogar aufgefallen, aber sie hatte nichts gesagt.

Und jetzt stellte er sich plötzlich vor, wie es sein würde, mit ihr hier zu sein. Es war eine schöne Vorstellung, zugleich tat sie höllisch weh. Wie lange würde er diese Fassade wohl aufrechterhalten können?

Zehntes Kapitel

Sandra konnte nicht sagen, was sie am Morgen geweckt hatte. Vielleicht war es Vogelgezwitscher gewesen, vielleicht die helle Sonne, die durch einen Spalt in den Vorhängen irgendwann mitten in ihr Gesicht geschienen hatte, vielleicht auch das Grillengezirpe, welches an diesem Morgen einem Sägewerk Konkurrenz zu machen schien. Sie räkelte sich in den Kissen ihres bequemen Bettes und lauschte auf die Geräusche von draußen: Daniela, die mit jemandem auf Kroatisch redete, ein Auto, das ankam und kurz darauf wieder wegfuhr, Vögel und wieder die Grillen, ein Hahn. Trotz der Vielfalt fühlte es sich irgendwie ruhig an, irgendwie anders, irgendwie nach Ferien. Die Luft war angenehm warm, fast wie ein Streicheln. Es roch anders: ein wenig nach Holz, ein wenig nach Staub, ein wenig nach Kräutern. Sandra stand auf und blickte ein paar Minuten aus dem geöffneten Fenster, während sie die immer noch frische Morgenluft tief in sich einsog. Sie betrachtete den Garten und Milans hochgewachsene Gestalt, die sich über den Besen beugte, wie der Straßenkehrer aus Momo. Sie verfolgte seine ruhigen, konzentrierten Bewegungen, die sich anließen, als gäbe es in diesem Augenblick nichts Wichtigeres als sich und seinen Besen. Sandra konnte das kleine Häufchen Staub und Blätter sehen, welches er bereits zusammengefegt hatte. Es fühlte sich an, als würde es bald wärmer werden, also wählte sie eine leichte Baumwollbluse zu Shorts und braunen Ledersandalen. Ihr störrisches Haar nahm sie kurzerhand im Nacken zusammen – sie war doch eigentlich zu alt dafür, sich aufzuregen, dass es nicht tat, was es sollte –, trug Sonnencreme auf und stand wenig später unten in der Halle.

Von der Terrasse war das Klappern von Geschirr zu hören, aber Sandra entschied kurzerhand, vor dem Frühstück noch ein paar Schritte durch den Garten zu gehen. Sie verließ das Haus durch die offen stehende Vordertür, überquerte den Rasen, auf dem zahlreiche Bienen und andere Insekten schwirrten. Wenig später quietschte das Gartentörchen. Ein kleines braunes Huhn hielt rechts von ihr inne, ein Bein gehoben, den Kopf schief gelegt, als würde es sie beobachten. Sandra nickte ihm zu, dann führten ihre Schritte sie an der Mauer entlang, auf der sich bereits Eidechsen sonnten, bis zum Lavendel. Weitere Hühner kreuzten ihren Weg, der Hahn lugte hinter den Stangenbohnen hervor.

Sandra bückte sich nach einem Salbeistrauch, pflückte ein Blatt und zerrieb es vorsichtig zwischen ihren Handflächen. Es roch köstlich, viel besser und intensiver als die Pflanze, die sie zu Hause auf dem Balkon zog. Eine Hummel landete auf einem weiteren Lavendel direkt daneben und ging auf dem schmalen Zweig fast zu Boden. Sandra hielt das Salbeiblatt noch in der Hand, als sie auf ihrem Rückweg an Milan vorbeikam.

Er hielt, auf seine Harke gestützt, inne und schaute auf

ihre Hände. »Ist gut, nicht? Kann man würzen, Tee machen, wenn Husten. Ist einfach köstlich.« Er rupfte ein paar Blättchen von einem weiteren eher niedrigen Busch ab und zerrieb sie dann äußerst behutsam zwischen seinen schwieligen, alten Händen. »Riechen Sie!«

Sandra beugte sich über seine Hand und schnupperte. »Rosmarin – nein, Thymian. Ach, ich verwechsele das immer.« Sie lachte. »Keine Ahnung, warum. Die Pflanzen sehen ja ganz unterschiedlich aus.«

Sie erinnerte sich, immer noch mit einem Schmunzeln, dass Alex als kleines Kind mal gefragt hatte, was der Tannenbaum in ihrem Essen solle.

Milan roch jetzt auch noch einmal an seiner Hand. Dann machte er eine Bewegung, als wolle er den ganzen Garten umarmen. »Wenn mir schlecht geht, ich gehe durch Garten. Ich rieche, ich schmecke …« Er atmete tief ein. »Rosmarin, Thymian, Salbei, Lorbeer, Fenchel, Lavendel … Ich pflücke Tomaten. Sie sind so süß. Tut mir gut.«

»Oh, das kann ich verstehen.« Sandra betrachtete das Salbeiblatt in ihrer Hand. Im Mai sei die ganze Insel ein farbenprächtiges Meer aus rot und violett blühendem Salbei, hatte Dani erzählt. Wie schön wäre es, das einmal zu sehen.

Elftes Kapitel

»Nicolai! Sandra! Daniela! Mensch, Jungs, Mädels, ihr habt euch ja wirklich gar nicht verändert!«, rief Nils, kaum dass er in Begleitung von Daniela und zeitgleich mit Sandra die Terrasse betreten hatte. Dani hatte gewusst, dass er kommen würde, aber nicht genau wann. Jedenfalls hatte er sie nicht angerufen, um sich von ihr abholen zu lassen, vermutlich war er ein Stück getrampt und ein Stück gelaufen, und Dani hatte ihn zufällig auf dem Rückweg vom Einkaufen eingesammelt. Jetzt traten sie an den Tisch, an dem schon Nicolai saß, und Sandra beobachtete, wie er seine teure Ledertasche vom Arm gleiten ließ und seinen alten Rucksack abstellte. Diese Mischung überraschte sie nicht, so etwas hatte er schon immer gemocht.

»Ich wollte euch überraschen«, sagte er, immer noch fröhlich.

»Und Herr K. erbleichte«, antwortete Nicolai.

»Hä, was meinste denn damit?«

»Na ja, das ist doch diese Herr-Keuner-Geschichte von Brecht«, sagte Sandra, als sie den Tisch erreichte. »Herr K. trifft einen alten Bekannten, der sagt ihm, er habe sich ja gar nicht verändert, und Herr K. erbleicht.«

»War das so?«

»Waren wir im Deutsch-Leistungskurs?« Sandra spürte, wie Nils sie einen Augenblick lang musterte. Insgeheim hatte sie sich vor diesem Moment gefürchtet, vor dem Wiedersehen mit ihm. Weil sie fürchtete, ihm gegenüberzutreten, weil er ihr wahrscheinlich am ehesten aufzeigen würde, wie viel sich geändert hatte. Die Stimme hatte sie jedenfalls sofort erkannt, und dass Nils gehört werden wollte, war nicht zu überhören. Sie fand, dass er ein bisschen zu laut sprach. Ihn wiederzusehen war definitiv am schwierigsten für sie, denn sie waren sich einmal näher gewesen als alle anderen, und sie hatten sich eine Zeitlang sogar vorgestellt, ihr Leben miteinander zu teilen. Ihn gealtert zu sehen zeigte ihr gnadenlos, wie sehr auch sie gealtert sein musste.

Ob ihm das auffiel? Sie musterten einander schweigend. *Er sieht nicht schlecht aus*, dachte sie, *aber er ist anders.* Gestern hatten Daniela und sie noch darüber geredet, dass er verheiratet war – irgendwie schwer vorstellbar –, dazu Vater eines Jungen und eines Mädchens, die eine Woche nach ihm ebenfalls anreisen würden. Und dass er natürlich als Journalist arbeitete, Letzteres hatte Sandra ja schon gewusst. Und das mit der Hochzeit natürlich, die hatte sogar in der Zeitung gestanden. Bis vor ein paar Jahren hatte sie immer mal wieder von ihm gehört. Er hatte Skandale aufgedeckt, preisgekrönte Reportagen veröffentlicht. Man kannte seinen Namen.

Dann hatte sie ihn aus dem Blick verloren. Zu viel Arbeit, eine eigene Familie. Oder so. Irgendwann verfolgte man eben nicht mehr, was der Ex-Freund so tat. Irgendwann war man erwachsen.

Sandra atmete tief durch. In diesem Moment grinste Nils sie an, und die Erinnerung an seinen Charme war sofort wieder da. Wie damals, in der Zwölften, als sie ein Paar geworden waren. Sie starrte auf das Basecap, welches er verkehrt herum auf den Kopf trug, und für einen Moment dachte sie, dass das doch ein bisschen seltsam aussah für sein Alter. Dann trat er so plötzlich auf sie zu und breitete die Arme aus.

»Sandra, wie schön! Ich hab dich jedenfalls vermisst. Du mich auch?« Er schwieg einen Moment. »War ja klar, dass du das noch weißt mit Herrn K. Kleine Streberin.«

Erstaunt stellte sie fest, dass das Wort weh tat. War es im Übrigen nicht Nicolai gewesen, der zuerst etwas von Herrn K. erzählt hatte? Sandra öffnete den Mund, um etwas zu erwidern, doch Nils nahm sie mit großer Geste in den Arm und hatte seine Worte offenbar bereits hinter sich gelassen. Seine Umarmung fühlte sich seltsam an, nicht schlecht, aber doch seltsam.

Anschließend blieben sie einen Moment voreinander stehen, als wüssten sie nicht, was sie tun sollten. Dann nahm Nils gegenüber von Daniela Platz, seitlich, um Platz für seine langen Beine zu finden. Sandra setzte sich ebenfalls hin, nahm sich Brot und Obst. Nicolai hatte schon fertig gegessen. Irgendwie aß er eher wie ein Spatz und auch eher schnell. Er trank lediglich noch eine Cola und verneinte die Frage, ob er noch ein Teilchen wolle.

Wieder einmal sprachen sie über die Zeit nach dem Abi und lauschten Nils' Geschichten. Er hatte viel zu erzählen. Sandra berichtete kurz aus der Schule, dann kam Nils wieder mit einer Anekdote. Er erzählte gut, aber zwischenzeitlich fand Sandra doch, dass er ein wenig zu viel redete. Alles an ihm war ein bisschen zu laut, jede Geste ein bisschen zu übertrieben. War das immer schon so gewesen? Seltsamerweise war ausgerechnet er ihr fremd geworden.

An diesem Abend kamen sie alle spät ins Bett. Als Nils sein Zimmer betrat, tat ihm der Kiefer weh, weil er sich so verspannt hatte, und er roch den Angstschweiß an sich. Angstschweiß hatte einen sehr eigenen Geruch, und er wusste, warum er ihn befallen hatte: Da war diese verdammte Angst, enttarnt zu werden, diese Angst, erklären zu müssen, wie wenig noch in seinem Leben funktionierte. Dass er einmal ein großer Journalist mit großen Stories gewesen und jetzt nur noch ein Zeilenschreiber war, den man für alles heranzog: Hasen, örtliche Fußballvereine, Dorffeste, Kindergärten … Alles bedeutungsvoll für irgendjemanden, aber nicht für ihn.

Vollbekleidet legte er sich aufs Bett und starrte gegen die weißgetünchte Decke mit den Gipsverzierungen. Das Haus war echt beeindruckend. Daniela hatte sie darin herumgeführt, die breite Treppe in der Eingangshalle hinauf, die verschiedenen Flure entlang, in die Küche mit dem riesigen Herd und dem großen Arbeitstisch. Er dachte daran, dass er jetzt ein paar Tage für sich hatte, bevor er die Kinder vom Flughafen abholte. Sechs Tage hatte er frei, dann musste er wieder ran. Eigentlich war das natürlich okay. Es waren auch seine Kinder, er liebte sie …

Er legte die Hand in den Nacken und versuchte, sich etwas zu entspannen. Seine Kopfhaut kribbelte. Manchmal waren das die Vorboten von Migräne. Er konnte nur hoffen, dass dem dieses Mal nicht so sein würde, aber der letzte Anfall war schon länger her. Vielleicht war es ja mal wieder Zeit?

Nils setzte sich kurzentschlossen auf und horchte in sich hinein, rieb seine Hände, die manchmal taub wurden, wenn sich ein Anfall ankündigte, und ging dann ins Bad, um sich großzügig kaltes Wasser ins Gesicht zu schöpfen. Vielleicht war er auch einfach nur müde. Es war eine lange Reise gewesen, und sie hatten viel und lange geredet. Er hatte aufpassen müssen, nichts Falsches zu sagen. Zu Hause war es auch nicht leicht gewesen. Er betrachtete sich im Spiegel: der coole Nils, der lustige Nils, der selbstbewusste Nils …

War es gut gelaufen unten? Hatte er sich verraten? Da waren diese Momente gewesen, zwischendrin, als er Sandras Blick fast tadelnd auf sich gespürt hatte, und er ihr hatte zurufen wollen: So bin ich nicht! Ich bin noch der Alte, wirklich!

Er hatte den Eindruck, dass sie sein Verhalten irritierte, aber besser so, als dass sie alle die Wahrheit erfuhren über ihn, den Versager …

Und vielleicht war er ja auch einfach so einer? Vielleicht war er einer, der großspurig den alten Zeiten hinterhertrauerte und nichts mehr zu bieten hatte; einer, der immer im Damals verhaftet bleiben würde, weil es damals viel besser gewesen war, und der vor der Zukunft zu viel Angst hatte? Welche Zukunft sollte das überhaupt sein? Für immer Reporter in einer Lokalredaktion? Jemand, der auf ewig über *alles* berichtete, über alles, aber nichts Richtiges, nie mehr? Nun, vielleicht war das auch das Richtige, und er sah das alles ganz falsch.

Er starrte nachdenklich in die Ferne und checkte dann sein Handy. Caroline hatte angerufen und eine Nachricht hinterlassen. Seine Ex wollte wissen, ob er gut angekommen war, und dass sie das fragte, gab ihm das Gefühl, dass sie alles im Griff hatte und er eben nicht. Denn, ja, so machte man das, auch wenn man nicht mehr zusammen war, weil man eben einmal eine Familie gewesen war. Man fragte nach dem Befinden des Anderen, ließ wissen, wie es den Kindern ging (gut) und dass sie sich gut mit Jens (dem Neuen) vertrugen. Nils zog sich der Magen zusammen. Caroline schickte auch Weihnachtskarten immer rechtzeitig. Ihre Urlaubskarten zauberten ein Lächeln in das Gesicht der Empfänger, und für die engsten Freunde und Familienmitglieder wartete sie auch zu Ostern und Nikolaus mit netten Ideen auf. Sie wusste, wie man sich benahm, denn ihre Erziehung war formvollendet, sie war sicher und geborgen aufgewachsen, auf einem teuren Internat zur Schule gegangen, hatte auch ein Jahr an einer englischen *public school* verbracht und spiegelte die familiären Investitionen in sich auch noch heute wider. Er hatte sie nur einmal in die enge Wohnung zu seiner alleinerziehenden Mutter mitgenommen, und auch da hatte sie sich sehr formvollendet benommen. Er war es gewesen, der nicht damit zurechtgekommen war.

Caroline hatte nach der Trennung natürlich auch gesagt, dass sie Freunde bleiben konnten. Man trennte sich nicht hässlich, sondern verantwortungsvoll. Schließlich waren sie auch als Freunde in ihre Beziehung gestartet: Freunde, Liebende und dann …

Vielleicht hatte sie auch nur seinen Erfolg geliebt? Der Erfolg, der irgendwann ausgeblieben war. Ohne Erfolg fühlte er sich wie ein Nichts. Dass Caroline die Tochter seines Verlegers war, machte die Sache nicht einfacher, obgleich sie immer sagte, das sei gar kein Problem. Für ihn war es eines, und er zweifelte keinen Moment daran, wo die Loyalitäten ihres Vaters lagen.

Sie hatte sich allerdings nicht getrennt, weil sie ihn ersetzt hatte. Jens war erst viel später in ihr Leben getreten. Er war jünger als sie, sie hatte ihn auf einer Ehemaligenparty ihres Internats kennengelernt – was für ein Klischee. Seine Familie machte in Immobilien.

Die Kinder … Eigentlich wäre auch dieses Wochenende schon seine Zeit des Urlaubs mit ihnen gewesen. Sie war bereit gewesen zu tauschen. »Klar musst du da hin, ein paar Tage alleine für dich haben«, hatte sie gesagt und: »Das ist absolut kein Problem«. Es hatte sie gar nicht gestört. Er hatte sich bei den Kindern entschuldigt.

»Das ist okay, Papa«, hatten sie gesagt und dabei auch schon ein bisschen geklungen wie ihre Mutter. Seltsamerweise war es heute am schlimmsten für ihn, wenn er sie auf den Knien ihres Großvaters, seines Schwiegervaters, sitzen sah. Zu seiner Mutter nahm er sie kaum mit, auch wenn die oft nachfragte und die Kinder sie offensichtlich liebten. Zu eng erschien ihm die Wohnung, zu kleinbürgerlich. Am liebsten unternahm er etwas mit ihnen, zahlte einen Besuch im Zoo oder im Museum oder so etwas.

Nils wandte sich seiner Tasche zu, die er bislang nicht ausgepackt hatte. Eine Ledertasche, exklusiv. Irgendwann einmal hatte er sie sich gegönnt, heute würde er sich so etwas nicht mehr kaufen. Wenn es so miserabel weiterlief, musste er sie vielleicht irgendwann bei Ebay versetzen. Er hatte immer gedacht, er habe Talent für Storys, aber vielleicht hatte er damals auch nur die richtige Frau geheiratet. Er hielt einen Moment inne. Wie nannte man solche Gedanken noch? Impostor-Syndrom, ja, das war es … Sein Leben lang hatte er gefürchtet, dass man ihn irgendwann enttarnen würde. Dass irgendwann irgendjemand kam und ihn auf das Mittelmaß zurückstutzte, das er doch war.

Er räumte den kleinen Schrank ein und schaute sich dann nochmals im Zimmer um. Ein schönes Zimmer, von dem aus er das Meer sehen konnte. Das ganze Haus war schön, eine prächtige Villa. Sicher steckte auch hier eine Geschichte drin: die K.-u.-k.-Zeit, Familien, die ihren Urlaub hier verbrachten, Kinder, die die Seeluft heilte – schließlich lagen Luftkurorte in der unmittelbarer Nähe, verbotene Lieben, der Erste Weltkrieg, der Zweite Weltkrieg … Das klang fast nach einem Roman. Um die Klischees vollzumachen, hatte er natürlich auch immer davon geträumt, einen Roman zu schreiben, hatte aber feststellen müssen, dass er dafür offenbar zu nüchtern und vielleicht auch zu feige war. Nils strich behutsam über den Holzrahmen des Fensters, bevor er es öffnete und in die Nacht hinauslauschte. Ein Stück entfernt meinte er eine Gitarre zu hören.

Nicolai? Nils überlegte, dass ihm der alte Kumpel an diesem Tag nachdenklicher vorgekommen war, als er das von ihm erinnerte. Er war auch ruhiger gewesen. Der Nicolai, den er kannte, war immer in Bewegung gewesen. Stillstand war ein Ding der Unmöglichkeit. Und er hatte seine Musik geliebt. An diesem Abend hatte er keine Gitarre dabeigehabt. Er hatte nicht gespielt, keinen einzigen Ton.

Zwölftes Kapitel

Seit fünf Uhr lag Nicolai wach. Letztes Jahr um diese Zeit hatte er seinen geliebten Bulli verkauft, den alten Bus, mit dem Mathilda und er durch Europa gekurvt waren, immer dicht aufeinander, manchmal zu dicht, aber so verliebt, und da hielt man das eben aus.

Er hatte sich in sie verliebt. Es hatte ihn wie der Blitz getroffen, schon von dem Moment an, als er sie zum ersten Mal zwischen ihren Leuten gesehen hatte. Und das war zum einen überraschend und zum anderen wunderschön gewesen, denn es hatte Zeiten gegeben, da war es ihm vorgekommen, als wäre ausgerechnet er nicht für die Liebe gemacht. Natürlich hatte er immer wieder Beziehungen gehabt, aber es hatte ihm nie etwas ausgemacht, sie zu beenden.

Mit Mathilda war das etwas anderes gewesen. Ihr fühlte er sich näher als jedem anderen Menschen. Sie war seine Seelenverwandte, sein Rausch ohne Kater … Sie mussten nicht viel reden und wussten doch mit Leichtigkeit, was der andere dachte. Für ihn hatte sie ihre Freunde zurückgelassen, um gemeinsam mit ihm weiterzufahren.

Zwei Wochen hatten sie in Portugal verbracht, immer in Strandnähe, waren dann in Richtung Spanien gefahren und an der spanischen Westküste hoch nach Frankreich. In Biarritz war ihm rückblickend zum ersten Mal bewusst geworden, dass vielleicht etwas nicht stimmte. Es war Morgen, Mathilda hatte noch geschlafen, er war auf dem Weg zum Bäcker gewesen, als er erst ein leichtes Zittern wahrgenommen hatte, bevor sein rechtes Bein plötzlich nachgegeben hatte. Er hatte einfach die Kontrolle verloren, war hart auf den Schotter gestürzt und hatte sich den Arm aufgeschürft. Eine Weile hatte er dagelegen – froh, dass ihn niemand gesehen hatte –, dann war alles wieder gut gewesen, zurückgeblieben war nur ein komisches Gefühl.

Mathilda hatte ihn bei seiner Rückkehr mit frischen duftenden Croissants, Baguette und einem blutigen Arm gefragt, was geschehen sei. Er habe einem Moped ausweichen müssen und sei gestürzt, hatte er gesagt und sie damit zum ersten Mal belogen. Sie hatte geschimpft, was sie selten tat, und dann kundig seinen Arm versorgt. Sie wollte einmal Ärztin werden, hatte sie ihm gesagt. In der Nacht, während er auf ihren ruhigen Atem lauschte und ihren Duft einatmete, der immer noch wie eine Droge für ihn war, hatte er in sich hineingehorcht. *Was ist falsch mit mir?*

In den nächsten Tagen gab es keinen weiteren Vorfall, und er hatte die ganze Sache als etwas Einmaliges abgetan. Sie hatten ihre Reise fortgesetzt, an der französischen Westküste weiter nach Norden, einen Abstecher nach Bordeaux, zwei Wochen Bretagne. Dann folgten weitere Ausfälle, vor allem auch ein Zittern, und weitere Ausreden, auch vor sich selbst. Einmal war Mathilda dabei gewesen. Er hatte sich den Arm geprellt und Mathilda angefahren, als sie vorgeschlagen hatte, zum Arzt zu gehen. »Das ist schon okay. Nichts Schlimmes. Tut weh, geht aber vorbei. Ich bin irgendwie ein bisschen ungeschickt gerade.«

Abends hatte sie ihn gefragt, ob er etwas auf der Gitarre spielen könne. Es war ihm wie ein Angriff vorgekommen, und er hatte sie angepatzt. Sie hatte sich umgedreht, war spazieren gegangen und erst zurückgekommen, als er bereits im Bett lag. Zum ersten Mal war da eine Missstimmung zwischen ihnen gewesen. Es hatte ihm weh getan, aber er hatte sich außerstande gefühlt, die Sache aufzuklären. Was hätte er auch sagen sollen? Neurologische Ausfälle? Vielleicht hatte er ja einen Bandscheibenvorfall?

Sie kehrten nach Deutschland zurück und parkten den Bulli auf dem Campingplatz, auf dem auch der Wagen seiner Eltern stand. Er stellte fest, dass er sich doch auch gerne an die Zeiten erinnerte, in denen sie dort und anderswo mit dem Wohnwagen Urlaub gemacht hatten. Vielleicht hatte ihn das Alter auch milder gestimmt.

Mit ihrer Anwesenheit senkten sie den Altersdurchschnitt beträchtlich. Die Alten vom See starrten Mathilda wegen ihrer äußeren Erscheinung an, aber es dauerte nicht lange, da hatte sie die Dauercamper um den kleinen Finger gewickelt. Morgens badete sie im See, und Nicolai fand, dass sie darin wie eine moderne Venus aussah. Ein Mann malte sie tatsächlich in einer Muschel. Nicolai fand das Bild scheußlich kitschig. Mathilda freute sich. An einem Abend redeten sie plötzlich über Hochzeiten, auf denen sie gewesen waren. Und Nicolai dachte immer öfter, dass irgendetwas nicht mit ihm stimmte. Noch konnte er es verbergen, aber was, wenn das nicht mehr möglich war? Er wusste, dass er zum Arzt gehen sollte, aber ihm fehlte der Mut. Und dann kam der Tag, an dem er seine Mutter begleitete und von diesem Arzt angesprochen wurde.

Ein paar Wochen später bekam er die Diagnose, und er beschloss, sich sofort von Mathilda zu trennen. Noch jetzt erinnerte Nicolai ihr Gesicht in dem Moment, als er ihr gesagt hatte, dass es vorbei war. Er war damals vom Arzt gekommen, ein weiterer Termin, von dem sie nichts gewusst hatte, er hatte ihr natürlich nichts von alledem gesagt. Er hatte ihr weh getan, aber er hatte es tun müssen, denn er wollte nicht, dass sie ihn pflegte, dass sie sich das auflastete, was seine Zukunft ausmachte: das Leben mit einer degenerativen Nervenerkrankung ohne Aussicht auf Heilung. Diese Entscheidung durfte er nicht ihr überlassen, das wusste er. Sie war jünger als er. Sie sollte das nicht mitmachen müssen, einen Greis zu pflegen, der vor seiner Zeit tattrig wurde. Und ja, er wollte auch nicht, dass sie ihn so sah, im Geist noch klar, aber die Kontrolle über seinen Körper verlierend.

Natürlich glaubte sie ihm nicht, schließlich kannte sie ihn besser als jeder andere, und hatte ihm Vorwürfe gemacht. Und als er ihr gesagt hatte, dass sie irgendwann schon verstehen würde, hatte sie ihn geohrfeigt, woraufhin er ihr an den Kopf geworfen hatte, das zeige ihm nur, wie richtig seine Entscheidung sei …

Ihre Beziehung war Türen knallend auseinandergeflogen. Sie hatte ihre Sachen gepackt und war zu Fuß verschwunden. Er war zu seinen Eltern zurückgekehrt und hatte am nächsten Tag den Bus zum Verkauf inseriert. Die ersten Interessenten für das Auto waren ein Pärchen, schwer verliebt. Sie hatten sich ständig in den Armen gelegen. Sie hatten alles ansehen wollen, und als sie dann auch noch auf das Bett geklettert waren und sich dort mit Küssen überhäuft hatten, hätte Nicolai sie am liebsten an den Füßen wieder herausgezogen. Letztendlich hatte er ihnen nicht sagen müssen, dass er nicht an sie verkaufen würde, denn der Bus war ihnen doch zu teuer gewesen. Er hatte ihn dann an einen älteren Mann abgegeben, der um seine Frau trauerte. Die beiden hatten gemeinsam durch Europa reisen wollen, aber dann war sie gestorben, völlig überraschend. Nicolai hatte sich verbunden mit ihm gefühlt, denn er war auch einer, dem die Träume abhandengekommen waren, und so schien er ihm der perfekte Käufer zu sein.

Nicolai blickte zum Fenster, das erste zarte Sonnenstrahlen zu streicheln begannen. Es war immer noch früh. Er setzte sich im Bett auf. In der Ferne meinte er jemanden Gitarre spielen zu hören. Es war früh, vielleicht bildete er sich das auch ein, vielleicht halluzinierte er jetzt zu allem Übel noch … Er selbst würde hier nicht Gitarre spielen.

Sandra legte die Bürste zur Seite und betrachtete sich im Spiegel. Nils gestern wiederzusehen war seltsam gewesen, aber auf eine andere Art, als sie es erwartet hatte. Ja, er war schon immer etwas laut gewesen, das schon. Er hatte auch nie Schwierigkeiten gehabt, auf Partys als Erster auf die Tanzfläche zu stürmen, aber er war immer fröhlich dabei gewesen. So wie jetzt kannte sie ihn nicht, da war etwas, das sie irritiert hatte. Oder hatte er diese Großspurigkeit schon immer in sich gehabt? Er war laut gewesen, aber nicht wirklich fröhlich, oder bildete sie sich das ein, weil sie nicht aushalten konnte, dass andere vielleicht doch etwas aus ihrem Leben gemacht hatten?

Sie hatte ihn auf die Preise angesprochen, die er gewonnen, und auf die Artikel, die sie von ihm gelesen hatte. Er hatte sie alle mit Anekdoten unterhalten, hatte erzählt, wen er wo getroffen und mit wem er gesprochen und mit wem er gefeiert hatte. Er hatte so getan, als sei ihm das nicht wichtig, aber es war ihm wichtig.

Er war ganz sicher ein guter Journalist gewesen. Er hatte schon immer gut schreiben können. Sogar zu Schülerzeitungszeiten war er besser gewesen als sie alle, deshalb war auch er der Chefredakteur, der Entscheider im Team. Er hatte Ansprüche gehabt, die die Zusammenarbeit mit ihm nicht leicht gemacht hatten. Manchmal war er ein wenig tyrannisch gewesen, aber sie hatten eben auch einen ausgezeichneten Ruf gehabt.

Wenn es da direkt nach der Schule nicht so viel Neues gegeben hätte, hätte es sie vielleicht überrascht, wie schnell sie einander aus den Augen verloren hatten, wie rasch er sich nicht mehr gemeldet hatte. Sie hatten sich ein paar Mal geschrieben, dann aber zu viel damit zu tun gehabt, ihre neue Welt zu entdecken. Sie war in London gewesen, von ihm hatte sie zuletzt aus Hamburg gehört, dann ein paar Jahre lang nichts. Funkstille … Irgendwann hatte sie in der Zeitung von seiner Hochzeit mit Caroline Beccard gelesen, der Tochter des örtlichen Zeitschriftenverlegers. Bis zu diesem Zeitpunkt kannte Sandra niemanden, über dessen Hochzeit in der Presse berichtet wurde. Es war kein Beitrag in der Gala gewesen, aber doch eine halbe Seite im Lokalteil. Sie erinnerte sich daran, dass sie das Bild seiner Braut sehr viel eingehender betrachtet hatte, als sie das von sich erwartet hatte. Caroline Beccard sah sehr schön aus, mit blonden, glatten Haaren, die offenbar taten, was sie sollten, und sich nicht so zauselig lockten wie Sandras Straßenkötermähne.

Ob seine Frau auf die Kinder aufpasste, während er hier war? Sie konnte sich seine Familie kaum vorstellen. Ob sich eine Gelegenheit ergeben würde, darüber zu sprechen? Sandra fiel ihr auf, dass er bislang gar nichts Privates berichtet hatte. War das seltsam, brauchte er Zeit, oder wollte er Privates einfach privat halten?

Dreizehntes Kapitel

»Pass auf die Kinder auf, habe ich dir das nicht mehrfach gesagt? Ist das jetzt etwa auch zu viel verlangt?«

»Aber sie sind doch hier.« Maike warf ihrem Mann einen hilflosen Blick zu. In unmittelbarer Nähe wechselte klackernd die Ankunftstafel. Menschenströme bewegten sich nach links und nach rechts. Jemand wurde ausgerufen. Maikes Stimme hatte klein geklungen, das missfiel ihr.

Gregor schüttelte den Kopf. Seine Miene drückte Fassungslosigkeit aus. »Du hast sie herumlaufen lassen, hier am Flughafen Rijeka zwischen all den Menschen. Du musst dich schon entscheiden, wer welche Aufgabe übernimmt! Einer nimmt das Mietauto in Empfang, einer passt auf die Kinder auf. Eine Sekunde Ablenkung, und die beiden sind weg, das weißt du doch. Willst du das etwa?« Er hielt Bo an der Hand, der sich aus seinem Griff zu befreien versuchte, und machte eine halbkreisförmige Bewegung mit der freien Hand. Ferienzeit. Aufgeregte Menschen auf der Suche nach ihrem Gepäck, einer Autovermietung, einer Toilette, etwas zu essen oder einem Mitreisenden, und der da drüben, der einfach nur saß und beobachtete? Weshalb war der hier?

Maike schluckte. »Natürlich will ich das nicht.«

Gregor schaute sie immer noch vorwurfsvoll an. Das konnte er gut, und sie dachte, dass sie das eine Zeitlang völlig normal gefunden hatte, schließlich war er immer an ihrer Seite gewesen, ohne Einschränkungen. Sie war sich sicher gewesen, dass sie die schweren Zeiten, bis sie schwanger geworden war, mit niemand anderem hätte durchstehen können, diese Zeiten des Wartens, Hoffens, Bangens und des Scheiterns. Immer wieder. Gregor war in dieser Zeit immer an ihrer Seite gewesen, hatte immer die richtigen Worte gefunden, aber seit der Geburt der Zwillinge – und vielleicht schon in der Schwangerschaft – hatte sich etwas geändert. Sie konnte sich kaum noch vorstellen, dass sie einmal über Helikopter-Eltern gelacht hatten, denn inzwischen waren sie selbst Prachtexemplare, wobei Gregor sie längst um Meilen überholt hatte. Er konnte die Zwillinge einfach keine Sekunde aus den Augen lassen, hatte die Wohnung zu einem Sicherheitstrakt ausgebaut und besaß alle nur vorstellbaren Überwachungsgadgets.

Die Kinder bestmöglich zu schützen war Teil des Wettkampfs darum, wer die beiden wohl am meisten liebte. Maike war das irgendwann zu viel geworden. Nach den ersten anderthalb Jahren war es ihr so eng, dass sie zu ihrer Stelle in die Klinik zurückgekehrt war, obwohl sie sich eigentlich mehr Zeit hatte zubilligen wollen, schließlich war das erste Jahr nach der Geburt der Zwillinge mehr als schwierig gewesen. Aber sie war immer gerne Ärztin gewesen, und sie hatte sich darauf gefreut, mal ein paar Stunden ohne die Kinder zuzubringen.

Allerdings hatte sie das nicht lange ausgehalten. Alles war

anders gewesen. Der Träger des Krankenhauses hatte gewechselt. Es war viel gerechnet worden. Man hatte ihr vorgerechnet, wie viel Zeit sie mit den Patienten zubringen durfte. Der Druck hatte zugenommen, und sie war wahrscheinlich auch einfach eine andere gewesen, empfindlicher und emotionaler als vor der Geburt der Kinder.

Mit Beginn der Kinderkrippe waren die Zwillinge zudem öfter krank geworden. Anfänglich hatten sie gefühlt alles an Krankheiten mitgenommen, was geboten wurde. Gregor hatte darauf bestanden, vorsichtig zu sein und die Kinder lieber einen Tag zu viel als zu wenig zu Hause zu lassen. Natürlich hatte sie gewusst, dass es sich um eine ganz normale Phase handelte, die Kinder bauten ihr Immunsystem auf, aber auch sie war verunsichert gewesen. Es waren ihre ersten Kinder, und die Möglichkeiten des Scheiterns oder sie in Gefahr zu bringen schienen immens.

Schnell hatte sie ihre Kinder-Kranktage verbraucht. Sie wurde zum Gespräch gebeten. Der Druck nahm weiter zu. Andere waren zuverlässiger, andere arbeiteten mehr. Sie bekam nur wenig Schlaf, und der Schlaf war schlecht. Sie entwickelte Ängste, einen schweren Fehler zu machen, Patienten zu schaden. Sie hatte das Gefühl, nicht ihr Bestes zu geben. Ohnehin war das Beste ja nie gut genug.

Mit einem leichten Zittern tauchte Maike aus ihren Gedanken auf.

»Sie können so schnell weg sein«, hörte sie ihren Mann wieder sagen. »Ein paar Leute nehmen dir die Sicht, ein Fremder nimmt die Kinder an die Hand, und weg sind sie, verschwunden, verloren für immer …«

»Warum sollte so etwas denn passieren?«, hörte Maike sich müde sagen.

»Weil solche Dinge passieren«, antwortete Gregor ernsthaft.

Sie dachte, dass sie früher über so etwas gelacht hätten, doch in ihrer heutigen Welt erschien ihnen so etwas tatsächlich möglich.

Maike lenkte den Wagen, weil Gregor nicht gerne Auto fuhr. Von Zeit zu Zeit warf sie einen Blick auf die Rückbank, wo Bo und Fynn endlich auf von Dinkelstangen verkrümelten Kindersitzen eingeschlafen waren. Die Stangen waren die einzige Möglichkeit gewesen, die beiden für einen Augenblick ruhig zu kriegen, aber sobald sie wieder aufwachten, würde es nicht lange dauern, bis sie sich wieder ihr Spielzeug über den Schädel hauten oder sich gegenseitig an ihren Haaren zogen. Maike fühlte sich einfach furchtbar müde …

Während es an uralten Steinmauern, knorrigen Olivenbäumen und Eichen vorbeiging, las Gregor ihr aus seinen Notizen vor. »In der Antike«, zitierte er ungeachtet ihrer einsilbigen Antworten, aber Antworten interessierten ihn ohnehin nicht sonderlich, »hieß diese Inselgruppe Apsyrtides. Laut einer griechischen Sage hat der Königssohn Apsyrtos hier seine Schwester Medea getötet und ins Meer geworfen, woraus dann das Archipel entstand. Wusstest du, dass Cres und Lošinj einmal eine zusammenhängende Insel waren? Dabei wurde der Kanal bei der Drehbrücke bei Osor bereits in der Antike künstlich geschaffen. Ist das nicht unglaublich?«

Maike nickte, sagte aber nichts. Sie hätte gerne einmal die Fenster geöffnet und etwas von dem fremden würzigen Geruch in sich aufgenommen, den sie auf dem kurzen Weg zum Auto gerochen hatte, doch er würde ganz sicherlich etwas dagegen haben. Dafür war sie jetzt bestens informiert über die Geschichte der Inseln, den Kanal und seine heutige Funktion. Er wusste auch zu berichten, dass die Strömung im Kanal stark werden konnte und man bei der Durchfahrt –

zweimal am Tag wurde die Drehbrücke geöffnet – dementsprechend vorsichtig sein musste. Ihr Schädel dröhnte inzwischen, aber Gregor ließ sich einfach nicht bremsen. Ein heute kleinerer Teil von ihr mochte seine Begeisterung.

»Meinst du, es ist zu warm für die beiden?«, fragte er jetzt.

Maike warf einen Blick in den Rückspiegel. Bo und Fynn waren tatsächlich leicht verschwitzt. Sie versuchte, ihre Chance zu nutzen. »Lass uns das Fenster einen Spalt aufmachen.«

»Und wenn sie dann Zug bekommen?« Gregor beugte sich vor und studierte die Knöpfe und Regler im Armaturenbrett des Mietautos. »Gibt es hier denn keine Klimaanlage?« Er rang sich schließlich doch dazu durch, die Fenster ein wenig zu öffnen. Ein Hauch warmer Luft kam herein, der die Lage im Auto eher unwesentlich änderte. »Du brauchst dir keine Sorgen mehr machen, sie können ihre Temperatur längst ausreichend regulieren«, sagte Maike und warf Gregor einen kurzen Blick von der Seite zu.

Der schaute schweigend aus dem Fenster, dann atmete er tief durch. »Weißt du, ich sehe sie immer noch vor mir, wie sie da in ihren Inkubatoren liegen, so winzig, so dünn, fast durchsichtig … Ich hatte solche Angst, dass ich sie wieder verliere.«

»Ich auch«, sagte Maike und wusste nicht recht, ob sie die Wahrheit sprach, denn damals hatte sie gar nicht gewusst, was sie denken sollte. Vor allem hatte sie sich für eine schlechte Mutter gehalten, der man die Kinder nicht anvertrauen durfte. Dieses Gefühl war furchtbar gewesen, überwältigend geradezu.

Sie erreichten die Brücke und reihten sich in die Schlange der gerade losfahrenden Autos ein. Es war später Nachmittag, und auf dem Meer fuhren zahlreiche Schiffe nach der Durchquerung davon. Das, was Gregor als Nächstes sagte, überraschte Maike ein wenig.

»Machen wir eine kurze Pause? Die Kinder schlafen.« Er machte eine leichte Bewegung mit dem Kopf nach hinten. »Gönnen wir uns den Moment?«

Ohne ein Wort lenkte Maike das Auto an die Seite und parkte. Sie stiegen aus. Gregor schaltete das Babyphone ein. Maike kommentierte das nicht, denn sie wusste, dass er diese Sicherheit brauchte, auch wenn sie sich nur wenige Schritte vom Auto entfernen würden. Sie schaute sich um, für einen Moment atmete sie den Duft ihrer Ferienumgebung ein. Es roch nach Kräutern und Piniennadeln. Die Luft war jetzt wie ein sanftes Streicheln. Auf dem Campingplatz hatten sich Menschen versammelt, um den Schiffen bei der Durchfahrt zuzusehen. Auf einem Segelschiff war eine Party im Gange, mehrere junge Leute in Bikinis oder Badehosen tanzten zu wummernden Diskobeats. Maike sah, dass Gregor das Babyphone umklammerte, aber es gab keinen Laut wider. Das Partyschiff entfernte sich bereits, als Gregor neben seine Frau trat und ihr einen Arm um die Schultern legte. Sie verharrte einen Moment regungslos und lehnte sich dann vorsichtig gegen ihn.

»Unglaublich, dass die Römer diesen Kanal schon vor zweitausend Jahren gebaut haben, oder?«, sagte er, und Maike dachte mit einem leichten Schmunzeln, dass es doch typisch Gregor war, dass er solche Sachen wusste. Und in Momenten wie diesen auch äußerte. »Er ist etwa hundert Meter lang«, fuhr er fort, »davor galten die beiden Inseln wie gesagt als eine.«

»Interessant.« Maike musste plötzlich daran denken, wie sie einander kennengelernt hatten, auf einer Party zum Austausch und Kontakteknüpfen für junge Mediziner. Er war eher zufällig da gewesen, wie er später sagte, und als sie ihn zum ersten Mal wahrgenommen hatte, hatte er dozierend vor einer sichtlich gelangweilten jungen Frau gestanden. Im ersten Moment hatte Maike einfach an ihm vorbeigehen wollen, ganz sicher, dass sie beide gewiss nichts miteinander teilten, aber dann hatte er seinen Kopf gehoben, und sie hatte in seine ruhigen braunen Augen gesehen und sich irgendwie nicht mehr davon lösen können.

Maike berührte Gregors Hand, die auf ihrem linken Oberarm lag. Es fühlte sich gut an. »Warum haben sie diesen Kanal eigentlich gebaut?«

»Na, um die Seewege für kleinere Schiffe zu verkürzen.«

»Eigentlich klar. Kaum zu glauben, dass die damals schon solche Eingriffe in die Natur vorgenommen haben.«

Maike war überwältigt, als zur Begrüßung tatsächlich alle auf einmal aus der Villa strömten, kaum, dass sie den Wagen geparkt hatte.

»Es ist sehr ruhig hier«, sagte Nils, »wir haben das Auto sofort gehört.« Sie umarmten sich rundum herzlich, und es fühlte sich irgendwie nicht sonderlich fremd an.

»Das ist Fynn. Und das ist Bo«, sagte Maike, als sie die Kinder schließlich abgeschnallt und aus dem Auto befreit hatte. Daniela ging in die Hocke und begab sich auf die Höhe der beiden, die sie neugierig musterten.

»Zwillinge, wie schön«, sagte sie. »Natürlich wussten wir das schon, aber sie zu sehen ist irgendwie nochmal anders. Es ist etwas Besonderes.«

Maike dachte einen Augenblick nach. »Es ist schön, aber auch anstrengend«, sagte sie schließlich mit einem Lächeln. Dann wandte sie sich zu ihrem Mann, der als Letzter ausgestiegen war, um ihm in die Runde hineinzuhelfen. Sie wusste, dass er sich mit neuen Leuten schwertat. Das hatte ihr sogar gefallen, als sie sich kennengelernt hatten, diese leichte Unbeholfenheit, das Tapsige an ihm. Dabei war er nicht nur hilflos. Gregor war ihr Bär, jedenfalls hatte er so auf sie gewirkt, mit seinem grizzlyfarbenem Haar und seinem dichten Bart. »Das ist Gregor, mein Mann.«

Daniela streckte ihm die Hand hin. »Hallo, ich bin Daniela, und ich freue mich sehr, dass ihr alle gekommen seid. Ihr seid übrigens die Letzten. Jetzt sind wirklich endlich alle da.«

»Es ist schön hier«, sagte Gregor mit einem Lächeln.

Seltsamerweise erleichterte Maike dieser Anblick: Ihm gefiel es hier. Das war wichtig, denn er fuhr äußerst ungern weg und hatte zuvor ja auch zahlreiche Einwände gehabt, von denen sich die meisten natürlich darum gedreht hatten, dass die Reise gefährlich für die Kinder sein könnte.

»Vielen Dank für die Einladung. Das hier ist offenbar eine richtig historische Villa. Es wird hier sicherlich viel zu entdecken geben«, fuhr er jetzt freundlich fort.

Daniela lächelte zustimmend.

Maike horchte in sich hinein. Das Wiedersehen war schön, und trotzdem fragte sie sich, was es war, was sie in den Blicken der anderen las. Waren sie überrascht? Vielleicht machte sie sich aber auch einfach zu viele Gedanken. Sie verabredeten sich zum Abendessen, und Maike war erleichtert, dass sie sich erst noch einmal eine Weile auf ihr Zimmer zurückziehen konnten. Am liebsten hätte sie jetzt ein bisschen geschlafen. Gregor schlug vor, dass sich die Zwillinge auch noch einmal ausruhen sollten. Maike stimmte zu, auch wenn sie sich nicht vorstellen konnte, dass sich die Jungs jetzt, nachdem sie im Auto geschlafen hatten, ruhig hinlegen würden. Dazu waren sie auch viel zu aufgeregt. Eigentlich brauchten sie Bewegung, sonst würde der weitere Verlauf des Abends schwierig werden. Gregor machte ihnen das Tablet an, aber es war, wie Maike erwartet hatte: Natürlich hielten sie nicht still. Der eine zog am Tablet, der andere schimpfte, er könne nichts sehen. Bo schubste, Fynn zog den Bruder an den Haaren.

»Tu doch etwas!«, sagte Gregor irgendwann vorwurfsvoll.

Maike starrte die Kinder an und fühlte sich wie gelähmt.

Bald darauf tobten die beiden Jungs wild herum, sprangen von ihren Betten auf das große, schwere, geschnitzte Familienbett und wieder zurück, schafften es auf die breite Fensterbank, wo Gregor sie gerade noch davon abhalten konnte, die Fenster zu öffnen, und nahmen ihren wilden Lauf dann von Neuem auf. Die Situation eskalierte vollends, als sich Bo bei einem Sprung den Kopf anstieß und Gregor vorübergehend fest davon überzeugt war, dass Kind habe sich eine Gehirnerschütterung zugezogen. »Das ist deine Schuld«, sagte er vorwurfsvoll zu Maike, mit diesem seltsam zerknitterten Gesichtsausdruck, den er in solchen Momenten an den Tag legte.

Maike, in diesem Augenblick ganz Ärztin, untersuchte ihr Kind eingehend. Bo kaute schon wieder Rosinen, die sie ihm zum Trost gegeben hatte, und hielt sich ein Kühlpack gegen die Stirn, das Gregor in einer tragbaren, strombetriebenen Gefrierbox aufbewahrte, die sie auf jeder kleineren oder größeren Reise begleitete. »Es geht ihm gut«, stellte sie nach einer Weile fest. Sie schaute in Bos tränenverschmiertes Gesicht und gab ihm dann einen leichten Kuss. »Alles okay, mein Großer?«

Bo nickte.

»Ich bin der Ältere, nicht wahr?«, sagte er. »Ich war schneller als Fynn.«

Maike lächelte und reinigte ihm mit einem Waschlappen das Gesicht. Bo blieb noch kurz an ihre Seite geschmiegt sitzen und trollte sich dann zu seinem Bruder, der begonnen hatte, eine Strecke für seine Autos festzulegen.

Gregor schüttelte den Kopf. »Woher willst du wissen, dass es ihm gut geht?«

Stellte er etwa ihre Kompetenz in Frage? »Ich bin Ärztin.

Darin bin ich ausgebildet«, entgegnete Maike so ruhig wie möglich. Natürlich war ihr Miteinander einfach geprägt von dem schweren Weg, den sie hatten gehen müssen, die langen Jahre, in denen sich keine Schwangerschaft hatte einstellen wollen, dann die Nachricht, dass es Zwillinge waren – eine Risikoschwangerschaft! –, die schwere Geburt und die postnatale Depression. Irgendwie hatten sie immer noch Angst, die Kinder wieder zu verlieren, als wären sie ihnen nur vorübergehend geschenkt und könnten ihnen jederzeit wieder abgenommen werden … War das Leben wirklich so unberechenbar? Manchmal kam es ihr so vor.

Gregors Stirn lag immer noch in Falten. »Das bin ich auch«, sagte er. »Ich bin auch Arzt.«

»Anästhesist.«

Sie schwiegen beide für einen Moment. Bo kam und kletterte zurück in Maikes Arm. Er war müde. Sie schaukelte ihn, und natürlich schmiegte sich bald auch Fynn an sie. Das war eine seltsame Sache: dass sich die Kinder immer den einen Erwachsenen aussuchten, auch wenn man zu zweit war. Unerwartet rutschten sie jedoch abrupt wieder von Mamas Schoß.

Zeit, sich zu versöhnen, fuhr es Maike durch den Kopf. Sie suchte Gregors Blick. Warum war eigentlich immer sie diejenige, die um Versöhnung nachsuchte? »Vertragen?«

Gregor war mit seinem Portemonnaie beschäftigt, das er schließlich in seiner hinteren Gesäßtasche verschwinden ließ. Dann gab er ihr einen Kuss. »Es ist ja nichts passiert«, sagte er langsam.

»Ja.«

Er wandte sich den Kindern zu, deren Spiel mit den Autos schon wieder zu eskalieren drohte. »Vielleicht könntet ihr ein bisschen mit Playmobil spielen. Ihr habt doch die Dinosaurier mitgenommen?«

Fynn flitzte los, bevor Gregor den Satz ganz beendet

hatte. Momente später hatte sich das große Bett in eine Dinosaurierlandschaft verwandelt.

»Ich sorge mich eben um sie«, sagte Gregor plötzlich leise, während er den Jungen zuschaute.

»Denkst du, das tue ich nicht?«

»Du bist nachlässiger.«

Maike antwortete nicht, während ihre Gedanken wieder zur dunkelsten Zeit ihres Lebens wanderten.

Sandra zog sich nicht bis zum Abendessen auf ihr Zimmer zurück, sondern beschloss, das Gelände noch ein wenig zu erkunden. Es reizte sie sehr, ihre Umgebung besser kennenzulernen.

In ihrem Zimmer zog sie ihre Sandalen aus und holte die noch bequemeren Turnschuhe hervor, dann kontrollierte sie zum wiederholten Mal ihr Handy. Doch es gab immer noch keine Nachrichten von Alex oder deren Vater. Sandra hielt inne. Inzwischen hatte sie bereits mehrere Tage nichts von den beiden gehört. Wahrscheinlich war das normal, zuhause sah sie ihre Tochter eigentlich doch auch nur, weil sie zusammen in einer Wohnung wohnten. Dennoch überlegte sie kurz, ob sie versuchen sollte, ihre Tochter zu erreichen, entschied sich dann aber dagegen. Alex wurde groß, sie selbst musste wirklich lernen loszulassen. Auch dafür konnte sie die Zeit hier nutzen. Außerdem passte Fred auf Alex auf. Das musste genügen. Sie musste Vertrauen haben.

Einen Moment noch blieb Sandra auf dem Rand des Bettes sitzen, dann durchstöberte sie kurzentschlossen ihren Kleiderschrank und wählte schließlich ein leichtes Sommerkleid, das sie sich tatsächlich extra für dieses Treffen gekauft hatte und das sie heute ohnehin hatte anziehen wollen, wenn auch später. Dann würde sie abends eben die Sandalen dazu tragen, das sah schicker aus, bis dahin reichten die Turnschuhe.

Sandra kam der Gedanke, dass sie sich schon lange nicht mehr für irgendetwas besonders angezogen hatte. In der Schule hatte sie ihre feste Kluft, ordentlich, aber eigentlich nichts Besonderes. Wahrscheinlich hatte Daniela sie angesteckt, die irgendwie immer elegant aussah und auch im Alltag Wert darauf legte, gut auszusehen. Und warum auch nicht, warum sollte man sich nicht schön anziehen?

Sie betrachtete sich noch einmal so gut es ging im Badspiegel. Drehte sich zur Seite und wieder zurück. Sie war zufrieden mit sich. Sieht gut aus, befand sie. Das Kleid betonte ihre immer noch recht schmale Taille, und die Farben schmeichelten ihrem Teint eindeutig. Ja, es machte tatsächlich Spaß, gut auszusehen.

Aber für wen mache ich das? Egal …

Nachdenklich berührte sie kurz ihr lockiges Haar, dann entschied sie, es so zu lassen. Ihr Haar machte ohnehin, was es wollte. Das war schon immer so gewesen.

Sandra knipste das Licht im Bad aus, nahm ihre Handtasche samt Handy und Fotoapparat vom Bett, trat aus dem Zimmer und zog die Tür entschlossen hinter sich zu. Mit langen Schritten lief sie den Flur entlang. Aus einem der Zimmer waren gedämpft Kinderstimmen zu hören.

Maike, Gregor und die Zwillinge. Damit waren jetzt wirklich alle da, die einmal zu ihrer Clique gehört hatten, und bislang fühlte es sich tatsächlich besser an als erwartet, die anderen wiederzusehen. Sie hatten sofort ins Gespräch gefunden – nun ja, Nils war ihr etwas großspurig vorgekommen –, aber in diesem Moment freute sie sich wirklich auf das gemeinsame Abendessen. Würde sie dann endlich den Mut haben, ehrlich von sich zu berichten? Nein, darüber wollte sie jetzt nicht nachdenken. Wetter und Umgebung waren einfach zu schön, um sich zu viele Gedanken zu machen.

Wieder begegnete ihr Milan, dieses Mal auf der Treppe.

Er fegte, stützte sich aber nach etwa jedem siebten Strich auf den Besen und schaute in den Garten. »Küss die Hand, Frau Jaenicke«, grüßte er freundlich.

Sandra schmunzelte. Wo er wohl diesen Ausdruck aufgeschnappt hatte? »Hallo, Milan! Schöner Tag, was?«

»Sehr schön, Frau Jaenicke.«

Sein rollendes R schien seine Stimme zum Schnurren zu bringen, wie eine Katze. Hinter ihm sah Sandra plötzlich Nils auf einem der Wege auf und ab gehen. Er hielt das Handy am Ohr und telefonierte mit ausgreifenden Gesten. Sie überlegte, ob sie zu ihm gehen sollte, und bemerkte überrascht, dass sie es nicht wollte. Ausgerechnet zu ihm wollte sie nicht. Das hätte sie sich vorher gar nicht vorstellen können.

Sie wandte sich nochmal an Milan und zeigte über die Rasenfläche hinweg auf das kleine Wäldchen aus Aleppo-Kiefern und den hohen Pinien dahinter. »Meer?«, fragte sie auf Kroatisch in der Hoffnung, dass sie das Wort, das sie dem Reiseführer entnommen hatte, richtig aussprach.

Milan nickte, und Sandra machte sich auf den Weg.

Der Pfad, den sie kurz darauf erreichte, durchquerte das Wäldchen, führte dann über einen Weg mit dicken, grauen Steinen, auf dem es nicht leicht war zu gehen, und dann wieder durch ein Wäldchen, bevor Sandra den kleinen Bootsanleger erreichte, von dem Daniela ihr erzählt hatte. Er bestand aus grauem, verwittertem Beton, an den Seiten mit Algen und Muscheln bewachsen. Sandra verharrte für einen Moment und beobachtete das Meer. Das Wasser schimmerte bläulich und war kristallklar. Sie konnte Fische über die Steine hin und her flitzen sehen, so deutlich, als könnte sie sie greifen. Es sah wirklich einladend aus. *In den nächsten Tagen*, überlegte Sandra, *werde ich hier bestimmt endlich schwimmen gehen.*

Sie setzte sich und zog die Schuhe aus, ließ die nackten

Füße im Wasser baumeln und beobachtete die Fische. Das Wasser war etwas kühler als die Luft, aber nicht unangenehm. Sie war lange nicht am Meer gewesen, fiel ihr jetzt auf, und sie fragte sich, warum das so war. Sie liebte das Meer doch, und sie konnte sich kaum etwas Schöneres und auch kaum etwas Beruhigenderes vorstellen, als dem Geräusch der Wellen zu lauschen oder Salzwasser auf ihrer Haut zu spüren. Wenn sie jetzt darüber nachdachte, war es irgendwie, als wäre ihr das Wissen darum, was ihr guttat, in den letzten Jahren entglitten. Wie hatte das geschehen können? Hatte sie sich zu häufig mit Fred gestritten, oder hatte ihr die Schule zu viel Energie geraubt?

Sandra holte ihr Handy aus der Tasche, machte ein Foto und tippte kurzentschlossen eine Nachricht an Alex: »Wie geht es dir? Meld dich mal. Ist schön hier. Kuss, Mama.«

Dann breitete sie das Handtuch aus und legte sich darauf, mit ihrer Tasche als Kopfkissen. Sie schaute in den Himmel hinauf, wo die Sonne immer noch hell leuchtete, beschattete ihre Augen und schloss sie dann für einen Moment. Das Wasser plätscherte gegen die Steine, in der Ferne war ein Motorboot zu hören.

Sandra döste eine Weile vor sich hin – es war doch oft spät geworden in den letzten Tagen. Als sie die Augen wieder öffnete, fühlte sie sich tatsächlich, als hätte sie geschlafen. Es war kühler geworden auf der Mole. Eine Wolke war vor die Sonne gezogen, und der Beton unter ihrem Rücken fühlte sich plötzlich eher hart als einladend warm an. Nur das Meer plätscherte in seinem ewigen Rhythmus vor sich hin.

Plötzlich war da noch ein anderes Geräusch. Sandra setzte sich auf.

Was war das gewesen? Hatte sie wirklich etwas gehört? Doch, im Wäldchen hinter ihr knackte es. Sie sah sich um. Äste bewegten sich im Wind, die Wipfel der Pinien schwankten sanft hin und her. Sandra horchte angestrengt.

Doch, jetzt war sie sich sicher: Da waren Schritte. Jemand kam. Wer mochte das sein? Sandra spähte den Weg zurück, den sie selbst gekommen war. Dann kam es ihr vor, als wären die Schritte schwer, also wahrscheinlich ein Mann. Nicolai? Nils? Maikes Mann, dieser Gregor? Was sie von dem halten sollte, wusste sie noch nicht. Im nächsten Moment konnte sie etwas durch das niedrige Buschwerk erkennen: Nils! Das war Nils, aber er hielt sich anders als sonst, anders als zu dem Zeitpunkt, als sie ihn zum ersten Mal wiedergesehen hatte. Jetzt hielt er den Kopf gesenkt, die Schultern waren ein bisschen nach vorne gesackt, und er hatte nicht diesen »Was kostet die Welt?«-Ausdruck, der sie doch sehr genervt hatte. In diesem Moment bückte er sich, hob etwas auf und drehte es dann zwischen den Fingern. Er war in Gedanken und hatte sie offenbar noch nicht bemerkt.

Sandra beobachtete ihn. So wie er jetzt aussah, erinnerte er sie an den jungen Mann, der ihr Freund gewesen war, an den meist lustigen, entschlossenen Kerl, der aber auch einen düsteren Klang im Hintergrund seines Wesens gehabt hatte. Sie dachte daran, dass er ihr gegenüber immer ehrlich gewesen war und dass gerade dies sie angezogen hatte. Ihr gegenüber hatte er nicht verschwiegen, wie schwierig es mit einem zuerst schwerkranken Vater und dann mit einer alleinerziehenden Mutter gewesen war. Er hatte nicht verschwiegen, wie eng ihm die kleine Wohnung immer gewesen war und wie sehr er hoffte, von dort wegzukommen. Alles hinter sich zu lassen.

»Wenn die Schule vorbei ist, bin ich hier weg, und dann komme ich nie wieder zurück. Also höchstens mal, um meine Mama zu besuchen, aber hier wohnen …«, er hatte energisch den Kopf geschüttelt, »niemals!«

Jetzt beobachtete Sandra, wie Nils den Gegenstand in die Tasche seiner abgewetzten Jeans steckte und sich dann noch einmal bückte.

Sandra war unsicher, was sie tun sollte, stand aber schließlich auf: »Nils?«

Er erhob sich sofort, starrte sie an, erst ohne eine Miene zu verziehen, dann lächelte er: »Sandra? Mann, sorry, ich habe dich gar nicht gesehen. Ich war total in Gedanken.« Seine Schultern strafften sich, und er machte eine ausladende Bewegung mit dem Arm, als wolle er die ganze Umgebung erfassen. »Schön hier, was?«

Jetzt machte er ihr wieder etwas vor. Das wirkte zu aufgesetzt, und Sandra fiel auf, dass er beim Lächeln irgendwie die Zähne bleckte. Als er sich mit einer Hand das Haar zurückstrich, bemerkte sie, dass sein Ansatz dünner geworden war. Er kam auf sie zu, und jetzt sah sie auch die Falten um seine Augen und den Mund und dass er Ringe unter den Augen hatte.

»Wir haben noch gar nicht richtig miteinander gesprochen, was?«, fragte er.

Sandra überlegte, ob sie sich überhaupt mehr zu sagen hatten. Aber schließlich waren sie vor über fünfundzwanzig Jahren einmal ein Paar gewesen. Irgendwie fühlte es sich seltsam an, daran zu denken. Es war ja so furchtbar lange her. Ein anderes Leben.

»Na ja, ich habe ja bereits einiges erzählt«, fuhr er jetzt in ihre Gedanken. Sein Grinsen geriet etwas schief. »Vielleicht auch zu viel?«

»Hm.«

»Immer ehrlich, die Sandra Jaenicke.«

Nils verschränkte die Arme vor der Brust, ließ sie dann wieder sinken und steckte schließlich die rechte Hand in die Hosentasche. Irgendwie erstaunte es sie, wie nervös er offenkundig war. Das war ungewohnt.

»Also, wie läuft's denn bei dir, Sandra?«

»Nicht so gut wie bei dir offenbar«, gab sie zurück. Vielleicht war das ja ihre Chance ehrlich zu sein, auch wenn sie sich noch keine rechte Vorstellung davon gemacht hatte, wie sie dabei vorgehen wollte. Nils schaute für einen Moment aufs Meer hinaus.

»Na ja«, sagte er und dann erst einmal nichts mehr.

»Ich bin Lehrerin.«

»Wie du es dir gewünscht hast.«

Sandra nahm das Handtuch auf und steckte es ein. Dann legte sie den Riemen ihrer Tasche quer über die Schulter. »Sagen wir, die Arbeit ist nicht immer zufriedenstellend.«

»Das gilt für alle, oder?« Er musterte sie eingehend und gab ihr für diesen Moment das Gefühl, wirklich interessiert zu sein an dem, was sie sagte. »Aber es gibt auch gute Momente?«, fügte er dann hinzu.

Sie nickte. »Die gibt es.«

Wieder eine Pause.

»Gehen wir noch ein Stückchen?«, fragte er schließlich.

»Okay.«

Sie verließen die Mole und folgten einem kleinen Pfad, der sie durch niedriges Buschwerk am Meer entlangführte. Als Sandra ins Stolpern geriet, griff er sofort nach ihrer Hand. Seine Hand war warm und fest und irgendwie vertraut.

»Danke.«

»Nichts zu danken.«

Sie sahen einander an, dann drehte sich Nils ruckartig wieder zum Meer hin. »Das ist wirklich ein bezaubernder Ort. Schade, dass wir nicht schon viel früher mal hierhergekommen sind. Irgendwie hat es doch sehr lange gedauert mit dem Wiedersehen.«

Früher, früher, schoss es Sandra plötzlich durch den Kopf. Warum redeten sie bloß so viel über früher? Warum redeten sie nicht mehr über heute? Eigentlich waren sie ja noch jung, eigentlich war das Leben ja nicht vorbei, oder?

»Gehen wir weiter?«, fragte sie. »Daniela hat mir gesagt,

dass es da oben einen weiteren Pfad gibt, der zurück zum Haus führt.«

»Klingt gut.«

Sie setzten sich wieder in Bewegung, sprachen über alles Mögliche, und es fühlte sich nicht schlecht an. An einer Stelle mussten sie einige größere Steine überklettern. Nach etwa zehn Minuten mühsamen Vorankommens lichtete sich der Wald zum Meer hin erneut. Oberhalb eines kleinen Strandabschnitts stand eine Hütte, aus deren kleinem Fenster eine junge Frau blickte. Sekunden später stand sie in der Tür, die Arme in die Hüften gestemmt. Der Blick, den sie ihnen zuwarf, war wirklich sehr direkt. »Ist was? Habt ihr euch verlaufen?«, fragte sie auf Deutsch.

Sandra wunderte sich und entschied dann mit leichtem Bedauern, dass sie vermutlich sehr deutsch aussahen.

»Irgendwas hat uns verraten«, sagte Nils zu Sandra, bevor er sich an die junge Frau wandte. »Sehen wir so deutsch aus?«

Sie grinste.

»Wir machen Urlaub«, informierte Nils sie. Er deutete in etwa in die Richtung, in der er das Haus vermutete. »Da oben.«

»Im Modic-Haus, in der Villa Hoffnung, ja?« Die junge Frau legte den Kopf schief. Sie trug ein schwarzes Tanktop und einen kurzen bunten Minirock, der in Sandras Augen auch gut als Gürtel hätte fungieren können.

»Ja.«

»Da geht's lang«, sagte die Frau und verschwand sofort wieder in dem kleinen Strandhaus, aus dem es verführerisch nach Essen duftete. Sandra und Nils wechselten einen Blick. »Danke für Ihre Hilfe«, sagten sie wie aus einem Mund und mussten lachen.

Vierzehntes Kapitel

Alex feuerte ihr Handy aufs Kopfkissen und ließ sich dann bäuchlings aufs Bett fallen. Mama ging es also gut und … Das Signal kündigte eine weitere Nachricht an. Mist, Lou war doch tatsächlich wieder mit ihren Eltern in Urlaub gefahren, was sie angeblich dieses Jahr nicht hatte tun wollen. Und im Urlaub, so schrieb Lou ihr jetzt, gab es auch noch Handy-Detox, also würden sie sich nicht schreiben können.

Alex rollte sich stöhnend auf den Rücken.

Und was sollte sie jetzt machen? Papa schlabberte vierundzwanzig Stunden am Tag seine Neue ab. Fehlte noch, dass die beiden sie irgendwann mit einem kleinen Geschwisterchen überraschten, aber so, wie sie das sah, war das eher unwahrscheinlich. Papa achtete peinlich genau darauf, dass es keinen Nachwuchs gab. Das hatte sie schon mitbekommen, und Papas Freundin – »nenn mich doch Mimi« (oh nein, das wollte Alex im Leben nicht!) – hatte auch keinen

Bock auf Kinder. Alex war sich sogar ziemlich sicher, dass sie Kinder nicht mochte.

Wahrscheinlich hätten sie es beide am liebsten, wenn ich auch nicht da wäre. Ich störe ja hier ohnehin nur.

Alex presste die Handballen gegen ihre Augen und musste plötzlich einen Kloß in ihrer Kehle herunterkämpfen. Verdammt, jetzt fühlte sie sich wirklich schlecht. Eine Weile blieb sie reglos liegen und kämpfte gegen die Tränen an. Wäre es besser gewesen, mit Mama mitzufahren? Sie konnte sich gar nicht mehr erinnern, warum sie eigentlich nicht hatte mitfahren wollen. Weil eben … Verdammt, wie gerne würde sie es jetzt allen irgendwie zeigen: ihrer Mutter, ihrem Vater, Lou auch, die jetzt irgendwo auf Gran Canaria hockte und wahrscheinlich doch Spaß hatte. Blöde Zicke! Mich hier einfach so hocken lassen.

Alex starrte an die Decke. Einen Moment lang blieb sie noch auf dem Bett liegen, dann setzte sie sich auf und verließ leise das Zimmer. Dabei war sie nicht einmal sicher, ob sie überhaupt leise sein musste. Interessierte es hier überhaupt irgendjemanden, was sie tat?

Aus der Küche hörte sie Papa und Mimi – Alex nannte sie nur Frau Schäfer – turteln. Sie schlüpfte in ihre schwarzen Chucks und zog ihren Parka über. Papa fand das Ding furchtbar, also fand Alex es noch besser und zog es jetzt einfach immer an. Immer. IMMER. In Großbuchstaben.

Im Flurspiegel musterte sie sich noch einmal kurz. Sie war etwas bleich. Das machten auch die Haare, die sie sich mittlerweile schwarz gefärbt hatte.

»Du siehst aus wie ein Trauerkloß«, hatte ihr Vater gesagt.

»Sehr witzig, Papa. Außerdem geht dich das gar nichts an«, hatte sie zurückgeschossen.

Sie schlich zur Tür. Nicht dass es Papa interessiert hätte, wo sie hinging, aber sie wollte auch keine doofen Fragen beantworten müssen, falls er mal wieder den Erzieher herauskehrte. Wie immer bemerkte er nicht einmal, dass sie ging. Es klickte, als sie die Haustür ins Schloss zog. Durch das Küchenfenster konnte sie ihren Vater und Frau Schäfer sehen, die einander vor aller Leute Augen küssten. Alex wandte sich ab. Das war ja ekelhaft.

Fünfzehntes Kapitel

Der nächste Morgen brachte sie wieder zum Frühstück auf der Terrasse zusammen. Offenbar waren alle recht früh aufgewacht und damit mehr oder weniger zum gleichen Zeitpunkt zur Stelle. Erste, wenn auch kaum merkliche Anspannungen hatten sich gelegt. Dani servierte frisches Brot, Schinken, Käse und köstlichen selbst gebackenen Apfelkuchen nach einem Rezept ihrer Mutter. Sie sprachen miteinander, vorsichtig immer noch, im Bemühen, einander besser kennenzulernen, zu erkennen, was geblieben war und was sich verändert hatte und welche Dinge vielleicht zu sehr schmerzten, sodass man sie besser nicht ansprach. Sandra fand Nils wieder zu laut, doch sie kommentierte es nicht und versuchte für sich, damit zurechtzukommen. Die Zwillinge wurden als Erste unruhig, und schließlich wechselten alle gemeinschaftlich auf die Rasenfläche vor dem Haus, wo die beiden sich besser austoben konnten.

Während Daniela, Sandra und Milan ein paar Stühle bereitstellten, breitete Maike eine Decke aus und legte Spielzeug darauf, das sie offenbar immer in ihrer Umhängetasche mit sich trug. Nils schnappte sich den Ball der Kleinen. Wollte er jetzt allen zeigen, wie gut er damit umgehen konnte? Sandra erwischte sich dabei, wie sie die Augen verdrehte. Sie entschied, sich zu Maike zu gesellen. »Echt schön, dich einmal wiederzusehen.«

»Ja, finde ich auch. Ist wirklich lange her.« Maike sah kurz zu ihrem Mann ein paar Meter neben sich, richtete ihren Blick dann aber gleich wieder auf ihre Kinder. »Ich hoffe nur, Gregor fühlt sich nicht total fehl am Platz.«

Sandra zuckte die Achseln. Gregor war ein erwachsener Mann … Sie überlegte. Andererseits war er natürlich mit vielen unbekannten Menschen unterwegs, das mochte auch nicht jeder. Und sie selbst hatte sich ja auch Sorgen gemacht, dabei kannte sie alle. Und was, wenn das schlimmer war? Den eigenen Ansprüchen von damals gerecht zu werden?

Sie sah, wie Daniela zu Gregor trat, der ihr ein schief geratenes Lächeln schenkte. Er wirkte immer etwas unbeholfen, das hatte Sandra während der kurzen gemeinsamen Zeit schon gemerkt.

»Ich hatte mir ehrlich gesagt zuerst Sorgen gemacht«, meldete Gregor sich zu Wort, »weil die Čikat-Bucht doch eines der touristischen Zentren in dieser Region ist und …«

Sandra musste sich beherrschen, ihren Unmut nicht kundzutun. Inzwischen hatte er sicherlich allen klargemacht, wie gut er sich belesen hatte. Es schien, als wisse er einfach alles über die Insel, zumindest das, was man zwischen zwei Buchdeckeln oder im Internet finden konnte. Sie fand das doch etwas nervig. Sie sah, wie er die Augen aufriss, als wolle er sich für seine Aussage entschuldigen, was beileibe nicht der Fall war. So einer war er nicht. Er wusste genau, was er gesagt hatte. »Das sollte jetzt aber wirklich nicht so klingen, als ob ich mich beschweren will, Frau Modic, wirklich nicht.«

»Bitte nenn mich doch Daniela oder besser noch Dani.«

»Dani … Na ja, jedenfalls habe ich mich ja geirrt. Es ist sehr schön hier, das habe ich schon auf der Fahrt gesehen: das Meer, die Dörfer und unsere Unterkunft … Also unsere Unterkunft, also diese Villa hier, die ist einfach unübertrefflich. Ehrlich gesagt habe ich noch nie so schön gewohnt.«

»Ich freue mich, dass es dir hier gefällt. Es ist sicherlich nicht leicht, so viele unbekannte Leute zu treffen. Ich hoffe aber, das ist in Ordnung für dich. Ich muss sagen, dass ich mich selber auch ein wenig davor gefürchtet habe, die ganze Bande hier wiederzusehen, dabei kenne ich ja jeden Einzelnen.«

Gregor ließ zum ersten Mal die Arme sinken. »Ach, das geht schon, danke. Maike ist mir auch eine große Hilfe.«

»Und deine Sorge bezüglich des Tourismus lässt sich auf den ersten Blick durchaus nachvollziehen, denn wenn man es genau nimmt, hat sich der Tourismus auf Lošinj von dieser Region aus entwickelt«, dozierte jetzt Daniela. »Wenn damals nicht diese ganzen Residenzen gebaut worden wären, wären nicht so viele Leute angelockt worden.«

»Und trotzdem habe ich mir grundlos Sorgen gemacht«, sagte Gregor. Er schaute kurz zu Boden. »Das tut mir leid«, fügte er dann hinzu. Dieses Mal klang es tatsächlich ehrlich.

»Ist schon in Ordnung.« Dani wandte sich den anderen zu. »Eine Frage, ihr Lieben: Ich hoffe doch, ihr kommt gleich alle mit, so wie wir es gestern geplant haben? Ich möchte euch die Gegend wirklich gerne noch ein wenig näherbringen.«

Als sie aufbrachen, fühlte es sich bald tatsächlich ein wenig so an, als wären sie nach Jahrzehnten wieder auf einem Klassenausflug, und es fiel auch überraschend schwer, nicht in die alten Rollen zu schlüpfen. Nils übernahm natürlich großspurig die Führung, wie Sandra verärgert feststellte, dabei hatte er doch eigentlich gar nichts zu sagen. Gregor, der zwar auch nervte, sich aber immerhin tatsächlich belesen hatte, wurde einfach untergebuttert. Es stieß Sandra übel auf, dass keiner etwas dagegen sagte, wobei sie auch nicht sicher war, ob das die anderen genauso störte wie sie oder ob sie einfach überempfindlich war. Vielleicht regte sie sich inzwischen einfach zu viel auf. War das das Alter? Wurde sie jetzt seltsam? Vielleicht war es einfacher, nicht alles als Zumutung zu sehen?

Sandra war froh, dass sie so früh aufgebrochen waren. So konnten sie die kühleren Vormittagsstunden für die ersten gemeinsamen Erkundungen nutzen, bevor sie sich gegen Mittag in den Schatten zurückzogen. Nachdem Daniela sie mit mehreren der kleinen Buchten bekannt gemacht hatte, in die sich die große Bucht Čikat gliederte, beschlossen sie, bei dem großen Sandstrand in der Nähe des Hotel Bellevue Pause zu machen. Der Strand lief hier flach ins Meer und war deshalb besonders bei Familien mit Kindern beliebt. Außerdem gab es verschiedene Verpflegungs- und Sportangebote. Nils holte Cola für alle, doch Sandra lehnte ab, was ihr einen verwirrten Blick einbrachte. Sie gingen schwimmen, nur Gregor, der von dem Ausflug an den Strand ohnehin nicht angetan gewesen war, bestand darauf, auf die Kinder aufzupassen, und setzte sich mit ihnen in den Schatten unter einen großen Sonnenschirm. Sandra fiel auf, dass er ein wenig blass wirkte und sich sichtlich unwohl fühlte. Als einer der Zwillinge auf das Meer zumarschierte, rief er Maike zurück und bestand darauf, beiden Kindern Schwimmflügel anzuziehen.

»Aber du hast sie doch im Blick?«

»Man kann nie wissen.«

Den Zwillingen wurden die Schwimmärmel angezogen. Trotzdem versuchte Gregor, sie weiter vom Sandeln im Schatten zu überzeugen. Nils schüttelte hinter seinem Rücken den Kopf, was Sandra trotz ihrer eigenen Genervtheit in Bezug auf Gregor erneut verärgerte. Konnte man sich vorstellen, dass sie mal mit diesem Großkotz zusammen gewesen war?

Als sie sich am späten Nachmittag auf den Weg zur Villa machten, lief Nils plötzlich neben ihr. Er hatte seine Badehose anbehalten und lediglich ein T-Shirt übergezogen. An den Füßen trug er Flipflops. Versuchte er jetzt etwa schon wieder, cool auszusehen, als sei er derjenige, der nicht älter geworden war und auch noch alles erreicht hatte? Nils Weber, der preisgekrönte Journalist. Das war ja wohl lächerlich. Sie waren alle älter geworden, und es war doch bestimmt nicht alles gut gelaufen …

»Das war schön heute, oder?«, fragte er.

»Geht so«, murmelte sie.

»Wieso denn geht so? Ist irgendwas? Die Gegend ist traumhaft, das Wetter war super, und Daniela hat uns ein paar echt tolle Stellen gezeigt, die ich mir in der verbleibenden Zeit gerne noch einmal genauer anschauen möchte. Also, ich finde, es läuft echt gut. Hätte ich wirklich nicht gedacht.«

Sandra spürte plötzlich Ärger in sich aufsteigen, wie geschütteltes Mineralwasser, das in der Flasche hochsprudelte. Sie blieb so abrupt stehen, dass Nils erst noch ein paar Schritte weiter lief, bevor er verblüfft anhielt und zu ihr zurückkam.

»Was ist denn?« Jetzt sah er tatsächlich verwirrt aus. »Hey, Sandra, was hast du denn? Da ist doch schon den ganzen Tag irgendwas, oder?«

Schnellmerker.

Sie überlegte. Sollte sie jetzt Tacheles reden? Die anderen waren ein Stück vor ihnen. Daniela unterhielt sich mit Nicolai, der sich den Arm kratzte. Maike und Gregor trugen je einen Zwilling und schwitzten sicherlich furchtbar, Sandra lief ja so schon der Schweiß am Körper hinunter. Sie holte tief Luft: »Weißt du was, ich finde, du warst heute ein ziemlicher Blödmann. Und gestern übrigens auch. Und zwischendrin auch immer mal wieder.«

Nils starrte sie entgeistert an.

»Wie meinst du das denn?«

»Vielleicht klappt es ja nicht bei allen so super wie bei dir!«

»Hä?«

»Denk mal drüber nach.«

Sie beschleunigte ihre Schritte und beeilte sich, zu Dani und Nicolai aufzuschließen. Überrascht registrierte sie, dass Nils tatsächlich zurückblieb.

Es war einer dieser seltenen Momente der Entspannung, die sie vorübergehend aufhören ließen, an allem zu zweifeln. Maike atmete tief durch. Der Ausflug war einfach wunderbar gewesen. Gregor hatte durchgehalten, obwohl er zwischenzeitlich echt schlecht ausgesehen hatte, überfordert irgendwie. Er war einfach nicht gerne mit den Kindern am Wasser. Sie unterschätzte das immer wieder.

Aber sie hatten es geschafft. Sie waren wieder in ihrem Zimmer, und die Zwillinge lagen gesund und bereits schlafend zwischen Gregor und ihr. Offenbar war der Tag für die Kinder sehr anstrengend gewesen, denn die beiden schliefen tatsächlich so fest, dass Gregor und sie sich unterhalten konnten, ohne dass die beiden einen Muckser taten. Maike überlegte, wann sie sich zuletzt an einen solchen Moment erinnern konnte, während sie unwillkürlich die Hand ausstreckte und Gregors rechten Oberarm streichelte. Er richtete den Blick kurz liebevoll auf sie und dann wieder auf die Zwillinge.

Sie sind so süß, dachte Maike, während sie nun ebenfalls deren Gesichter betrachtete. Bos Mündchen war leicht geöffnet, Fynns Locken waren zerzaust. Sie dufteten nach Babyduschbad. Es hatte solchen Spaß gemacht, sie heute am Strand zu beobachten, ihnen dabei zuzusehen, wie sie die Welt entdeckten und sich immer mehr zutrauten. Gregor war das nicht so leichtgefallen, aber sie mussten ja alle lernen ... Maike schaute wieder ihren Mann an und stellte fest, dass auch er etwas Farbe gewonnen hatte.

Gregor strich mit einem Daumen sanft über ihre linke Wange. »Ich liebe deine Sommersprossen«, sagte er leise. »Sie erinnern mich an Sterne.« Er hielt inne und grinste dann schief. »Das klingt jetzt sehr kitschig, was?«

»Ach, nein.« Maike lächelte. Es tat gut, ihn so etwas sagen zu hören. Er war sonst so nüchtern. In den letzten Jahren hatte sie manchmal den Eindruck gehabt, er nehme sie gar nicht wahr. Nicht mehr als Frau jedenfalls. Vielleicht stimmte das nicht, aber das Gefühl war so. Sie griff kurz nach seiner streichelnden Hand und hielt sie fest, dann drehte sie den Kopf und küsste seine Handfläche. »Ich glaube, ich werde ein Fußbad nehmen«, flüsterte sie. »Darauf habe ich schon seit meiner Ankunft hier Lust. Ich glaube, ich habe sogar schon davon geträumt.«

»Wir waren ganz schön lange unterwegs heute, was? Meine Füße sind jedenfalls auch ziemlich platt«, sagte Gregor lächelnd.

Sie nickte. Nach dem Strand waren sie noch eine Weile im Waldgebiet spazieren gegangen, und die Zwillinge waren gerannt, gerannt und gerannt, hatten Stöcke gefunden und Käfer und so vieles mehr, was sie faszinierte. »Passt du auf die Kinder auf?«

»Klar.«

Sie sah, wie Gregor sich ein Kissen zurechtschob und ein

Buch zur Hand nahm. Die Geschichte des Universums oder so etwas. Leise schloss sie die Tür hinter sich. In dem großzügigen Bad befanden sich sogar ein bequemer Sessel und ein Tageslichtfenster, dessen Vorhänge sie nun öffnete, um das sanfte rotrosige Abendlicht einzulassen. Sie schlüpfte aus der Kleidung, duschte rasch und zog sich dann den flauschigen Bademantel über, bevor sie die Schüssel, die Daniela ihr gegeben hatte, mit Wasser füllte und einen der selbst gemachten Zusätze hinzugab, die hier angeboten wurden. Dann tauchte sie die Füße ins Wasser und schloss die Augen.

Sechzehntes Kapitel

Am nächsten Tag stand ein Bootsausflug an. Dani hatte das wirklich sehr gut geplant, denn bei einer solchen Aktion war es leicht, sich näherzukommen. Und es gab wenig Möglichkeiten, einander auszuweichen – falls das bisher überhaupt jemand in Erwägung gezogen hatte. Heute würden sie einmal um Lošinj herumfahren und dann vielleicht noch einen Abstecher zu der kleinen Nachbarinsel Susak machen. Sie alle auf einem Boot, die ganze Clique. Wie das wohl werden würde?

Um neun Uhr fanden sich alle an der Mole ein. Sandra fühlte von Neuem jene Aufregung in sich aufsteigen, die sie von früher, von Klassenfahrten kannte, wenn der Bus kurz vor der Abfahrt stand und die Ersten mit ihren Kassetten nach vorne gingen, um den Busfahrer zu bitten, sie abzuspielen. Und vielleicht ging es den anderen ja ähnlich. Erwartungsfreude lag deutlich spürbar in der Luft, Neugier auf das, was kommen würde.

Sollte sie etwas zu Nils sagen? Natürlich hatte sie sich Gedanken wegen gestern gemacht. Vielleicht hatte sie doch etwas sehr patzig reagiert. Warum war sie überhaupt so ärgerlich auf ihn gewesen? Sie war durchaus nervös gewesen, als sie ihm heute zum ersten Mal begegnet war. Doch er hatte sich nichts anmerken lassen, und sie hatte dann nach Kräften auch so getan, als sei nichts geschehen.

Eine Stimme riss sie aus den Gedanken, und Sandra fragte sich, wie lange Milan, der das Boot steuern würde, ihr wohl schon die Hand hingehalten hatte, um ihr hineinzuhelfen. Nicolai saß bereits im Bug. Er hatte erst nicht mitkommen wollen, aber sie hatten ihn gemeinschaftlich überredet. Wenn sie jetzt darüber nachdachte, war er zu ihrer Überraschung doch derjenige, der sich am meisten zurückzog. Natürlich hatte Nils ihn bereits darauf angesprochen, sein ehemals bester Freund. Der einfach nicht ein einziges Mal die Klappe halten konnte.

Aber Nicolai schien sich nicht daran zu stören. »Vielleicht bin ich eben eher ein einsamer Wolf?«, hatte er geantwortet.

»Ach, Quatsch«, hatte Nils erwidert. Nils, den sie jetzt dicht hinter sich spürte. Sandra beeilte sich, das schwankende Boot zu betreten, brauchte einen Moment, um sich auszubalancieren, und suchte sich dann einen Platz. Es war ein großes Boot, fast schon ein kleines Schiff, auch wenn es, laut Daniela, ohne Bootsführerschein betrieben werden durfte.

Sie blickte zu Nicolai, der über den Bootsrand ins Wasser schaute und dabei seinen Strohhut mit einer Hand auf den Kopf drückte. Das Wasser war so klar hier, man konnte bis auf den Grund sehen. Sandra war froh, eine Taucherbrille nebst Schnorchel dabeizuhaben. Später, hieß es, würde es Gelegenheit geben, vom Boot aus zu schwimmen. Ein Schwanken zeigte, dass auch Maike an Bord ging, zum Schluss Dani, und dann sprang noch Milan hinterher. Maike setzte sich an Sandras Seite. Sie war allein, Gregor hatte darauf bestanden, mit den Zwillingen an Land zu bleiben. Sie lachte voller Vorfreude und lobte dann Sandras Kleid, eher ein überdimensioniertes T-Shirt, zu dem Sandra Shorts und Badekleidung trug.

»Gregor wollte nicht mit?«

»Er mag eigentlich kein Wasser, und er sagt, ihm wird auf Schiffen schlecht.«

»War schon gestern schwierig, oder?«

»Hm.«

Maike wollte offensichtlich nicht darüber reden. Sandra schaute zu Nils, der in Milans Nähe saß, und fragte sich, ob sie sich doch irgendwie entschuldigen sollte. Er blickte Richtung Horizont und wirkte nachdenklich, so, wie schon vor zwei Tagen.

In diesem Moment warf Milan den Motor an. Das Boot begann zu vibrieren, und dann steuerte er es auch schon aufs offene Meer zu. Ein leichter Fahrtwind kam auf, und der Strand entfernte sich bald immer rascher. Sandra beschattete die Augen mit den Händen und schaute hinauf in den tiefblauen Himmel. Es roch nach Salzwasser, Sonnencreme und Holz. Sie machte ein paar Bilder und schickte sie Alex mit dem kurzen Kommentar: Bootsausflug mit der Clique. Eine Antwort würde sie wahrscheinlich nicht erhalten, aber darüber wollte sie jetzt nicht grübeln. Als das Boot über die Wellen zu hüpfen begann, kreischten Sandra, Maike und Daniela auf wie Teenies, und für einen Moment war alles Gute von damals wieder zurück: die Lust am Leben, die Freude, die wie Blubberblasen in ihnen aufstieg, die einfach da war, weil sie sich eben freuten und weil das Leben so schön war.

Wenig später bremste Milan das Boot leicht ab, und das Hüpfen hörte auf. Langsamer tuckerten sie die Küstenlinie entlang. Sandra betrachtete ihre angezogenen Beine und freute sich über die Farbe, die sie über die letzten Tage bekommen hatte. Dani hielt lachend ihren großen Strohhut fest, den sie zu ihrem eng geschnittenen, petrolfarbenen Jerseykleid trug und den ihr der Wind immer wieder wegzupusten drohte. Für andere wäre ein solches Kleid zu solch einem Ausflug unpassend gewesen, bei Daniela passte es genau. Sandra ließ ihren Blick weiter über die Reiseschar wandern. Milan hatte das Steuer inzwischen an Nils übergeben, und Sandra ließ den Blick einen Moment auf ihm ruhen. Nicolai schien zu dösen, war vielleicht aber auch in Gedanken versunken. Auf Maikes begeisterten Ruf schaute Sandra zum Land, wo jetzt malerische Kiesstrände, Felsen und Pinienwälder an ihnen vorbeizogen. Das Wasser war mal hellgrün, mal dunkelblau und immer kristallklar. Es war einfach wunderschön. Die Luft war klar und ließ sie gut durchatmen. Demnächst würden sie irgendwo ankern und dann ein wenig schwimmen oder auch schnorcheln. Als der Wellengang erneut stärker wurde, jauchzten sie. Immer wieder tauchten Villen zwischen den Bäumen auf, über die Daniela etwas zu erzählen wusste. Es gab größere und kleinere Häuser, welche mit Geheimnissen und welche, über die es nicht viel zu berichten gab.

»Dort drüben«, sagte sie jetzt, »wahrscheinlich sind wir zu weit draußen, um etwas zu sehen, aber da liegt so ein großes rosafarbenes Haus zwischen den Bäumen. Dort hat sich einst der österreichische Kaiser mit seiner Geliebten, Katharina Schratt, getroffen.«

Sie reckten die Hälse. Nils war sich sicher, es zu sehen. Sandra schwieg.

Eine Weile fuhren sie bei gleichbleibender Geschwindigkeit weiter, bevor sie sich entschieden zu ankern. Der Anker verschwand mit einem leisen Geräusch unter der Wasseroberfläche. Sandra blickte nach unten. Schatten tanzten auf hellen Steinen am Grund, der gar nicht so weit entfernt wirkte. Fische sausten wie kleine Blitze hin und her. Nils schlug lautstark vor, eine Runde baden zu gehen.

»Und, wie wär's?«, wandte Sandra sich an Nicolai, der wie sie auf das Wasser starrte. Wieder kam ihr der Gedanke, dass er sich doch ziemlich geändert hatte, oder irrte sie sich?

Jetzt schüttelte er den Kopf. »Hab schlecht geschlafen, und einer muss ja aufpassen, oder?« Er grinste, schob sich den Sonnenhut über das Gesicht und verschränkte die Arme im Nacken, als wolle er schlafen.

Sandra und Maike schlossen sich Nils an. Eine Weile zögerten sie am Bootsrand, denn es gab keine Möglichkeit, sich langsam an das Wasser zu gewöhnen, sie würden springen müssen. Nicolai schob seinen Sonnenschutz zurück und erzählte breit grinsend von *Open Sea*, einem Film, dessen Handlung sich offenbar um im offenen Meer vergessene Taucher drehte, was ihm eine großzügige Dusche von Nils einbrachte, der als Erster ins Wasser gesprungen war. Mit klopfendem Herzen beobachtete Sandra, wie er unter dem Boot hindurchtauchte. Hatte sie jetzt etwa Angst um ihn?

Sie setzte ihre Taucherbrille auf, nahm allen Mut zusammen und folgte ihm. Zumindest ins Wasser. Es war so kühl, dass ihr für einen Moment der Atem stockte. Dann aber war alles gut. Sie tauchte unter und probierte den Schnorchel aus. Hier musste man einfach schnorcheln. Sie hatte mehrere Berichte darüber gelesen, und allein das, was sie vom Boot aus gesehen hatte, war einfach zauberhaft. Maike und Nils schnorchelten bald ebenfalls, und für eine Weile eroberten sie zu dritt die Welt unter Wasser. Maike kehrte als Erste an Bord zurück, und Sandra reichte ihr ihre eigene Taucherbrille, bevor sie sich noch einmal mit einigen kräftigen Beinschlägen vom Boot entfernte. Es tat gut, ihren Körper zu spüren und das, was er in der Lage war zu leisten. Sie entspannte sich mehr und mehr und schaute sich nach Nils um, der immer noch schnorchelte. Nach kurzem Zögern schwamm sie zu ihm. Als er aus dem Wasser auftauchte, sprach sie ihn an. »Tut mir leid, dass ich gestern so schroff war.«

Er schaute sie durch die Taucherbrille an, dann schob er die Brille auf seine Haare und wischte sich mit der linken Hand das Wasser aus dem Gesicht, während er mit den Beinen trat, um sich in Position zu halten. Er sah lustig aus, denn die Brille hatte rund um seine Augen Abdrücke hinterlassen. »Ist schon okay.«

»Nein, das war es nicht, ich …«

»Sandra«, er schaute sie fest an, »es ist schon okay. Ich bin erwachsen. Ich komme mit ein bisschen Schroffheit zurecht.«

»Ich hätte das trotzdem nicht sagen sollen.«

Er grinste plötzlich. »Na, das hat sich offenbar nicht an dir geändert …«

»Was denn?« Sie sah ihn irritiert an.

»Du bist zu grüblerisch.«

Sie fand, dass er jetzt wieder großspurig klang.

»Zu?« Sandra trat etwas heftiger mit den Beinen, um sich in Position zu halten. »Nein, nicht zu … Ich bin es eben.«

»Vielleicht auch so.« Er sah sie nachdenklich an. »Frieden?«

»Klar.«

Kurz darauf waren sie alle wieder im Boot, schläfrig und hungrig zugleich. Daniela verteilte Picknick. Es gab Cevapcici, Cajna Kobasica, eine getrocknete, leicht mürbe Salami, die sie bereits gekostet hatten, Psrut, den dalmatinischen Schinken, gesalzene Zwiebelringe, Schafskäse, Ajvar, Joghurt und Weizenmehlbrot, das außen kross und innen weich war. Sandra leerte durstig eine kleine Flasche eiskalte Cola, was sie schon ewig nicht mehr getan hatte. Dann badeten sie wieder. Das Wasser fühlte sich einfach herrlich weich und erfrischend an. Sandra schwamm und ließ sich im Boot trocknen, schwamm und ließ sich im Boot trocknen. Sie lauschte den Stimmen ihrer Freunde und dem Glucksen des Wassers. Am späten Nachmittag brachen sie in Richtung Susak auf, einer kleinen, sehr grünen Insel, geprägt von sanften Hügeln, auf deren höchstem Punkt ein Leuchtturm stand. Maike wusste zu berichten, dass Susak aus einem Kalksteinsockel bestand, der überlagert war von dicken Schichten feinen gelblichen Sandes, so hatte Gregor es ihr erzählt. Außerdem wuchsen Schilfrohr, Brombeeren, Jasmin und sogar Wein auf Susak. Sie schauten sich eine Weile auf der Insel um und bestiegen dann wieder das Boot. Milan schlug vor, für das Abendbrot zu angeln, doch Sandra und Maike waren unsicher.

»Ich bin mir sicher, dass die selbst gefangenen Fische toll schmecken werden«, sagte Nils, und schließlich stimmten die Frauen, wenn auch verhalten, zu.

Das war ein verdammt schöner Tag, dachte Sandra, als sie sich nach erfolgreicher Angeltour wieder dem Land näherten. Sie wünschte nur, längst ehrlicher zu den anderen gewesen zu sein.

Das Abendessen wurde natürlich auf der Terrasse eingenommen. Sie alle mochten den Blick in den Garten bis hinüber zur Trockenmauer, die den Nutzgarten umschloss. Milan bereitete die Fische auf dem Grill zu. Die Zwillinge beäugten den Fang neugierig und waren zuerst sehr misstrauisch, probierten dann aber doch. Es schmeckte ihnen. Kaum waren sie satt, wurden sie unruhig. Das überraschte inzwischen keinen mehr. Erst stand Maike mit ihnen auf, dann Gregor. *Unsere neue Generation*, dachte Sandra, *es ist wirklich etwas dran, dass es ein Dorf braucht, um ein Kind zu erziehen.*

Die Kinder tobten eine Weile mit Gregor und ihrem Ball

über die Wiese, dann gesellte sich Milan zu ihnen. Sandra war überrascht, wie schnell der alte Hausmeister rennen konnte. Er war in der Tat sogar ein ganz passabler Fußballspieler.

An Danis Seite tauchte wenig später die Frau aus der Hütte am Strand auf, die sich als Zita, Danis jüngere Schwester, entpuppte. Die kleine Zita war jetzt tatsächlich also so groß, dass weder Nils noch sie sie erkannt hatten. Überhaupt Nils … War das Nervosität, was Sandra in seiner Gegenwart spürte? Das konnte ja wohl nicht sein. Und schaute er jetzt etwa zu ihr herüber?

Sandra wandte sich an Dani. »Bitte, lass mich dir morgen unbedingt helfen. Du stemmst das schon viel zu lange alleine. Ich habe echt ein ganz schlechtes Gewissen. Klar sind wir Gäste, aber wir sind doch auch Freunde. Du musst das nicht alles alleine bewältigen. Das ist *unser* Treffen.«

Daniela lachte. »Keine Sorge. Ich mach das gerne.«

»Klar.« Sandra schüttelte den Kopf. »Du hast den Anstoß gegeben, aber … Ich finde, wir sollten alle ein bisschen mithelfen.«

Daniela zuckte die Achseln. »Wie du meinst.«

Sandra drückte kurz ihren Arm, dann suchte sie sich einen Platz an Maikes Seite. Die Zwillinge waren noch einmal für einen Nachtisch an den Tisch zurückgekehrt. Gregor war dagegen – zu viel Zucker –, und Maike sah angestrengt aus.

»Ist nicht leicht, was?«, rutschte es Sandra heraus.

Maike lächelte schief. »Ich habe Herausforderungen immer geliebt, das weißt du doch.«

»Hast du. Aber die hast du dir nicht ausgesucht, oder?«

Maike öffnete den Mund, als wolle sie etwas entgegnen, schwieg dann aber.

Daniela, die in Richtung Küche verschwunden war, kam mit weiteren Schälchen mit Obst sowie Sahnepudding zurück. Sandra und Maike nahmen sich von beiden.

»Ganz ehrlich, Kinder zwingen einem definitiv ein anderes Tempo auf«, sagte Maike schließlich. Gregor hatte die Zweiter-Nachtisch-Episode inzwischen ausgekämpft, und Maike schob ihm den Rest ihres Puddings zu. Sandra musterte die beiden. Sie war überrascht, dass Maike sich einen so ruhigen, zurückhaltenden Typen ausgesucht hatte, immerhin hatte sie einmal auf Billy Idol gestanden und sogar die Lippe so hochziehen können wie der britische Sänger. Kaum vorstellbar, wenn man sie jetzt sah. Maike sah eher zart aus. Sie war schon immer schmal gewesen, aber heute wirkte sie zerbrechlich. Ansonsten ... Der hellblonde Pferdeschwanz war einer praktischen Kurzhaarfrisur gewichen, und ihre Kleidung schien hauptsächlich aus praktischen Hosen, T-Shirts und Blusen zu bestehen. Sandra fragte sich, ob die Schwangerschaft wohl schwierig gewesen war. Immerhin waren es zwei Kinder auf einmal gewesen, und danach war es gewiss auch nicht leichter geworden.

»Was macht der Job?«

»Ich arbeite gerade nicht«, entgegnete Maike, und Sandra war so überrascht, dass sie gar nichts erwiderte. Gerade Maike, von der sie gedacht hatte, dass sie mindestens Chefärztin in der Charité werden würde, gerade sie arbeitete *nicht*?

»Es wurde schwierig mit den Kindern, weißt du«, fuhr Maike fort.

Einer der Zwillinge kippte seinen Orangensaft um, und damit endete das Gespräch so abrupt, wie es angefangen hatte.

Später, als sie gemeinsam im Kaminzimmer saßen, wanderten Sandras Gedanken wieder zu Maike. Maike war also Hausfrau. Ausgerechnet sie. So hatte sie sich selbst gewiss nie gesehen, und so hatte sie auch niemand der anderen hier gesehen, daran herrschte kein Zweifel. Sandra ließ ihren Blick über die Runde gleiten. Sie wirkten alle so vertraut, und doch war da an jedem etwas, was sie nicht kannte – oder an das sie sich zumindest nicht erinnern konnte. Dinge hatten sich verändert, das stand fest.

Nils saß zu breitbeinig in seinem Sessel. Nicolai hielt sich stets im Hintergrund, wo er sonst nie zu finden gewesen war. Außerdem hatte er seine Gitarre nicht dabei. Daniela hielt sich sehr elegant auf einem kleinen Hocker und trug inzwischen ein dünnes gehäkeltes Tuch um die Schultern. Sie hatte sich nicht so sehr verändert, so kam es Sandra jedenfalls vor, aber auch ihr Leben war anders verlaufen, von ihr wusste Sandra es sicher.

Maike wirkte jetzt ein wenig entspannter, aber vielleicht bildete sich Sandra das auch nur ein, weil Gregor schon mit den Zwillingen aufs Zimmer gegangen war. Sein Verhalten beim Abendessen war nervig gewesen. Er hatte seine Kinder aber auch wirklich keine Sekunde aus den Augen gelassen, und auch immer wieder die Gespräche unterbrochen, weil *die Kinder* irgendetwas brauchten oder weil Maike nicht entsprechend auf sie aufpasste.

»Bo, das ist heiß. Jetzt tu doch einmal etwas, Maike. Maike, Fynn hat sich den Ketchup genommen. Oh nein, jetzt ist alles auf dem Boden!«

Sandra war jedenfalls dankbar, dass er jetzt nicht mehr störte, auch wenn sie sich gleichzeitig für ihre Gehässigkeit schämte. Aber der Kerl war ja wohl echt eine Zumutung.

Daniela hatte Wein aus dem Keller geholt und bot jedem davon an. Sandra und Nils nahmen dankend an.

»Nicht so viel«, sagte Maike und zeigte die Höhe mit den Fingern an. »Ich bin einfach nichts mehr gewöhnt«, fügte sie dann mit entschuldigendem Lächeln hinzu.

»Daran kann ich mich auch noch erinnern«, sagte Sandra. »Schwangerschaft und Stillzeit, danach habe ich nichts mehr vertragen. Aber dann geht's eigentlich ganz schnell wieder.«

Sie lauschte ihren eigenen Worten nach. Wie sich das anhörte – ganz, als habe sie es kaum erwarten können, wieder zu saufen.

Nicolai lehnte zu ihrer aller Überraschung ganz ab. Nils blickte ihn überrascht an. »Trinkst du gar nichts?«, fragte er.

»Nicht mehr«, beschied Nicolai knapp.

»Hattest du Probleme?«

Sandra zuckte zusammen, weil sie Nils' Frage zu direkt fand. Dachte er etwa, Nicolai sei Alkoholiker gewesen?

Nicolai jedoch schien die Frage nicht zu stören. »Nö, einfach keine Lust mehr. Muss man? Man muss nicht, oder?«

»Boah, interessant. Ich glaube, das könnte ich nicht.« Nils hielt inne. »Mann, das hört sich jetzt aber komisch an. Echt jetzt, ich bin kein Säufer.« Er grinste.

Sie redeten ein wenig über Nicolais Website und den Blog, den sich inzwischen alle angesehen hatten.

»Echt gut gemacht«, sagte Nils, der wieder einmal einen Großteil des Gesprächs bestritt. Dass Sandra ihn auf dem Spaziergang angesprochen hatte, hatte ihn also offenbar nicht sonderlich beeindruckt. Und zu laut war er auch. Gleich darauf lenkte er das Gespräch auf Preisverleihungen.

Ich, ich, ich … Mein Haus, mein Boot, mein Auto … War das früher schon so?, überlegte Sandra. *Meine Güte ist das nervig. Und warum bin ich so gehässig? Ist das der Alkohol?*

Nach Nils erzählte Daniela vom Restaurant, und danach war es für einen Moment still, bevor sich – nicht sonderlich überraschend, wie Sandra fand – natürlich wieder Nils zu Wort meldete.

»Okay, Sandra ist Lehrerin, aber von dir haben wir jetzt noch gar nichts gehört, Frau Doktor«, wandte er sich an Maike, die immer noch an ihrem ersten halben Glas Wein nippte. »Zurzeit kümmerst du dich um die Kinder, aber wann willst du denn wieder einsteigen? Du bist doch kein

Hausmütterchen, das den ganzen Tag kochen, aufräumen und mit den Kinder basteln will?«

Sandra wurde heiß vor Wut. »Das macht es ja wohl kaum aus, einen Haushalt zu managen«, sagte sie scharf.

Nils hob beschwichtigend die Hände. »Meine Güte, so habe ich das auch nicht gemeint, Sandra!«

Gleich würde er sagen, sie solle sich nicht so anstellen …

Maike stellte ihr Glas ab. Dann zog sie die Schultern hoch und ließ sie wieder herabfallen. »Ich weiß es nicht«, sagte sie langsam, »vielleicht kehre ich auch gar nicht mehr zurück.«

Siebzehntes Kapitel

Frankfurt, zweieinhalb Jahre zuvor

Maike hatte wieder einmal lange nicht einschlafen können, war dann irgendwann weggedämmert, aber doch immer wieder aufgewacht. Jedes Mal, wenn sie wach lag, hatte sie sich verzweifelter gefühlt. Dabei schliefen die Kinder in dieser Nacht sogar, und das ärgerte sie noch mehr. Warum konnte sie nicht einfach funktionieren? Warum konnte sie nicht einfach einschlafen, wenn sie doch die Möglichkeit dazu hatte.

Wieder einmal wachte sie am Morgen völlig zerschlagen zu Gregors leisen Worten auf.

»Maike, ich muss jetzt los. Schaffst du das mit den Kindern?«

»Ja …« Ihre Stimme war so zart, so kraftlos, hatte so einen matten Tonfall, dass sie sie fast selbst nicht erkannt hätte. Sie konnte nicht sagen, ob sie das war, die da sprach. Es war alles so fremd, alles so anders.

»Ich habe sie gewickelt und natürlich gefüttert.« Er schwieg. Sie wusste, dass er es genauso schwer ertrug wie sie, dass sie die Kinder nicht stillen konnte. So würden sie nicht das Beste bekommen, so hatten sie einen schlechteren Start ins Leben. Sie hatten gefühlt alles zum Stillen, insbesondere von Zwillingen, gelesen, bevor die Kinder auf die Welt gekommen waren und alle Theorie über den Haufen geworfen hatten.

Ich habe es versucht, dachte sie, *ich habe es versucht* … Immerhin hatten sie das Kolostrum bekommen, dem man ja quasi Zauberkräfte zubilligte, und die künstliche Milch war ja auch besser als früher.

Ich habe versagt.

Sie hatte ihre Kinder ernähren wollen, aber es hatte einfach nicht geklappt. Die Kinder hatten abgenommen, sie hatten eingreifen müssen, um sie nicht in Gefahr zu bringen. Maike schloss noch einmal die Augen. Sie hatte es als Niederlage empfunden, und dieses Gefühl war immer noch da. Sie spürte, wie Gregor ihr einen Kuss auf die Wange drückte.

Sie hatten sich voneinander entfernt in den letzten zwei Monaten. So hatte sie sich das Leben als junge Eltern nicht vorgestellt. Andererseits war einfach gar nichts von dem eingetroffen, was sie sich vorgestellt hatte. Inzwischen hatte Maike den Eindruck, dass über wenige Dinge so sehr gelogen wurde, wie darüber, wie es war, Kinder zu haben.

Nachdem die Haustür hinter Gregor ins Schloss gefallen war, lag Maike noch eine Weile auf dem Rücken und starrte an die Decke. Jeden Morgen ging das so, und es wurde immer schlimmer. Wie sollte sie jetzt aufstehen? Wie sollte sie den Tag hinter sich bringen? Das schien einfach unmöglich. Diese Tage hatten keinen Anfang und kein Ende.

Sie zwang sich aus dem Bett, aber sie hatte Angst vor dem Tag, an dem ihr das nicht mehr gelingen würde, der Tag, an dem sie die Zwillinge nicht mehr versorgen konnte, weil sie einfach hier lag und nichts tun konnte.

Nein, so hatte sie sich das nicht vorgestellt. Da waren Ängste gewesen in der Schwangerschaft, Ängste, auch diese Kinder zu verlieren, sodass sie kaum gewagt hatte, sich zu freuen. Aber Gregor hatte sich gefreut. Er hatte es kaum erwarten können. Und sie hatten alles gut geplant: das Kinderzimmer, die Ausstattung, den Kaiserschnitt – Zwillinge in ihrem Alter, da hatten sie kein Risiko eingehen wollen. Sie hatte sich ausgemalt, wie sie die Zwillinge sehen und von Liebe überwältigt sein würde, wenn sie dann einmal gesund geboren waren und die Angst weg war, aber so war es nicht gewesen. Natürlich war sie zuerst einmal erschöpft von der Geburt gewesen, natürlich hatte sie sich erst erholen müssen. Das war allerdings schneller gegangen, als sie sich das vorgestellt hatte, aber auch danach hatte sich nichts geändert. Sie hatte die Zwillinge angeschaut und zu lange Zeit einfach nichts gefühlt. Wo waren sie, diese Muttergefühle, von denen alle sprachen? Sie zwang sich dazu, die Kinder zu versorgen, aber sie fühlte einfach nichts, und wenn sie versorgt waren, hätte sie sich am liebsten auf dem Boden zusammengerollt und nichts mehr getan.

Achtzehntes Kapitel

»Hey, Papa, alles klar bei dir? Hörst du uns?«

Nils zuckte zusammen und versuchte, sich wieder auf das Telefongespräch zu konzentrieren. Er war überhaupt nicht bei der Sache, und seine zwölfjährige Tochter hatte das natürlich gemerkt.

»Tschuldige, Feli, ich musste gerade über etwas nachdenken. Jetzt sag mal, wie geht es Jonah und dir? Und wie sind bislang die Ferien mit Mama? Ich freue mich darauf, euch bald hier zu sehen!«

Es knackte und raschelte im Hörer. Offenbar bewegte Feli sich. Eigentlich war sie ja immer in Bewegung, eine Supersportlerin. Sie hatte schon in der Grundschule mehr Medaillen gesammelt, als er es in seinem ganzen Leben tun würde. Von ihm hatte sie das nicht.

»Gut, willst du nicht auch fragen, wie es Mama geht?«

»Klar doch. Wie geht's Mama?«

»Auch gut. Wir hatten eine kleine Party zu ihrem Geburtstag. Du hast doch nicht vergessen, dass sie gestern Geburtstag hatte?«

Zack, Finger in Wunde. Mist, verdammter, natürlich hatte er nicht daran gedacht. Da war so viel gewesen, was ihn beschäftigt hatte, so viel, das ihn abgelenkt hatte: die anderen wiedersehen, seine Fassade aufrechterhalten. Caroline hatte seinen Geburtstag natürlich noch nie vergessen, noch nicht einmal, als sie im Krankenhaus gewesen war und man ihr den Blinddarm rausgenommen hatte …

»Ist meine Karte nicht angekommen?«

Warum log er jetzt schon wieder? Warum sagte er nicht die Wahrheit? Warum sagte er nicht, dass er einfach nicht daran gedacht hatte? Weil er sich ohnehin schon wie ein Versager fühlte. Deshalb. Weil er einmal etwas richtig machen wollte.

»Nö, ist sie nicht.«

»Das muss die kroatische Post sein. Ach, das tut mir leid, Schätzchen. Kannst du Mama sagen …«

»Sag's ihr doch selbst. Sie ist hier.«

Nils schluckte und war froh, dass sie nicht skypten. So konnte sie nur an seiner Stimme hören, ob er log, und las es ihm nicht gleich am Gesicht ab. Irgendwie hatte er sie noch nie besonders erfolgreich angelogen, Caroline hatte ihn immer sofort erwischt.

»Hallo, Nils!« Sicherlich lächelte sie. Das hörte er an ihrer Stimme. Sie lächelte immer am Telefon, und sie klang immer, als wolle sie nichts lieber tun, als mit ihrem jeweiligen Gesprächspartner zu telefonieren.

»Caro, schön, dich zu hören!«

»Dann hat also die kroatische Post die Postkarte verschlampt?«

Du hast es vergessen, sagte ihre Stimme.

»Ehm, ja.«

»Was war denn drauf?«

»Das, eh, das Meer …«

Vergessen, vergessen …

»Zum Geburtstag?«

»Ja. Es war eben eine gewöhnliche Postkarte. Du kennst mich doch. Wäre das glaubhaft, wenn ich sage, dass ich dir eine echte Geburtstagskarte besorgt habe?« Er räusperte sich und versuchte zu lächeln. »Es ist übrigens toll hier, die Umgebung ist ein Traum, wir wohnen in einer echten Villa, und es ist schön, die anderen mal wieder zu sehen.«

Für einen Moment war es still, dann sagte Caroline: »Na, das mit der Karte könnte ich dir glatt auch glauben. Du hast einfach keinen Stil.«

»Na hör mal, wir können beide kein Kroatisch, woher soll ich wissen, was da draufsteht?« Er atmete tief durch. »Müssen wir uns jetzt streiten? Ich dachte, darüber wären wir hinaus.«

»Streiten wir uns?«

Er hörte sie lachen und war verwirrt. Um etwas Zeit zu gewinnen, wechselte er den Hörer von einem Ohr zum anderen.

»Wir sollten auch besprechen, wann genau die Kinder kommen.«

»Ich habe schon alles organisiert«, sagte Caroline. »Sie freuen sich übrigens aufs Meer.«

»Und auf mich?«, fragte Nils, halb im Scherz.

»Auf dich auch!«, hörte er Feli aus dem Hintergrund rufen. Er wusste, dass er seine Gefühle nicht von einem Kind abhängig machen sollte, aber es tat doch verdammt gut, sie das sagen zu hören.

Neunzehntes Kapitel

Maike wachte früh auf an diesem neuen Morgen auf Lošinj und war erstaunt darüber, wie wach sie sich fühlte. Hell krochen die Strahlen der Morgensonne durch die nur nachlässig zugezogenen Vorhänge, feiner Staub tanzte im Licht. Bo hatte sich an sie gekuschelt, während Fynn quer auf Gregor lag. Seine kleinen tretenden Füße waren es auch gewesen, die sie geweckt hatten. Fynn bewegte sich viel und häufig im Schlaf.

Maike betrachtete ihre Söhne einen Moment lang und lächelte. Die Kinder hatten sich wieder geweigert, in ihren Reisebetten zu schlafen. Nach kurzem Überlegen hatten sie die beiden also wieder zwischen sich gelegt – Gregor war das Bett eigentlich zu hoch –, und so hatten sie alle unerwartet gut geschlafen.

Maike zog vorsichtig den Arm unter Bos Köpfchen mit den dunklen Haaren hervor, stand dann langsam auf und setzte die Fußsohlen behutsam auf die Holzdielen. Der Boden hatte sich zu dieser frühen Stunde noch nicht aufgewärmt, war aber auch nicht unangenehm kalt, und Maike stellte erleichtert fest, dass er nicht knarrte. Sie formte rasch eine Rolle aus ihrer Decke und legte sie als Rausfallschutz auf den Bettrand, bevor sie langsam zum Fenster tappte. Auf der Rasenfläche vor dem Haus stand bereits Milan und rechte mit behutsamen Bewegungen Blätter zusammen. Sandra hatte recht: Der Anblick hatte wirklich etwas Beruhigendes. Maike ließ den Blick weiterwandern, zu dem kleinen Wäldchen. Dahinter, das wusste sie von Sandra und Nils, ging es zum Strand. Mit einem Mal verspürte sie große Lust auf weitere unbeschwerte Stunden am Meer.

Jetzt trat Daniela auf die breiten Eingangsstufen hinaus. Sie trug ein flaschengrünes Kleid aus dünnem Strick, dazu kniehohe cognacfarbene Stiefel und hatte das dunkle Haar zu einem lockeren Knoten aufgesteckt. Wie schon damals konnte Maike nicht umhin, ihren Stil zu bewundern. In Bezug auf ihre Kleidung ließ sich Dani einfach nie gehen. Sie selbst hatte mit den Kindern das letzte bisschen Eleganz an die Praktikabilität ihrer Kleidung verloren.

Sie hörte, dass sich hinter ihr im Bett jemand bewegte, und drehte sich um. Gregor schaute sie verschlafen und noch leicht desorientiert an. Dann fuhr er sich mit beiden Händen durch das buschige Haar. Er schnitt es sich selbst einmal im Jahr raspelkurz und ließ es dann einen Gutteil des restlichen Jahres einfach wachsen. Er fand das praktisch. Maike erinnerte sich, dass sie sich das erste Mal erschreckt hatte, als sie ihn – ihrem Empfinden nach – fast kahl geschoren gesehen hatte.

»Guten Morgen«, flüsterte sie.

»Guten Morgen«, entgegnete er kaum hörbar, eigentlich sah sie nur, wie er seine Lippen bewegte. Sie beobachtete, wie Gregor kurz überlegte, ob er es wagen konnte, sich von Bo und Fynn zu entfernen, dann konstruierte er einen Rausfallschutz, wie auch sie es getan hatte, und kam zu ihr.

»Was machen wir heute?«, fragte sie immer noch flüsternd.

Gregor sah für einen Moment nach draußen und schien zu überlegen.

»Ich habe dir doch von dem venezianischen Turm in Veli Lošinj erzählt, weißt du noch? Dort befindet sich auch eine Kopie dieser berühmten Statue, von der ich dir erzählt habe.«

Maike atmete tief durch. »Ich würde lieber mit den Zwillingen mit den anderen an den Strand.«

Gregor runzelte sofort die Stirn. »Denkst du, das ist eine gute Idee? Ich finde, das ist viel zu gefährlich mit den Jungs am Wasser. Was, wenn wir einmal nicht aufmerksam sind?«

»Aber wir sind hier am Meer, da werden wir doch wohl auch ans Wasser gehen?« Maike wusste plötzlich nicht, was sie mit Armen und Händen tun sollte, also stützte sie sich auf dem Fensterbrett ab. »Wir waren doch auch schon am Meer. Da war doch alles okay, oder nicht?«

Er schaute zum Bett. »Ja, letztes Mal ist alles gut gegangen, aber es kann so viel passieren.«

Maike seufzte. »Okay, lass uns den Turm ansehen.«

»Du musst nicht«, sagte Gregor. Er zögerte. »Natürlich sollten wir auch ans Meer gehen.« Aber es lag keine Überzeugung in seiner Stimme, sondern vielmehr etwas, das seine letzten Worte Lügen strafte. Nein, er war sehr zufrieden damit, wenn sie heute und auch in den nächsten Tagen nicht ans Meer gehen würden.

Nach dem Frühstück war Nicolai als Letzter zurückgeblieben. Er drehte seine Tasse mit dem längst erkalteten Rest Tee in den Händen. In zwei Stunden sollte der heutige Ausflug an den Strand losgehen, später ging es vielleicht auch noch einmal ein bisschen mit dem Schiff hinaus. Gregor hatte gesagt, dass er mit den Kindern hierbleiben würde, und auch davon erzählt, dass sie irgendeinen Turm besichtigen wollten, heute oder in den nächsten Tagen. Alle hatten irgendwelche Pläne. Seit die Krankheit da war, plante er selbst nicht mehr wirklich …

Nicolai dachte an Maike. Ausgerechnet sie war ehrlich gewesen, ausgerechnet sie, die immer hart gearbeitet hatte und die immer ihr Ding hatte durchziehen können, hatte ihr Scheitern eingestanden.

Aber wieso eigentlich gescheitert? War er selbst gescheitert? Konnte man das so sehen? Es war vermutlich so, dass einem das Leben manchmal Steine in den Weg legte, aber letztlich kam es doch wohl darauf an, was man selbst daraus machte … Gibt dir das Leben Zitronen, mach Limonade draus. Wie er diese Kalendersprüche hasste.

Nicolai stellte die Tasse auf den Tisch. Inzwischen waren sie sich alle ein wenig nähergekommen, aber sie waren auch noch nicht ganz ehrlich zueinander, das fühlte er. Er war es nicht, und die anderen waren es auch nicht. Er zum Beispiel vermied Situationen, in denen er möglicherweise die Kontrolle über seinen Körper verlieren konnte. Noch konnte er das. Jedenfalls bildete er sich das ein.

Und warum er das tat? Er wusste es nicht. Weil er dem Bild entsprechen wollte, das sie sich von ihm gemacht hatten? Der coole Nicolai, der Musiker, das Bandmitglied, der Freigeist? So hatte er doch nie werden wollen, niemals … Er hatte niemals irgendjemandem genügen wollen, außer sich selbst.

Nicolai stand auf und musste sich für einen Moment an der Sessellehne festhalten, weil sein Bein unerwartet unter ihm wegknickte. Und in diesem Moment sah er plötzlich jemanden aus den Augenwinkeln: Zita, Danielas kleine Schwester.

»Mein Bein ist eingeschlafen, so ein Mist«, sagte er.

»Klar.« Sie musterte ihn. »Du bist Nicolai, oder? Der Musiker. Dani hat manchmal von dir erzählt.«

Der Musiker, das klang für ihn inzwischen wie etwas, das ewig zurücklag, etwas, das er fast vergessen hatte oder das es vielleicht nie gegeben hatte. *Ich wünschte, ich könnte es vergessen.*

»Hm.«

»Du hattest mal eine Band, oder? Meine Schwester hat mir davon erzählt, bevor ihr gekommen seid.«

Zita klang jetzt neugierig. Sie war vielleicht doch der Typ, den so etwas schwer beeindruckte: eine Band, Musiker, Künstler, die sich in Sessions die Nächte um die Ohren schlugen, Drogen nahmen und von Groupies verfolgt wurden, die ganzen Klischees eben …

»Ich könnte mir das nicht vorstellen«, fuhr sie fort.

Oder auch nicht, ergänzte Nicolai bei sich und war doch ein wenig enttäuscht. Er hatte sie anders eingeschätzt, mit ihren bunt gefärbten Haaren, die sie zu einem aufwendigen Dutt geformt hatte, und der schwarzen, engen Kleidung. Er zwang sich zu einem Lächeln.

»Und, was ist dein Traum?«

Für einen Moment fürchtete er, sie würde nicht antworten. Sie kannten sich schließlich kaum, und das war gewiss ihre Privatsache.

»Ich will einmal ein echt gutes Restaurant führen«, sagte sie schließlich und musterte ihn abwartend.

Nicolai fiel auf, dass Daniela bislang nichts von diesem Wunsch ihrer Schwester erzählt hatte. Er hatte von Andro Modic' Unfall gehört und von der schweren Zeit, die Daniela danach gehabt hatte. Nachdem sie die Arbeit ihres Vaters hatte übernehmen müssen, hatte auch sie nicht ganz das Leben geführt, das sie sich ausgemalt hatte. Er räusperte sich. »Ein Restaurant wie das deiner Eltern?«

»Ein besseres.« Sie klang jetzt sehr selbstbewusst.

Nicolai überlegte, ob ihn sein Bein trug und ob er es wagen sollte, von Sessel wegzutreten und endlich nach oben zu gehen. Die junge Frau befreite ihn aus seinem Dilemma.

»Nichts für ungut«, sagte sie. »Ich hole mir jetzt etwas zu essen und verschwinde dann wieder. Man sieht sich.«

»Man sieht sich«, erwiderte Nicolai, hob die Hand und wedelte ein wenig unkontrolliert damit. Für einen kurzen Moment meinte er, Irritation in Zitas Blick zu lesen, doch die verschwand wieder. Sie hatte ihn nicht durchschaut. Das war gut.

»Hey!« Nils' Stimme war lauter geworden, und Nicolai konnte sie einfach nicht mehr ignorieren. Er blieb also kurz vor der Terrassentür stehen und drehte sich zu seinem alten Kumpel um. Nils kam ihm nach. Nicolai war froh darum, denn eben hatte sich sein rechter Arm einfach geweigert, mit seinen Laufbewegungen mitzuschwingen. Herr Parkinson hatte beschlossen, an den Fäden seiner Marionette zu ziehen. Wenn er sich nicht verraten wollte, musste er stehen bleiben.

Nils strahlte ihn an. Nicolai war sich nicht ganz sicher, was sein eigenes Gesicht machte. Er musste plötzlich daran denken, wie sie den ersten Kater zusammen durchlebt hatten. Und daran, wie Nils ihn damals für die Schülerzeitung für die Reihe »Wie stellst du dir deine Zukunft vor?« interviewt hatte. Er war sehr professionell gewesen, damals schon. Nils' Ziel war es immer gewesen, Journalist zu werden, und es hatte sich wirklich gut angefühlt, mit ihm zu sprechen. Damals hatte er von einer Karriere als Musiker geträumt, und Nils' Fragen hatten Antworten aus ihm herausgekitzelt, von denen er zu diesem Zeitpunkt selbst noch keine Ahnung gehabt hatte. Nils, ganz Profi, hatte ihn das Interview danach natürlich gegenlesen lassen, und er hatte sich entschieden, nichts daran zu ändern, denn dort stand nun mal einfach die Wahrheit. Gut einen Monat lang war er danach auf diesen

Artikel angesprochen worden. Es war einer der erfolgsreichsten Beiträge des Schuljahres geworden, auch wegen Nils' Kunstfertigkeit.

Alles Blödsinn, was ich mir damals ausgedacht habe.

Nicolai zwang sich zu einem Lächeln, hoffte, dass sein Gesicht nicht zuckte, spürte gleichzeitig, wie sein Bein wegknickte, verlagerte sein Gewicht aber auf das andere, sodass es hoffentlich nicht auffiel. »Sorry, ich war gerade in Gedanken. Was hast du gesagt?«

Nils stand jetzt vor ihm – nein, er hatte nichts bemerkt –, lachte, strich sich die blonden Surferlocken zurück. Nicolai fragte sich kurz, ob er nicht zu alt für so eine Frisur war – Nils war schließlich auch kein Matthew McConaughey mehr –, und rügte sich im nächsten Moment für seine innere Gehässigkeit. Unglaublich, manchmal erkannte er sich selbst nicht wieder. Was mit ihm geschah, war nicht Nils' Schuld, es war einfach in ihm. Es war immer in ihm gewesen und hatte nur darauf gewartet, hervorbrechen zu können.

Nils ließ eine Taucherbrille vor Nicolais Gesicht hin und her baumeln. »Hab gerade an ein paar Türen geklopft. Kommst wenigstens du vorab mit zum Schnorcheln?« Er schaute Nicolai erwartungsvoll an. »Das wollten wir doch immer mal, weißt du noch? Damals in der Schule, als wir kein Geld hatten.«

Nicolai starrte die Taucherbrille an und wandte dann kurz den Blick ab. Ja, er erinnerte sich. Nils' Mutter war alleinerziehend gewesen, seine Eltern hatten durchschnittlich verdient, wären aber auch nie an einen anderen Urlaubsort als die italienische Adria gefahren, wo sich das Schnorcheln nicht wirklich lohnte. Nils und er waren damals deshalb in den künstlichen Seen im alten Steinbruch geschnorchelt und hatten von der Karibik geträumt. Die Unterwasserwelt dort sollte beeindruckend sein, aufgrund von Meeresströmungen einzigartig mit Korallen, Muscheln, Fischen, Algen und sogar Schwämmen.

»Das Wasser hier ist kristallklar, echt.«

»Weiß ich.« Nicolai gähnte. Mit zwei Schritten erreichte er den Rahmen der Terrassentür und lehnte sich dagegen, in der Hoffnung, dass das auf Dauer nicht zu auffällig war. »Aber sorry, Nils, ich habe letzte Nacht furchtbar schlecht geschlafen. Wollte mich gleich noch einmal im Garten hinhauen. Die Liegestühle sind echt bequem. Lass es uns verschieben, ja? Später gerne.«

»Unseren Traum? Meinst du wirklich? Schon wieder?« Nils boxte ihn leicht gegen den Arm. Nicolai hielt sich geradeso aufrecht. »Vielleicht macht dich das Wasser ja wach?«

»Ich fürchte, nein.«

Für einen Augenblick noch hielt es sich, dann verschwand das Lächeln aus Nils' Gesicht.

»Schade«, sagte er und sah tatsächlich enttäuscht aus. »Ich wäre gerne wieder einmal mit dir herumgezogen. Wie früher, weißt du?«

Es gibt dieses Früher nicht mehr.

Nicolai versuchte auch zu lächeln, wusste aber nicht, ob es ihm gelang. Er hoffte nur, dass Herr Parkinson jetzt nicht seine Maske zeigte, denn das würde er kaum verbergen können, aber Nils schien nichts zu bemerken.

»Geht mir doch auch so, aber ich wäre heute echt eine miese Begleitung.« Er überlegte kurz, ob er sich vom Türrahmen lösen und seinem ehemals besten Freund auf die Schultern klopfen sollte. »Wir holen das nach, okay? Das Meer läuft ja nicht weg.«

»Okay.« Nils wirkte jetzt etwas unschlüssig, dann machte er eine ziellose Bewegung mit der Hand. »Ich geh dann mal.«

»Bis später.«

Zwanzigstes Kapitel

Jetzt, nachdem sie einander wiedergetroffen und lange Tage miteinander verbracht, Ausflüge unternommen und sich ausgetauscht hatten, waren sie nach Danis Meinung bereit, selbst zu entscheiden, was sie in den nächsten Tagen tun wollten. Sie hatte verschiedene Infoblätter zusammengestellt und noch weitere Vorschläge in der Hinterhand, wollte ihren Besuchern aber auch Freiraum geben, wie sie sagte. Sandra ließ ihren Blick über die Gruppe gleiten, die nach einem langen Tag am Strand interessiert die Infoblätter studierte. Ihre Freundschaft damals war kein Zufall gewesen, sie waren eine gute Clique gewesen, und das zeigte sich auch jetzt. Sie war immer noch erstaunt, wie wenig Fremdheit bei allen Unterschiedlichkeiten nach so vielen Jahren zwischen ihnen herrschte. Jetzt wurden schon erste Überlegungen angestellt, und wahrscheinlich überraschte es keinen, dass Nils als Erster sprach. Sandra fiel in diesem Moment auf, dass Maike und Daniela einen Blick miteinander wechselten. Nils übernahm einfach gerne die Führung, das hatten sie inzwischen alle gemerkt. Ein wenig war das früher auch schon so gewesen, doch heute war er dabei lauter, als wolle er um jeden Preis gehört werden. *Oder bin sie jetzt schon wieder zu kritisch?*, schalt Sandra sich selbst. Warum regte sie sich denn so über ihn auf? Sie hatte sich doch vorgenommen, ihn so zu akzeptieren, wie er war, aber immer wieder reizte sie irgendetwas an ihm. Warum tat sie sich ausgerechnet mit demjenigen am schwersten, mit dem sie einmal fast das Leben hatten teilen wollen?

»Was ist denn das hier?«, erkundigte er sich.

Daniela schob die schwarze Hornbrille auf ihrer Nase hoch und schaute kurz auf den Kartenausschnitt, den er ihr hinhielt.

»Das ist der Privlaka-Kanal bei der Marina Lošinj, kurz vor Mali Lošinj. Vielleicht habt ihr ihn auf der Hinfahrt bemerkt?«

Nils blickte sie überrascht an. »Haben sie diese Insel etwa auch noch einmal geteilt?«

Daniela nickte.

»Ja, das haben wir gesehen. Und gelesen«, sagte Gregor, und Sandra bemerkte, dass Nils sich über den Einwand ärgerte.

»Gregor hat, glaube ich, so ziemlich alles über diese Inseln gelesen«, sagte Maike mit einem leisen, leicht entschuldigenden Unterton in der Stimme.

Nils entspannte sich etwas, war aber sichtlich noch nicht zufrieden. Tatsächlich schien es für einen Moment, als wittere er Konkurrenz in Gregor. Sandra fand das absurd. Zumal er jetzt auch noch mit den Augen rollte. »Klar wusste ich das. Ich weiß auch, dass Mali Lošinj größer ist als Veli Lošinj, auch wenn es klein heißt. Das muss man mir nicht sagen.«

»Wir würden gerne endlich die Statue des Apoxyomenos

besuchen!«, sagte Gregor, der von der leicht angespannten Stimmung offenbar nichts mitbekam.

»Und die Zwillinge?«, entfuhr es Maike. Natürlich wusste sie, dass er diese Statue unbedingt besuchen wollte – er hatte ja jeden Tag davon gesprochen –, hoffte aber immer noch, ihn irgendwie davon abbringen zu können. »Du weißt doch, was das für ein Stress mit den beiden ist, wenn wir sie dauernd davon abhalten müssen, irgendetwas anzufassen. Ich möchte lieber nochmal ans Meer.«

»Das wird schon gehen. Wir können uns das einfach nicht entgehen lassen. Das Meer läuft ja auch heute nicht weg.«

»Aber die Statue, oder was?«

Gregor sah in die Runde. »Es handelt sich um eine Statue, die hier vor der Küste gefunden wurde. Sie ist absolut einzigartig. Man hat sogar ein Museum für sie gebaut.«

Maike sah aus, als würde sie innerlich stöhnen.

Sandra dachte an das Gespräch, das sie am Nachmittag mit Maike geführt hatte. Anfangs, hatte Maike über sich und Gregor erzählt, hatten sie beide sehr viel Angst um ihre Zwillinge gehabt, aber sie hatte sich daraus hervorgekämpft, weil Kinder haben eben auch Vertrauen und Loslassen bedeutete. Vertrauen und Loslassen: Maike und sie hatten einander gegenseitig bestätigt, wie schwer das war.

»Wir könnten doch auf die Zwillinge aufpassen, während ihr beide ein bisschen Zeit für euch verbringt«, schlug in diesem Moment Daniela vor, als hätte sie Sandras Gedanken gelesen.

»Ihr?« Gregor blickte sie mit zusammengezogenen Augenbrauen an, er wirkte keineswegs überzeugt.

»Ja, meine alte Clique.« Maikes Gesichtsausdruck hatte sich tatsächlich etwas aufgehellt. »Das ist wirklich eine gute Idee. Ich vertraue ihnen.«

Gregor blickte immer noch düster drein. »Findest du

wirklich? Mir ist das etwas zu früh. Nichts für ungut, aber die Zwillinge kennen deine Freunde ja kaum, und sie sind auch nicht ihre Eltern.«

Maike atmete hörbar aus. »Sandra und Nils haben auch Kinder«, merkte sie dann an und trank rasch einen Schluck Wasser. Sandra wusste, dass Gregor nur ungern zuließ, dass jemand anderes auf die Zwillinge aufpasste, aber auf Dauer würde auch er lernen müssen, loszulassen. War das hier nicht die perfekte Gelegenheit?

»Ich finde …«, setzte Gregor an.

Maike streckte die Hand nach ihm aus. »Ich finde, wir müssen lernen, Verantwortung auch mal abzugeben.«

Gregor runzelte die Stirn, dann schüttelte er entschlossen den Kopf.

»Mir ist das aber echt noch zu früh. Tut mir leid – und ans Meer will ich auch nicht. Ich bleibe also wieder mit den Kindern hier.«

Einundzwanzigstes Kapitel

»Auch schon auf?«

Nils stellte sich in der Halle zu Sandra, die gerade noch einmal die Schnürsenkel ihrer Turnschuhe überprüfte. Sie hatte ihn nicht kommen hören und zuckte kurz zusammen.

»Hallo.« Sandra richtete sich auf und dehnte sich ein bisschen. Ihr Kopf fühlte sich an, als schlafe er noch. Nach dem langen Vortag am Strand war es gestern vielleicht doch etwas zu viel Wein gewesen, aber die frische Luft würde ihr guttun, und sie hatte einfach nicht noch einmal einschlafen können. Sie streckte und dehnte sich noch einmal sorgfältig, schaute dann auf ihre Turnschuhe und bewegte die Füße, um den Sitz zu prüfen.

Nils sah sie fragend an. »Gehst du laufen?«

»Nein. Ich bin aufgewacht und konnte nicht wieder einschlafen, und jetzt werde ich mich einfach noch ein wenig umschauen. Ich glaube, ich habe hier noch gar nicht alles entdeckt. Jeden Tag sehe ich etwas Neues. Du nicht auch? Es ist wirklich schön hier, oder?«

Nils ließ den Blick einmal von rechts nach links durch das Fenster wandern. »Hm«, bestätigte er mit einem Nicken.

War er seit ihren Vorwürfen doch etwas ruhiger, oder kam ihr das nur so vor? Nein, er war immer nur ruhiger, wenn er alleine mit ihr war. Also war das Problem vielleicht eher das Zusammensein in der Clique. *Und ich will mir darum jetzt keinen Kopf machen, sondern los, um meinen Kopf frei zu kriegen*, dachte sie, sprach es aber nicht aus.

»Hm«, machte Nils noch einmal, und kurz befürchtete Sandra, er würde sie jetzt fragen, warum sie nicht mehr habe schlafen können, aber darüber – vielleicht war er sogar einer der Gründe – wollte sie gewiss nicht sprechen.

Nils zögerte. »Darf ich mich anschließen?«, fragte er schließlich. »Man kommt hier doch irgendwie ins Grübeln, oder? Und ich glaube, mir tut ein wenig Bewegung auch gut. Also, nur wenn es dir recht ist, natürlich.«

Eigentlich hatte sie den Impuls, nein zu sagen, aber da war etwas in seinem Blick, irgendetwas … Bisher hatte er sie ziemlich genervt, dennoch konnte sie einfach nicht ablehnen, da war etwas … Er wollte mit ihr spazieren gehen. Er wollte das *wirklich* gerne tun. Sie zuckte die Achseln. »Klar.«

Er hielt ihr die Tür auf, was sie einerseits rührend, andererseits ein bisschen seltsam fand. Sie versuchte, sich zu erinnern, ob er so etwas früher auch getan hatte. Schweigend gingen sie ein paar Schritte nebeneinanderher, und Sandra musste plötzlich an die langen Spaziergänge denken, die sie vor allem im letzten Schuljahr gemeinsam unternommen hatten. Und an die vielen Gespräche, bis weit nach Mitternacht. Nach ein paar Metern verschränkte Nils im Laufen plötzlich die Arme vor der Brust, als müsse er sich an sich selbst festhalten. Er wirkte mit einem Mal unsicher, das passte so gar nicht zu seinem bisherigen Auftreten. »Ich fand's stark, wie ehrlich Maike war«, sagte er plötzlich. »Ich meine, bei ihr schien doch immer alles mit links zu gehen. Sie war überall die Beste, es gab keine Hindernisse …«

Stark – Es ist kein Wunder, dachte Sandra, *dass Nils genau dieses Wort wählt.* Sie verlangsamte ihre Schritte, und Nils tat es ihr gleich, bis sie kurzzeitig fast stehen blieben. Die Sonne kitzelte an den Bäumen, die ersten Schmetterlinge und Insekten waren unterwegs. Da war eine Ahnung von Wärme in der Luft, aber noch nicht mehr. Der Tag war noch frisch.

»Na ja, leicht hatte sie es auch nicht«, sagte Sandra. »Maike hat immer hart gearbeitet, sicher viel härter als wir.«

»Ja, schon …« Nils schwieg einen Moment. »So meinte ich das auch gar nicht. Kam jetzt blöd rüber, glaube ich.«

Sie sah ihn kurz von der Seite an. Er wirkte deutlich nachdenklicher, als sie ihn in den ganzen Tagen erlebt hatte. Und er hatte durchaus recht: Maike hatte mehr erzählt als sie alle. Dabei hatte auch Sandra immer gedacht, dass Maike ein Scheitern niemals zulassen würde, und nun war ausgerechnet sie den entscheidenden Schritt gegangen.

Und wir anderen? Und warum habe ich nichts gesagt? Warum sage ich nicht, was schiefgelaufen ist? Bestand das Leben nicht aus Höhen und Tiefen, aus erfüllten und unerfüllten Erwartungen? Und was machte es überhaupt für einen Sinn, so sehr über diese Dinge zu grübeln?

Sandra dachte an Nicolai. Was war mit ihm, der sich offenbar am meisten verändert hatte? Sie hatten ihn kein einziges Mal mit seiner geliebten Gitarre gesehen. Wo war die überhaupt? Hatte er die etwa gar nicht mitgebracht? Unvorstellbar …

»Wie gefällt dir dein Zimmer?«, riss Nils sie aus den Gedanken.

»Es ist sehr schön«, sagte Sandra langsam. Es gefiel ihr

wirklich, mit der stuckverzierten Zimmerdecke, die sie jeden Abend bewunderte, in deren Mitte eine große Rosette prangte, in deren Mitte wiederum das zentrale Licht angebracht war. Es war ein wirklich besonderes Zimmer. Manchmal stellte sie sich die Damen und Herren der Wiener Gesellschaft vor, die vor so langen Jahren dort ihren Urlaub verbracht haben mochten. Herren in Gehröcken und Damen in langen Seidenkleidern und ausgestellten Röcken, vielleicht ein wenig wie in den Sissi-Filmen im Fernsehen. »Und deins?«

»Ebenfalls. Ich kann das Meer sehen.« Nils überlegte. »Und es ist sehr hell. Ich mag das.«

Sandra spürte, dass sie lächelte. Es war unerwartet angenehm, mit Nils zu reden. Er war ehrlicher, nachdenklicher, weniger laut, so als müsse er ihr gegenüber nichts darstellen. Und jetzt sah er sie für einen Moment an, als wäre sie ihm vertraut, aber doch irgendwie neu zugleich. Vielleicht würde er ihr ja heute auch etwas mehr von sich erzählen, von seiner Familie und den Kindern Feli und Jonah, die morgen anreisen würden. Er hatte sie bis jetzt eigentlich nur erwähnt.

Eine Weile war nur das Knirschen ihrer Schritte auf dem Kies zu hören. Sandras Gedanken wanderten zu Milan, der sicher gerade wieder irgendwo mit seinem Besen hantierte. Irgendetwas an dem alten Hausmeister zog sie an. Vielleicht war es seine Art, in sich zu ruhen. Sie dachte an den Korb mit Kräutern, den er heute schon so früh in die Halle getragen hatte. Sie hatte ein paar Rosmarinnadeln abgezupft und sie zwischen den Fingern zerrieben, sodass sie einen feinen Duft verströmten. Milan hatte ihr Meeresspargel gezeigt, der ebenfalls im Garten wuchs und den man eingelegt zu Fisch essen konnte.

Nils Stimme drang an ihr Ohr.

Sie schaute ihn an. »Entschuldigung, ich war gerade in Gedanken.«

»Bei wem?« Er lächelte sie verschmitzt an.

»Milan«, antwortete sie, ohne zu überlegen.

Nils blieb stehen. »Du hast dich wirklich nicht verändert.«

»Wie meinst du das?«

»Du bist immer ehrlich. Du hast dir nie Gedanken darum gemacht, welche Antwort besser klingen würde.«

»Durchschaubar?«

Er stand immer noch still, streckte dann die rechte Hand nach ihrem linken Arm aus und berührte ihn für einen Augenblick. »Nein, ehrlich.« Er lächelte. »Ich meine das nicht abwertend.«

Bald hatten sie das Wäldchen erreicht und durchquert. Erst an der Mole blieben sie wieder stehen.

»Heute Nachmittag gehe ich schwimmen«, sagte Nils unvermittelt.

Am Vortag waren Daniela, Zita, Maike, Nils und sie auch am Strand gewesen, während Gregor mit den Kindern beim Haus geblieben war. Nicolai war auch nicht dabei gewesen und hatte sich abends entschuldigt, er habe sich nochmal hingelegt und verschlafen. Sandra hatte ihren Badeanzug getragen, den Bikini hatte sie zu Hause gelassen. Sie dachte an ihren Bauch, der weicher geworden war, und überlegte, wann sie zum letzten Mal einen Bikini getragen hatte. War das damals im Steinbruch gewesen? Nein, wahrscheinlich nicht, aber komischerweise konnte sie sich jetzt auch an keinen Tag danach erinnern. Mit der Schwangerschaft waren die feinen Risse auf der Haut gekommen. Sie hatte einfach viel zu viel zugenommen, oder es war ihre Bindehaut oder beides. Als kleines Mädchen hatte Alex »Fischhaut« dazu gesagt und: »Mama ist eine Meerjungfrau«. Sandra musste lächeln.

»Und woran denkst du jetzt?« Nils sah sie neugierig an.

»An meine Tochter.«

»Alex.«

»Ja, fünfzehn ist keine leichte Zeit.«

»Die Zeit, in der die Eltern komisch werden.«

»Und deine beiden?«

»Feli und Jonah. Du wirst sie ja morgen kennenlernen. Meine Frau passt gerade auf sie auf. Alex ist bei ihrem Vater?«

»Hm.« Sandra bückte sich nach einem Stein und warf ihn in die Wellen. »Alex wollte nicht mit. Für sie sind wir alte Knacker.«

»Autsch.«

»Und dass ich den Ausdruck alte Knacker sage, zeigt auch mal wieder, wie alt ich bin. Heute nennt man das bestimmt anders. Alex sagt ›Gammelfleisch‹.« Sandra musste mit einem Mal wieder lachen.

Nils stimmte ein, und das Gefühl, gemeinsam zu lachen, fühlte sich richtig gut an.

Sich Millimeter um Millimeter aus der Depression zu kämpfen hatte viel Kraft und auch Hilfe gebraucht, und lange war Maike die Angst geblieben, dass diese Finsternis, diese Unfähigkeit, der Welt zu begegnen oder ihr überhaupt begegnen zu wollen, jederzeit einfach zurückkehren könnte. Es hatte auch seine Zeit gebraucht zu erkennen und zu akzeptieren, dass sie vorerst nicht mehr in ihrem Beruf arbeiten konnte. Dass sie die Kraft dazu nicht mehr hatte. Dass sie nicht mehr in der Lage war, dem ständigen Druck etwas entgegenzusetzen. Dass sie einfach ausgelaugt war.

Vorerst? Nein, es war endgültig, oder? Sie musste neue Wege finden in Bezug auf die Arbeit, die sie doch eigentlich so sehr liebte. Sie konnte nicht mehr als Ärztin in einem großen Krankenhaus arbeiten, keine Schichten mehr fahren, ohne dass sie daran kaputtging.

Maikes Blick wanderte zu Gregor, der mit den Zwillingen

auf dem großen, alten Sofa in ihrer Suite saß und ihnen vorlas. Er hatte die Arme um die beiden gelegt und balancierte mit der rechten Hand das Buch auf den Knien. »Ginpuin« hieß es. Die Zwillinge liebten es, was bedeutete, dass man es endlos vorlesen konnte und sie dennoch immer wieder darüber lachten. Sie trugen noch ihre Schlafanzüge, die runden Wangen schlafgerötet, die Haare verwuschelt. Das war ein schönes Bild, eines von denen, die sie sich erdacht hatte, als noch keine Kinder dagewesen waren. So hatte sie sich ihr Leben vorgestellt, voller solcher Momente, ein Bild wie von Instagram gestohlen … Maike presste die Lippen aufeinander. Ihre Unterlippe hatte zu zittern begonnen, aber sie wollte jetzt keinesfalls weinen. Jetzt nicht. Es gab keinen Grund, alles war gut. Sie atmete tief durch und stellte sich vor, mit ihren Zwillingen an den Strand zu gehen, sie wieder am Meer zu erleben. Sie nahm alle Kraft zusammen und schlug es Gregor vor.

»Nein«, sagte der, und sie wusste, dass jedes weitere Wort vergebens sein würde. Eine Weile war es still, dann löste er sich aus der Umarmung der Jungs, kam zu ihr und streichelte über ihre Schultern. »Du kennst meine Haltung. Bitte akzeptiere sie. Ich habe dich einmal zum Meer begleitet, das muss genügen. Es ist nicht das Richtige für die Zwillinge. Sie sind noch zu jung. Sie können diese Gefahren nicht abschätzen. Ein Moment der Unachtsamkeit, ein winziger Moment nur … Maike, ich kann das nicht noch einmal.«

Sie nickte, auch wenn sie nicht recht wusste, was genau sie da akzeptierte. Den Zwillingen hatte dieser eine Tag am Strand Spaß gemacht, das hatte sie gesehen, und sie konnten die Jungs doch nicht auf ewig von allem fernhalten. Das war unmöglich.

Zweiundzwanzigstes Kapitel

Den Nachmittag verbrachten sie alle, bis auf Nicolai, Gregor und die Kinder, wieder gemeinsam am Strand. Gregor halte den Strandbesuch immer noch für zu gefährlich, hatte Maike ihnen schulterzuckend mitgeteilt, aber zu ihrer aller Verwunderung hatte sich auch Nicolai mit Kopfschmerzen entschuldigen lassen. Nils hatte sofort die Stirn gerunzelt und wirkte ziemlich nachdenklich. Sandra wusste, dass Nicolai schon am Tag zuvor Nils' morgendliches Angebot ausgeschlagen hatte, mit ihm zu schnorcheln, jetzt lehnte er also schon zum zweiten Mal ab. Dabei war Nicolai immer ein sehr guter Schwimmer gewesen – der Einzige von ihnen, der das goldene Schwimmabzeichen gemacht hatte –, und das Meer hatte er geradezu geliebt. Im letzten Schuljahr hatte er oft davon geredet, sich einmal als Surfer an Portugals Küsten zu versuchen. Dorthin hatte ihn dann auch seine erste Reise geführt, das hatte sie doch auf seinem Blog gelesen, oder?, überlegte Sandra, doch als sie sich vornahm, den Blog zu durchstöbern, hatte sie sofort ein schlechtes Gewissen. Dachte sie etwa gerade darüber nach, Nicolai nachzuspionieren? Was war das denn für eine seltsame Idee? Man konnte ja wohl auch mal keine Lust haben, ans Meer zu gehen. Auch zwei Tage hintereinander. Meerbesuche waren keine Pflicht.

»Nicolai hat sich echt am meisten verändert, oder?«, hörte sie jetzt Nils sagen. »Manchmal erkenne ich ihn gar nicht wieder. Sonst wäre er doch bei allem vorne mit dabei gewesen, immer an der Spitze, aber hier … Er bleibt in seinem Zimmer. Er hat bislang auch gar nicht getrunken. Keinen einzigen Tropfen Alkohol. Ist euch das aufgefallen?« Er schaute fragend in die Runde.

»Vielleicht verträgt er keinen Alkohol mehr?«, überlegte Sandra.

»Das hätte er doch sagen können? Ist ja kein Beinbruch.« Nils schwieg für einen Moment. »Und ich hätte wirklich gedacht, dass er seine Gitarre mitbringt. Nicolai ohne Gitarre, das ist wie …«, er suchte nach Worten, »… ein Topf ohne Deckel. Ich habe das sogar so sehr erwartet, dass ich an meinem ersten Abend hier jemanden Gitarre spielen gehört habe. Er war das allerdings nicht, und seitdem ist mir das auch nicht noch einmal passiert.«

»Vielleicht spielt er nicht mehr«, überlegte Daniela.

Nils drehte sich zu ihr hin und zog theatralisch die Schultern hoch, während seine Handflächen zu ihr hin zeigten. Im Hintergrund plätscherten die Wellen an den Strand und brachten Sonnenstrahlen zum Tanzen.

»Vielleicht, vielleicht, vielleicht … Himmel, ich find's komisch. Nicolai und seine Gitarre waren doch wirklich unzertrennlich. Der wäre doch eher nackt und ohne Schuhe aus dem Haus gegangen als ohne seine Gitarre.« Nils schaute von Sandra zu Daniela, von ihr zu Maike und wieder zurück. »Ist doch so, oder? Fragt ihr euch echt nicht, was zur Hölle mit ihm passiert ist?«

Daniela lachte. »Na, das haben wir uns in den letzten Jahren doch alle hin und wieder gefragt, oder? Über jeden. Ich meine, wir haben sicherlich alle immer mal wieder darüber nachgedacht, was die anderen so aus ihrem Leben gemacht haben?«

Sie schaute forschend von einem zum anderen. Sandra fühlte sich unwohl. Sie zog ihr dünnes Hemd aus und griff nach der Sonnencreme. Das war jetzt wieder einmal eine dumme Situation. Dass sie noch nichts Wesentliches über sich erzählt hatte, machte es irgendwie tatsächlich immer schwerer, mit der Wahrheit rauszurücken. Aber gab es überhaupt einen Grund dafür? Klar, ihr Leben war nicht internet-perfekt. Na und? Warum hatte sie dann Angst davor? Dani hatte es doch auch getan. Und vor allem Maike. Sandra blickte zu ihr und musste grinsen. Maike benutzte eine mineralische Sonnencreme, die sie ein wenig aussehen ließ wie ein Gespenst. Maike bemerkte ihren Blick.

»Gregor hat darauf bestanden«, sagte sie mit einem Achselzucken. »Möglichst wenig Chemie für die Kinderhaut.«

»Und du musst einfach mitziehen?«, erkundigte sich Nils.

»So isses.« Maike lachte.

Sandra war mit dem Eincremen jetzt fast fertig, nur noch der Rücken fehlte. Sie zögerte, dann sprach sie Nils an: »Würdest du?« Sie hielt ihm die Sonnencreme hin.

Er lächelte. »Aber gerne doch, Prinzessin.«

Sie verharrte mitten in der Bewegung, während sie beide die Hände an der Sonnencreme hatten. »So hast du mich früher immer genannt.«

»Habe ich das?«

»Hast du.«

»Klingt irgendwie uncool, aber na dann, Prinzessin.«

Sie ließ die Flasche los, hörte wenig später das Geräusch, mit dem die Sonnencreme aus der Flasche lief, und zuckte zusammen, als die Creme kühl auf ihren Rücken traf.

»Achtung«, warnte Nils sie vor, bevor er ihren Rücken berührte, und Sandra musste lachen. »Ich wollte nur höflich sein.« Sie hörte das Grinsen in seiner Stimme. Seine Handbewegungen waren kräftig und zielgerichtet.

»Fertig«, sagte er nach kurzer Zeit, und sie bedauerte ein wenig, dass es schon vorbei war. Langsam setzte sie sich auf. Nils setzte sich auf den Platz neben ihr. Maike schichtete Hügelchen aus Kies auf, die immer wieder auseinanderrutschten. Daniela hatte sich malerisch auf einem Felsen drapiert und sah einfach nur gut aus. Sie sprachen über dies und jenes, die Umgebung, Dinge, die sie tun konnten, ein wenig über zu Hause. Irgendwann stand Nils auf: »Also, wer kommt jetzt mit schwimmen?«

Gleich nachdem er die anderen aus dem Haus hatte gehen sehen, setzte Nicolai sich an den Computer, um an seinem neuen Blog zu basteln. Gestern hatte er bis spät in die Nacht seine Reiseseite auf den neuesten Stand gebracht, heute beschäftigte er sich mit dem Gerüst seines neuen Blogs. Er wusste noch nicht, wie er ihn nennen wollte. »Herr Parkinson und ich« war eine der Ideen gewesen, die er jetzt in verschiedenen Farben und Schriftarten ausprobierte. Er hoffte jedenfalls, dass ihn die Arbeit vom vielen Nachdenken abhielt, denn das war es, was er ohnehin wieder viel zu viel machte. Schon als er sich entschieden hatte, die Einladung anzunehmen, hatte er gewusst, dass es vielleicht so kommen würde. Er würde sich an früher erinnert fühlen, an Träume, die zerplatzt waren, an Diagnosen, an seine Musik. Er würde sich konfrontiert sehen mit allem, was sich geändert hatte und nicht in Erfüllung gegangen war.

Bislang war es ihm ganz gut gelungen, seine Krankheit zu verbergen. Natürlich wunderten sie sich, wo seine Gitarre war und warum er nicht spielte, aber hey, sie alle veränderten sich, oder? So war das Leben. Das Leben war Veränderung. Er spielte eben nicht mehr Gitarre, und er trank auch nicht mehr. Vorher hatte er ja auch nicht gesoffen. Er musste da nichts erklären. Veränderungen machten das Leben aus. So war es.

Und warum sagte er den anderen das dann nicht? Weil er sich etwas vormachte? Weil es nicht der Wahrheit entsprach? Weil er immer noch gerne Gitarre spielte, aber nie wusste, ob er sich dabei auf seinen Körper verlassen konnte? Warum stellte er sich denn nicht in die Runde und sagte: »Hallo, ich bin Nicolai und bei mir wurde Parkinson diagnostiziert?«

Was war das verdammte Problem?

Er starrte auf die Hand, die die Maus führte und die in diesem Moment leicht zu zittern begonnen hatte. Er war nie an Wettkampfsport interessiert gewesen, aber er hatte sich immer gerne bewegt. Und Sport tat ihm auch heute noch gut. Das konnte man auch überall lesen, denn er las mittlerweile viel über seine Krankheit, las sich durch Bibliotheken und durchs Internet, blieb zurück mit seinen Gefühlen und einem Eindruck der Einsamkeit. Zu Hause machte er Sport. Er hatte sich sogar einen Hometrainer gekauft, ein Gerät, über das er früher immer gelacht hatte. Bewegung war gut, aber er wollte einfach nicht, dass die anderen Zeugen davon wurden, wie die Krankheit seinen Körper übernahm, wie er plötzlich die Kontrolle über Arme oder Beine verlor, wie sein Gesicht starr wurde wie eine Maske. Er wollte auch keine Fragen beantworten über die Medikamente, die er einnehmen musste, um den Zerfall der Zellen zu blockieren, und die ihn manchmal lähmten. Und er wollte auch nicht über die anderen Medikamente reden, die die Blockaden aufhoben, aber dazu führten, dass er mehr zitterte. Er arbeitete stetig daran, das rechte Mittelmaß zu finden. Das war wirklich nicht leicht. Und dann waren da auch noch die verdammten Nebenwirkungen: Müdigkeit, unruhiger Schlaf, Depressionen.

Depressionen – womöglich war er der Einzige, der eine Ahnung davon hatte, was Maike durchgemacht hatte. Ausgerechnet Maike, das fleißige, disziplinierte Bienchen, Maike, die alles im Griff hatte und die nie ein Problem mit Unlust gehabt hatte.

Er dachte an Herrn Parkinson. Wahrscheinlich würde irgendwann auch seine Sprache schlechter werden. Wollte er sich näher damit beschäftigen? Wollte er von seinen Ängsten davor erzählen, was diese Krankheit aus ihm machen würde? Manchmal fühlte er sich unter Menschen nicht mehr wohl. Was sollte er sagen, wenn ihn jemand fragte, wie es ihm ging? Sollte er ehrlich antworten und die anderen damit überfordern? Denn natürlich ging es ihm nicht gut. Er war krank, verdammt! Sollte er lügen? Andererseits wollte er sich einfach nicht damit beschäftigen, dass die Dinge nicht mehr so liefen, wie er sich das vorgestellt hatte.

Na, super, jetzt war es voll da, das verdammte Selbstmitleid.

Er griff nach seinem Handy und rief Mathildas letzte Nachricht auf. Auch die hatte er behalten, eine Sprachnachricht, die er bereits tausend Mal und mehr gehört hatte. Er gab Löschen ein und ließ seinen Daumen dann einen Moment über O.K. schweben, bevor er den Vorgang abbrach.

Gregor hatte die Enttäuschung in Maikes Blick gesehen und seine Entscheidung trotzdem nicht ändern können. Sie konnten nicht mit den Zwillingen an den Strand gehen, und solange die Jungs nichts von dem Ausflug wussten, vermissten sie ja auch nichts. Stattdessen erkundete er mit Bo und Fynn die direkte Umgebung des Hauses, weit weg vom Meer und seinen Gefahren. Er spielte mit ihnen Ball auf der Wiese. Er suchte nach Grillen im Gras und hinderte Bo daran, ein gefundenes Hühnerei zu zerschlagen. Einige Minuten später kam er in selber Mission bei Fynn zu spät und sah sich gezwungen, die beiden Jungs umzuziehen. Unglaublich, wie hartnäckig dieser Eiglibber sein konnte. Er streifte den Zwillingen neue T-Shirts und Shorts über und sorgte dafür, dass sie ihre Sonnenhüte trugen. Vor zwei Stunden noch war es zu warm gewesen und die Sonneneinstrahlung zu intensiv, da hatte er sich mit den Kindern ins Zimmer zurückgezogen.

Er hatte an alles gedacht. Er dachte immer an alles. Und nein, er übertrieb gewiss nicht: Im Meer gab es Strömungen, rutschige Steine, Ungewissheit. Ein klitzekleiner Augenblick der Unaufmerksamkeit konnte den Tod bedeuten, und Bo und Fynn ging es hier ja auch gut. Sie erkundeten den Garten mit den Hühnern. Sie aßen frische Tomaten vom Strauch und ließen sich von Milan die verschiedenen Kräuter zeigen. Sogar einen kleinen Spielplatz gab es, mit einer Wippe, einem Sandkasten und einer Schaukel. Es war richtig so, und es war wunderbar. Niemand musste sein Leben aufs Spiel setzen. Das Meer war nichts für die Kinder. Wasser war nichts für Kinder. Das wusste er, das hatte ihn das Leben gelehrt. Er würde seine Kinder um jeden Preis schützen, ganz egal, was andere sagten. Niemand konnte ihn davon abhalten.

Dreiundzwanzigstes Kapitel

»Warum Sie sind traurig?«

Milans Stimme ließ Sandra zusammenzucken. Im Gegenlicht suchte sie nach der geraden, hochgewachsenen Gestalt des alten Hausmeisters und fand sie wie so oft mit seinem Besen in der Hand. Manchmal schien es ihr, als wäre er auf irgendeine Art damit verwachsen. Er kehrte gerade die Eingangstreppe, wie er es mindestens einmal am Tag tat. Sie war so in Gedanken gewesen, dass sie ihn nicht bemerkt hatte. Jetzt jedoch bemerkte sie die Sonne, die langsam auf den Horizont zuwanderte und deren Strahlen gegen Ende dieses Tages weicher und sanfter wurden. Die Luft war noch warm, aber nicht mehr stechend heiß, und sie hing voller Kräuter- und Blütendüfte, welche die letzten Insekten anlocken sollten. Um den Lavendelbusch am Fuß der Treppe summten immer noch emsig die letzten Bienen. Am Fuß der Treppe scharrte eins der Hühner, die sonst im Garten unterwegs waren, wo sie auch auf einem niedrigen

Baum ihren Schlafplatz hatten. Irgendwie musste es entkommen sein.

Traurig? Sandra überlegte. Sie hatten einen schönen, gemeinsamen Tag am Strand verbracht. Sie hatten sich ein wenig mehr darüber ausgetauscht, was nach der Schule geschehen war, die ersten Jahre, in denen noch alles möglich erschienen war, in denen Dinge begonnen hatten und sie noch so viel Zeit gehabt hatten für all die Träume. Sie schaute Milan an.

»Ich bin nicht traurig«, sagte sie, und es klang falsch, weil sie stotterte. »Ich bin nachdenklich.«

»Worüber Sie denken nach?«

»Ob ich ehrlich gewesen bin.«

»Sind Sie nicht ehrlich?«

Sandra schluckte. Warum hatte sie das gesagt? Sie kannte diesen Mann doch gar nicht. Was veranlasste sie, sich ihm gegenüber auf diese Art und Weise zu öffnen? Sie horchte in sich hinein. Seltsamerweise fühlte es sich nicht unbehaglich an.

Milan wartete, er bedrängte sie nicht. Milan hörte ihr zu.

Sandra unterdrückte ein Seufzen. »Ach, ich würde meinen Freunden eigentlich gerne erzählen, was in meinem Leben gerade nicht so gut läuft, aber …«

Sie schwieg einen Moment.

»Aber?«

»Aber ich habe gesagt, alles sei gut, weil ich wollte, dass sie sehen, dass ich erfolgreich bin, dass die Dinge funktioniert haben, die ich mir ausgemalt habe. Und, na ja …«

»Und andere Freunde? Hat alles geklappt bei ihnen? Was denken Sie?«

Sandra zuckte die Achseln. »Keine Ahnung. Ich weiß es nicht bei allen. Vielleicht ja, vielleicht nein. Im Leben läuft nicht immer alles, wie man sich das vorstellt, oder?« Bei Dani und Maike hatte nicht alles geklappt. Sie waren ehrlich gewesen. War das schlimm gewesen?

»Ist also wichtig?« Milan stützte sich auf seinen Besen. »Ist nicht! Man kann Leben nicht planen. Leben passiert, Leben geht immer weiter. Schert sich nicht um uns.«

Sandra überlegte. Ja, vielleicht war das so, aber sie war noch nicht bereit und würde es vielleicht nie sein. »Danke, Milan, ich werde darüber nachdenken.« Das klang irgendwie pathetisch, aber für den alten Hausmeister war es offenbar in Ordnung, jedenfalls zuckte er nur leicht die Achseln und widmete sich dann wieder seinem Besen. Sandra blieb noch einen Moment stehen und ging dann ins Haus. Irgendwie war sie froh, dass sie auf dem Weg zu ihrem Zimmer niemandem begegnete.

Zu später Stunde genoss Sandra den lauen Abend im Garten auf einem der Liegestühle, während sie hin und wieder an ihrem Weinglas nippte und Pistazien knackte, die Daniela zum Knabbern bereitgestellt hatte. Eine Weile hatte sie noch alle gemeinsam hier gesessen, dann hatten sich Gregor und Maike als Erste zurückgezogen, um die Zwillinge ins Bett zu bringen. Nils war Joggen gegangen, und Daniela hatte sich an den Schreibtisch zurückgezogen, um einige Unterlagen fertigzustellen.

Es war inzwischen recht still im Garten. Die Hühner saßen bereits auf ihrem Schlafbaum. Ab und an huschte etwas Winziges, Schwarzes schattengleich über den Himmel – Fledermäuse –, hier und da leuchtete ein Glühwürmchen auf. Sandra war fast eingenickt, als sich plötzlich Schritte näherten. Sie öffnete die Augen und setzte sich auf. Das Törchen zum Garten quietschte leise, dann trat Nils hindurch. Er trug seine Laufschuhe, und er war verschwitzt. Sandra zögerte, dann rief sie ihm zu: »Nils!«

Er zuckte zusammen, offenbar hatte er sie gar nicht bemerkt. Jetzt hob er grüßend die Hand und kam zu ihr. »Hey, ich wusste nicht, dass du noch hier bist.« Er sah sich um und wischte sich dann mit der Hand den Schweiß vom Gesicht. »Alle anderen sind schon im Bett, stimmt's?«

»Ja.« Sandra seufzte. »Aber es ist so schön hier, und deshalb konnte ich mich irgendwie noch nicht aufraffen. Dani hat mich außerdem darauf hingewiesen, dass heute Vollmond ist, und da musste ich an damals denken …« Sie brach ab. Nein, sie würde jetzt nicht darüber nachdenken, ob das albern war, an den Vollmond zu denken und an Nils' Kopf in ihren Schoß und an seine Augen, die sie beobachteten, und an die Sicherheit, mit der sie beide in die Zukunft geblickt hatten. »Damals am Steinbruch, weißt du noch? Da war auch Vollmond.«

Er nickte langsam, und in Sandras Kopf sangen 2 Unlimited plötzlich *No limit.* Sie hatte diese Musik ewig nicht mehr gehört. Irgendwo in einer Kiste zu Hause hatte sie vielleicht noch die Single, dafür hatte sie allerdings seit Jahren schon keinen LP-Spieler mehr. Einen Moment lang schauten sie sich schweigend an. Dann stützte Nils die Hände in den Rücken und dehnte sich nach hinten. Sein T-Shirt war im Brustbereich komplett durchnässt. »Ich habe nochmal mit zu Hause telefoniert«, sagte er unvermittelt.

Sandra wartete. »Ja?«

Schwang da Unsicherheit in ihrer Stimme mit und wenn ja, wieso? Und warum sagte er ihr das? Er hatte nichts mit ihr zu tun und sie nichts mit ihm. Nils' Worte unterbrachen ihre Gedanken.

»Die Kinder kommen ja morgen, und ich wollte die Details absprechen.«

»Ja, das ist sinnvoll.«

»Na ja, sie freuen sich.«

Sandra spürte einen Stich in sich, für den sie sich schämte. Sie selber hatte Alex noch zweimal Bilder geschickt, aber nicht den Hauch einer Reaktion erhalten.

Nils holte tief Luft. »Und ich wollte dich gerne fragen, ob du Lust hast, sie mit mir gemeinsam abzuholen? Ich kann Danis Auto leihen und würde gerne ein bisschen Zeit mit dir verbringen, vielleicht ein paar Dinge bequatschen, für die man etwas mehr Ruhe braucht.« Er setzte sich auf die Nachbarliege. »Weißt du, ich vermisse unsere Gespräche von damals. Du nicht auch?«

Vierundzwanzigstes Kapitel

»Und, läuft es so, wie du dir das vorgestellt hast?«

Die Stimme hinter ihr ließ Daniela zusammenzucken. Es war, als erwache sie aus einem Traum, plötzlich stand sie wieder hier, an der Arbeitsplatte in der Küche, den Blick auf den Teller mit Schinken und Käse gerichtet, ein Messer in der Hand, mit dem sie gerade Gemüse geschnitten hatte. Sie konnte gar nicht sagen, woran sie gedacht hatte, und lange hatte sie hier offenbar auch nicht so versunken gestanden, denn das Olivenöl, in dem sie die Rühreier ausbacken wollte, war auf dem Herd noch nicht zu heiß geworden. Zita, ihre kleine Schwester, stand am Herd und bedachte die Pfanne mit einem prüfenden Blick, bevor sie gleich darauf die Eimasse hineingleiten ließ. Daniela schnitt eine Paprika auf und wandte sich dann an ihre Schwester: »Du bist schon wach?«

Zita verdrehte die Augen. »Wenn du nicht immer die alte Zita vor Augen hättest, wüsstest du, dass ich schon seit

Monaten früh aufstehe. Ich gehe dann beispielsweise auf den Markt und lerne, wie man den richtigen Fisch aussucht. Ich informiere mich über Kräuter und alte Rezepte und probiere sie später aus. Die alte Andreja hat mir gezeigt, wie man Brot backt, und Milan, wie man Meeresspargel einlegt.«

Daniela winkte ab. »Klar, ist schon gut. Du hast dich geändert. Du bist jetzt *vernünftig*.«

Zita zog die Augenbrauen zusammen, die im Gegensatz zu ihrem heute fast weiß blondierten Haar sehr dunkel wirkten. Sie seufzte. »Warum hört sich das bei dir immer so an, als würdest du es nicht glauben?«

»Zu viele gegenteilige Erfahrungen?« Daniela zuckte die Achseln. »Und vielleicht glaube ich dir ja einfach nicht, weil du noch nie etwas zu Ende gebracht hast, weil du immer kneifst, wenn es dir zu viel wird?«

Zita schüttelte den Kopf. »Ich habe Dinge abgebrochen, die nicht zu mir passten.« Sie hatte das Rührei mit der Gabel zerrissen und ließ es auf eine Warmhalteplatte rutschen, bevor sie sich der Kunstmappe zuwandte, die Daniela heute, nach vielen Gesprächen mit der alten Clique, aus ihrem Zimmer mitgenommen und auf dem Tisch abgelegt hatte.

Die Kunstmappe – ihre jahrelange Begleiterin. Seit die anderen da waren, war sie ihr wieder in den Sinn gekommen. Gestern hatte sie sie aus dem Schrank geholt und darin geblättert, hatte sich ihre alten Entwürfe angesehen und überlegt, ob sie etwas ändern wollte.

Und was sollte das jetzt? Diese Zeiten waren vorbei, oder?

»Und, gibt es etwas Neues?« Sorgfältig rieb Zita sich die Hände an einem Küchentuch ab, bevor sie die Mappe aufklappte, konnte aber nur einen kurzen Blick auf die Entwürfe darin erhaschen, bevor ihre Schwester sie energisch wieder in ihren Besitz brachte.

»Das hier geht dich gar nichts an.«

»Warum? Weil niemand wissen soll, was du dich nicht getraut hast? Dass du dich nicht getraut hast, etwas auszuprobieren, was dir so sehr am Herzen lag? Warum eigentlich nicht? Hattest du Angst, dass du nicht gut genug bist? Und wenn? Warum hast du nicht gekämpft?«

»So wie du, die vor allem wegläuft?«

»Ich laufe nicht mehr weg, Dani. Ich habe mich entschieden.«

Daniela hielt die Mappe gegen den Oberkörper gepresst. »Du weißt gar nichts hiervon.«

»Vielleicht. Ein paar Sachen weiß ich aber schon.«

Daniela schüttelte den Kopf. »Nein, du weißt gar nichts, rein gar nichts. Ich war nicht feige, ich habe meinen Eltern zur Seite gestanden, weil es nicht anders ging. Ich war für dich da.«

»Ist das so?« Zita schwieg einen Moment. »Und ist das wirklich immer noch so, oder hast du zu viel Angst?«

»Es sind nicht alle so selbstsüchtig wie du.«

Wieder schwieg Zita. »Du siehst das falsch«, sagte sie schließlich ruhig. »Ich bin nicht selbstsüchtig. Ich sorge für mich selbst. Das ist Selbstfürsorge, und das ist etwas, was jeder tun sollte.« Sie setzte die Haube über das Rührei und wandte sich zur Tür. »Ich wünsche guten Appetit. Denk mal über das nach, was ich gesagt habe.«

Kaum dass Zita den Raum verlassen hatte, sackte Daniela mit einem Seufzer in sich zusammen. Irgendwie schaffte es ihre Schwester immer noch verlässlich, sie auf die Palme zu bringen. Vielleicht lag es auch daran, dass die anderen da waren, denn all das hatte definitiv Erinnerungen geweckt, das konnte sie nicht leugnen. Sie hatte einmal davon geträumt, Modedesign zu studieren. Sie hatte gerade mit ihrer Schneiderlehre begonnen und kurz davor gestanden, ein Praktikum in einem Modehaus festzumachen, als das mit Papa passiert war. Natürlich war sie damals zur Stelle gewesen, da hatte es keine Diskussion gegeben, und sie bedauerte das auch nicht. Natürlich half sie ihren Eltern, natürlich arbeitete sie im Restaurant, wann immer das möglich war, und passte zu jeder Gelegenheit auf die kleine Schwester auf. Die Schneiderlehre hatte sie gerade noch so durchziehen können, aber ihr Abschluss war sehr viel schlechter gewesen, als man das hätte erwarten können, und dann hatten das Restaurant und ihre Schwester und ihr invalider Vater sie quasi verschluckt.

Fünfundzwanzigstes Kapitel

Nils Frage hatte Sandra im ersten Moment überrascht, doch sie hatte schließlich zugestimmt, ihn zu begleiten, und freute sich nun tatsächlich auf die gemeinsame Fahrt. Dennoch konnte sie nicht sagen, dass die Vorstellung, Nils' Kindern zu begegnen, sie entspannte. Aber war das nicht seltsam? Sie hatte doch nichts zu befürchten, schließlich hatten sie nichts miteinander zu tun. Sie würden sich kennenlernen und dann – und dann nichts … Nichts eben. Nichts würde sich ändern. Nils hatte seine Familie und sie ihre …

Und was dachte sie da überhaupt? Sandra wandte den Kopf zum Seitenfenster und schaute angestrengt hinaus. Nils hatte das Steuer übernommen, und sie saß auf dem Beifahrersitz und machte sich Gedanken wie ein Teenie. Er hatte ihr gleich nach der Abfahrt ein bisschen von seinen Kindern erzählt. Nach seinen Schilderungen waren die beiden aufgeweckt und natürlich äußerst vernünftig. Das sei nicht verwunderlich, hatte er gesagt, schließlich war er der Vater.

Darüber hatten sie gemeinsam gelacht, und Sandra hatte versucht, sich nicht von Gedanken an Alex aus dem Konzept bringen zu lassen. Irgendwann, wenn die Pubertät hinter ihnen lag, würden ihre Tochter und sie gemeinsam an diese Zeit zurückdenken und darüber lachen.

Auf Cres setzte sie sich ans Steuer. Sie war erstaunt, als Nils ihr mitten auf der Insel plötzlich mitteilte, dass seine Frau und er geschieden waren. Warum hatte er das nicht früher gesagt? Das war doch nichts, was man verschweigen musste, oder? *Na ja*, schalt sie sich selbst, *du hast deine eigene Scheidung ja bisher auch nicht an die große Glocke gehängt.* Warum eigentlich?

Sie setzte den Blinker, um einen Traktor zu überholen. »Erzähl mir von deiner Frau«, sagte sie, während sie wieder nach rechts zog. Nils hatte ein Bein gegen das Armaturenbrett geklemmt und sah nach draußen. »Echt jetzt?« Er schwieg einen Moment. »Meine Ex-Frau ist die Tochter meines Verlegers, also ist ihr Vater in gewisser Weise mein oberster Chef«, sagte er schließlich.

Sandra warf einen kurzen Blick auf den Tacho und beschleunigte dann. Okay, das also waren die Dinge, die ihn beschäftigten. War er deshalb in den letzten Tagen so laut gewesen? Ging es um die Frage, ob er weiter für seinen ehemaligen Schwiegervater arbeiten konnte?

»Das kann nicht leicht sein«, sagte sie.

»Das stimmt. Ein Problem ist, dass ich nach all den Jahren, glaube ich, immer noch nicht in ihre Welt hineingefunden habe. Es ist eine alte Verlegerfamilie, verstehst du, eine alte Zeitung. Sie kennen ihre Welt, und sie wissen, für was sie stehen. Mit meiner Welt und der meiner alleinerziehenden Mutter sind sie nie wirklich in Kontakt gekommen, und ich bin eigentlich auch der Nils vom Block geblieben.« Er schwieg einen Moment. »Vielleicht weiß ich deshalb auch nicht, was zwischen Caroline und mir passiert ist. Plötzlich waren wir uns immer ferner. Wir verbrachten immer mehr Zeit getrennt voneinander. Ich arbeitete viel, sie auch, meistens dachte ich, alles ist gut, manchmal hatte ich ein ungutes Gefühl, und dann zog Caroline plötzlich den Schlussstrich. Sie ist sehr konsequent in allem, weißt du, und sie mag klare Verhältnisse. Das habe ich eigentlich auch immer an ihr bewundert.«

»Und du? Du warst also überrascht von ihrem Schritt?«

»Zuerst total und dann auch wieder nicht. Ich hätte es sehen können. Ich habe es wahrscheinlich gesehen.« Er klang nachdenklich. »Wir haben uns auseinandergelebt. Trotzdem hätte ich vermutlich noch etwas länger laviert.«

Sandra spürte, dass er sie von der Seite ansah, und bewegte den Daumen leicht über das Lenkrad. Starrte auf die Straße vor sich und atmete tief durch. »Fred und ich haben gerade ein Trennungsjahr hinter uns gebracht«, hörte sie sich sagen. »Kurz vor den Ferien sind die Scheidungspapiere eingetroffen.«

Nils rückte sich auf dem Sitz zurecht. Sein rechtes Knie rutschte vom Armaturenbrett, und er tappte mit den Fingern auf seinen Oberschenkel. »Interessant, dass wir uns das jetzt erst erzählen, was?«, kommentierte er schließlich.

»Na ja«, Sandra lächelte schief, »ich wollte schon seit Tagen ehrlich sein. Das ist aber nicht so leicht. Im Steinbruch hatte ich andere Vorstellungen von meinem Leben, weißt du. Und ich glaube, es ist einfach so, dass ich alldem hier nicht entkommen kann.« Sie spürte der Erleichterung in sich nach. Das Geständnis fühlte sich gut an. »Dir habe ich es jetzt also als Erstem erzählt.«

»Ich fühle mich geehrt.«

»Das solltest du auch.«

»Komisch, dass wir beide nichts erzählt haben. Wir sind schließlich hier, um über unsere Leben zu reden.«

Sandra schwieg einen Moment und konzentrierte sich darauf, einen Eselskarren zu überholen. Am Straßenrand wurden Wassermelonen und Tomaten angeboten.

»Ja, klar, aber je länger man schweigt, desto komplizierter wird die Sache, oder? Und dann war Maike so ehrlich, und irgendwie habe ich mich geschämt und …«

»Verstehe. Ging mir ähnlich.« Nils tappte immer noch einen Rhythmus mit seinen Fingern. »Und ich war sehr laut, was?«

»Unausstehlich.«

»Übertreib es nicht mit der Ehrlichkeit.« Der alte Nils grinste sie jetzt an. Sandra lachte.

Eine Melodie kündigte den Eingang einer Nachricht auf Nils' Handy an. Seine Ex-Frau teilte mit, der Flieger sei wie geplant pünktlich abgehoben. Nils rief sie kurz an, und sie wechselten ein paar Worte, bis sie offenbar in ein Funkloch gerieten. *Irgendwie gehen sie immer noch sehr freundlich miteinander um,* schoss es Sandra durch den Kopf, *aber was erwarte ich eigentlich? Fred und ich blöken uns ja auch nicht permanent an. Dazu sind wir viel zu vernünftig.*

Nils hantierte jetzt am CD-Spieler herum, nachdem sie eine Weile Balkanpop aus dem Radio gehört hatten. Kurz darauf füllte »Hier kommt Alex« das Wageninnere aus, gefolgt von ein paar Tracks von Element of Crime und Poems for Laila. Irgendwann kurbelten sie die Scheiben herunter und sangen beide lauthals mit. *Noch ist niemand da*, schoss es Sandra durch den Kopf, *der uns peinlich finden kann.* Einmal wurden sie noch von einer Schafherde aufgehalten, noch einmal tuckerte ein Traktor vor ihnen her, dann radelnde Urlauber, denen der Schweiß auf der hochroten Stirn stand. Als das erste Hinweisschild auf den Flughafen auftauchte, hielt Sandra den Atem an, und als sie den Wagen parkte, wäre sie am liebsten sitzen geblieben.

Nils merkte davon offenbar nichts und öffnete schwungvoll die Tür. »Ich freue mich, dass du sie jetzt endlich kennenlernst. Du wirst ihnen gefallen. Sie wollten schon immer mal jemanden kennenlernen, mit dem ich zur Schule gegangen bin.«

Sandra bezweifelte das. Warum sollte sie seinen Kindern auch gefallen? Ihre Zweifel verflogen auch beim Betreten der Ankunftshalle nicht, wo die Ankunftstafel sie darüber informierte, dass der Flug gerade gelandet war.

»Perfekt«, sagte Nils, der sich offensichtlich auf seine Kinder freute. Es war sehr schön, das zu sehen. »Ich finde dich klasse«, stieß er jetzt geradezu überschäumend hervor, »wie du weißt, schon seit Jahren. Und sie werden das auch. Es sind meine Kinder.« Er grinste sie breit an. »Sie haben meinen Geschmack.«

Sandra beschlich der Gedanke, dass er viel zu einfach dachte. Sie war sich dessen sogar sicher. Und was sagte er da überhaupt? Die ersten Reisenden kamen durch die Kontrollen und unterbrachen Sandras Gedanken. Sie sah die Kinder noch vor Nils, vielleicht, weil sie eben noch lange die Bilder aus Nils' Geldbeutel angestarrt hatte. Jonah begrüßte sie sehr höflich, wenn auch reserviert. Feli drückte sich an die Seite ihres Vaters und sagte erst einmal sehr deutlich nichts. Nils schnappte sich ihren Rucksack mit der Linken, während er den anderen Arm um seine Tochter legte. Die Zwölfjährige musterte Sandra noch immer gründlich. Mit ihr, das erkannte Sandra sofort, würde es nicht so einfach werden.

»Die Luft war furchtbar in dem Flugzeug, so trocken.« Feli löste sich jetzt von ihrem Vater und zog eine Tube Gesichtscreme aus ihrer Handtasche – Sandra war sich sicher, mit zwölf selbst noch keine Handtasche gehabt zu haben, in der sie Creme mit sich herumgeschleppt hätte – und tupfte etwas davon auf ihr Gesicht, während sie sich halb mit dem

Rücken zu Sandra drehte. »Außerdem haben wir einen Riesendurst.«

»Okay.« Nils war sofort bereit, den Wunsch seiner Kinder zu erfüllen, denn auch Jonah klagte jetzt über eine ausgedörrte Kehle. Gemeinsam suchten sie eine Bar auf und fanden Platz an einem kleinen Tisch. Feli landete neben ihrem Vater und schmiegte sich besitzergreifend an ihn. Jonah musste mit dem Platz neben Sandra vorliebnehmen, fand das aber offenbar okay. *Er sieht aus wie Nils*, dachte Sandra, *bis auf die Nase.*

»Ist das echt eine alte Villa am Meer, wo wir hinfahren?«, erkundigte er sich jetzt, während er sein Smartphone aus der Tasche zog, eins der neuesten Modelle. »Ich hoffe, es gibt da W-LAN.«

Nils nickte. »Gibt es. Und das Meer. Und einen Wald. Und einen Garten. Viele Möglichkeiten also, nicht ständig zu daddeln.«

Jonah antwortete nicht.

»Ich finde das super, dass das so eine alte Villa ist. Vielleicht hat da sogar mal eine Prinzessin gewohnt«, war Feli zu hören, und zeigte Sandra damit kurz, wie jung das Mädchen unter dem weiblichen Getue war. Wenn sie nicht irrte. Aus Feli, musste Sandra feststellen, wurde sie nicht klug.

»Hey, wie wär's, wenn du mal ein paar Tage ohne auskommst?«, suchte Nils indes seinen Sohn noch einmal zu ermahnen.

Jonah rollte die Augen. »Dann macht mir das doch mal vor. Wie wär's mit einer Challenge?« Der Vierzehnjährige lehnte sich zurück und verschränkte die Arme herausfordernd vor der Brust.

Nils beugte sich vor und stützte einen Arm auf dem Tisch auf. »Challenge accepted.«

Die drei wechselten wissende Blicke miteinander, offenbar waren das Familieninterna, das taten sie nicht zum ersten

Mal – und mit einem Mal fühlte sich Sandra ausgeschlossen. Fünf Minuten später verließen sie die Bar und stiegen ins Auto. Nils kontrollierte die Gurte seiner Kinder. Jonah rollte erneut mit den Augen, während er bereits wieder auf seinem Handy herumtippte.

»Mann, Papa, ich bin vierzehn.«

Sandra kam es fast vor, als würde Nils kurz zurückzucken. Dann lachte er etwas angespannt. »Sorry, manchmal vergesse ich …«

»Ist schon gut, Papa.« Jonahs Tonfall zeigte, dass er nicht mehr darüber reden wollte.

»Was ist mit der Challenge?«, fragte Nils.

»Wenn wir da sind.«

»Okay«, gab Nils rasch nach. Er setzte sich ans Steuer und lenkte den Wagen aus der Parklücke. Für eine Weile sagte keiner von ihnen ein Wort. Nils musterte seine Kinder ab und an im Rückspiegel. Beide waren in die kleinen Displays ihrer Smartphones vertieft. »Hey, schaut euch doch mal um. Es ist schön hier.«

»Mhm«, brummte Jonah, dann nichts mehr. Feli gab gar nichts von sich, dafür bewegten sich ihre beiden Daumen in rasender Geschwindigkeit über das Tastenfeld, und im nächsten Moment verriet ein »Pling«, dass sie eine Antwort auf ihre Nachricht bekommen hatte. Auf der Rückfahrt sprachen Nils und Sandra fast nicht miteinander, und wenn sie es taten, kam sie sich vor wie bei einem Theaterstück, in dem eine Unterhaltung gespielt wurde. Es fühlte sich seltsam an, und es wurde nicht besser dadurch, dass Sandra immer wieder Felis prüfenden Blick auf sich spürte.

Als das erste gemeinsame Essen mit Nils' Kindern endlich vorüber war, beugte Sandra sich vor und griff nach ihrem Weinglas. Sie konnte nicht behaupten, dass etwas Schlimmes passiert war, aber sie hatte die Stimmung doch als angespannt empfunden, auch wenn sich Nils' Kinder von ihrer besten Seite gezeigt hatten. Sie waren wirklich gut erzogen, hatten geduscht und sich umgezogen, ohne dass Nils sie dazu hatte anhalten müssen. Feli hatte die Zwillinge süß gefunden, ansonsten wie ein Spatz gegessen und sich danach sofort wieder ihrem Handy gewidmet. Jonah nahm an der Challenge mit seinen Vater teil und war deshalb jetzt auf dem Gelände unterwegs. Alle bis auf Nils, sie selbst und Feli, die irgendwie immer in der Nähe war und Sandra und ihren Vater nicht aus den Augen ließ, hatten sich zu einer Pause in ihre Zimmer zurückgezogen. Nils stand auf und nahm sein Weinglas.

»Gehen wir noch ein bisschen in den Garten?«

»Oh ja, komm, Papa.« Feli sprang auf.

»Und du?« Nils schaute Sandra an. Sie schloss sich an, war allerdings nicht sicher, ob sie das wirklich wollte. Feli war vorausgelaufen und stand jetzt bei ihrem Bruder, der etwas zu ihr sagte und dann auf den Feigenbaum deutete. Sandra kam sich unter den Augen der Kinder mit einem Mal vor wie auf einem Präsentierteller.

»Manchmal fühlt es sich komisch an, wie schnell sie groß werden, oder?«, sagte sie unvermittelt in die Stille, in der nur ihre Schritte nebeneinander auf dem Kiesweg knirschten, bis sie das gusseiserne Tischchen mit den Stühlen etwa in der Mitte des Gartens erreichten. Nils stellte sein Weinglas ab. Sandra setzte ihres an und trank einen Schluck.

»Ja, wirklich.« Nils nickte, starrte aber nachdenklich vor sich hin. Er trug dünne Bermudas, aus denen seine langen, kräftig blondbehaarten Beine herausschauten. Sandra erinnerte sich mit einem Mal daran, dass auch seine Brust behaart war, ein wenig davon schaute aus dem Poloshirt heraus. Ihr Blick glitt unwillkürlich zu Feli, die jetzt auf der Steinbank neben dem Feigenbaum saß und sie nicht aus den

Augen ließ. Hatte sie Sandras Blicke bemerkt? War das jetzt peinlich?

»Setzen wir uns?«, fragte Nils.

»Klar.«

Jonah kam ein paar Schritte auf sie zu, während er eine Feige verspeiste. »Da drüben ist das Meer, oder Papa?«

Nils nickte.

Jonah wandte sich an seine Schwester. »Hey, Feli, kommst du jetzt eigentlich mit zum Strand?« Er drehte sich wieder zu Nils und Sandra. »Dürfen wir, Papa?«

»Klar«, Nils warf Feli einen Blick zu, »aber pass auf deine Schwester auf.«

Das Mädchen sprang auf und stemmte die Hände in die Seiten. »Ich habe das Jugendschwimmabzeichen Gold, Papa. Wenn, dann muss ich auf Jonah aufpassen«, rief sie und kam nun auch zu ihnen. Sie war sehr schmal, aber jetzt wirkte es, als wolle sie den Raum neben ihrem Vater ausfüllen, sodass keiner mehr Platz neben ihm fand. Sandra empfand ihre Blicke als irritierend herausfordernd. Ihr fiel auf, dass Felis Haut schon jetzt eine zarte Bräune trug, und sie fragte sich, ob sie mit einem Selbstbräuner nachgeholfen hatte. Ihre Arme und Beine schienen außerdem komplett unbehaart, und Sandra war sich inzwischen sicher, dass sie geschminkt war. Irgendwie wirkte sie älter als zwölf Jahre, meistens jedenfalls. Sandra versuchte sich zu erinnern, wie sie als Zwölfjährige gewesen war. Bestimmt hatte sie sich nicht geschminkt, Arme und Beine rasiert ganz sicher auch nicht. Wenn sie sich recht erinnerte, war sie gerne auf Bäume geklettert.

»Okay.« Nils legte den Arm um seine Tochter und zog sie kurz an sich, »dann pass bitte auf deinen Bruder auf.«

»Danke, Papa.« Die beiden drehten ab, und Sandra fühlte sich seltsam erleichtert.

Nils schaute seinen Kindern nachdenklich hinterher. »Ich

kann's nicht glauben, dass ich tatsächlich ihre Gurte überprüfen wollte«, sagte er dann mit einem Lachen, das dieses Mal amüsiert klang. »Sie werden so schnell groß, oder? Manchmal vergesse ich das.« Er schwieg einen Moment, dann fügte er ernst hinzu. »Und oft brauchen sie einen ja auch. Man muss einfach da sein.«

»An einem Tag machst du noch überall Kindersicherungen dran, am nächsten wollen sie sich dein Auto ausleihen.«

»Damit haben wir, Gott sei Dank, noch Zeit.« Er seufzte. »Das kann ich mir nämlich gar nicht vorstellen. Manchmal würde ich sie am liebsten immer noch in Watte packen.« Nils trank einen Schluck von seinem Wein.

Sandra drehte ihr fast leeres Glas in den Händen. »Hast du Angst vor dem Tag, an dem sie ausziehen wollen?«

Nils schaute auf. »Ich weiß nicht. Manchmal ja, manchmal nein. Ehrlich, es gab Zeiten, da habe ich mir vorgemacht, dass ich diesen Tag nicht erwarten kann. Du nicht auch?«

»Doch, klar. Kinder können sehr herausfordernd sein.«

»Wem sagst du das. Und dann wieder vermisst man sie ungeheuer, nicht wahr? Sogar, wenn sie vorher unausstehlich waren.«

»Hm.«

»Gehen wir auch an den Strand? Ich glaube, ich möchte doch ein bisschen mit meinen Kindern zusammen sein. Wir sehen uns nicht so oft.«

Sandra wollte ablehnen, aber was sollte sie sagen? Lieber nicht, ich glaube, deine Tochter mag mich nicht? Sie nickte.

Feli hatte es sich im Schneidersitz auf ihrem Bett bequem gemacht und feilte konzentriert an ihren Fingernägeln. Der Ausflug zum Meer hatte dem Nagellack nicht gutgetan. Zu blöd aber auch. Sie würde neuen auftragen müssen. Für einen kurzen Moment hielt die Zwölfjährige inne, stieß dann einen kleinen unwilligen Laut aus und wühlte in ihrer Kosmetiktasche nach dem Fläschchen Nagellackentferner und den Wattepads. »Meinst du, Papa will was von dieser Sandra?« Sie hatte die beiden beobachtet. Ehrlich gesagt hatte sie diese Frage schon den ganzen Tag beschäftigt.

»Hm?« Jonah starrte auf das dunkle Display seines Smartphones und schien zu überlegen.

Feli gab konzentriert etwas von der Flüssigkeit auf den Pad und begann sanft über den Fingernagel zu reiben, während sie auf die Antwort ihres Bruders wartete. »Hey, was sagst du?«

»Uuh!« Jonah sah endlich auf. »Mach das Fenster auf, das stinkt ja furchtbar.« Er legte das Smartphone mit einem Seufzer zur Seite. »Wann ist diese blöde Challenge eigentlich vorbei, und warum habe ich überhaupt zugestimmt?«

»Weil du immer zustimmst, wenn es einen Wettkampf gibt.« Feli bearbeitete den nächsten Nagel, die helle Watte färbte sich schmutzig grau. »Und jetzt sag endlich: Was hältst du von dieser Sandra? Will sie was von Papa?«

»Was ich von ihr halte? Sie ist ganz okay, oder? Sie sind zusammen zur Schule gegangen, deshalb sind sie ja alle hier.« Jonah drehte sein Handy aufs Display und wieder zurück, aufs Display und wieder zurück, immer hin und her.

Feli hielt inne. »Ganz okay? Sag mal, kriegst du denn gar nichts mit? Ich will wissen, ob sie sich an Papa ranmacht? Ich will nämlich keine neue Mutter!«

»Wieso neue Mutter?« Jonah starrte sie an.

Feli senkte den Kopf und begann, ihre restlichen Nägel noch energischer zu bearbeiten. »Weil ich keine neue Mutter brauche, deshalb.«

»Sandra will doch keine neue Mutter sein, Feli. Wie kommst du denn darauf? Die hat ihre eigene Familie. Die haben sich hier getroffen, weil sie halt vor hundert Jahren zusammen Abitur gemacht haben. Das ist alles.«

»Echt jetzt? Eigene Familie? Und wo ist die?« Feli starrte ihn wütend an. »Sag mal, auf welcher Seite stehst du eigentlich? Bist du blind? Hast du nicht gesehen, wie sie Papa ansieht? Die ist verliebt, bis über beide Ohren. Das sag ich dir. Offenbar hat sie auch keinen Mann, oder hast du den hier gesehen? Sie ist alleinstehend, kapiert? Wahrscheinlich ist sie verzweifelt und macht sich in ihrem Alter einfach an jeden ran … Und jetzt ist Papa dran, und das geht leider mal gar nicht.« Feli hielt inne, die rechte Hand mit einem Wattepad halb erhoben, und starrte ihren Bruder an.

»Hey, Feli, bleib cool.« Jonah zog die Beine an und machte es sich dann im Schneidersitz bequem. »Ich fand sie bislang eigentlich echt ganz nett.«

Feli ließ die Hand mit dem Wattepad sinken. Der Nagellackentferner stank wirklich, aber das war jetzt nicht wichtig. »Bist du bescheuert, oder willst du das nicht sehen? Ich will die nicht. Die soll sich von Papa fernhalten, die Alte.«

»Feli, wir wissen doch wirklich gar nicht, ob sie was von Papa will.«

»Aber klar doch will sie. Ich bin eine Frau, und lass dir das gesagt sein: Die will was.« Feli verdrehte die Augen. »Meine Güte, bist du naiv! Er hätte uns doch alleine abholen können. Was denkst du denn, warum sie mitgefahren ist? Sie wollte gleich zeigen, dass es sie gibt.«

Jonah blickte sie überrascht an. »Du übertreibst. Das hier ist doch keine Soap. Papa fährt nicht gerne allein, das weißt du doch, vielleicht hatte er dazu einfach keine Lust. Vielleicht wollten sie auch einmal alleine sein und über früher quatschen.«

»Bestimmt nicht.« Feli betrachtete zutiefst aufgewühlt ihre linke Hand. »Was ist jetzt: Bist du auf meiner Seite?«

Jonah legte den Kopf schräg. »Ist das jetzt echt nötig?«

»Ja, ist es.«

»Wie du meinst.« Jonah stieß einen Seufzer aus, entknotete seine Beine und sprang auf. »Puh, das stinkt. Wie kannst du das nur aushalten? Ich glaube ja nicht, dass das gesund ist.« Er schnappte sich sein Smartphone. »Ich geh jetzt zu Papa. Ich will endlich wieder daddeln. Das ist ja sonst nicht zum Aushalten hier.«

Sechsundzwanzigstes Kapitel

Sandra war froh, dass Daniela für den folgenden Tag noch einmal einen Ausflug vorschlug und auch alle ihre Teilnahme zusagten. Sogar Zita war dabei, die in Mali Lošinj etwas zu erledigen hatte. Sandra hoffte, dass diese Tour sie davon abhalten würde, zu viel über Nils und seine Kinder nachzudenken. Sie fuhren zunächst endlich nach Veli Lošinj, der ursprünglich ersten Siedlung auf der Insel, die heutzutage aber deutlich kleiner als Mali Lošinj war, dem ursprünglich nicht nur im Namen »kleinen« Lošinj auf der anderen Seite des schmalen Kanals. Daniela entpuppte sich auch dieses Mal als begabte Fremdenführerin und erklärte ihnen, dass man heute in beiden Orten überwiegend vom Tourismus lebte. Zugleich bezeugten zahlreiche Villen einst stolzer Kapitäne sowie mehrere Parkanlagen die reiche Vergangenheit einer Stadt, die bis zum Ende des 19. Jahrhunderts durch Schiffbau und Segelschifffahrt geprägt gewesen war. Der Heilklima-Tourismus hatte sich erst gegen Ende des 19. Jahrhunderts entwickelt und zum Bau weiterer Villen geführt, die sie auf anderen Ausflügen schon bewundert hatten und von denen sie eine ja auch selbst bewohnten.

Nachdem sie durch den Ort geschlendert waren, aßen sie in einem kleinen Restaurant zu Mittag. Die Zwillinge waren danach so müde, dass Maike und Gregor sie in ihre Buggys zum Schlafen legten. Die Erwachsenen nahmen sich noch Zeit, einen Mokka zu trinken, wie es typisch für diese Region war, bevor sie nach Mali Lošinj hinüberwechselten.

Beide Orte lagen in der geschützten Augustusbucht. Gregor wusste zu berichten, dass sie nach dem Römischen Triumvir Augustus benannt war, der dort, so hieß es, seine Flotte für die Schlacht gegen Antonius und Kleopatra vorbereitet hatte. Auch in Mali Losinj schossen sie fleißig Bilder von Villen und zahlreichen anderen Fotomotiven.

Sandra gefiel das alles gut, es fühlte sich nach Urlaub an. Sie schickte Alex wieder ein paar Fotos, überlegte kurz, ob sie Fred anrufen sollte, entschied sich aber dagegen. Er würde sie sicher informieren, falls etwas war.

Als die Zwillinge aus ihrem Mittagsschlaf erwachten, kauften sich alle ein Eis und setzten sich schließlich noch einmal in ein Café am Hafen. Bald hatten Bo und Fynn einen Brunnen entdeckt und rasten jauchzend um die Umrandung. Gregor versuchte sie einzufangen, wurde aber durch seine eigene Ungeschicklichkeit daran gehindert. Es sah wirklich lustig aus, und Sandra bemerkte, dass auch Maike schmunzelte.

»Hey, was ist denn jetzt so witzig?«, beschwerte Gregor sich, musste dann aber auch lachen. Da war plötzlich eine Verbindung zwischen ihm und Maike, die Sandra einen leichten Stich versetzte. Hatten sie das auch einmal gehabt, Fred und sie? Maike stand kurzerhand auf und fing Bo ein, was Fynn dazu brachte, ebenfalls innezuhalten. Seine Mutter ging in die Hocke, begab sich auf ihre Höhe und erreichte so die Aufmerksamkeit der Kinder.

Sie macht das gut, dachte Sandra.

»Wollen wir die Bötchen fahren lassen?«

»Oh ja, oh ja.« Die Zwillinge waren begeistert.

»Dann bleibt jetzt hier bei Papa stehen, und macht keinen Blödsinn.«

Sie bekräftigten mit wild nickenden Köpfchen, während Maike die Plastikboote holte, die sie kurz zuvor beim Shopping erstanden hatte. Sandra gegenüber hatte sie beim Erwerb den Kopf über sich selbst geschüttelt – die Zwillinge hatten ohnehin schon genug Kram –, aber jetzt war sie bestimmt froh, dem Quengeln der beiden wieder einmal nicht widerstanden zu haben. Sie setzte zuerst Bo auf die Brunnenumrandung und dann Fynn.

Gregor trat zu ihr. »Geh ruhig zu deinen Freunden. Ich mach das hier.«

»Meinst du wirklich?«

»Klar, deshalb sind wir doch hier.« Er grinste. »Ich krieg das schon hin. Vertrau mir. Ich glaube, du brauchst einmal eine Pause.«

Maike wirkt in der Tat, als ob sie schon seit langem eine Pause braucht, dachte Sandra. *Und es ist gut, dass Gregor das erkannt hat.*

Daniela lehnte sich auf ihrem Stuhl zurück. Sie hatte ihre Freunde eine Weile beobachtet und war zufrieden. Es klappte gut. Sie hatten sich einander wirklich rasch wieder angenähert, die Fremdheit, vor der sie sich gefürchtet hatte, war kaum richtig aufgekommen. Alle waren sie heute dabei, sogar Nicolai, der allerdings eben erst wieder zu ihnen gestoßen war, nachdem er neue Bilder für seinen Blog geschossen hatte und dafür alleine unterwegs gewesen war. Sie entschuldigte sich kurz, um auf die Toilette zu gehen, und war überrascht, anschließend im Gang Zita gegenüberzustehen. Offenbar hatte sie ihr Vorhaben erledigt. Daniela meinte zu erkennen, dass sie zufrieden wirkte, aber ihre Schwester hatte schon immer ein Pokerface gehabt. »Bist du fertig?«

»Ja. Und ihr? Alles gesehen?«

»Fürs Erste.«

Sie schwiegen einen Moment. Daniela störte sich zum wiederholten Male daran, wie steif sie miteinander umgingen. Das war nicht immer so gewesen, schließlich war sie einmal eine der Hauptbezugspersonen für Zita gewesen, fast wie eine zweite Mutter. Sie musste daran denken, wie oft sich die Kleine nachts in ihr Bett geschlichen hatte. Sie dachte an ihre Arme um Zitas schmale Schultern.

Zita räusperte sich. »Ich habe mich ein bisschen umgesehen, war bei Ana und Josefa. Du weißt, die Boutique …«

»Klar, ich weiß.« Daniela spürte, wie sie innerlich auf Distanz ging. Ich habe mich für dich umgesehen, hätte Zita eigentlich sagen müssen, weil du es ja nicht tust, weil du zu feige bist …

»Frag doch mal, ob du dort ein paar deiner Kleider in Kommission geben könntest. Du kennst sie, sie mögen dich. Ich finde, es ist an der Zeit, der Welt zu zeigen, was du kannst.«

»Ach ja, das denkst du? Und du denkst, dass du die Richtige bist, mir das zu sagen?« Daniela presste unwillig die Lippen aufeinander. »Ach, lass mich damit einfach in Ruhe«, brachte sie dann hervor.

Zita berührte ihre Hand, und Daniela zuckte zusammen. Wie ungewohnt sich das anfühlte. Zita sah sie unverwandt an, und Dani war klar, dass sie nicht locker lassen würde. Ihr Gesichtsausdruck hatte sich verändert, er war weicher und offener, als läge ihr wirklich etwas an dem, was sie sagte. Sie waren Schwestern. Sie waren sich einmal sehr nahe gewesen. Sie waren sich immer noch nah …

»Aber es ist dein Traum, Daniela, so ist es doch. Es war schon immer dein Traum, und du bist gut. Du hast einen Blick dafür, für Kleider, für Stoffe, für Formen. Vergiss das nicht. Mach es!«

Daniela war mit einem Mal ganz seltsam zumute. Sie spürte Hilflosigkeit in sich, Bitterkeit und noch etwas, für das sie keine Worte fand. Wann war man alt genug, einen Traum loszulassen? Wie alt konnte man werden und doch noch etwas Neues beginnen? Sie verschränkte die Arme vor der Brust. »Na und«, stieß sie dann mit rauer Stimme hervor, »es ist eben nur ein Traum, und ich sollte alt genug sein, mich davon zu verabschieden.« Sie versuchte, sich an ihrer Schwester vorbeizudrängen, doch Zita blieb stehen.

»Das solltest du nicht.«

»Das geht dich gar nichts an, und jetzt lass mich vorbei, oder glaubst du, dass ich das Restaurant jemandem wie dir überlasse, der noch nie etwas zustande gebracht hat? Der immer aufgegeben hat, wenn es nur ein bisschen schwer wurde? Glaubst du, ich schaue zu, wie du das Familienerbe gegen die Wand fährst und Papa unglücklich machst, nach allem, was er durchmachen musste? Niemals!« Daniela war jetzt heiß vor Wut, die Wärme stieg in die Wangen auf und hinterließ dort sicherlich rote Flecken. Ihr Herz wummerte, als galoppiere eine Herde durch ihren Brustkorb. Verdammt, verdammt, verdammt, warum regte sie sich jetzt so auf?

Zitas Gesicht war eher weiß, und auch ihr war anzusehen, dass dieses Gespräch nicht leicht für sie war. »Du weißt doch gar nicht, was genau passieren wird«, sagte sie, dann brach ihre Stimme, und sie musste sich räuspern.

Daniela brach der Schweiß aus, sie spürte ihn am Haaransatz und an der Seite ihres Gesichtes entlangperlen. »Gut, möglich, aber mir ist es lieber, ich achte darauf, dass so etwas gar nicht erst passieren kann.«

Zita war jetzt noch blasser. »Du weißt, wie gerne ich koche … und wie gut. Ich habe euch das schon oft gezeigt. Das ist es, was ich machen möchte. Ich weiß das jetzt.«

»Aber um ein Restaurant zu führen, braucht es viel mehr als das. Da geht es nicht nur ums Kochen, sondern um Buchführung, um Finanzen, um Personalplanung. Es geht um Kommunikation mit den Gästen und darum, zu putzen und für Ordnung zu sorgen, auch wenn man nur noch ins Bett möchte, und zwar an jedem verdammten Tag, an dem geöffnet ist. Da geht es nicht nur darum, toll zu kochen und sich dann das Lob abzuholen. Im Restaurant zu arbeiten bedeutet viele Stunden Maloche, während andere sich entspannen. Kannst du das? Das ist nicht nur Spaß. Das Leben ist nämlich auch nicht nur Spaß.«

»Himmel, das weiß ich, und ich sage doch, dass ich mich anstrengen werde.« Zita schien immer noch entschlossen.

»Wie früher? Wie in all den Jahren?«, stieß Daniela verächtlich hervor. »Und dann passiert wieder irgendetwas, du hast keinen Bock mehr und bist weg? Wie immer. Wie mit allem, was du je angefangen hast. Du gehst, wenn du keine Lust mehr hast, und überlässt anderen den Scherbenhaufen.«

»Du hasst das Restaurant.«

»Das tue ich nicht. Es gab Dinge, die ich lieber machen wollte, aber ich bin mit diesem Restaurant aufgewachsen. Natürlich hasse ich es nicht. Es ist mein Leben.«

»Du hast keine Lust mehr darauf, schon seit Jahren nicht. Irgendwann wird man das merken, und dann geht alles den Bach herunter. Dann passiert das, was du nicht willst.« Zita versuchte, nach Danielas rechter Hand zu greifen, doch die wich einen halben Schritt zurück. »Mach endlich das, was dir Spaß macht. Du hast es verdient«, sagte sie dann, leiser und vorsichtiger. Sie beugte sich zur Seite und zog die Mappe, die Daniela nur allzu bekannt war, aus ihrer Umhängetasche. Für einen Augenblick bekam Dani keine Luft.

»Zeig es ihnen«, sagte Zita.

Daniela war wie erstarrt, unfähig, sich zu bewegen. »Wie kannst du es wagen … Die hast du von meinem Schreibtisch genommen! Wie kannst du …«

Zita klappte die Mappe auf und enthüllte die ersten Kleiderentwürfe. »Ich weiß, dass du das schon sehr lange machst, und du bist echt gut. Du hast dir das Nähen beigebracht, neben der Schule und der ganzen Arbeit. Du hast eine Schneiderlehre abgeschlossen. Du hast nie aufgehört hiermit. Wäre es nicht gut, dieser Arbeit endlich den Raum zu geben, der ihr gebührt? Ich habe Ana und Josefa …«

»Sei still! Ich will das nicht hören.«

»Aber …«

»Sei still.« Daniela unterdrückte den Impuls zu schreien, den ganzen Schmerz herauszuschreien über all die Dinge, die sie verpasst hatte. Dann streckte sie die Hand nach der Mappe aus. »Gib sie mir.«

Zita legte die Mappe in ihre Hände, und Daniela klappte sie auf. Sie strich über die aufgeschlagene Seite, berührte die Stoffprobe, die sie an den Entwurf geheftet hatte. »Das hier geht dich nichts an«, murmelte sie. »Ich will, dass du es nie wieder anfasst.«

»Ich wollte dich nicht verletzen, aber ich will, dass du etwas machst, was dich glücklich macht. So wie ich etwas machen möchte, was mich glücklich macht. Und ich bin sicher, dass ich das endlich gefunden habe. Du hast es schon längst gefunden, vor vielen Jahren schon.«

»Das Leben ist aber nicht so.«

»Und warum sollte es nicht so sein?«

An diesem Abend durften die Zwillinge die Hühner füttern. Es war wirklich schön, sie dabei zu beobachten, fand Maike, während sie die Hand in Gregors schob und dankbar spürte, wie er zudrückte. Sie hielten sich gegenseitig, und das fühlte sich gut an. Sie waren durch so viel hindurchgegangen, und es hatte sie doch nichts getrennt. Das war nicht selbstverständlich, wirklich nicht.

»Sie machen das ziemlich gut«, sagte Gregor. In seiner Stimme schwangen Verwunderung und Stolz.

»Ja, das tun sie. Man kann ihnen wirklich etwas zutrauen.« Maike schmiegte sich enger an Gregor und beobachtete lächelnd, wie Bo zu Milan marschierte und noch einmal seine kleine Hand im Hühnerfutter versenkte. Fynn tat es ihm nach.

»Ich gebe euch Eier«, sagte Milan. »Euer Lohn. Esst sie morgen zum Frühstück. Gut?« Er reichte ihnen ein Körbchen mit zwei Eiern darin.

Bo und Fynn nickten und liefen strahlend damit zu ihren Eltern.

»Unser Frühstück!«, riefen sie.

»Sehr gut«, lobten Maike und Gregor wie aus einem Mund.

»Lass sie uns in die Küche bringen«, schlug Maike vor. Gregor wollte den Kindern die Eier abnehmen, aber Maike hielt ihn zurück. Die beiden würden das schaffen. Nichts würde kaputtgehen. Sie mussten ihnen vertrauen.

Der Abend war noch jung, aber nach dem langen Ausflug waren sie dieses Mal etwas früher auseinandergegangen. Es hatte sich gut angefühlt, von dem Ausflug zur Villa zurückzukehren, inzwischen fühlte es sich für Nils tatsächlich ein wenig an, als kehre er zu einem liebgewonnenen Zuhause zurück. Er hatte den Tag mit seinen Kindern und Sandra genossen. Überhaupt, die Kinder! Anfangs war die Situation angespannt gewesen, aber das hatte sich bald geändert. Jonah und Feli schien es hier zu gefallen. Seine Tochter hatte ihm ein paar Ohrringe abgebettelt und ein Kleid, das so kurz war, dass er hatte schlucken müssen. Sie hatten mit den Zwillingen gespielt. Jonah hatte eine Weile mit Maike und Gregor geredet, denn er interessierte sich neuerdings für ein Medizinstudium, auch wenn seine Noten dies nicht hergaben. Na ja, vielleicht würde sich das jetzt ändern. Es war immer gut, wenn man ein Ziel vor Augen hatte. Vielleicht war es auch gut, wenn sie Sandra besser kennenlernten. Das konnte ja nicht so schwer sein.

Daniela und Sandra räumten gemeinsam ab und verharrten noch einen Moment in der Küche. Daniela hatte sich ein Glas Wein genommen und sich damit an den Tisch gesetzt.

»Ich habe dich heute zufällig mit Zita sprechen sehen«, sagte Sandra ruhig. »Welches Problem habt ihr eigentlich miteinander?«

Daniela schwieg und drehte das Weinglas vor sich, bevor sie endlich den Kopf hob. »Problem, was soll das Problem sein?«

Ihre Stimme klingt nicht echt, dachte Sandra. Da war ein Tonfall, der besagte, dass Dani sich selbst nicht wohl fühlte mit dem, was sie aussprach. Oder sprach Sandra hier vielleicht Dinge an, die sie nichts angingen? Sie horchte in sich hinein. Wenn Dani so auf dieses Thema reagierte, dann musste es wichtig sein. Sandra gab sich einen Ruck.

»Also, so wie ich mir das zusammenreime, interessiert sich Zita für die Mitarbeit im Restaurant, und du … Du würdest doch bestimmt gerne kürzertreten.«

»Hast du uns belauscht?« Danis Miene wurde finster. Vielleicht lag es aber auch an der jetzt schneller hereinbrechenden Dämmerung und dem mangelnden Licht in der Küche, nachdem sie die Arbeitsleuchten abgeschaltet hatten.

»Nein, ich …«

»Findest du etwa, ich bin nicht mehr gut genug, nachdem ich diesem Restaurant mein ganzes Leben …«, platzte es aus Daniela heraus, dann brach sie abrupt ab. »Ich habe dir erzählt, was passiert ist und welche Entscheidungen ich treffen musste …«

Sandra setzte sich neben sie, ihr Herz klopfte jetzt schneller. »Ich weiß, aber Zita liebt das Kochen, das habe ich inzwischen mitgekriegt, und warum erlaubst du dir selbst jetzt nicht auch einmal, die Dinge zu machen, die *dir* am Herzen liegen?«

Dani lachte auf. Es klang bitter. »Weil ich alt bin? Und mein ganzes Leben eben mit anderem vertan habe?«

Sandra schüttelte den Kopf. »Himmel, Dani! Sind wir jetzt tot, oder was? Warum reden wir plötzlich alle davon, zu alt zu sein. Die heutige Lebenserwartung …«

»Jetzt klingst du wie Gregor«, unterbrach Daniela sie mit einem schiefen, leicht amüsierten Lächeln. Sie deutete auf ihr Weinglas. »Trinkst du noch einen Wein mit mir?«

»Klar.«

Daniela holte ein Glas und schenkte beiden ein. »Die Sache ist die …«, setzte sie endlich an. »Mein Vater und Zita verstehen sich nicht so gut.«

»Wieso denn nicht?«

»Ich glaube, weil … Es ist kompliziert. Es … Weißt du, in der Zeit, bevor es Zita gab, war mein Vater gesund. Dann kam Zita, und kurze Zeit später passierte der Unfall. Irgendwie verbindet er … Na ja, und außerdem war sie nie besonders verlässlich. Das Restaurant liegt meinem Vater aber sehr am Herzen. Er würde es also nur in die Hände einer Person legen, die sehr verlässlich ist.«

Sandra schüttelte den Kopf. »Aber das ist Zita doch! Dani, ich bin Lehrerin, und das schon ziemlich lange. Ich habe mit vielen jungen Leuten zu tun. Ich habe Zita beobachtet. Abgesehen davon, dass der Unfall nicht ihre Schuld war: Sie will kochen. Sie will das, und sie will es schaffen.«

»Ich weiß … eigentlich … Aber Papa kommt nicht gegen seine Gefühle an. Ich weiß nicht, was ich tun soll.«

Es hat gutgetan, mit Sandra zu sprechen, dachte Daniela in ihrem Zimmer. Sie duschte mit ihrem Lieblingsduft, cremte danach den Körper und vor allen die Füße gut ein und las im Bett noch ein wenig, bis sie überzeugt war, die richtige Bettschwere zu haben.

Und dann starrte sie einfach wach an die Decke, Stunde um Stunde um Stunde. Draußen war es leise geworden, nur einmal noch hörte sie die Stimmen der Zwillinge.

Um ein Uhr nachts stand sie schließlich auf und trat ans Fenster. Nirgendwo war noch ein Licht zu sehen. Im Haus war es vollkommen still, draußen stockfinster.

Sie knipste ihre kleine Schreibtischlampe an, setzte sich an den Tisch und holte das Buch mit den Entwürfen hervor. Langsam blätterte sie darin. Bei vielen Entwürfen konnte sie sich gut erinnern, wann sie entstanden waren, und die meisten gefielen ihr immer noch sehr gut.

Ja, sie hatte eine Linie. Sie hatte ihren Stil, also, warum sollte es nicht …? Dani holte tief Luft. Warum sollte es nicht möglich sein? Sollte sie …? Sie hatte bereits einige der von ihr entworfenen Kleider getragen und war dafür gelobt worden, sollte sie wirklich den Schritt gehen und mit Ana und Josefa reden? Was aber, wenn sie scheiterte? Wollte sie das? Wollte sie die Wahrheit hören? Wollte sie hören, dass sie vielleicht doch kein Talent hatte oder dass so viel mehr dazugehörte? Wollte sie sich der Kritik aussetzen mit einer Sache, die ihr bisher nur Freude gemacht hatte? Wollte sie einen Schritt gehen, der alles ändern konnte?

Siebenundzwanzigstes Kapitel

Sandra konnte den Blick wieder einmal nicht von Feli und Jonah lösen. Irgendwie hatte das etwas Beunruhigendes, als wäre sie das Kaninchen, das auf die Schlange schaute. Ihre erste Begegnung war durchaus schwierig verlaufen, verdeckt unter der Oberfläche brodelte etwas, das Nils nicht sah oder sehen wollte. Sandra hatte den Eindruck, dass Jonah ihr etwas positiver gegenüberstand, Feli dagegen war immer noch sehr ablehnend, auch wenn sie nicht auf offene Konfrontation ging, aber das musste sie auch nicht. Sandra bemerkte ihre Blicke auch so, die Art, sich an ihren Vater zu schmiegen.

Nils hatte sie von ihren Beobachtungen bislang nichts erzählt, er hätte wahrscheinlich gelacht. Außerdem waren sie ja nun auch kein Paar und die Sache damit doch eher bedeutungslos: Was sollte sie sagen? Deine Kinder mögen mich nicht? Ja, und?

Sandra korrigierte den Sitz ihrer Sonnenbrille und zwang sich, in eine andere Richtung zu sehen, nahm die Geschwister aber kurz darauf wieder in den Blick, als werde er magnetisch von ihnen angezogen. Wohlerzogen waren sie schon. Es irritierte Sandra allerdings immer noch, dass Feli Make-up trug, auch wäre sie vermutlich nie nachlässig gekleidet aus dem Haus gegangen. Manchmal war da so ein Ausdruck auf Felis Gesicht, der Sandra ahnen ließ, wie ihre Mutter aussah.

Die Geschwister verstanden sich offensichtlich gut, sie spielten oft zusammen. War das immer so gewesen, oder hatte die schwierige Situation zu Hause, die Trennung ihrer Eltern, sie zusammengeschweißt?

Nils hatte ihr inzwischen ausführlich darüber berichtet und wusste auch detaillierter von ihren Problemen mit Fred. Sandra hatte sich auch den anderen gegenüber geöffnet, ebenso wie Nils, wenn auch nur stückweise, es gab noch viel mehr zu erzählen. In jedem Fall war es weniger schlimm gewesen, als sie erwartet hatte.

Im Moment spielten Jonah und Feli mit einem Ball. Sandra stand auf und machte ein paar Schritte auf sie zu, unsicher, ob das eine gute Idee war. Die Liege war bequem, vielleicht hätte sie einfach liegen bleiben sollen, aber irgendwie wollte sie den Kontakt mit den beiden verbessern, sie besser kennenlernen, und hier war doch eine gute Chance.

Feli spielte ihrem Bruder zu. Er spielte zurück. Das Mädchen verfehlte den Ball, und Sandra fing ihn kurzentschlossen auf und warf ihn ihr zu.

Der Ball kam auf den Boden auf, hüpfte und rollte dann aus. Feli hatte keine Anstalten gemacht, ihn anzunehmen. Sie starrte Sandra nur an, dann kam sie plötzlich näher, wie beiläufig, als könne sie kein Wässerchen trüben: »Was willst du eigentlich von meinem Vater?«, zischte sie. »Er will nämlich nichts von dir, musst du wissen. Lass die Finger von ihm!«

»Ich glaube, das solltest du uns überlassen«, gab Sandra zurück und fragte sich sofort, ob die Entgegnung zu harsch gewesen war. Sie wollte wirklich keinen Streit mit Nils' Kindern. Sie wollte, dass sie sich alle aneinander gewöhnten, weil sie Nils mochte, weil sie einmal Freunde gewesen waren. Außerdem war da ja nichts zwischen Nils und ihr, oder?

»Denkst du das wirklich?« Feli musterte sie von oben bis unten, drehte sich dann weg, hob den Ball auf und rief ihrem Bruder fröhlich zu: »Spielen wir da drüben weiter! Hier ist einfach nicht genügend Platz.«

Sandra verharrte reglos auf der Stelle und kämpfte gegen ihre Fassungslosigkeit an. Nicolai, der lesend auf einer Liege lag, hatte offenbar nichts mitbekommen. Die Zwillinge waren mit ihren Eltern bei der Rutsche. Daniela wirkte abwesend. Als sie am Morgen den Frühstücksraum betreten hatte, wo Zita schon aktiv gewesen war, hatte sie übernächtigt ausgesehen. Nils hatte sich spontan zum Arbeiten zurückgezogen, und Sandra war irgendwie froh, dass er nicht da war. Er wollte etwas schreiben, was er »Klassentreffen« nannte, wusste aber noch nicht recht, was genau: eine Reportage, einen längeren Artikel, eine Kurzgeschichte.

Sandra beschloss, spazieren zu gehen. Oh ja, Felis Worte hatten weh getan. Feli war ein Kind, aber es hatte trotzdem weh getan. Es half nichts, sich etwas vorzumachen. Ihre Worte waren wie ein Faustschlag auf Sandras Magen geprallt und hatten sie verunsichert. Stimmte das, machte sie sich lächerlich? Und war da überhaupt etwas zwischen Nils und ihr? Warum ließ sie sich von einer Zwölfjährigen beeindrucken, die großes Mädchen spielte?

Sandra lauschte dem seltsam gehässigen Tonfall in ihrem Kopf nach und fühlte sich schlecht deswegen. Es war Feli, die zwölf Jahre alt war, nicht sie. Sie sollte es besser wissen und sich nicht beeindrucken lassen.

Nachdenklich erreichte Sandra den Waldrand und wandte sich noch einmal um. Feli und Jonah blickten ihr nach. Feli hielt den Ball fest. Jonah rief ihr etwas zu, aber Sandra konnte es nicht verstehen. Sie hob kurzentschlossen die Hand zum Gruß, und Feli drehte ihr ganz langsam den Rücken zu.

Sandra wandte sich ab. Die Bewegung würde ihr guttun. Im Čikat-Park konnte man stundenlang durch den schattigen Wald oder an der Küste entlangwandern, wo Badebuchten zum Verweilen und zum Schwimmen im kristallklarem Wasser einluden. Die Bäume dämpften das Sonnenlicht, und das tat gut. Sie wollte jetzt kein starkes Licht. Sie wollte alleine sein und ihre Gedanken ordnen, sich über die Gefühle klar werden, die da plötzlich in ihr waren und die sie noch nicht richtig einordnen konnte. Vielleicht belog sie sich aber auch, und vielleicht hatte Feli genau das erkannt.

Sandra dachte an Alex. Die war der neuen Freundin ihres Vaters auch nicht gerade positiv gegenübergetreten, oder? Natürlich empfingen Kinder neue Frauen an der Seite ihrer Väter nicht mit offenen Armen, so war es doch?

Sandra lief schneller. Es tat wirklich gut zu laufen, einfach nur einen Schritt nach dem anderen zu tun, die Umgebung in sich aufzunehmen, den Wind, ein Rascheln, das sehr laute Brummen eines Rosenkäfers. Sie musste sich mehr auf ihre Atmung konzentrieren und konnte weniger denken. Irgendwann hielt sie schwer atmend an und legte sich auf den Rücken zwischen ein paar Bäume, ließ den Blick an den langen Stämmen der Pinien entlang bis zu ihren Wipfeln und ins tiefe Blau des Himmels schweifen. Der Boden unter ihr war weich und warm und duftete angenehm. Sie verschränkte die Arme hinter dem Kopf. *Was wünsche ich mir?*

Sie kam gerade rechtzeitig zum Abendessen zurück. Jonah und Feli hatten natürlich die Plätze rechts und links ihres Vaters besetzt, und Sandra fand einen Platz neben Nicolai. Das war in Ordnung, es machte Spaß, mit ihm zu reden. Nach dem Mahl lobten alle einhellig Zitas Kochkünste, danach trank die alte Clique noch Wein im Wohnzimmer, während sich alle Kinder und Gregor schon zurückgezogen hatten.

Als Sandra an diesem Abend in ihrem Bad stand, betrachtete sie ihr Gesicht eingehend im nachgiebigen Badlicht. Dann schaltete sie entschlossen die weißblauen Neonbirnen über dem Spiegel an und starrte sich erneut an. Ihr Gesicht war eindeutig zu weiß, die Haut um Mund und Nase großporiger. Da waren Ringe unter ihren Augen, die Konturen wirkten schwammig. Ja, auch die Mundwinkel hingen herab. Vor ein paar Tagen hatte sie noch gedacht, dass sie für eine Frau ihres Alters doch ganz okay aussah, jetzt zerplatzte dieses Urteil in ihrem Kopf, weil eine Zwölfjährige sie ins Visier genommen hatte. Sie beugte sich vor: War das etwa ein Doppelkinn?

Als es klopfte, erschrak Sandra so sehr, dass sie einen kleinen Hüpfer machte. Es klopfte noch einmal.

»Sandra? Bist du da drin, ich muss dich was fragen.«

Es war Nils.

Achtundzwanzigstes Kapitel

Das hatte Sandra am allerwenigsten erwartet, aber Nils hatte sie gefragt, ob sie ihn am nächsten Tag zu einer Wanderung begleiten wollte. Er hatte sich sogar schon eine Tour überlegt und mit Daniela darüber gesprochen: Von Osor über Nerezine bis nach Sveti Jakov sollte es gehen, wo Daniela sie abholen würde. Sandra hatte schließlich zugestimmt. Jetzt stand sie, nach einer eher durchwachten Nacht und einem Kopf voller Gedanken, neben Daniela auf der Terrasse. Sie war unsicher, Daniela geradezu überschwänglich.

»Das habe ich mir so für euch gewünscht. Ihr müsst das tun. Ihr seid wie früher zusammen, echt jetzt. Wenn ich euch sehe, sehe ich euch auch am Steinbruch. Ich freue mich so für euch!« Daniela umarmte die Freundin.

Sandra zog skeptisch eine Augenbraue hoch. »Ich glaube, du machst mehr daraus, als da ist, Daniela. Wir …«

Daniela winkte ab, während sie ihr eine Tasche mit Proviant reichte. »Hier, von Zita. Wenn ich nur sehe, was sie euch eingepackt hat, würde ich ja am liebsten mitgehen, aber ihr sollt ein bisschen Zeit für euch haben. Ihr habt es verdient.«

»Dani …«

»Nein, nein, das ist schon okay.«

Sandra gab auf und spähte in die Proviantttasche. »Ist das wirklich nötig?«, fragte sie dann.

»Es geht nichts über gutes Essen.« Daniela bestand darauf, dass sie alles mitnahmen, und natürlich mussten sie auch genügend Wasser einpacken. »Zwei Flaschen à 1,5 Liter. Mindestens. Es wird heiß heute.«

Sandra verstaute alles gehorsam, hob ihren Rucksack an und verzog das Gesicht. »Das ist aber ganz schön schwer«, beschwerte sie sich mit einem Lachen.

Doch Daniela blieb hart. »Im ersten Moment wirkt es vielleicht zu schwer, aber ihr werdet es mir später danken. Da bin ich mir sicher.«

»Okay, du musst es wissen.« Sandra lächelte. Es war doch auch ein schönes Gefühl, umsorgt zu werden. »Meinst du, du kommst mit den beiden zurecht?«, wechselte sie das Thema.

»Mit Feli und Jonah? Klar. Ich habe doch quasi meine kleine Schwester aufgezogen.« Für einen winzigen Augenblick lag Schmerz in Danis Ausdruck, dann war er auch schon wieder verschwunden.

»Nils ist es vermutlich ziemlich wichtig, dass jemand für die beiden da ist.«

Daniela hob abwehrend die Hände. »Das mache ich doch gerne, außerdem sind sie ja nicht mehr klein und müssen nicht die ganze Zeit beaufsichtigt werden. Wir werden den Tag schon gut zusammen rumbringen.«

Sandra nickte. Daniela hatte gewiss recht. Natürlich würde alles gut gehen. Doch beim Gedanken an Felis Blicke verspürte sie ein ungutes Gefühl. Im Moment saß sie auf einem der Stühle und sprach mit Jonah, der sich zu einem der Hühner heruntergebeugt hatte, ein braunes, welches sich besonders gern die Federn kraulen ließ. Wieder war Sandra überrascht über das gute Verhältnis der Geschwister. Gestern hatten sie lange gemeinsam im Wasser geplanscht. Später hatte Feli Maike und vor allem Gregor überredet, mit den Zwillingen spazieren gehen zu dürfen. Im Moment wollte sie Erzieherin werden, hatte Nils ihr erzählt. Gregor hatte einen Augenblick gezögert, aber Maike hatte ihn überzeugen können. »Sie ist ein vernünftiges Mädchen. Wir können ihr vertrauen.«

»Habt ihr die Beschreibung dabei?«, erkundigte sich Daniela, als endlich auch Nils auftauchte.

»Ist alles auch hier drin«, sagte Nils und tippte sich an die Stirn.

»Ich habe allerdings zur Sicherheit auch die Beschreibung dabei, die du mir gestern Abend gegeben hast«, merkte Sandra an.

Nils sah sie gespielt empört an. »Traust du mir nicht?«

»Besser ist das«, bestätigte Daniela.

Nils schaute sich nach seinen Kindern um und winkte ihnen zu. Die Kinder hoben lediglich die Hand zum Gruß. »Schade, ich dachte, sie kommen und sagen mir Adieu.«

»Du siehst sie ja heute Abend«, sagte Sandra, die irgendwie froh war, dass weder Jonah noch Feli Anstalten machten, zu ihnen zu treten.

Während Feli zusah, wie sich Papa und diese Sandra entfernten, krampfte sich ihr der Magen zusammen. Sie wollte nicht, dass sich diese Frau in ihrem Leben breitmachte, aber das tat sie einfach, Stück um Stück, wie ein ekliger Schimmelpilz, der das Essen befallen hatte und sich nicht mehr entfernen ließ.

Mit einem Mal fiel Feli das Schlucken schwer. Sie kannte

das doch von ihrer Freundin Klara. Da hatte der Vater auch plötzlich eine Neue gehabt, und Klara hatte sie Mama nennen sollen.

Niemals! Das würde niemals geschehen. Feli hasste diese Sandra. Sie hasste sie von ganzem Herzen. Papa hatte etwas Besseres verdient. Papa hatte Mama, die schön war und kultiviert, die immer gut gekleidet war und immer auf sich achtete.

Diese Sandra hatte Winkearme. Feli hatte das gestern am Strand gesehen, und dazu so einen weichen, fetten Bauch. Ihre Beine waren vielleicht ganz schön, aber wenn das alles war – herrje!

Feli presste ihre Lippen zusammen, während Papa und die Frau sich langsam aus ihrem Blickfeld entfernten. Sie hörte andere Stimmen, die sie inzwischen alle kannte: Daniela und ihre Schwester Zita, die miteinander stritten. Irgendetwas war immer zwischen den beiden. Maike, Gregor und die Zwillinge, die Feli bereits liebgewonnen hatte. Jonah war natürlich auch noch da, der hatte echt mal einen Narren an dem Huhn gefressen. Und dann gab es da noch Nicolai, der es sich auf einer Liege bequem gemacht hatte und von dem Papa erzählte, dass er mal eine echt coole Type gewesen war. Das war allerdings kaum vorzustellen, der Typ war total schweigsam.

Und sie? Verdammt, was sollte sie jetzt tun? Feli bearbeitete ihre Unterlippe vorsichtig mit den Zähnen. Das tat sie manchmal, wenn sie nachdenken musste, aber manchmal biss sie auch zu stark zu. Dann tat es weh, und manchmal blutete es.

Sie blickte wieder zu Jonah. Der war ihr leider wirklich keine allzu große Hilfe. Er hatte sich von der Urlaubsatmosphäre einlullen lassen, konzentrierte sich auf seine Freizeit und fand diese Sandra auch noch ganz okay.

Was willst du denn, Feli? Sie waren Schulfreunde, haben

Kurse zusammen besucht. Lass sie doch. Findest du nicht, dass Papa lange nicht mehr so glücklich ausgesehen hat?, hatte er gesagt.

Als ob es darauf ankam.

Feli kam eine Idee. Ob Sandra ihr Zimmer abgeschlossen hatte? Das konnte sie sich irgendwie nicht vorstellen. Hier stand doch immer alles irgendwie offen. Vielleicht sollte sie sich mal in Sandras Zimmer umsehen, nur um sich ein Bild zu machen? Irgendwie kam sie ja sonst nicht weiter. Papa verbrachte offenkundig gerne Zeit mit ihr, also musste sie ihm irgendwie die Augen öffnen, war doch so, oder?

Feli warf noch einen letzten Blick in die Richtung, in die Papa und Sandra verschwunden waren, dann ging sie ins Haus. Vorsichtig spähte sie in den Flur zu den Zimmern.

Niemand da. Alles still.

Feli schlich so schnell es ging zu Sandras Zimmer. Sie wusste nur zu genau, wo das war, leider, drei Türen von ihrem eigenen Zimmer entfernt.

Ein paar Schritte davor blieb sie stehen und horchte. Im Haus war immer noch alles still, sie waren ja alle draußen und genossen das gute Wetter. Feli legte die Hand auf die Klinke, ihr Herz klopfte schneller, als die Tür tatsächlich nachgab. Eilig stieß sie sie auf, trat ein und schloss die Tür wieder hinter sich.

Durchatmen.

Mit dem Rücken zur Tür blieb sie stehen und schaute sich um. Vielleicht war es nicht ganz richtig, was sie hier tat, aber sie konnte nicht anders.

Sandra hatte ihr Zimmer in leichter Unordnung zurückgelassen. Über den Stühlen hingen getragene Kleidungsstücke. Eine Schranktür stand offen. Entweder war sie unordentlich – Feli runzelte verächtlich die Stirn –, oder sie hatte es vor dem Aufbruch doch sehr eilig gehabt. Ein paar Kleidungsstücke lagen auf dem Bett. Offenbar hatte sie einige Zeit darauf verwandt, das Richtige auszusuchen. Dachte sie, Papa fiel auf so etwas herein?

Und was, wenn Papa darauf hereinfiel?

Dumme Kuh.

Dieses Mal waren es Wut und eine Prise Verzweiflung, die Felis Herz schneller klopfen ließen. Sie schaute die Kleider an, nahm ein paar davon mit spitzen Fingern hoch. Alles langweiliges Zeug und teilweise echt billig. Diese Sandra hatte doch einen ordentlichen Job, warum zog die so was an?

Sie ging ins Bad und schaute sich auch dort alles an: Haarfärbemittel, Antifaltencremes, irgendein superteures Serum für die zarte Haut unter den Augen, eine koreanische Creme mit Schneckenschleim .... Feli las noch einmal, weil sie dachte, dass sie sich geirrt hatte.

Ja, doch, Schneckenschleim, iih, wie furchtbar.

Sie suchte weiter. Parfum, Haarentferner.

Feli überlegte kurz, ihn in die Shampooflasche umzufüllen, entschied sich aber dagegen. Das war vielleicht doch ein bisschen viel, vorerst jedenfalls.

Einen Moment später stand sie wieder im Zimmer und durchstöberte den Schrank. Ein Fotoalbum fiel ihr in die Hände. Sie blätterte darin: ihr Vater in jungen Jahren, dann ein Bild, das ihn eng umschlungen mit dieser Frau zeigte, Maike lesend, dieser Nicolai mit der Gitarre.

Sie blätterte nach vorne. Auf der ersten Seite stand: »Unsere Clique«, hinten steckten eine Schülerzeitung und eine Abizeitung. Feli blätterte letztere durch: Witze über Lehrer und Lehrerinnen, Zukunftspläne, Abrechnungen mit der Schulzeit, Papa und die Frau waren gemeinsam im Deutschleistungskurs gewesen. Feli las noch ein bisschen, schaute sich die wenigen undeutlichen Fotos an. Oh Gott, wie hatten die denn ausgesehen?

Langweilig.

Feli legte alles zurück, ihre Hand stieß gegen etwas … Sie zog es hervor … fleischfarben. Was war das denn? Nein, das waren doch diese, wie hießen sie noch, Spanx?

Der erste Teil der Strecke führte Sandra und Nils auf unebenem Untergrund zwischen Trockenmauern bergan. Die alten Trittsteine waren abgelaufen und hier und da von Pflanzen überwuchert, sodass sie gut achtgeben mussten, wohin sie die Füße setzten. Manchmal huschten Eidechsen zwischen den Steinen der Mauern umher, die sich rechts und links entlang des Weges zogen. Als Sandra zum ersten Mal stehen blieb, um wieder etwas zu Atem zu kommen – sie hatte ja keine Ahnung gehabt, wie sehr ihre Kondition in den letzten Jahren gelitten hatte –, beäugte sie ein etwas größerer Gecko aus einer Höhlung heraus. Sandra zückte die Kamera und versuchte, das Tier auf ein Bild zu bannen, während Nils geduldig wartete.

»Fotografierst du immer noch so gern?«, fragte er, während sie die Bilder im Anschluss im Display ihrer Digitalkamera betrachtete. Sandra hielt überrascht inne. Fotografierte sie gerne? Oh ja doch, das tat sie … Hatte sie früher gerne fotografiert? Wieder musste sie überlegen. Ja, es hatte Zeiten gegeben, da war sie kaum ohne ihre kleine Kamera aus dem Haus gegangen, und sie hatte sich wahnsinnig gefreut, als Onkel Walter ihr damals seine alte Canon überlassen hatte. Gut zum Fotografieren und zum Nägel in die Wand schlagen, hatte er gesagt, eine Kamera für Weltreisende. Auf Weltreise war sie allerdings nie gegangen. Sie schob den Gedanken beiseite. Fotografieren – das waren noch die Zeiten gewesen, in denen man Filme gekauft hatte, in denen man sich überlegt hatte, ob dieses Bild denn sein musste oder ob es doch eine Verschwendung war. Inzwischen fotografierte man jedes Motiv aus verschiedenen Winkeln und suchte sich dann das Beste aus. Wie sie selbst auch. Sie klickte noch einmal durch ihre Ausbeute. Die Bilder waren alle gut geworden. Auf einem lugte der Gecko geradezu neugierig aus seinem Versteck. Sie zeigte es Nils, der einen anerkennenden Pfiff von sich gab.

»Komisch«, sagte Sandra langsam, während sie ein Bild löschte, das ein bisschen unscharf war. »Ich habe jetzt tatsächlich ein paar Jahre lang kaum Bilder gemacht, ich habe das irgendwie aus den Augen verloren, dabei hat es mir echt Spaß gemacht. Irgendwie dachte ich, keine Zeit mehr zu haben.« Sie seufzte. »Man braucht ja auch Muße für das Unterwegssein und wenn es auch nur spazieren gehen ist, nicht wahr?« Sie zuckte die Achseln. »Und ich bin eben eher zu Hause geblieben in letzter Zeit.« Nach der Trennung von Fred, ergänzte sie innerlich.

»Seid ihr viel verreist, Fred und du?«

»Ach ja, anfangs schon, dann kam Alex, und alles hat sich ein bisschen geändert. Später hat Fred sich dann Auszeiten genommen. Segeln mit Freunden, Bergwanderungen über mehrere Tage und so was.« Sie schaute ihn an. »Und bei dir?«

»Carolines Familie hat verschiedene Ferienhäuser, die wir im Verlauf des Jahres nach und nach angesteuert haben. Es war schön, aber …« Er schien zu überlegen. »Immer war schon jemand da gewesen, weißt du? Immer waren Regeln einzuhalten, die ich nicht gemacht hatte und zu denen ich nichts zu sagen hatte, denn es gab da eben diesen Konsens. Ich konnte da nichts Neues entdecken. Ich musste mich einfügen. Eigentlich finde ich, als Familie sollte man sich neu zusammenfinden können.« Er schwieg einen Moment. »Gehen wir weiter?«

»Klar.«

»Weißt du eigentlich, dass du quasi unsere offizielle Fotografin warst?«, fragte er einige Schritte weiter.

»Quatsch«, stieß sie hervor und vernahm doch gleichzeitig ein seltsames Gefühl von Stolz in ihrem Tonfall.

»Doch«, sagte Nils.

Schweigend ging es noch ein paar Schritte weiter. Sandras Füße suchten auf den unebenen Steinen Halt. Sie rutschte leicht, konnte sich aber ausbalancieren. Ein kleinerer Stein rollte klackernd zur Seite. »Ich habe übrigens unser altes Album mitgebracht«, sagte sie schließlich. »Weißt du noch? Das, wo wir alle unterschrieben haben. Mit den Fotos und den Eintrittskarten und dem ganzen anderen Kram. Unser Schulabschlussbuch.«

Nils nickte. Dann wandte er den Blick kurz in die Ferne, bevor er Sandra wieder von der Seite ansah.

»Man verliert so vieles aus dem Blick«, sagte er dann. »Oder?«

Sandra antwortete nicht.

»Weißt du noch«, fuhr er nach einem Augenblick fort, »wie wir die Fotos damals zum Entwickeln gebracht haben? Das war doch irgendwie immer aufregend. Man wusste ja nie, ob sie was geworden waren … Und dann das Gefühl, wenn man sie zum ersten Mal gesehen hat … Dieses Schwanken zwischen Glück und, ja, manchmal auch totaler Enttäuschung …«

»Oh ja. Das konnte echt ganz schön herb sein. Manchmal hatte man doch ein anderes Bild im Kopf, als dann letztendlich herauskam.«

»Bei dir war es aber meistens gut.«

»Findest du?«

»Ja.«

Sandra war wieder stehen geblieben und hatte durch das Objektiv ein paar blaue Blumen ins Visier genommen, die über eine Mauer hinwegspickten.

Nils wartete neben ihr. »Es gibt so viel, was sich geändert hat seit damals. Für meine Kinder sind Schallplatten historisch. Meine Kinder streamen. An der Kasse wird gescannt, und Bandsalat ist ein echtes Fremdwort.«

»Ich weiß.« Sandra drückte auf den Auslöser. »Alex kann schon mit CDs kaum was anfangen. VHS-Kassetten, was ist das?«

Nils rollte mit den Augen. »Oh, mit welcher Qualität wir damals leben mussten. Kommt es dir nicht auch komisch vor, wenn du die Filme aus den Achtzigern siehst? Oder den ersten Teil von Jurassic Park. Meine Güte, war ich damals beeindruckt von den Tricks. Als ich ihn kürzlich nochmal gesehen habe, war ich irgendwie enttäuscht.«

Sandra lachte. »Ja, heute ist das fast so, als würde man einen alten japanischen Godzilla-Film ansehen.«

Ein paar Schritte weiter wuchsen auf dem Kamm einer Mauer blaue Iris und noch etwas weiter rosafarbene Malven, dazwischen strahlte leuchtendes Ginstergelb. Sandra bog vorsichtig einen Zweig zu sich und schnupperte daran. Ihrer Meinung nach rochen diese Blüten immer nach Kokos. Sie mochte das. Durch ein paar Äste hindurch sah sie die Sonne helle, tanzende Flecken auf die Erde malen. Mit der aufsteigenden Sonne wärmte sich auch die Erde auf und veränderte ihren Geruch. Sandras Blick streifte wie zufällig ihr Bein. Es hatte noch etwas mehr an Farbe gewonnen, und sie war auch ganz zufrieden mit ihrer Hosenauswahl. Gut, dass sie die Wanderschuhe mitgenommen hatte, die zahlten sich jetzt aus. Die etwas weiter geschnittene Bluse umspielte ihre Wohlstandsrollen.

»Ich würde gerne ein Foto von dir machen«, sagte Nils unvermittelt.

Sandra zuckte zusammen. »Ach, nein.«

»Bitte, nur als Erinnerung. An uns hier.«

Als Erinnerung daran, wenn das alles hier vorbei ist, ergänzte sie. Sie hatte schon verstanden, dass seine Kinder sie ablehnten, insbesondere das Mädchen. Sie hatte sich wirklich bemüht, freundlich zu sein und irgendwie cool, aber … Zwölfjährige konnten einem wirklich super zeigen, wie uncool man war. Fühlte sie Bitterkeit in sich? Sollte sie etwas sagen? Was wollte sie?

»Sandra?«

»Oh, sorry, ich …« Sie wollte nicht, dass er fragte, woran sie gedacht hatte, und sprach deshalb rasch weiter: »Okay. Aber nur von uns beiden.«

»Ein Selfie?« Nils schien überrascht. »Ich dachte, du magst …«

»Mit Selbstauslöser.«

»Wie in guten alten Zeiten.«

Sie suchten einen geeigneten Platz auf der Mauer und positionierten sich dann zur Kamera. Sandra stellte den Selbstauslöser ein. Sie lächelte, während sie auf das rot leuchtende Pünktchen schaute, dachte wie immer, dass das doch viel zu lange dauerte. Die Kamera löste aus.

»Ich hoffe, ich hatte die Augen offen.«

»Sollen wir gucken?«

Nils hatte die Kamera schon in der Hand.

Sie hatten die Augen offen. Das Bild war ganz okay, wenn auch anders, als sie sich das vorgestellt hatte.

Sandra verstaute die Kamera, und es ging weiter. Mit der Zeit fiel ihr das Laufen auf dem unebenen Untergrund immer leichter. Sie schaute auf Nils' Rücken und fühlte sich einfach wohl. Als sie ihn nach so langer Zeit zum ersten Mal wiedergesehen hatte, hatte sie sofort die Unterschiede zum jungen Nils erkannt. Jetzt aber war er wieder so vertraut, dass sie diese gar nicht mehr sah.

Nach einer Weile wurde der Weg noch schmaler. Die Bäume wurden weniger, die Sonneneinstrahlung nahm zu, und Sandra war froh, dass Dani auf der Mitnahme einer

Basecap bestanden hatte. Sie passierten Riesenwolfsmilchstauden und Schafe auf ihren Weiden, die so scheu waren, dass sie laut blökend davonliefen.

Dann ging es weiter, vorbei an dunkelgrünem Wacholder, der den Wegesrand säumte. Für ein Stück wurde es noch steiler, die Zahl der Bäume nahm weiter ab. Wenn man tief Luft holte, roch es nach Pinien, Salz und Kräutern. Plötzlich hörten sie Frösche, dann wieder das Blöken von Schafen, in das sich Grillenzirpen mischte, dazu die eigenen Fußtritte und die angestrengteren Atemzüge.

Die Hitze hatte zugenommen, und von Zeit zu Zeit wussten sie nicht, ob sie das restliche Wasser lieber trinken oder als Kühlung benutzen wollten.

Sandra war in jedem Fall froh, dass sie zwei Extra-Flaschen eingepackt hatte, auch wenn sie das Gewicht zuerst als zu belastend empfunden hatte. Sie versuchte, nicht zu laut zu keuchen, und heftete den Blick auf Nils' Rücken, der sich vor ihr stetig bergan bewegte. Ihr Gesicht war sicher puterrot, und jetzt verfluchte sie innerlich doch die Idee der Wanderung. Aber jetzt konnte es nicht mehr weit sein. Sie hoffte, dass es der Ausblick auch wert war. Nils drehte sich zu ihr um und streckte ihr lächelnd die Hand entgegen, und dieses Mal überlegte Sandra nicht, wie sie es vielleicht als junge Frau getan hätte, sondern griff mit schwitzigen, heißen Händen zu. Sie war eben ein Mensch, ein Körper, der schwitzte und rot anlief und vielleicht nicht perfekt war, aber darauf kam es nicht an. So erreichten sie den Gipfel gemeinsam.

»Schau mal«, sagte Nils.

Sandra atmete tief durch und schaute sich um. Unter ihnen lagen Cres und Lošinj, durch einen schmalen Kanal getrennt, eng beieinander wie zwei Urtiere, die aus dem Wasser ragten. Oh ja, es war bezaubernd. Es war gut gewesen, hier hinaufzusteigen. Der leichte Wind, der jetzt aufkam, kühlte ihre erhitzten Wangen und den Nacken. *Was für ein Zauber*, dachte sie.

Das Meer war jetzt gut zu sehen. Sie nahmen sich Zeit, zu Atem zu kommen, denn das letzte Stück war anstrengend gewesen, und schauten auf die weite von Schaumkrönchen durchsetzte Fläche hinaus. Nils zählte die Schiffe und Boote, größere und kleinere. Die ganz weit entfernten hatten kaum die Größe eines auf den Wellen tanzenden Papierschiffchens. Sie machten eine größere Jacht aus und ein Segelboot und freuten sich jetzt beide darauf, bald wieder baden gehen zu können.

An diesem Abend verabredeten sie sich alle für nach dem Abendessen wieder bei den Liegen unterhalb der hinteren Terrasse, von der aus man den Sonnenuntergang besonders gut sehen konnte. Nicolai war bereits da, als Maike und Gregor mit ihrem obligatorischen Babyphone eintrafen. Immerhin blieben sie nicht im Zimmer. Nach ihnen kamen Sandra und Daniela, und als Letzter gesellte sich auch noch Nils dazu.

»Hey«, rief Maike ihm zu. »Warum so spät?«

Nils hob entschuldigend die Hände. »Ich musste noch duschen. Meine Kinder fanden, dass ich stinke. Außerdem hatten sie Redebedarf.«

»Sind die Kinder schon im Bett? Warum sind sie nicht mitgekommen?«, fragte Daniela. »Es sind Ferien. Es ist schön hier. Sie können länger aufbleiben, oder?«

Nils zuckte die Achseln. »Sie sehen sich lieber irgendwelche Youtube-Clips an, als mit ihrem Vater abzuhängen. Ich weiß auch nicht.« Vorsichtiger als sonst ließ er sich auf einer der freien Liegen nieder und drehte sich zu Sandra. »War schon ein bisschen anstrengend heute, was? Ich spüre das jedenfalls. Man wird doch alt.«

Sandra nickte. »Aber es war echt schön. Ich sollte wirklich auch zu Hause häufiger unterwegs sein. Man sieht so viel und …«

Nils unterbrach sie. »Es war auch mit dir schön.«

Sandra spürte, wie sie errötete. Nils hatte schon immer das Herz auf der Zunge getragen. Sie tat sich eher schwer damit, das Lob anzunehmen. Beobachteten sie die anderen jetzt? Irgendwie hatte sie das Gefühl, dass alle sie anglotzten. Ihr Hals war trocken. Sie musste sich räuspern.

»Wein?«, half Daniela ihr über die Unsicherheit hinweg.

»Gerne.« Sandra nahm ein Glas und trank mit großer Erleichterung einen ersten großen Schluck. Das Glas stellte sie nicht ab, sie brauchte jetzt wirklich etwas, woran sie sich festhalten konnte. Die anderen fragten sie über die Wanderung aus. Sandra und Nils erzählten gemeinsam oder ergänzten sich, und manchmal redeten sie auch lachend durcheinander. Sandra versprach, die Bilder am nächsten Tag herumzuzeigen. Daniela wollte ihren Computer zur Verfügung stellen, vielleicht konnte man den ja an den großen Fernsehbildschirm im Wohnzimmer anschließen?

Sandra lächelte, als sie sah, wie Gregor Maikes Arm streichelte. Maike lehnte sich gegen ihn. Sie wirkten vertraut. Da war etwas gewachsen zwischen ihnen in den letzten Tagen. Gregor überprüfte zum wiederholten Male, ob das Babyphone auch funktionierte. Darüber konnte man sich lustig machen, aber immerhin waren die beiden gemeinsam hier unten. Das war wirklich bemerkenswert. Sandra nahm noch einen tiefen Schluck von ihrem Wein und lehnte sich dann in ihrem Liegestuhl zurück. Ihr Blick wanderte umher und blieb an ihrem Fenster hängen. Es war schon etwas dämmrig, aber jetzt irritierte sie doch etwas. Da war etwas, direkt unter ihrem Fenster. Sie schaute noch einmal genauer hin, dann durchfuhr es sie siedend heiß: Jemand hatte ihre Spanxunterwäsche für alle sichtbar im Efeu drapiert.

»Was ist das denn?«, fragte in diesem Moment Nicolai, der ihrem Blick gefolgt war. Sandra spürte Übelkeit in sich aufsteigen. Ihre Wangen glühten, wie an dem Tag, als sie beim Bockspringen mitten auf dem Bock gelandet war und …

»Was denn?«, meldete sich jetzt auch Nils neugierig zu Wort.

»Da hängt was an Sandras Fenster«, antwortete Nicolai.

Nils kniff die Augen zusammen.

Es dämmert, versuchte sie sich zu trösten. *Vielleicht kann er es ja gar nicht mehr richtig erkennen*. Doch weit gefehlt.

»Das sind doch diese Spanx-Dinger«, sagte er verwundert.

Sandra wäre liebsten im Erdboden versunken. Woher wusste er das denn, zur Hölle? Und wie, zur Hölle, war ihre Hose dahingekommen?

Neunundzwanzigstes Kapitel

»Was hast du dir nur dabei gedacht, Feli?« Nils starrte seine Tochter an. Er hatte sich so gegen den Tisch gelehnt, dass er sich etwa auf einer Höhe mit ihr befand. »Wie konntest du nur? Das war gemein. Sandra hat dir nichts getan.«

Feli hatte die Arme vor dem Körper verschränkt und hielt dem Blick ihres Vaters stand. Ihre Augen verengten sich zu Schlitzen, bevor sie antwortete: »Woher willst du wissen, dass ich das gewesen bin? Willst du etwa Fingerabdrücke nehmen? Die Polizei rufen? Es gibt keine Zeugen.« Sie holte tief Luft. »Überhaupt denkst du immer, ich bin an allem schuld, dabei hättest du Mama nur besser behandeln müssen.«

»Das habe ich nie gesagt. und darum geht es jetzt doch auch gar nicht. Was meinst du überhaupt damit? Jonah war es jedenfalls nicht, der weiß noch nicht einmal, was das für 'n Zeug ist.«

»Denkst du wirklich? Vielleicht kennst du ihn ja nicht so gut, und mich kennst du auch nicht, weil wir dich nämlich gar nicht mehr interessieren.« Feli schob das Kinn minimal vor. Ihre Unterlippe zitterte leicht.

»Natürlich interessiere ich mich für euch. Aber um so etwas zu machen, muss man wissen, was das ist«, sagte Nils ruhig. »Vielleicht war es ja deine Idee, und er hat dir geholfen?«

»Ich hab nix gemacht. Das habe ich doch schon gesagt. Musst mir ja nicht glauben.« Sie warf ihm einen verächtlichen Blick zu.

Nils verschränkte seine Arme ebenfalls. »Willst du das jetzt also alles auf deinen Bruder schieben? Echt jetzt?«

»Ich will gar nichts, und ich hab auch gar nichts in der Richtung gesagt. Ich will nur nicht, dass die Frau sich in unser Leben einmischt, in Mamas und deins.«

Nils schaute sie verblüfft an. »Aber das tut sie doch gar nicht. Wir sind alte Freunde. Ich freue mich, Sandra und die anderen endlich wiederzusehen. Wir reden über früher. Mehr nicht.«

Feli verdrehte die Augen. »Mann, denkst du, ich bin blind, Papa?« Sie drehte sich abrupt um und machte Anstalten, davonzugehen.

»He, stehen bleiben, junge Dame. Wir sind hier noch nicht fertig.«

»Doch, das sind wir.«

»Bleib hier, Feli, sonst …«

»Sonst was?« Seine Tochter schaute ihn an, wie als wolle sie ihm zeigen, wie lächerlich er doch war, dann ging sie davon.

Sandra war wie erstarrt. Sie hatte nicht lauschen wollen. Eigentlich war sie doch eher zufällig hier gewesen, hier an der Ecke der Terrasse, als Nils seine Tochter zur Rede gestellt hatte. Heute Abend hatten sie sich erst einmal alle zerstreut, nachdem sie gemeinschaftlich diese blöden Spanx-Dinger von der Hauswand gepflückt hatten. Sie hatten zwar danach noch versucht, das Gespräch wieder in Gang zu bringen, aber Sandra war irgendwie nicht mehr in der richtigen Stimmung gewesen. Die Situation war einfach verdammt peinlich. Sollte sie sagen: Ich trage die Dinger gar nicht? Ich habe am Joint gezogen, aber nicht inhaliert? Das war doch albern.

Als sich die Zwillinge über das Babyphone gemeldet hatten, waren sie jedenfalls alle erleichtert gewesen, und dann hatte Nicolai gesagt, er sei müde. Nils und sie waren mit Dani als Letzte zurückgeblieben, hatten aber nicht mehr die richtigen Worte gefunden und sich schließlich ebenfalls eine gute Nacht gewünscht.

Der Zauber dieses Tages war einfach fort gewesen. Sandra war gemeinsam mit Daniela hineingegangen und hatte an die Dinge gedacht, die vielleicht in der Luft lagen und über die Nils und sie reden mussten. Jedenfalls hatte sie das bislang gedacht, aber sie hatte sich verdammt nochmal geirrt, denn Nils hatte seiner Tochter ja eindeutig gesagt, dass da nichts lief mit dieser Sandra. Sie waren nur Freunde, so etwas hatte er doch eben gesagt, nur mit anderen Worten …

Wie hatte sie nur so dumm sein können? Wie hatte sie sich in ihrem Alter nur einbilden können, dass es vielleicht noch einmal weiterging mit einem neuen Partner und einer neuen Chance?

Sandra biss sich auf die Unterlippe, als ihr jetzt albernerweise die Tränen in die Augen stiegen. Sie wischte sich mit dem Handrücken über das Gesicht, vergeblich. Sie war wütend und verzweifelt, und das war eine echt blöde Kombination. Warum tat ihr das nur so weh? Sie wollte das nicht.

Sandra atmete zitternd durch. Hoffentlich ging Nils bald da weg, es fehlte gerade noch, dass er sie hier entdeckte.

Dreißigstes Kapitel

Sandra schlief schlecht in dieser Nacht und erwachte mehrfach. Es war albern, aber sie fühlte sich wie ein Teenie, dem der Schwarm eine Abfuhr erteilt hatte. Morgens erwachte sie dennoch früh und durchstöberte nach kurzem Überlegen das weitere Angebot an Wanderungen, das Dani zusammengestellt hatte.

Sie hatte ursprünglich nicht vorgehabt, heute schon wieder unterwegs zu sein, aber momentan erschien ihr das wirklich die beste Option zu sein: nur keinen von den anderen sehen. Nur mit keinem reden, nur laufen, laufen, laufen und wieder einen etwas klareren Kopf kriegen. War ein solches Verhalten erwachsen? Wahrscheinlich nicht, aber sie musste ja wohl niemandem Rechenschaft ablegen. Sie konnte tun, was sie wollte. Dafür war man erwachsen.

Und so stand sie schon gegen sechs Uhr morgens in der Küche, nahm etwas Brot, Käse und Obst, dazu Wasser und verstaute alles in ihrem Rucksack. Sie hatte gelesen, dass von der Borik-Bucht ein Fußweg direkt am Meer entlang über die Sonnenbucht, am Kirchlein Annunziata vorbei, zur Čikat-Bucht führte. Danach ging es, wenn sie wollte, noch weiter am Meer entlang, durch die Silberne und Goldene Bucht bis zur Boka Falsa, der falschen Durchfahrt, die ihren Namen bekommen hatte, weil hier nur die kleinsten Boote nach Veli Lošinj einfahren konnten. Sie rief sich kurzerhand ein Taxi, das sie an der Abzweigung zur Villa abholen und in die wenige Kilometer entfernte Borik-Bucht bringen sollte.

Als sie sich beim Aufbruch über die Terrasse noch einmal umschaute, sah sie Nicolai am offenen Fenster stehen. Sie winkte ihm zu, doch er bemerkte sie nicht. Manchmal hatte Sandra den Eindruck, dass er sich von ihnen zurückzog, aber vielleicht bildete sie sich das auch nur ein. Jedenfalls war sie froh, dass noch kein anderer auf war und sie unbeobachtet das Gelände der Villa verlassen konnte. Sie hatte auch niemandem Bescheid gesagt, nur ein paar kurze Zeilen an Daniela hinterlassen, falls die heute etwas anderes geplant hatte.

In Milans Haus ging gerade ein Licht an. Sandra beschleunigte ihre Schritte. Sie redete gerne mit dem alten Hausmeister, aber heute wollte sie das nicht.

Der Wegweiser in der Borik-Bucht am Anfang ihrer Wanderung zeigte auch Abzweigungsmöglichkeiten in Richtung der Buchten Porto Šešula und Balvanida, die aber wollte Sandra sich für einen anderen Tag aufheben. Schließlich musste sie die restlichen Tage hier ja irgendwie rumbringen, und Wandern war da nicht die schlechteste Option. Ihre Stimmung war jetzt ganz tief im Keller.

Missmutig stapfte sie erst einmal in Richtung Sonnenbucht und zum Strand Veli Žal. Die felsige Meeresküste war hier durch die jahrtausendelange Einwirkung der Wellen aus südlicher Richtung in flache Felsoberflächen geformt worden. Sandra versuchte, einige davon auf ein Foto zu bannen, war aber mit dem Ergebnis zunächst nicht ganz zufrieden und hoffte, dass sich bei der Betrachtung auf einem größeren Bildschirm daran noch etwas ändern würde. Der Anblick war nämlich echt schön.

Am Strand Veli Žal wehte einladend die blaue Flagge, und Sandra bedauerte es, ihren Badeanzug nicht mitgenommen zu haben. Ein kleines Bad im Meer wäre jetzt bestimmt recht erfrischend gewesen.

Nach etwa zweieinhalb weiteren Kilometern erreichte sie die belebtere Čikat-Bucht und genoss ein Picknick mit Blick auf ein paar Inseln – eine davon war Susak, die sie auf ihrem ersten Schiffsausflug besucht hatten –, bevor sie das im 16. Jahrhundert erbaute Wallfahrtskirchlein Mariä Verkündigung erreichte. Der weitere Weg führte an zahlreichen Villen vorbei, von denen Dani zum Teil schon erzählt hatte – Adelma, 1895 erbaut, war die älteste dieser Häuser, der Villa Carola hingegen galt in der Regel das meiste Interesse, spielte sie doch eine Rolle in der rätselhaften Liebesgeschichte zwischen Kaiser Franz Joseph und der schönen Wiener Schauspielerin Katharina Schratt. Sandra blieb einen Moment stehen und sah in den lichten Wald hinein. Da hinten, da war sich Sandra sicher, lag dann auch die Villa Hoffnung, etwas weiter vom Meer entfernt eben, hinter diesem Wäldchen.

Die Strecke war schön, und die Bewegung tat ihr gut, dennoch musste Sandra immer wieder an den Vortag denken, an dem sie gemeinsam mit Nils unterwegs gewesen war. Es hatte sich doch gut angefühlt. Sie waren sich nähergekommen. Jedenfalls hatte sie das gedacht.

Alles Einbildung. Heute war sie alleine. Sie hörte ihren eigenen Atem, hatte Zeit wahrzunehmen, wie sie schwitzte, wie das Haar im Nacken festklebte. Dann wieder konzentrierte sie sich auf die Umgebung, horchte, ob vielleicht noch jemand unterwegs war. Wenn sie zu viel horchte, war es allerdings ein bisschen unheimlich. Wahrscheinlich hatte sie doch zu viele Krimis gesehen oder gelesen.

Sandra blieb stehen: Insekten, Vögel, Geraschel, das sie nicht zuordnen konnte, dann plötzlich ein Pärchen mit Kinderwagen, das auf einem der breiteren Wege durch die Bucht spazierte. Man grüßte sich.

Sandra sah ihnen hinterher. Dachte daran, wie wahnsinnig lange es her war, dass sie einen Kinderwagen geschoben hatte. Alex war kein wirkliches Kinderwagenkind gewesen, sondern hatte sich ebenso gerne tragen lassen. Es hatte sogar Tage gegeben, da hatte sie Alex auf dem Arm getragen und gleichzeitig den Kinderwagen mit ihren Einkäufen geschoben. Ach, Alex … Kurzentschlossen nahm sie ihr Handy und machte ein Foto von Sonnenstrahlen, die zwischen den Baumstämmen hindurchfielen. »Es ist schön hier! LG, Mama«, textete sie dazu und schickte es ab. Vielleicht erhielt sie ja dieses Mal eine Reaktion.

Sandra holte eine Flasche aus ihrem Rucksack und setzte zum Trinken an, als ein erneutes Geräusch sie herumfahren ließ. Verdammt, sie hatte eindeutig zu viele Krimis gesehen! Entschlossen ging sie weiter, bemüht, sich auf ihre Umgebung zu konzentrieren, etwas von der Natur in sich aufzunehmen, die hier wirklich wunderschön war, und einfach nur die frische Luft zu atmen.

Am Meer entlang gelangte sie bald darauf wieder in die wichtigste Bucht von Lošinj, die Augustusbucht, in der sich damals die römische Flotte gegen Kleopatra gesammelt hatte.

Gregor hatte davon erzählt, Archäologie war sein Hobby, von Beruf war er Anästhesist. Der kann einen ohne Hilfsmittel einschläfern, hatte Nils ganz am Anfang gewitzelt. Sandra hatte es nicht lustig gefunden, aber auch nichts dagegen gesagt. Mittlerweile, da war sie sicher, würde er so etwas nicht mehr sagen. Gregor war okay, und Maike und er waren ein wirklich süßes Pärchen. Sie freute sich für die beiden.

Die Wanderung zog sich jetzt ein wenig hin, doch Sandra war sicher, dass es das Beste war, was sie hatte tun können. Nach ungefähr einem weiteren Kilometer kam endlich der Wegweiser zum Monte Baston, einem Berg, der aufgrund seiner guten Aussicht jahrhundertelang als Militäraussichtspunkt gedient hatte. Sandra erklomm ihn und entschloss sich oben angekommen zu einer längeren Pause. Der Blick reichte von hier zu allen Inseln der Kvarner Bucht und zu den umliegenden Bergmassiven Učka und Velebit.

Es war beeindruckend und machte ihren Kopf noch etwas freier. Sie verspeiste genüsslich Brot, Wurst und Käse, während sie mit dem Blick einige Boote verfolgte und etwas weiter, auf den Horizont zu, ein größeres Schiff, dann kreuzte eine Segeljacht ihr Blickfeld. Am Vortag hatte sie all das gemeinsam mit Nils beobachtet.

Verflixt, konnte sie denn an überhaupt niemand anderen mehr denken?

»Sag mal, gehst du mir aus dem Weg?«

Nils war ihr nach dem Abendessen im Gang so plötzlich in den Weg getreten, dass Sandra nicht einfach weitergehen konnte, ohne sich lächerlich zu machen. Draußen hätten sie einander vielleicht noch ausweichen können, hier drinnen war das unmöglich.

»Wieso? Hast du den Eindruck, ich widme dir nicht genügend Zeit?«

Sobald die Worte heraus waren, kam Sandra sich lächerlich vor. Sie hatte so schnippisch geklungen, was sollte das? Sie wollte doch souverän sein. Sie waren Freunde, was war schlimm daran? Es war okay. Sie holte tief Luft. »Wir treffen uns hier gemeinsam, da spricht man auch mal mit anderen oder macht Dinge alleine. Ich genieße meinen Urlaub jedenfalls, du nicht?« Das klang jetzt wie ein absurder Vorwurf, das war auch nicht besser. Sie biss sich auf die Lippen.

Nils sah sie nachdenklich an. Er sah aus, als wäre ihm nicht ganz klar, was er von ihrem Verhalten halten sollte. »Das meine ich doch gar nicht, das ist ja auch alles klar. Aber wir beide haben schon einiges unternommen, und ich fand's schön, und jetzt haben wir seit gestern Abend nicht miteinander geredet. Warum?«

»Wirklich? Das habe ich echt gar nicht gemerkt«, log Sandra, musste Nils' Blick ausweichen und kam sich noch alberner vor. Aber sie hatte gehört, wie er mit seiner Tochter gesprochen hatte. Er hatte sie nicht verteidigt, und seine Kinder mochten sie auch nicht. Zwischen ihnen konnte also nichts laufen. Abgesehen davon war sie einfach zu alt für so was. Sie war zu alt, sich einen Platz in einer fremden Familie zu erkämpfen. Sie wollte das nicht. Ein Gedankenstrudel tat sich in ihr auf, dem sie nicht entkommen konnte.

Als er wieder sprach, zuckte sie zusammen. »Sandra, wir haben meine Kinder gemeinsam abgeholt. Wir haben so viel über früher gesprochen. Wir waren wandern. Das hat sich gut angefühlt für mich. Für dich nicht?«

Sandra sah schräg hinter ihm Feli herankommen, als habe sie einen Sensor für das Auftauchen in unpassenden Momenten.

»Papa?«

Er drehte sich sofort zu ihr hin. Sie würde immer an erster Stelle stehen. Sie war sein Kind. Er wollte für sie da sein. Feli schmiegte sich an ihn und starrte Sandra aus dem Schutz des väterlichen Armes herausfordernd an.

Sandra wich ihrem Blick aus. Gegen Feli konnte sie nie

bestehen. Sie musste das akzeptieren. Sie durfte sich keinen dummen Schwärmereien mehr hingeben. »Okay, ich geh dann mal weiter. Bis später vielleicht.«

»Hey, wir wollten doch gerade reden?«

Sandra schüttelte den Kopf. »Nein, ist schon okay. Wir sehen uns später.«

Einunddreißigstes Kapitel

»Hey, Süße«, riss Daniela Sandra am nächsten Morgen nach dem Frühstück aus den Gedanken. Die schaute von ihrem Buch auf, in dem sie schon seit ein paar Minuten keine Zeile mehr gelesen hatte. »Was ist denn los mit dir? Du hast auch schon mal glücklicher ausgesehen, und das ist noch gar nicht so lange her.«

»Ja?« Sandra starrte auf das Buch. Was las sie da eigentlich? Irgendeinen alten Schinken, den sie sich aus der hauseigenen Bibliothek genommen hatte. Irgendetwas, was ein früherer Gast zurückgelassen hatte. Judith Krantz oder so was, etwas, was sie normalerweise gar nicht las.

»Geht's dir gut?«, hakte Daniela nach.

»Klar. Ich denke nur nach.«

Dani schüttelte den Kopf. »Du denkst viel zu viel nach, Sandra. Ich glaube, du musst mal auf andere Gedanken kommen oder gar nicht denken. Deshalb bin ich übrigens hier. Ich habe mit Maike geredet, und sie hat bereits zugesagt …«

»Wozu?«

»Shoppen zu gehen«, mischte sich Maike ein, die sich in diesem Moment vorsichtig auf Sandras Liege niederließ. »Wie früher, weißt du?«

»Shoppen?« Sandra bemühte sich um eine amüsierte Miene. »Echt jetzt?«

»Echt jetzt.« Daniela wirkte sehr entschlossen, und natürlich sah sie wieder einmal makellos aus in ihrer engen Jeans, den hellbraunen Stiefeletten und einem grünen Kaschmirpulli. Maikes Gesichtsausdruck spiegelte zumeist freudige Erwartung, aber auch Unsicherheit.

Sandra musste plötzlich an giggelnde Shoppingtouren nach der Schule denken, an New Yorker und S. Oliver und manchmal auch Esprit oder Benetton. Wobei Benetton eigentlich immer zu teuer gewesen war. »Sind wir nicht ein bisschen zu alt für so was?«

»Zu alt? Das ist nicht dein Ernst, Sandra, oder?« Daniela schüttelte fassungslos den Kopf. »Wie kann man sich denn selbst zu alt finden?«

Maike erhob sich. »Hey, ich fände das gut. Ich muss einfach mal wieder raus. Seit drei Jahren heißt alles in meinem Leben ›gut fürs Kind‹ oder ›praktisch‹ oder auch gerne beides. Ich will mal wieder was anderes erleben. Wir sind nun wirklich nicht uralt. Wenn's nach der Statistik geht, haben wir drei doch nur knapp etwas mehr als das halbe Leben hinter uns.«

Sandra musterte sie verblüfft. Von Maike hatte sie das als Allerletztes erwartet. Shoppen hatte sie doch noch nie interessiert, auch wenn sie oft mitgekommen war.

Daniela stupste Sandra in die Seite. »Und?«

»Okay.« Was blieb ihr auch anderes übrig? Und vielleicht brachte sie ein weiterer Ausflug ja wirklich auf andere Gedanken.

Tatsächlich quetschten sie sich wenig später zu dritt in

Danielas feuerroten kleinen Fiat, dessen Rückbank teilweise mit Stoffproben vollgeräumt war. Für Daniela war das ungewöhnlich unordentlich.

Interessiert nahm Sandra eine davon in die Hand. »Waren die schon beim letzten Mal hier, die Stoffe, meine ich?«

»Nein.« Daniela räusperte sich. »Ich habe nachgedacht. Ich habe da so eine Idee für ein neues Projekt. Ist aber alles noch am Anfang, ich kann noch nicht wirklich viel dazu sagen. Es gibt noch zu viel, was geklärt werden muss.«

»Und wie bist du darauf gekommen?«

»Weißt du, ich glaube, ihr habt mich darauf gebracht. Und Zita. Mal echt jetzt, warum sollte es je zu spät sein, seinen Träumen zu folgen?« Sie hielt mit einem Mal inne. »Oder klingt das jetzt doch albern?«

»Nein, wieso?« Maikes Stimme klang fest. »Einfach machen, nichts bedauern.«

Daniela setzte den Blinker und bog auf die Hauptstraße ein. »Oh ja.«

»Hört sich jedenfalls ganz gut an«, schloss Sandra sich nachdenklich an. *Irgendwie*, dachte sie, *ist es auch gut, heute nicht wieder alleine davonzulaufen*. Sie sah Dani von der Seite an. Die lächelte, während sie erneut den Blinker setzte und sich auf die Straße nach Mali Lošinj einordnete.

Daniela parkte zielstrebig vor dem Haus einer Freundin, und sie stiegen plappernd aus. Es fühlte sich tatsächlich immer mehr wie früher an. Und es fühlte sich richtig an und nicht albern, wie Sandra zuerst befürchtet hatte. Maike zog sofort ihre Jack-Wolfskin-Jacke aus, denn inzwischen war es doch schon deutlich wärmer geworden. Zu ihrer hellbraunen Jeans trug sie ein dunkelblaues T-Shirt. Vor dem ersten Laden hielt sie sich ein schrill neonfarbenes Hemd an, das Dani bestimmt nie tragen würde, und grinste sie beide an.

»Très chic«, kicherte Sandra. Daniela lachte ebenfalls und begann dann, die Auslage mit Schmuck zu mustern. Wenig später hielt sie sich eine schöne Kette mit Türkisen an. Sie stand ihr prächtig, Daniela hatte einfach einen Blick dafür. Sandra war derweil unschlüssig. Es gab T-Shirts, die sie ganz nett fand, aber wahrscheinlich nicht mehr als einmal tragen würde. Schließlich liebäugelte sie mit einer kleinen Handtasche aus hellbraunem Leder und einem geflochtenen Ledergürtel.

»Sieht gut aus«, bestärkte Daniela sie. Sandra probierte den Gürtel an, fand die Tasche aber letztendlich zu altbacken. Daniela erstand die Türkiskette, während sie von einem Stoff im Auto sprach, der perfekt dazu passen würde. Maike streifte nach dem Neonhemd einen feinen ziselierten Silberring über und kaufte ihn schließlich auch. Sie schlenderten weiter, betraten den nächsten Laden, kauften nichts, bewunderten im übernächsten Töpfereien und in einem weiteren Bilder, und so ging es weiter … Sie liefen von Laden zu Laden. Sie waren albern, probierten Kleider und Accessoires, die sie zum Lachen brachten, und ließen sich dann wieder von Dani beraten. Gerade setzten sie verschiedene Hüte auf. Maike hatte ein Hutgesicht, wie Sandra fand, während sie selbst mit jedem Hut aussah wie Tante Erna. Sie dachte an die Musikzeitschriften, die sie früher gekauft hatten, um Berichte über ihre Stars zu lesen: Duran Duran, Depeche Mode, Billy Idol. Was machten die heute eigentlich alle?

»Ich war schon ewig nicht mehr beim Friseur«, riss Maike sie aus ihren Gedanken, die vor einem Spiegel an ihren Haaren herumzupfte. »Na, dann los«, sagte Daniela.

Sandra kam die Erinnerung daran, wie sie ihre Haare hatte rot färben lassen und ihre Mutter fast in Ohnmacht gefallen war. Sie selbst hatte bei Alex' erstem Haarfärbe-Mal ähnlich reagiert. Überhaupt, man hörte sich oft an wie seine eigenen Eltern … Immerhin hatte sie Alex ihr Ding machen lassen und sie nicht gezwungen, mit nach Kroatien zu kommen. Leider hatte sie bisher allerdings nichts von ihrer Tochter gehört. Sandra holte das Handy hervor und checkte ihre Nachrichten. Nein, ihr war nichts entgangen.

»Und?«, fragte Dani.

»Ja, ist okay«, sagte Maike.

Auch Sandra entschied, sich die Haare schneiden zu lassen. Daniela führte sie zu einem Laden und übersetzte. Es fühlte sich tatsächlich gut an, sich das Haar waschen und die Kopfhaut massieren zu lassen. Sandra ließ ein paar Stufen in ihre Haare schneiden, damit diese weniger buschig aussahen. Maike entschied sich für einen Pixicut, der sie jünger aussehen ließ und ihr ziemlich gut stand. Die Friseurin war begeistert. Dani übersetzte das Kompliment. Maike strahlte.

Dann ging der Einkaufsbummel weiter. Kurz vor dem Ende der Straße befand sich eine weitere Boutique, anders im Stil als die vorherigen, mit exklusiverer Kleidung aus guten Stoffen. Zu dritt standen sie eine Weile vor dem Schaufenster.

»Das wäre dann eher Esprit oder Benetton«, sagte Maike endlich. Daniela atmete tief durch. »Ja, irgendwie.«

»Wollen wir hineingehen?«, fragte Sandra.

Daniela zögerte. »Ich weiß nicht, eigentlich …«

»Kennst du die Besitzer?«

»Ja, ich habe hier schon ab und zu etwas gekauft.« Daniela trat einen Schritt vom Schaufenster weg, als müsse sie Abstand zwischen sich und den Laden bringen.

»Lass uns reingehen«, sagte Maike, und bevor jemand noch etwas sagen konnte, hatte sie ihre Ankündigung auch schon in die Tat umgesetzt.

»Na, dann«, murmelte Daniela.

Sandra versuchte sie aufmunternd anzulächeln. Doch direkt hinter der Schwelle überkam sie wie so oft in solchen Läden das Gefühl, fehl am Platz zu sein. Sie wurden freundlich begrüßt, bekamen ein Wasser angeboten, und Sandra entspannte sich schnell. Sie entdeckte eine rote Seidenbluse, die ihren Teint geradezu zum Strahlen brachte. Maike probierte eine petrolfarbene Bluse an. Daniela versuchte eine schlichte weiße Bluse, die mit ihrer Türkiskette zu einem neuen Leben erwachte. Einen Augenblick später war sie mit den beiden Verkäuferinnen ins Gespräch vertieft. Sie sah vergnügt aus, als sie etwa eine halbe Stunde um je eine Bluse reicher wieder auf die Gasse traten.

»Und?«, platzte Sandra neugierig heraus.

»Sie wollen sich meine Entwürfe ansehen.«

»Das ist ja wunderbar!«

»Sie wollen sie sich ansehen. Mehr nicht.«

»Es ist ein Schritt, rede ihn nicht klein«, sagte Maike bestimmt. Daniela lachte. »Ihr habt recht, und jetzt essen wir etwas. Kommt mit!«

Sie kamen spät nach Hause, beflügelt von ihrem Ausflug. Als sie an Milans Häuschen vorbeifuhren, saß er davor in den warmen, roten Strahlen der untergehenden Sonne und genoss ein Bier aus der Flasche. Sie winkten ihm zu. Kurz darauf sah Sandra noch einmal auf ihr Handy, wie sie es jeden Abend vor dem Schlafengehen tat. Sie hatte eine Sprachnachricht überhört. Von Fred.

Zweiunddreißigstes Kapitel

»Alex ist seit mehr als vierundzwanzig Stunden verschwunden, und das sagst du mir erst jetzt? Was hast du dir dabei gedacht, Fred? Vierundzwanzig Stunden! Ist dir klar, wie lange das ist? Sie ist fünfzehn! Sie war die ganze Nacht nicht zu Hause, und du hast keine Ahnung, wo sie ist. Ist es das, was du mir gerade sagst?« Sandra konnte Panik in ihrer Stimme hören.

Doch Fred wollte ihren Vorwurf offenbar nicht akzeptieren und konterte in scharfem Tonfall: »Meine Güte, ich habe es eben nicht mitbekommen. Ich beobachte sie ja nicht ständig, und ich sperre sie natürlich auch nicht ein.« Er machte eine kurze, aber vielsagende Pause. »Unsere Tochter ist fünfzehn, Sandra, und sie ist doch schon ziemlich selbstständig. Das müsstest du doch wissen, oder hängt sie dir etwa die ganze Zeit am Rockzipfel? Uns jedenfalls nicht. Wir können froh sein, wenn wir sie überhaupt einmal am Tag sehen. Sie ist ein patentes Mädchen, und sie hat natürlich nicht besonders viel Bock auf uns.«

Sandra zwang sich, tief durchzuatmen, und löste sich dann von dem Bettpfosten, den sie unbemerkt fest umklammert hatte. Ihre Finger schmerzten.

»Natürlich hängt sie mir nicht am Rockzipfel, aber sie ist auch *erst* fünfzehn. Da verbringt man die Nächte gewöhnlich in der elterlichen Wohnung oder fragt eben nach, wenn man etwas anderes vorhat. Bei mir zu Hause ist das jedenfalls so. Ich will wissen, wo sie ist, und über Nacht war sie ohne Nachricht noch nicht weg.«

Fred schwieg. »Vielleicht ist sie ja zu Hause«, überlegte er dann. »Sie hatte nicht unbedingt gerade viel Lust auf Familienleben mit uns kann ich dir sagen. Ich glaube, du solltest diesbezüglich mal mit ihr reden. Sie ist auch ziemlich frech Mimi gegenüber.«

Sandra atmete tief durch und zwang sich, den letzten Satz zu ignorieren. »Warum hast du dann nicht zu Hause nachgeschaut?«

»Meine Güte!« Sie konnte Freds genervten Blick förmlich sehen. »Wir wollten unsere Tochter nie überwachen, oder nicht? Wir wollten ihr vertrauen und ihr ihren Freiraum lassen. Sie ist ein großes, vernünftiges Mädchen.«

Sandra war einige Schritte im Zimmer auf und ab gegangen, sie musste sich einfach bewegen. Als die Handyverbindung undeutlicher zu werden schien, blieb sie stehen. »Hörst du mich noch?«

»Klar, wieso? Ist das jetzt irgendein Psychoquatsch?«

»Ich hatte den Eindruck, die Verbindung wird schlecht.«

Ja, ja …« Er klang deutlich genervt.

»Es geht nicht darum, dass ich ihr nicht vertraue, klar tue ich das, aber wir haben unserer Tochter gegenüber auch eine Verantwortung, weil sie eben erst fünfzehn ist.« Sie sprach die letzten Worte besonders deutlich aus.

»Schon klar.«

In Sandras Angst und Fassungslosigkeit mischte sich jetzt Wut. Sie suchte nach Worten und konnte sie nicht finden.

»Helikopter-Eltern, Curling-Eltern …«, sagte Fred in dozierendem Tonfall. Er war in seinem Element. »Ich weiß noch, wie du dich darüber lustig gemacht hast. Wir haben uns darüber lustig gemacht. Wir wollten ihr ihre Flügel lassen. Sie wird älter. Jetzt ist die Zeit, ihr ihren Freiraum zu lassen und das auszuhalten …«

Sandra hielt das Handy jetzt so fest in der Hand, dass ihre Finger schmerzten. Curling-Eltern waren diese Eltern, die ihren Kindern alle Schwierigkeiten aus dem Weg räumten, damit diese Erfolg hatten. »Wir können ihr ihren Freiraum geben und trotzdem wissen, wo sie ist. Und weißt du was, das interessiert mich jetzt alles nicht, Fred, verstehst du? Hör mit diesen ausgelutschten Sprüchen auf. Ich weiß, ich wiederhole mich, aber warum hast du bei uns zu Hause nicht nachgeschaut?«

»Ich habe angerufen.«

Sandra holte tief Luft. »Ja, und?«

Sie hörte Fred seufzen. »Ist niemand rangegangen, aber das heißt ja nicht …«

»Ja, ja, ist schon gut. Hast du bei ihren Freunden angerufen?«

Fred seufzte. »Seit wann kenne ich ihre Freunde? Alex ist nicht gerade mitteilsam, oder ist das bei dir anders? Mir hat sie jedenfalls keinen vorgestellt«, stichelte er. »Ich kenne diese Lou, aber die ist in Urlaub, das weiß ich immerhin von unserer Tochter.«

Nein, natürlich war es bei ihr nicht anders. Sie hatten darüber geredet, als sie sich noch wie zwei Erwachsene hatten unterhalten können. Sie wussten nicht wirklich, mit wem Alex sich traf, zumindest nicht mehr als den Vornamen, und was sie so machte. Was das anging, war ihre Tochter einfach sehr kurz angebunden. Sie hörte, wie Fred sich räusperte, diese ganz eigene Art, die ihr so vertraut war, und beinahe sah sie ihn vor sich, den Telefonhörer mit der linken Hand haltend, den Kopf etwas nach links geneigt, die etwas zu langen Haare, die ihm ins Gesicht fielen. *Er hat sich nicht großartig verändert, seit wir von der Uni gegangen sind,* fuhr es ihr durch den Kopf, *wahrscheinlich wird er sich auch nie ändern.* Er war immer der coole, lockere Typ gewesen, so sah er sich jedenfalls selbst, und viele seiner Schüler sahen ihn auch so. Dabei war er ziemlich faul. Fred hatte immer gerne den einfachsten Weg genommen.

»Wir warten einfach noch ein bisschen, sie taucht schon wieder auf«, hörte sie ihn sagen.

Sandra sagte nichts. Er würde sie ohnehin nicht verstehen. Sie verabschiedeten sich, und Sandra beendete das Gespräch. Was sollte sie tun? Sie musste mit jemandem reden.

Nils wirkte im ersten Moment erstaunt, als Sandra kurz darauf vor seiner Tür stand. Sandra errötete im Gedenken an ihr Gespräch am Abend zuvor.

»Sandra?« Seine Hand ruhte unschlüssig an der geöffneten Tür, als könne er sich nicht entscheiden, was er machen sollte. An ihm vorbei konnte Sandra Feli und Jonah auf den Betten liegen sehen. Jonah belegte das Zustellbett, das Daniela ins Zimmer hatte bringen lassen, während sich Feli offenbar das große Bett mit ihrem Vater teilte. Zumindest der Junge blickte kurz von seinem Handy auf, um sie zu grüßen. Feli ignorierte sie vollständig. Sandra hatte nichts anderes erwartet.

»Komm doch herein«, sagte Nils mit leicht brüchiger Stimme. Er trug einen kurzen Sommerschlafanzug, bestehend aus einer blauen Hose und einem weißen Hemd mit einem Segelboot darauf. Aus dem Schlafanzughosen schauten behaarte Beine heraus, und sein Haar war verwuschelt – offenbar hatte er auch auf dem Bett gelegen, zumindest bemerkte Sandra dort einen aufgeklappten Laptop. Feli rollte mit den Augen und verschwand im Bad. Nils schloss die Tür hinter Sandra und lächelte ihr zu. Eben hatte sie noch daran gezweifelt, aber jetzt schien er sich doch wirklich zu freuen, sie zu sehen.

»Sorry, dass ich eben so blöd geguckt habe, aber ich war total in Gedanken.« Er deutete mit dem Kopf zum Laptop. »Ich probiere gerade was Neues aus. Es fühlt sich gut an, aber es ist auch kompliziert. Setz dich doch. Was führt dich zu mir?«

Er zog einen Stuhl heran, warf die Kleidung, die darauf gelegen hatte, in die nächste Ecke auf den Boden, während Sandra sich kurz umschaute: ein Sofa, darauf eine teure Lederreisetasche, diverse Kleidungsstücke, die sich über Sofa und Stühle verteilten, zusätzlich zu denen, die auf dem Boden gelandet waren. Noch mehr Unterlagen auf dem Bett und auf dem Schreibtisch – er hatte ja gesagt, dass er an etwas arbeitete, das sich gut anfühlte, vielleicht an einer guten Story, zum ersten Mal seit langem.

Mit einem Mal musste Sandra dagegen ankämpfen, in Tränen auszubrechen. Würde er sie verstehen, oder war sie einfach unnötig hysterisch? Sie bearbeitete die Unterlippe mit den Zähnen und schaute auf die Tür zum Bad, die geschlossen blieb. Na ja, das war sicher gut so. Sie atmete tief durch und setzte sich auf den Stuhl. Von dieser Position aus war der Blick frei durch das Eckfenster, nach rechts war der vordere Bereich des Hauses, nach links das Meer zu sehen, und wenn sie sich etwas vorbeugte, sogar Milans Häuschen. Sie nahm mit einem Mal so viel wahr, war das nicht seltsam … Wo war Alex?

»Sandra?«

Die Wanderung hatte sie einander nähergebracht, oder? Sie hatte wieder etwas mehr vom alten Nils erkannt, der Nils, der auch leise sein konnte und nicht so großkotzig wie in den ersten Tagen. Es hatte sich gut angefühlt mit ihm, auch wenn sie vielleicht zu viel in die Sache hineininterpretiert hatte. Sie traute ihm, und sie musste mit irgendjemandem über Alex reden.

Und deshalb bin ich auch gekommen.

Sie hob den Kopf. »Alex ist weg.«

»Ach du Scheiße.« Seine Antwort kam prompt, und sie kam aus dem Herzen.

Sandra beugte sich leicht vor und verbarg das Gesicht in den Händen. »Ich bin völlig fertig, und ich muss mit jemandem reden«, stieß sie dumpf zwischen ihren Fingern hervor, bevor sie die Hände herunternahm.

Nils nickte. »Ich bin da für dich, das ist doch klar.« Er schluckte. »Das ist ja furchtbar. Ich mag mir das gar nicht vorstellen.«

»Danke. Fred findet nämlich, ich übertreibe.«

»Wirklich? Also hat er es dir gesagt?«

»Hm. Per WhatsApp.«

Sandra weinte jetzt doch und ärgerte sich darüber. Sie wollte nicht heulen, nicht vor seinen Kindern und vor allem nicht vor Feli, die in diesem Moment aus dem Bad trat und sich mit düsterem Gesichtsausdruck auf das Bett pflanzte. Jonah hatte Kopfhörer auf und bekam offenbar nichts mit.

»Er hat dir also nur eine Nachricht geschickt?«, hakte Nils nach. »Er hat dich noch nicht einmal angerufen?«

Sandra schüttelte den Kopf. Sie folgte Nils' Blick zu Jonah, der irgendetwas auf seinem Handy las und darüber hin und wieder schmunzelte, während Feli ihr Desinteresse kundtat, indem sie sich sorgfältig die Beine eincremte.

Nils sprang auf. »Lass uns einen Moment rausgehen.«

»Du musst nicht …«

»Ich will aber.« Er zog sie vom Stuhl hoch. Feli schenkte ihnen einen düsteren Blick, und einen Augenblick später standen sie im Flur. »Gehen wir in dein Zimmer?«

»Das wird ihnen nicht gefallen«, entschlüpfte es Sandra.

»Vielleicht nicht.« Er strich sich durchs Haar, eine Bewegung, die sie von früher kannte. »Aber sie werden sich daran gewöhnen müssen, dass sie nur bedingt Einfluss auf mein Leben haben. Also, was genau ist passiert?«

»Als ich vorhin nach Hause kam, hatte Fred mir eine Nachricht geschickt. Ich habe ihn dann angerufen. Alex ist seit mehr als vierundzwanzig Stunden verschwunden.«

»Was?«

»Sie ist weg, einfach weg.« Sandra schluckte schwer an dem Kloß, der sich in ihrem Hals gebildet hatte.

Er sah sie an. Auch er war Vater. Ganz sicher wusste er, was sie durchmachte. Er verstand ihre Angst, sie sah es in seinen Augen. Trotz ihrer Sorge um Alex fühlte sie sich jetzt seltsamerweise doch auch erleichtert. Er war an ihrer Seite. Er würde ihr helfen, die richtigen Entscheidungen zu treffen.

»Ich weiß nicht, was ich tun soll.«

Sie hatten die Tür zu ihrem Zimmer erreicht. Sandra öffnete, und Nils ließ sie zuerst eintreten. Sandra schob ihm einen Stuhl hin und setzte sich auf den anderen.

»Wie kann sie denn fort sein? Sie ist doch bei deinem Mann? Er passt doch auf sie auf, oder etwa nicht?«

»Ja, dachte ich auch.« Sandra starrte das Handy an, als könne es ihr eine Antwort geben. »Ja, sie ist bei ihm, aber …« Was sollte sie sagen? Er kannte ihre Familie nicht, er kannte Alex nicht. Warum glaubte sie, ausgerechnet von ihm einen Ratschlag bekommen zu können? Warum war sie damit zu ihm gegangen?

Einen Moment lang schwiegen sie, unbeholfen, beinahe

wie damals, als sie einander erstmals nähergekommen waren, als er sie erstmals Prinzessin genannt hatte und sie die Krallen ausgefahren hatte, weil sie sich so etwas nicht sagen lassen wollte. Eigentlich hatten sie gar nicht zueinander gepasst, er, der coole *sunnyboy*, und sie, die ernsthafte Durchschnittsschülerin, die eigentlich niemandem auffiel.

Ihm bin ich aufgefallen.

Er räusperte sich. »Also, was machen wir jetzt?«

Sandra holte tief Luft. *Wir*, er hatte *wir* gesagt. Und dann brach sie trotz aller Vorsätze erneut in Tränen aus.

Nachdem sie sich halbwegs gefasst hatte, erzählte Sandra Nils endlich alles. Sie erzählte nicht nur ausführlich von der anstehenden Scheidung und vom Gefühl, versagt zu haben. Sie erzählte auch von der schwierigen Beziehung zu Alex, von ihrem Mann, der eine neue, jüngere Freundin hatte, und dann weinte sie wieder, und Nils hielt sie plötzlich in den Armen, ohne dass sie wusste, wie es dazu gekommen war, und sie dachte, dass sie seinen Geruch irgendwie immer noch erkannte und dass er sie in einfachere Zeiten zurückkatapultierte, in Zeiten, in denen alles möglich gewesen war und nichts unlösbar. Dass er sie festhielt, fühlte sich einfach gut an.

»Jetzt kümmern wir uns erst einmal um Alex«, sagte er, als sie geendet hatte. »Leider bist du hier natürlich ganz schön weit weg von Deutschland. Das ist ein Problem für Nachforschungen. Eigentlich muss sich dein Mann darum kümmern. Er hat gerade die Verantwortung, und er ist vor Ort. Er muss etwas machen.«

»Ja schon, aber sie ist auch meine Tochter«, sagte Sandra. »Und ganz ehrlich, ich weiß nicht, wie ernst Fred das nimmt. Er denkt wahrscheinlich, sie braucht einfach ein paar Tage Ruhe und wird schon zurückkommen. Er mutet ihr mehr zu als ich, aber sie ist eben erst fünfzehn. Sie ist eine junge Frau, da können blöde Sachen passieren, verstehst du?« Sandra versuchte, keine Bilder von all den blöden Dingen, die passieren konnten, vor ihrem inneren Auge entstehen zu lassen.

Nils nickte. »Klar verstehe ich das. Feli ist zwar erst zwölf, aber so etwas möchte ich mir gerade echt nicht ausmalen.«

Hilflos starrte Sandra das Handy an: *Bitte melde dich, Alex, bitte melde dich, sag mir, wo du bist?*

Ihre Stimme klang belegt, als sie wieder sprach. »Ich habe ihr seit meiner Ankunft hier ein paarmal Bilder und kurze Nachrichten geschickt. Sie hat sich nie gemeldet …«

Sandra starrte auf den Tisch neben sich. Nils folgte ihrem Blick, und beide betrachteten für einen Moment das Mosaikmuster, als sähen sie es zum ersten Mal.

»Seit ich hier bin, habe ich sie kein einziges Mal gesprochen …« Sandra hörte ihrer eigenen Stimme beim Leiserwerden zu.

Nils strich ihr über den Rücken.

»Ich werde abreisen müssen und in Deutschland nach meiner Tochter suchen«, fuhr Sandra mit etwas festerer Stimme fort. »Ihr Vater scheint ja Besseres zu tun zu haben.«

»Du traust ihm gar nicht mehr?«

Sandra schüttelte den Kopf. Aber war es das? Traute sie Fred nicht mehr? Wie war das mit Fred und ihr? Immerhin waren sie einmal verheiratet gewesen und hatten sich ewige Liebe geschworen. Und es hatte sich doch auch alles so richtig angefühlt. Irgendwann mussten sie einander also vertraut haben. War auch das jetzt nicht mehr da? »Kann sein. Ja. Nein. Ich weiß nicht.« Sie seufzte. Es war schade, dass sie noch nicht einmal für ihre Tochter gemeinsam an einem Strang ziehen konnten. Sie straffte die Schultern. »Ich werde schauen, wann der nächste mögliche Flug zurückgeht, und hoffen, dass ich einen Platz buchen kann, bis dahin werde ich warten müssen.« Sandra sackte in sich zusammen. Sie setzte sich auf das Bett, lehnte sich gegen das Kopfende, zog die Beine an und umschlang die Knie mit den Armen.

Nils strich sich das Haar zurück. »Es ist schwer, wenn man sich auseinanderlebt. Wenn das Vertrauen weg ist und Misstrauen seinen Platz einnimmt. Ich weiß das.« Er hielt kurz inne. »Ich kenne das.«

Seine Finger wanderten über das Muster aus blauen und hellblauen Mosaiksteinen. »Na ja. Caro ist natürlich immer noch irritierend verlässlich, aber trotzdem … Meine Ehe ist gescheitert, und das fühlt sich blöd an. Und beruflich, nun ja, bei mir geht gerade echt einiges schief.«

»Ich habe damals den Artikel über euch in der Zeitung gelesen.«

»Den über die Hochzeit? Mann, scheint mir das jetzt lange her.« Nils schwieg einen Moment. »War ein bisschen komisch, oder? Diese gestellten Bilder und mein Anzug – ich hatte noch nie zuvor so einen Anzug an.«

»Fand ich nicht. Ihr wart ein hübsches Paar. Sah wie ein guter Start aus.«

»Es war ein guter Start.«

Nils fuhr den größten Mosaikstein mit dem Finger nach. In diesem Moment kündigte eine kurze Tonfolge den Eingang einer Nachricht an.

A hat mich bestohlen. Und ich glaube, sie hat auch eine Tasche gepackt. Fred.

Sandra legte überrascht das Handy beiseite. Alex war weggelaufen?

»Schlechte Nachrichten?«

»Alex ist offenbar wirklich weggelaufen. Aber warum? Und wohin?« Sandra schwieg einen Moment. »Ich weiß echt nicht, was ich tun soll. Zurück nach Deutschland, okay, aber dann? Wo soll ich nach ihr suchen?« Sandra musste plötzlich hart schlucken. Sie griff nach dem Handy und machte sich auf die Suche nach einem Flug. »Der nächste mögliche Flug geht morgen Nachmittag von Krk aus«, sagte sie schließlich. »Den buche ich gleich. Ich werde also am Vormittag aufbrechen müssen.«

»Taxi oder Mietwagen?«, fragte Nils.

»Hm, ich …«

»Vielleicht fühlst du dich ja nicht in der Lage, alleine zu fahren.«

Sandra blickte ihn überrascht an, andererseits war es vielleicht wirklich besser, nicht selbst zu fahren.

»Taxi«, sagte sie.

Nils griff nach ihrer Hand. »Gut.«

Kurz war es still. Draußen wurde es dunkler, und die Zikaden schienen lauter zu zirpen, auch wenn das wahrscheinlich Einbildung war. »Es ist schade, dass ich hier wegmuss«, sagte Sandra schließlich leise. »Ich würde gerne noch viel länger mit dir reden.«

»Das werden wir.« Er lächelte. »Später. Wenn Alex wieder da ist.«

»Es tut mir leid, dass ich dich damit belästigt habe. Ich bin nicht zu Dani gegangen, weil …«

»Ich weiß schon. Du hattest deine Gründe.« Er strich über ihren Arm. »Ehrlich, ich fühle mich geehrt.«

Sie legte ihre Hand auf seine.

»Wir haben später noch Zeit zu reden«, sagte er, »versprochen. Ich … Ich werde mich melden, wenn wir wieder in Deutschland sind, und du sagst mir sofort Bescheid, wenn sich die Sache mit Alex geklärt hat. Abgemacht?«

»Abgemacht.«

Dreiunddreißigstes Kapitel

Alex spähte hinter den Abfahrtstafeln hervor und entspannte sich ein wenig. Für einen Moment lang hatte sie doch tatsächlich befürchtet, dass Papa und seine blöde Tusse ihr gefolgt waren, dass die beiden hier nach ihr suchten, aber sie hatte sich, Gott sei Dank, geirrt.

Erleichtert atmete sie durch, doch schon wenige Augenblicke später fühlte sie sich gar nicht mehr so gut. Dass sie nicht hier waren, bedeutete ja auch, dass ihr Vater sich nicht wirklich für sie interessierte. Vielleicht hatte er noch gar nicht gemerkt, dass sie fort war? Er war ja ohnehin die ganze Zeit damit beschäftigt, diese Mimi abzuschlabbern wie so 'n oberpeinlicher Typ aus ihrer Klasse, der jetzt auch endlich mal eine Freundin abgekriegt hatte. Oh Mann, die Show, die die beiden immer abzogen. Dachten die, dass das irgendjemand krass fand? Voll peinlich war das.

Alex ließ sich auf eine der unbequemen Wartebänke ein paar Schritte weiter fallen. Wer dachte sich diese Dinger eigentlich aus? Sollte sich hier niemand wohlfühlen? Sie beugte sich vor, stützte die Ellbogen auf den Knien ab und vergrub das Gesicht in den Händen. Zwischen den gespreizten Fingern hindurch, konnte sie den dreckigen Boden sehen, auf dem alte, graue Kaugummireste klebten. Wenigstens stank es hier nicht eklig, wie an manch anderen Ecken, an denen sie vorbeigekommen war. Und wenigstens gab es hier im Bahnhof saubere Toiletten. Man musste zwar dafür bezahlen, aber das war es wert.

Sie hörte eine undeutliche Ansage, dann wurde – sehr viel deutlicher zu hören – der Besitzer eines Gepäckstücks gesucht. Wer ließ denn sein Gepäck einfach so stehen?

Zum wiederholten Mal kramte Alex das Handy aus ihrer engen Jeanstasche. Lou hatte sich immer noch nicht gemeldet. Offenbar machten ihre Eltern ernst, und Lou hatte während des gesamten Urlaubs Handyverbot. Sie hatten es Lou bestimmt abgenommen, denn Lou ließ sich durch Strafen eigentlich nicht beeindrucken. Lou machte immer ihr Ding.

Verdammt. Jetzt gab es niemanden, mit dem sie sich bequatschen konnte. Und Mama schickte dauernd Bilder von ihrer Gammelfleisch-Tour, aber mit der wollte sie nun wirklich nicht sprechen … Ob Papa ihr gesagt hatte, dass das Töchterlein abgängig war? Wahrscheinlich nicht, womöglich war ihm das sogar peinlich, oder er hatte es eben noch gar nicht bemerkt.

Alex stand auf und studierte die Abfahrtstafel. Vielleicht sollte sie einfach wegfahren. Schön weit weg. Geld hatte sie ja. Das hatte sie sich aus Papas Schublade genommen, weshalb sie eigentlich davon ausgegangen war, dass er rasch nach ihr suchen würde. Papa war ein Knauser, jedenfalls, was andere Familienmitglieder anging. Er selbst gönnte sich gerne etwas, das hatte sie schon seit einer ganzen Weile geärgert.

Alex' Magen knurrte, also spazierte sie jetzt zuerst einmal ins McDonalds, bestellte eine Cola, eine kleine Portion Pommes und – nach kurzem Überlegen – einen Hamburger. Mimi wäre entsetzt, und der Gedanke gefiel Alex. Mimi war Veganerin, ernährte sich supergesund und ging natürlich nur in den Bioladen. McDonalds war selbstverständlich tabu, auch aus diversen anderen Gründen. Am liebsten hätte Alex ein Selfie von sich aufgenommen und es Mimi direkt geschickt, aber sie wollte lieber doch keine eventuell noch schlafenden Hunde wecken. Letzte Nacht hatte sie zu Hause übernachtet. Noch nicht einmal da war Papa aufgetaucht. Offenbar war sie ihm wirklich vollkommen egal, und jetzt wollte sie auch einfach nur noch weg.

Sie fühlte sich wieder beobachtet, aber da war nur so ein schmieriger Typ, der auf jung machte, aber schon fast dreißig war. Scheintot also. Sie drehte ihm den Rücken zu und schob die Sonnenbrille auf die Nase.

Endlich kam ihre Bestellung. Sie trug ihr Tablett zu einem der Plastiktische und begann zu essen. Als sie fertig war, holte sie wieder ihr Handy hervor. Sie scrollte die Chat-Liste rauf und runter. Dann blieb ihr Blick am Namen ihrer Mutter hängen. Kein neue Nachricht seit dem kitschigen Bild mit den Sonnenstrahlen. Und dennoch tippte Alex auf Lesen.

Vierunddreißigstes Kapitel

Das Gespräch mit Nils hatte Sandra gutgetan. Sie hatte gleich im Anschluss einen Platz im Nachmittagsflieger ab Krk gebucht und auch Daniela informiert. Auch wenn sich an der Situation nichts geändert hatte, fühlte sie sich nach dem Gespräch wenigstens nicht mehr so alleine. Und immerhin war Alex nicht gekidnappt worden. Sie hatte sich alleine auf den Weg gemacht, und vielleicht war sie ja wirklich bei irgendeinem ihrer Freunde.

Trotzdem wäre mir lieber, sie würde auf meine Nachrichten reagieren, und ich wüsste, wo sie ist.

Sandra dachte wieder über Nils und sich selbst nach. Da war etwas zwischen ihnen gewesen, das sie nicht so recht benennen konnte, nicht ganz wie früher, schließlich waren sie älter geworden, aber eben vertraut. Auch bei ihm war nicht alles glatt verlaufen, das hatte er jetzt sogar vertieft, und das fühlte sich vertraut an, auch wenn sie sich natürlich nicht darüber freute, dass seine Ehe gescheitert war. Es war komisch, so zu denken, aber irgendwie war es doch auch eine Erleichterung. Sie hoffte, dass sie irgendwann in Deutschland wirklich die Zeit finden würden, sich zu treffen und ein bisschen zu reden. Vielleicht würden sie in eins der Cafés gehen, die sie in der Schulzeit aufgesucht hatten. Ob es die noch gab und wie es sich wohl anfühlen würde, wieder einmal dort zu sitzen?

Es war tatsächlich gut, sich ein paar Gedanken zu machen, die sich nicht um Alex drehten, denn die Hilflosigkeit, die Sandra empfand, hatte etwas Lähmendes und schnürte ihr einfach nur die Kehle zu.

Als Sandra am nächsten Morgen nach einem späten Frühstück in die Halle kam, waren alle da, um sie zu verabschieden, sogar Milan, der ihre rechte Hand für einen Moment in beide Hände nahm und ihr Glück wünschte. Daniela hatte ihr ein Taxi gerufen, das um 11 Uhr kommen sollte. Der Flug war auf 16 Uhr angesetzt. Daniela war sich sicher, dass sie den Flughafen in dieser Zeit erreichen und genügend Zeit zum Einchecken haben würde. Die Tasche hatte Sandra bereits viel zu früh fertig gepackt.

Daniela und auch Nils nahmen sie fest in die Arme. Maike schloss sich ihnen an und bestellte Grüße von Gregor, der noch mit den Zwillingen Zähne putzte. Sandra wechselte einen Blick mit Nicolai, und dann umarmten auch sie beide sich. *Er ist nie ein großer Umarmer gewesen*, fuhr ihr durch den Kopf, und dann fiel ihr auf, dass er echt dünn geworden war.

»Melde dich sofort, wenn du sie gefunden hast, ja?«, forderte Daniela sie auf.

»Klar.«

»Meinst du, du kannst dann nochmal herkommen?«, erkundigte sie sich weiter.

»Ich weiß nicht.«

»Oh, mein Gott, es ist dumm, so etwas zu fragen.« Daniela schüttelte den Kopf. »Darüber machst du dir ja jetzt ganz sicher keine Gedanken. Ich bin einfach so nervös, wir machen uns alle große Sorgen.«

»Das weiß ich doch, Dani!«

»Wir sollten uns auf jeden Fall in Deutschland treffen«, sagte Maike.

»Ja, unbedingt.«

»Und dann lernen wir Alex kennen, das ist doch klar«, sagte Nils.

In diesem Moment ertönten Kinderstimmen, und alle fuhren herum. Gregor kam mit den Kleinen, und Sandra spürte seinen Blick auf sich. Sicherlich hielt er sie für eine schlechte Mutter. Nur schlechte Mütter verloren ihre Kinder. Wenigstens sagte er nichts. Maike warf ihr einen aufmunternden Blick zu, dann verließ Sandra das Haus. Daniela begleitete sie zum Taxi. »Ich wünsch dir alles Gute«, sagte sie. »Du wirst sie finden, das weiß ich einfach. Das hier wird kein schlechtes Ende haben.«

Sie umarmten sich zum Abschied, und Sandra machte sich bereit zum Einsteigen. Doch in der geöffneten Autotür drehte sie sich noch einmal zu Daniela um. »Vergiss deine Träume nicht«, sagte sie. »Man sollte nie so lange warten, bis es zu spät ist.«

Fünfunddreißigstes Kapitel

Sie hatte Veli und Mali Lošinj hinter sich gelassen und war nun auf dem Weg zum Kanal bei Osor. Sandra hatte versucht, sich auf ihre Umgebung zu konzentrieren, war aber immer wieder in Gedanken versunken. Sie war völlig durcheinander. Wo sollte sie mit der Suche anfangen? Wenn Alex nicht bei Lou war und nicht zu Hause? Wo war sie dann? Alex hatte immer mit einer großen Clique herumgehangen, aber an den meisten schien ihr nicht viel zu liegen. Sie war doch eher eine Einzelgängerin. Was, wenn sie mit irgendjemandem mitgegangen war. Irgend so ein vermeintlich cooler Typ, der sich als Perverser herausstellte … und warum meldete Alex sich nicht? Sie hatte ihr seit gestern Abend mehrfach Nachrichten geschickt, irgendwann musste ihre Tochter sich doch melden!

Vielleicht hatte sie ja auch irgendwas Doofes gemacht, wie alleine bei Mondschein im Fluss baden, oder sie lag hilflos irgendwo, weil … Ach, sie wollte nicht weiter darüber nachdenken, was alles passiert sein konnte. Die ganze Zeit war es ihr gelungen, diese Gedanken von sich fernzuhalten, aber jetzt waren die Dämme gebrochen. Verdammt, verdammt, verdammt! Sandra zwang sich aus dem Fenster zu sehen und an etwas anderes zu denken: Steine, Lorbeer, Wacholder, Gras, Radfahrer … Wo war Alex?

Der Verkehr wurde allmählich dichter. Der Taxifahrer wies sie in akzentgefärbtem Deutsch darauf hin, dass sie sich bereits der Brücke näherten und sehr gut in der Zeit lagen. »Ist besondere Brücke, nicht?« Er warf ihr einen halb aufmunternden, halb fragenden Blick zu.

»Hm.« Sandra hatte keine Lust zu reden. Der Taxifahrer steckte sich ein Kaugummi in den Mund und kaute energisch. Sandra starrte weiter nach draußen. Sie beobachtete eine Gruppe Mountainbiker, etwas weiter entfernt half ein Vater seinem kleinen Kind dabei, sich zu erleichtern. Ein Schmetterling taumelte über ein Mäuerchen hinweg. Aus einem Busch leuchtete rosafarbenes Klopapier. Eine Frau stöckelte am Straßenrand entlang und rauchte. Jugendliche scharten sich um ein Moped, auf der gegenüberliegenden Seite kam ihnen ein dünnes Mädchen in Schwarz, mit noch babyrundem Gesicht und Basketballkappe entgegen. Ein Auto hupte. Die junge Frau wedelte mit der Hand. Vielleicht zeigte sie auch den Mittelfinger.

Ich kenne diese Bewegung.

Das Mädchen trug eine Sonnenbrille, das mürrische Gesicht lag im Schatten der Kappe. Das Taxi fuhr langsam weiter, weil sich etwas weiter vorne Ausflugskinder tummelten.

Ich habe diese Basketballkappe immer gehasst, fuhr es Sandra durch den Kopf, und während sich die Puzzlesteine langsam, langsam in ihrem Kopf zusammenfügten, begann sie auch schon zu rufen: »Alex! Oh, mein Gott, das ist Alex!« Sandra versuchte vergeblich, ihre Scheibe herunterzufahren, und hämmerte dann dagegen. »Halten Sie an, halten Sie an, *stop the car*!«

Der Taxifahrer blickte sichtlich verwirrt nach hinten, wo Sandra wild gegen die Scheibe hämmerte. Er hielt an, und Sandra riss sofort die Tür auf und sprang hinaus. Sie verfehlte nur knapp einen Fahrradfahrer, der laut fluchte, aber sie kümmerte sich nicht darum. Das hier durfte kein Trugbild sein. In einem Film konnte das ein Trugbild sein, in einen Buch über ein Kind, das verloren gegangen war und das man dann immer und immer wieder irgendwo sah, bis man endlich einsah, dass man es für immer verloren hatte …

Aber das dort, das war Alex. Sie *musste* es einfach sein.

Sandra rannte los. Bitte, sie durfte sich das nicht eingebildet haben. »Alex«, schrie sie. »Alex!«

Die schwarzgekleidete Gestalt blieb stehen und schaute sich suchend um. Sandra rannte. Sie war lange nicht mehr gerannt. Ihr Herz klopfte, ihr Atem rasselte, ihre Bewegungen waren unrund … Sie sollte mehr Sport machen. »Alex!«

»Mama!«

Es war nicht wie in einem Buch und nicht wie in einem Film, aber sie hielt Alex in ihren Armen und wollte sie nie wieder loslassen.

Dem Taxifahrer war sofort klar, dass sie umkehren mussten, und es gelang ihm tatsächlich, den Wagen unter großer Anteilnahme der Umstehenden auf der engen Straße zu wenden, während Alex und Sandra sich weiter in den Armen hielten. Sie hatten Zuschauer, aber das machte ihnen nichts aus. Die Umstehenden redeten über sie, doch das war ihnen gleichgültig. Die Stimmen waren freundlich. Später, im Taxi, auf der Rückbank, hielten sie sogar Händchen.

Schließlich platzte es aus Sandra heraus. »Himmel, warum bist du denn weggelaufen? Und warum hast du dich nicht gemeldet?«

»Mein Handy war leer. Und ich bin nicht weggelaufen. Ich bin einfach gegangen.« Alex schaute durchs Fenster und fügte dann hinzu: »Papa ist mir echt auf die Nerven gegangen mit seiner Neuen. Ich störe ihn. Und er interessiert sich nicht für mich, er hat überhaupt nie mitgekriegt, wenn ich gegangen bin.« Sie verzog das Gesicht, spitzte dann den Mund und machte wilde Kussgeräusche. »Ach, mein Schatz, Kuss hier, Kuss da … Alex, wollen wir nicht Freundinnen sein? Nein, Himmel, wollen wir nicht!«

Sandra musste plötzlich an Feli denken. Die war auch eifersüchtig, und zwar auf sie, aber im Gegensatz zu Alex hatte sie keinen Grund dazu. Nils war nur ein alter Freund. Sie hatten miteinander gesprochen. Zeit aufgeholt. Er hatte sie getröstet, als sie Trost gebraucht hatte. Natürlich war da nichts, außer Vertrautheit. Was sollte da auch sonst sein? Sie beschloss, das Thema zu wechseln. »Schau mal«, sagte sie und deutete zum Meer. »Ist das nicht wunderschön?«

Alex nickte, dann grinste sie breit: »Weißt du, Mama, ich bin jetzt doch froh, hier zu sein, auch wenn ich quasi mit dem Altersheim verreist bin. Die Bilder, die du mir geschickt hast, waren jedenfalls echt cool.«

Sechsunddreißigstes Kapitel

Alex wurde herzlich begrüßt. Alle waren erleichtert, sie gesund zu sehen, und neugierig, sie näher kennenzulernen. Abends, nach dem gemeinsamen Essen, blieben alle noch sitzen. Maike aß noch genüsslich ihren Nachtisch, denn die Zwillinge hatten sie beim Essen mehrfach gestört, auf ihren Schoß gewollt und sich füttern lassen. Inzwischen spielten sie auf dem Fußboden erstaunlich friedlich mit ihren Autos. Gregor lobte wortreich und mit vielen Fachbegriffen das Essen.

»Das hat meine Schwester gekocht«, sagte Daniela. »Sie macht das wirklich gut, oder? Ich bin immer noch überrascht.« Sie wandte sich an Zita: »Ich glaube, ich habe dir wirklich viel zu wenig zugetraut.« Dass sie es so sagte, war neu. Sie lachte.

Zita knickste, ebenfalls lachend, in die Runde. »Was soll ich sagen … Kochen ist einfach das, was ich machen möchte.«

»Wirklich beeindruckend«, sagte Gregor.

Sandra musste schmunzeln. Manchmal drückte Gregor sich irgendwie altertümlich aus, und oft wirkte er verschroben. Und doch konnte Sandra nach dieser langen Zeit auch mehr und mehr das Liebenswerte an ihm sehen. Sie fand es nicht mehr verwunderlich, dass Maike ihn geheiratet hatte. Ihr Blick wanderte zu Alex. Sie dachte daran, wie sich bei ihrer Ankunft alle mit ihr gefreut hatten und Alex auch nicht so cool und abweisend getan hatte wie sonst. Sie war fast ein wenig kindlich anschmiegsam gewesen, und Sandra hatte den Moment der Nähe sehr genossen, denn sie wusste, wie schnell er wieder vorbei sein konnte. Und es war ja auch nicht zu übersehen, dass Zita und Alex bereits einen Draht zueinander gefunden hatten. Überraschend war das sicher nicht. Zita war – abgesehen von den Zwillingen und Nils' Kindern – die Jüngste hier und wirkte irgendwie sehr cool mit ihren aktuell lilagrauen Haaren. Gerade machte Alex sich daran, Zita in die Küche zu folgen. Sandra schaute den beiden einen Moment lang hinterher, wie auch Jonah und Feli, die kurz darauf ebenfalls aufstanden.

»Wir gehen nach oben.«

»Gute Nacht«, scholl es aus allen Richtungen, dann fiel die Tür auch schon hinter den beiden zu.

Sandra wartete noch einen Moment, dann begann sie zu sprechen. »Ich wollte euch etwas sagen«, setzte sie an, während sie mit dem rechten Zeigefinger über den Rand ihres Weinglases strich. Sie warf Nils einen kurzen Blick zu, der ihr aufmunternd zunickte. »Also«, ihre Stimme klang belegt, »also ich wollte sagen, dass bei mir auch ein paar Dinge nicht so gelaufen sind, wie ich mir das vorgestellt habe. Ich wäre da gerne noch etwas ehrlicher.«

Jetzt hatte sie die volle Aufmerksamkeit. Alle schauten sie an. Maike nahm den Dessertlöffel auf und legte ihn dann ganz ordentlich wieder ab. Sandra schluckte, dann erzählte sie von den Problemen mit Fred, dem Trennungsjahr. »Mein Mann und ich werden uns wirklich scheiden lassen«, endete sie.

Für einen Moment lang herrschte Stille.

»Wobei das ja eigentlich fast normal ist heute«, sagte Nils als Erster. Es klang flapsig, aber er meinte es nicht so, schließlich hatten sie beide schon darüber gesprochen, und sie nahm es ihm deshalb auch nicht übel.

Daniela schien vorübergehend wie erstarrt und rutschte dann auf ihrem Stuhl nach vorne. »Und?« Sie schaute in die Runde. »Erzählen wir uns jetzt alle gegenseitig, welche Erwartungen sich nicht erfüllt haben?« Sie wandte sich an Maike. »Ich glaube, bislang warst du die Ehrlichste hier. Dafür bewundere ich dich wirklich.«

Maike bewegte den Dessertlöffel. »Tja, ich war halt nicht so stark, wie ich gedacht habe. Das wisst ihr ja. Ich bin an meine Grenzen gegangen und darüber hinaus, aber ich bin dadurch nicht stärker geworden, im Gegenteil. Ich musste lernen, dass man sich anstrengen kann und trotzdem nicht das erreicht, was man sich vorstellt. Das war komisch für mich, es war nicht leicht, und es hat weh getan, denn ich war anderes gewohnt. Ich war es gewohnt, dass man für harte Arbeit belohnt wird.«

Sie blickte zu ihren Kinder, die inzwischen auf dem Boden lagen und ihre Autos nur noch sehr langsam bewegten.

»Aber du bist stark, Maike«, sagte Gregor. »Du bist die stärkste Frau, die ich kenne«, betonte er, vielleicht etwas pathetisch, aber das war eben Gregor.

»Und du, Nils?« Daniela drehte sich zu ihm um.

Nils zuckte die Achseln. »Ich bin schon geschieden und sehe meine Kinder unregelmäßig. Manchmal würde ich sie gerne öfter sehen, manchmal denke ich, ich mache eh alles falsch und sollte mich fernhalten.«

»Haben sie dir das gesagt?« Sandra nippte an ihrem Weinglas. Draußen tauchte die untergehende Sonne den Rasen in ein rotgoldenes Licht.

»Nein.«

»Dann mach es dir nicht zu leicht. So, wie ich die beiden hier kennengelernt habe, lieben sie ihren Vater.«

Sie sahen einander fest in die Augen. Für einen Moment sah es aus, als wolle Nils parieren, dann ließ die Anspannung nach, und er nickte langsam.

Nicolai räusperte sich jetzt, woraufhin alle ihn anblickten.

»Was ist?«, sagte er etwas großspurig, um dann hinzuzufügen: »Na, vielleicht war meine Band nicht so erfolgreich, wie ich mir das vorgestellt habe, oder hat einer von euch jemals von ihr gehört?«

Daniela lachte. »Bei dir dachte ich ja, alles ist möglich.«

»Dachte ich auch. Hab mich geirrt.«

Für einen Moment blickten ihn alle nachdenklich an, doch er schwieg. Offenbar hatte er damit genug von sich preisgegeben. »Daniela, erzähl du jetzt mal zum Stand der Dinge«, wechselte er das Thema.

Daniela seufzte. »Nun, ihr seht hier die, die keine Designerin geworden ist, keinen Partner und keine Kinder hat.«

Es klang etwas zu scharf. Sandra, die aus den ersten Tagen viel mehr Details von Daniela wusste, schluckte.

»Aber du nähst immer noch«, sagte sie vorsichtig. »Du hast es nicht aufgegeben.«

»Hm, wenn mir das Restaurant die Zeit lässt.«

»Läuft es gut?«

»Das Restaurant? Schon, ja, sonst könnte ich das hier ja nicht machen.«

»Aber …?«

»Aber …« Daniela starrte nachdenklich vor sich. »Aber ich fühle mich verantwortlich, und ich führe es eigentlich nur noch, weil ich meine Eltern nicht enttäuschen will, weil ich irgendwann da reingeraten bin und dann den Absprung verpasst habe. Und jetzt gehe ich auf die fünfzig zu und habe meine Chancen irgendwie verspielt.«

»Das ist doch Quatsch!«, riefen Maike und Sandra wie aus einem Mund. »Und das weißt du. In dem Geschäft in Mali Lošinj, bei unserem Ausflug …«

»Ist das so?«, unterbrach Daniela sie mit ernster Stimme. »Ich habe in den letzten Tagen wirklich noch einmal sehr viel nachgedacht, und ganz ehrlich, wie spät in seinem Leben kann man denn wirklich noch etwas Neues beginnen? Habt ihr euch das alle gut überlegt?«

Alex hatte sich auf den Küchentisch gesetzt und ließ die Beine baumeln, während Zita die letzten Töpfe wegräumte. Vor dem Abendessen hatte Alex ihr beim Kochen zugesehen und sogar selbst Hand an die Tomatensuppe legen dürfen. Sie hatten den Tisch gemeinsam gedeckt und danach abgeräumt, Geschirr gespült und abgetrocknet. Was Letzteres anging, hatte Alex sich zuerst entziehen wollen, doch Zita hatte ihr gesagt, dass das auch dazugehöre, und damit Alex' Unwillen und ein schlechtes Gewissen heraufbeschworen. Aber eigentlich war es ganz okay, es hatte irgendwie sogar Spaß gemacht.

»Ab wann wusstest du denn, dass es das ist, was du willst? Kochen, meine ich?«, fragte Alex.

Zita hielt inne, klappte dann die Schranktüren zu, richtete sich auf und zuckte die Achseln. »Ich weiß nicht. Ich bin in einem Restaurant aufgewachsen, ich habe diese Atmosphäre Tag für Tag eingeatmet. Das war alles so normal. Vielleicht habe ich deshalb erstmal gar nicht kapiert, dass ich das machen will.« Sie schwieg einen Moment. »Ehrlich gesagt hat es eine ganze Weile gedauert, bis ich wusste, dass es das ist, was ich machen will.«

Alex legte nachdenklich den Kopf schief, sprang vom Tisch und hängte das Geschirrtuch zum Trocknen über eine Stange am Herd. »Wie war das so als Kind? Warst du den ganzen Tag im Restaurant?«

Zita überlegte einen Augenblick. »Nicht den ganzen, nein, es gab ja auch Kindergarten und später die Schule, aber schon recht lange. Wenn das Wetter gut war, war ich natürlich auch viel draußen. Zu unserem Restaurant gehört nämlich auch ein kleiner Gartenbereich mit Schaukel und Rutsche. Da war ich oft.«

Alex lehnte sich rücklings gegen den Tisch, wippte mit ihrem linken Bein, wechselte dann zum rechten. »Dann weißt du wohl schon, wo du später einmal kochen wirst, oder?«

Zita zuckte heftig zusammen und wischte dann um so wilder über die Arbeitsplatte. »Kann sein.«

»Kann sein?«

»Ach, weißt du, meine Schwester traut mir immer noch nicht recht, das merke ich. Vielleicht habe ich ein bisschen Mist gebaut, also in der Schule, aber was das Restaurant angeht, war ich eigentlich immer verlässlich.« Zita hob den Blick und starrte in die Ferne. »Dani mag das Restaurant nicht, aber sie will nicht, dass ich es gegen die Wand fahre, was ich natürlich tun werde, weil ich ja alles gegen die Wand fahre. Ist ja klar.«

»Was hast du denn gemacht, dass sie so misstrauisch ist?«

Zita grinste. »Ärger in der Schule, abgebrochen, wieder angefangen … Ehrlich: würde ich jetzt nicht mehr tun. Seitdem traut mir nämlich niemand mehr.« Zita lehnte sich neben Alex an den Tisch. »In seinem Arbeitsbereich sollte man immer Ordnung halten, weißt du?«, sagte sie. »Ich habe natürlich abgebrochen, weil ich wusste, was ich tun will, nämlich Kochen. Dani hat dann darauf bestanden, dass ich einen Abschluss mache, wozu auch immer ich den brauche …

Meine Schwester hat ihren Abschluss ja auch nicht wirklich genutzt. Da hätte sie mehr mit anfangen können.« Sie stieß sich vom Tisch ab. »Willst du was trinken? Ich habe jedenfalls Durst.«

»Ja, gerne.« Alex setzte sich auf einen Stuhl und streckte die Beine aus, während Zita sich und Alex je ein Glas Wasser einschenkte.

»Danke.«

»Und, machst du jetzt denn eine Ausbildung?«

Zita trank mit tiefen Zügen. »Tja, ich hab ja jetzt wirklich lange herumprobiert, aber inzwischen würde ich gerne eine Ausbildung zur Köchin machen. Ich habe mich schlaugemacht, aber …«

»Aber?«

Zita hielt wieder inne. »Ich weiß nicht. Ich wüsste gerne, dass meine Familie hinter mir steht, weißt du. Dass sie mir das zutrauen. Es ist komisch, das auszusprechen. Eigentlich hat es mich nie gekümmert, was andere von mir denken. Irgendwie bin ich einfach in der Ecke stehen geblieben, in die mich die fleißige Daniela und meine Eltern geschickt hatten.«

»Du hast doch wahrscheinlich auch so schon viel mitbekommen, oder?«

»Klar … Kochen, natürlich … Was noch? Buchhaltung? Organisation? Ich kann das alles. Ich bin in diesem verdammten Restaurant aufgewachsen, aber wahrscheinlich wollte sie gerne sehen, dass ich mich bei etwas durchkämpfe. Lehrjahre sind keine Herrenjahre und so.« Zita trank ihr Glas aus, spülte es und breitete dann die restlichen Geschirrtücher zum Trocknen aus. »Fertig. Jetzt bin ich müde. War ein langer Tag, für uns beide. Kommst du morgen Nachmittag mit an den Strand? Dann reden wir weiter. Wenn du willst.«

Siebenunddreißigstes Kapitel

Kurz vor dem Abendessen am nächsten Tag stand Daniela an ihrem Fenster und schaute zum Meer. Ein leichter Wind bewegte die Vorhänge und ließ sie wie ein Streicheln ihr Gesicht berühren. Sie dachte an das Restaurant, das gut lief und ihr keine Freude bereitete. Sollte sie wirklich die Reißleine ziehen? In ihrem Alter noch einmal alles in die Waagschale werfen und den alten Traum verfolgen? Sie hatte bereits einige Gespräche geführt, so war es nicht. Sie hatte sich im Internet kundig gemacht. Sie war in der Boutique gewesen, und es war, als habe sich eine Tür geöffnet – aber wollte sie durch diese Tür hindurchgehen, wollte sie wirklich diesen Schritt tun?

Kann Zita unser Restaurant weiterführen? Sie traute ihrer Schwester einfach immer noch nicht. Zita hatte noch nie etwas durchgezogen, sobald es schwierig wurde, war sie fort. Anstrengung war nicht ihre Sache, Problemen war sie immer ausgewichen. Vielleicht, weil man ihr aus Zeitmangel zu viel nachgegeben hatte?

Und wie sollte sie das Papa erklären? Das Restaurant war in der dritten Generation im Familienbesitz. Hier aß man Cevapcici, Ajvar, und Kulen, geräucherten Schweinebauch und so vieles mehr, was an die Heimat erinnerte. Es hatte sich so lange gehalten, sogar über den Jugoslawien-Konflikt der neunzigerer Jahre hinaus, der so viele Familien auseinandergerissen hatte. Hier konnte man sich immer noch treffen, quasi auf neutralem Grund. Hier war man sich wieder nähergekommen, auch wenn sich manche Gräben natürlich nicht hatten schließen lassen. Da war zu viel Hass gewesen und zu viel Leid.

Plötzlich drang von draußen ein Lachen zu ihr herauf. Zita und Alex kamen vom Strand zurück. Die Fünfzehnjährige erinnerte sie ein wenig an Sandra im selben Alter, mit einer Prise unbekanntem Vater dabei. Beide jungen Frauen trugen Bikinihosen und T-Shirts. Alex hatte ein bisschen zu viel Sonne abbekommen, Nase und Wangen waren gerötet. Zita sah entspannter aus, als Daniela es von ihr gewohnt war. Offenbar taten die beiden einander gut. Daniela überlegte kurz, ob sie den beiden zurufen und winken sollte, dann wich sie vom Fenster zurück.

Nach dem Abendessen fragte Alex ihre Mutter, ob sie zu Zita ins Strandhaus umziehen könne. Sandra stimmte zu, aber Daniela bemerkte, dass sie es nicht leichten Herzens tat.

Noch am selben Abend zog Alex um. »Danke, Mama«, sagte sie und umarmte Sandra vor ihrem Aufbruch noch einmal überschwänglich. Sandra wandte sich an Zita. »Wenn das für dich okay ist?«

»Klar.« Alex warf Zita einen kurzen Blick zu. »Das hat sie doch schon gesagt.«

Am ersten Morgen im Strandhaus erwachte Alex früh und lag dann eine Weile horchend da. In diesem dünnen Holzhaus war man den Elementen einfach näher, und das Meer war nicht nur bei geöffnetem Fenster gut zu hören. Während des Einschlafens hatte sie anfangs sogar kurzzeitig gedacht, es käme näher, und sich ein bisschen gefürchtet.

Schließlich setzte sie sich auf und angelte nach ihrer schwarzen Jeans, die sich leider ziemlich schmuddelig anfühlte. Sie hatte ja kaum was mitgenommen. Und die Unterhosen hatte sie in der Aufregung vergessen, davon hatte sie unterwegs noch einen Packen günstig gekauft. Alex hielt die Hose mit zwei spitzen Fingern fest und konnte sich nicht dazu durchringen, sie anzuziehen. Sie überlegte kurz, schlüpfte in eine der sauberen, hässlichen Unterhosen, die übersät war mit rosa Herzchen, und ließ das Schlafshirt an, das Zita ihr geliehen hatte.

Das Zimmer war leer, aber sie hörte draußen jemanden leise singen. Sehr behutsam trat sie vor die Tür, ging bis an den Rand der Holzveranda, die kaum dreißig Zentimeter über dem Strand lag, streckte den Fuß aus und bewegte ihn über den feinen Kies.

Das frühe Morgenlicht wirkte hell und noch etwas bläulich von der Nacht. Alex suchte nach den ersten Sonnenstrahlen über dem Horizont. Auf der Reise hierher hatte sie doch manchmal Angst gehabt, auch wenn es erstaunlich schnell gegangen war. Von Frankfurt nach München und von dort weiter mit dem Zug nach Kroatien, den Rest per Anhalter.

Das hätte auch schiefgehen können, sagte eine leise Stimme in ihrem Kopf. Ob sie Mama eines Tages alles erzählen würde von dieser Reise? Es war ja nichts passiert, aber Mama würde das nicht beruhigen.

Sie hatte Papa angerufen und ihm Bescheid gesagt. Alex hatte die Anspannung in ihrer Stimme gehört, wie so oft, wenn die beiden über sie sprachen. Vielleicht war sie ja doch an allem schuld? An der Trennung und dem Ganzen, daran, dass sie nicht mehr zusammen waren. Alex fröstelte und schüttelte den Gedanken schnell ab.

Am Ende der Veranda spähte sie um die Ecke und erblickte Zita, die einfach dasaß, ein Kochbuch auf den Knien, und leise vor sich hin summte.

»Meine Güte bist du früh wach!«, rief sie, als sie Alex bemerkte.

»Du aber auch.«

»Ich will eben zeigen, dass ich es kann.« Sie stand auf und streckte sich. »Schickes Outfit, übrigens.«

Alex lief rot an.

»Du bist ziemlich spontan aufgebrochen, was?«

»Bin ich.«

Zita überlegte. »Deine Hose sollten wir definitiv waschen, ist mir schon gestern aufgefallen. Ein paar Sachen hast du ja dabei, aber komm mal mit, das wäre doch gelacht, wenn wir in meinem Schrank nicht noch mehr für dich finden.«

Achtunddreißigstes Kapitel

Nicolai starrte auf seine zitternde Hand, mit der er sich gegen die Pinie stützte. Sein rechtes Bein hatte plötzlich die Arbeit verweigert und war unter ihm weggeknickt. Er hatte sich gegen den Baum lehnen müssen, um Schlimmeres zu verhindern, sein Gesicht gegen die Rinde gedrückt, ohne dass er etwas dagegen tun konnte.

Was, wenn ihn die anderen so sahen? Je länger er nichts erzählte, desto schwieriger wurde es, überhaupt darüber zu sprechen. Und zu oft schon hielt er sich von den anderen fern, was sie vielleicht auch misstrauisch machte – oder etwa nicht? Ob sie über ihn redeten?

Vor zwei Tagen hatte plötzlich die große Beichte begonnen. Na ja, wahrscheinlich redete hier jeder über jeden, wie früher auch und … Vorsichtig probierte er aus, ob er seinem Körper wieder trauen konnte. Er löste sich vom Baum, stand eine Weile unsicher da und machte sich dann auf den Rückweg. Es ging sehr langsam, doch es ging, Schritt um Schritt, wie ein Besoffener. Vielleicht musste er etwas an seiner Medikation ändern, allerdings war sein Arzt weit weg.

Er blieb stehen und schaute nach oben, wo sich zwischen den Wipfeln der Pinien blauer Himmel zeigte. Daniela hatte ihm von dem kleinen Wanderweg erzählt, und er hatte entschieden, ihn auszuprobieren. Er wusste nicht, ob das eine gute Idee war, aber es roch gut hier, und vom Meer wehte eine leichte Brise herüber. Er mochte das Meer. Er hatte sich immer vorgestellt, mal ein kleines Haus am Meer zu besitzen, irgendwo weit ab, aber jetzt mit der Krankheit …

Warum sollte er in die Zukunft planen, die er doch gar nicht kannte, wenn Herr Parkinson ihn zu jeder Gelegenheit überfallen konnte? Wahrscheinlich war er irgendwann ein Pflegefall und …

Waltzing Matilda, waltzing Matilda …

Dass er ausgerechnet jetzt an Mathilda denken musste! Er hatte ihr den Laufpass gegeben, um sie vor ihm zu retten. Im selben Moment fühlte er schon wieder dieses Zittern in seinem rechten Bein, und sosehr er auch versuchte, sich zu stabilisieren, wollte ihm das einfach nicht gelingen.

Vielleicht wäre sie zu ihm gegangen, wenn sie nicht mit anderen Dingen beschäftigt gewesen wäre, aber so nahm Daniela nur Nicolais Bild in sich auf, wie er da dicht am Baum lehnte und über irgendetwas nachzudenken schien. Heute nach dem Frühstück hatte er sich nach dem Wanderweg erkundigt, und sie hatte ihm so rasch wie möglich alles erklärt, während ihr Kopf voll von Gedanken an das Gespräch mit Zita gewesen war, das sie gleich führen wollte. Auf dem Weg zum Strandhaus klopfte ihr Herz, als befände sie sich noch einmal auf dem Weg zum Abschlussexamen, als würde sich jetzt noch einmal ihr Weg und damit ihre

Zukunft entscheiden. Es war wirklich seltsam, so zu fühlen. Es war aufregend und inspirierend, denn eigentlich war sie immer ein sehr nüchterner Mensch gewesen. Vielleicht hatte sie das auch sein müssen, oder sie hatte geglaubt, es sein zu müssen?

Das letzte Stück zum Strand lief sie schneller. Zita öffnete auf ihr Klopfen und bat sie herein. Alex zog sich zurück, sie wolle eine Runde Joggen gehen, sagte sie. Irgendwie hatte sich etwas geändert in der kurzen Zeit, seit Sandras Tochter da war. Die Dinge kamen in Bewegung, als habe Alex' Ankunft sie alle dazu gebracht, ehrlicher miteinander zu sein.

Zita und Daniela standen zuerst einen Augenblick schweigend voreinander, dann atmete Daniela tief durch. »Wir müssen reden«, sagte sie schließlich.

»Ich habe etwas ausprobiert«, entgegnete Zita.

»Was denn?«

»Ein paar Gerichte.«

»Ich bin gespannt.«

Zita führte sie zu einem kleinen, gedeckten Tisch auf der Veranda. »Das habe ich erstmal für Alex und mich gemacht, aber ich denke, es ist prinzipiell okay.«

Daniela musterte das Angebot an selbst gemachten Snacks und Antipasti. Es gab einen Teller mit feingeschnittenem Schinken und Oliven, kleine Töpfchen mit Maneštre, einer landestypischen Gemüsesuppe, sowie kleine Tellerchen mit Rindfleisch mit Wildkräutern und Gnocchi. Dazu sogar etwas, was wie zwei Cocktails aussah. »Okay, Alkohol«, sagte sie lachend. »Ist es dafür nicht ein bisschen früh?«

»Das sind Virgin Coladas«, beruhigte Zita sie.

Daniela lachte und hörte selbst, wie unsicher es klang. »Hast du das etwa alles da drin gezaubert?« Sie deutete auf die Strandhütte.

Zita nickte. »Ich komm mit wenig zurecht. Ich bin einfallsreich, und du weißt, dass ich schon in der Küche ausgeholfen habe.«

»Ja, ich weiß, dass du kochen kannst.« Daniela schaute zum Meer. »Ist das nicht albern, dass ich befürchte, du könntest uns am hellen Tag betrunken machen?«

»Ein wenig schon. Setz dich.« Zita forderte sie sichtlich aufgeregt auf, von allem zu probieren, und Daniela tat wie ihr geheißen.

»Sehr lecker«, lobte sie nach den ersten Bissen. »Ist da Pfeffer drin?«

»Ja, ein bisschen. Schmeckt es dir wirklich?« Zita wirkte plötzlich verunsichert.

»Natürlich, warum sollte ich lügen?«

Zita zuckte die Achseln. »Weil du mich immer beschützen wolltest?«

»Das weißt du?«

»Klar weiß ich das. Du bist meine große Schwester. Du warst immer für mich da.«

Daniela griff nach dem Cocktail, nahm einen Schluck, schmeckte vor Aufregung aber kaum etwas. Sie trank noch einmal, wieder nichts. Nervös stellte sie das Glas zurück auf den Tisch.

Zita hatte sie nicht aus den Augen gelassen. »Also, warum bist du gekommen?«

»Ich wollte mit dir über das Restaurant sprechen.«

Zita blickte sie überrascht an, dann nickte sie.

»Ich will ehrlich sein«, sagte Daniela. »Ich will raus aus dem Restaurant, aber das weißt du längst, oder? Und ja, ich habe nachgedacht, und ich will mich wieder mit meinen Entwürfen beschäftigen, ein Design-Studium aufnehmen, irgend so etwas. Und nein, ich will sonst nichts mehr sagen, es ist ohnehin zu spät dafür. Ich bin vierundvierzig Jahre alt, ich habe vielleicht noch einmal genau dieselbe Anzahl Jahre vor mir, die kann ich nicht mit etwas verbringen, das mir keinen Spaß macht.« Sie schaute Zita hilflos an. »Findest du, das klingt albern?«

»Sehe ich so aus?«

Daniela musterte ihre Schwester. »Nein.«

»Dann vertrau mir, Daniela, lass mich die Verantwortung übernehmen. Ich will dieses Restaurant. Ich wollte es schon immer. Und ich finde es großartig, dass du dich endlich dazu durchgerungen hast, das zu tun, was du am allerliebsten willst.«

Daniela seufzte. War es das, sollte sie es wirklich wagen? »Ja. Ich werde mit Vater sprechen.«

Neununddreißigstes Kapitel

Sie waren wieder einmal alle zum Strand gegangen, bis auf Nicolai, der nach dem Frühstück zu einer Wanderung aufgebrochen war. Na ja, inzwischen hatten sie es verstanden: Nicolai war offenbar gerne alleine und legte nicht unbedingt Wert auf ihre Gesellschaft. Die anderen unternahmen gerne etwas gemeinsam. Maike hatte dieses Mal sogar Gregor überredet, mit den Kindern mitzukommen, auch wenn es schien, als fühle er sich nicht wohl dabei. Jetzt saß er neben den Zwillingen, die, angetan mit Schwimmflügeln und Schwimmwesten, in einem kleinen, natürlichen Becken planschten, welches sich zwischen Felsen gebildet hatte, und ließ sie nicht aus den Augen, während ein paar Meter weiter Daniela, Zita und Alex in ein ernstes Gespräch vertieft waren. Nils und Sandra waren etwas abseits irgendwie gemeinsam auf einem Handtuch gelandet, misstrauisch beäugt von Feli, während Jonah um einige Felsen herumschnorchelte und sich nur ab und an für längere Zeit ganz über Wasser sehen ließ.

Es war ein schöner Tag. Sandra saß gegen Nils gelehnt und bohrte die Finger in den Untergrund. Der Kies unter ihren Händen war weich, erst, wenn sie die Finger etwas tiefer hineinbohrte, wurde es kühl und feucht. Mit einem Mal spürte sie eine zaghafte Berührung. Dann strich Nils sanft über die Haut ihres Oberarms. Seine kleinen Berührungen wurden ihr tatsächlich immer vertrauter. Das hätte sie am Anfang nicht gedacht, als er ihr doch zu laut und zu forsch gewesen war. Es war unglaublich, wie nahe sie sich inzwischen gekommen waren. Sandra schloss für einen Moment die Augen. Sie hörte die Wellen, die gegen den Strand schlugen, auf eine andere Art und Weise – jedenfalls kam es ihr so vor –, sie hörte Stimmen, einzelne Gesprächsfetzen, einen ganzen auf seine Art inzwischen sehr vertrauten Klangteppich.

Sandra öffnete die Augen und sah den Sonnenstrahlen zu, die auf dem Wasser tanzten. Sie blickte zu Maike und Gregor, die jetzt jeder ein Kind auf dem Arm trugen. Dann sah sie zu Daniela, Alex und Zita. Sie freute sich über Alex' neue Freundschaft mit Zita, und doch versetzte es ihr auch einen Stich, dass die gemeinsame, enge Zeit mit Alex schon wieder vorbei sein sollte.

Bin ich eifersüchtig? Habe ich Angst davor, dass sich Alex bald endgültig ihren eigenen Weg suchen wird?

Alex war fünfzehn, natürlich nabelte sie sich ab.

Die drei sprachen vermutlich immer noch über das Restaurant, das war ihr Thema. Daniela flocht Alex einen französischen Zopf, während Zita vermutlich ihre Vorstellungen vorbrachte. Sie wirkte sichtlich entschlossen und hatte viele Ideen. Sandra freute sich, dass der Knoten endlich geplatzt war, denn sie wusste, wie schwer sich Daniela mit dieser Entscheidung getan hatte. Jetzt würde es doch vorangehen. Daniela begann, sich vom Restaurant zu lösen, sie musste nur noch mit ihrem Vater sprechen. Sie dachte über eine Internetpräsenz nach und würde sich demnächst vielleicht sogar nach einer kleinen Gewerbefläche umschauen. Jedenfalls hatte sie das vorhin gesagt, und Zita hatte sich quasi im Gegenzug dazu bereit erklärt, sie in den nächsten Tagen alle weiter von ihren Kochkünsten zu überzeugen. Sandra freute sich darauf. Zita kochte wirklich gut.

Und ich? Wo stehe ich? Mit einem Mal hatte sie das Bedürfnis, sich fester gegen Nils zu lehnen, tat es aber nicht, wegen Feli und deren scharfen Teenageraugen. Und war das überhaupt der richtige Weg? Zurück in die Arme der Schulliebe? Oder fiel ihr einfach nichts Besseres ein, weil sie eben jetzt alle wieder hier zusammenhockten?

»Ich hätte nicht gedacht, dass wir noch einmal gemeinsam so am Wasser sitzen«, sagte sie schließlich. »Ist ein bisschen wie damals, oder?«

»Damals?« Nils hatte ein paar größere Kiesel in die Hand genommen und ließ sie von einer Handfläche auf die andere wechseln.

»Na, ich meine an der alten Kiesgrube.«

»Hm.« Nils ließ die Steinchen fallen und streichelte wieder über ihren Arm. »Unsere Kiesgrube … Ja, es fühlt sich gut an, oder? Hier zusammen zu sein, meine ich.«

Damals hat er in meinem Schoß gelegen, erinnerte sie sich, sein Kopf dort zwischen meinen Hüften. Sie überlegte. Und was war das jetzt? Waren sie auf dem Weg, wieder ein Paar zu werden, oder waren sie sich einfach nahe, so wie sich Leute nahe waren, die einen Teil ihres Weges intensiv geteilt hatten? Vielleicht machte sie auch einfach schon wieder viel zu viel draus? Vielleicht hatte sie ja den Blick auf die Realität verloren? Was war, wenn der Urlaub vorbei war und jeder doch einfach wieder in sein eigenes Leben zurückkehrte?

Feli konnte einfach nicht mehr zusehen. Es widerte sie an, es widerte sie alles so furchtbar an. Es widerte sie an, wie Papa und diese Frau miteinander rummachten und Papa nur noch Augen für die alte Schlampe hatte. Erst hatte Feli sich ein wenig wegbewegt und sich in ihr Handtuch gewickelt, weil sie einfach niemand mehr sehen wollte – natürlich hatte Papa ihr etwas zugerufen, aber das hatte sie ignoriert –, und dann war sie über die Felsen zum Wasser näher zu Jonah geklettert, weil sie das Ganze einfach nicht mehr mit anschauen wollte. Es war einfach nur peinlich, zum Kotzen peinlich.

»Sei vorsichtig, Feli«, hatte Papa auch noch gerufen, und sie hatte wieder nicht reagiert, weil ihn das eh nicht interessierte und er so auch nicht so tun musste, als wäre das anders. Sie war ihm ja einfach vollkommen egal. Er hatte nur noch Augen für diese Sandra. Also zog sie kurzerhand ihre Taucherbrille auf, probierte den Schnorchel aus und schwamm los, zu Jonah, der einfach nicht kapierte, was hier lief. Jonah zeigte ihr all seine Entdeckungen, und so dauerte es eine Zeit, bis er bereit war, ihr zuzuhören. Sie hielt sich an einem kleineren Felsen fest, wo der leichte Wellengang sie wie kleine Korken auf und ab hüpfen ließ.

»Ich wünschte, diese Schlampe wäre abgereist. Jetzt sind sie und ihre Tochter hier, und am Ende glaubt Papa noch, wir machen auf große Patchworkfamilie.«

Jonah brauchte einen Moment, um zu verstehen, dann schüttelte er den Kopf. »Ach, Feli, wie kommst du denn darauf? Lass sie doch, meine Güte, sie sind Freunde.«

Feli schüttelte den Kopf. »Bist du blind? Die Schlampe will was von Papa.«

Jonah hatte die Taucherbrille auf seinen Kopf geschoben und wischte sich mit einer Hand das Wasser aus dem Gesicht. »Warum nennst du sie denn so, Feli? Sie ist doch ganz okay. Vielleicht lieben sie sich.«

Feli zog die Augenbrauen zusammen. »Papa liebt Mama. Er würde sie nie betrügen.«

»Sie sind getrennt, Feli, das solltest du jetzt auch mal akzeptieren.« Trotz der harschen Worte blickte er sie aufmunternd an, und dann klopfte er ihr auch noch auf die Schulter.

Feli wich ihm aus. »Das werde ich aber nicht.« Sie ließ den Felsen los und hielt sich jetzt mit Wassertreten über Wasser. »Die Tusse soll die Finger von Papa lassen.«

»Feli!«

»Hilfst du mir?«

»Wobei?«

»Sag ich doch: Ich will, dass sie Papa in Ruhe lässt.«

Jonah starrte seine Schwester an. »Nee, tut mir leid, da bin ich nicht dabei.«

Feli schenkte ihm einen vernichtenden Blick. Die Wut zog ihren Magen zusammen und machte die Kehle eng. »Ach, lass mich doch in Ruhe, du Feigling!«, zischte sie und schwamm eilig davon.

Jonah seufzte. Er überlegte kurz, ob er ihr folgen sollte, rückte dann aber wieder seine Taucherbrille zurecht. Wenn Feli in einer solchen Stimmung war, konnte man eh nicht mit ihr reden. Er löste sich vom Felsen und tauchte ab.

Vierzigstes Kapitel

Sie verbrachten tatsächlich den ganzen Tag am Meer, verweilten aber über die Mittagszeit im Schatten. Am frühen Abend zog Zita sich in die Küche zurück. Mit dem Abendessen übertraf sie sich wieder einmal selbst – es gab frisches Fisch-Carpaccio mit Zitrone und Kräutern, gefolgt von einem Auflauf aus Gartengemüse und Lammkoteletts –, danach zogen sich die meisten gähnend zurück. So ein Tag am Meer machte einfach müde. Zuletzt blieben nur Daniela, Sandra und Maike gemeinsam sitzen und tranken noch einen Slibowitz, bevor auch Maike zu Bett ging und Daniela sich damit entschuldigte, endlich ihren Vater anrufen zu wollen.

Sandra freute sich darüber, sie wusste nur zu gut, dass das kein leichtes Gespräch werden würde. »Ich drücke dir die Daumen«, sagte sie herzlich und fügte hinzu: »Lass ruhig, ich mache das«, als Daniela sich anschickte, die leeren Schnapsgläser in die Küche zu bringen.

»Danke. Aber ich bin eure Gastgeberin.«

»Ja, und für deinen Einsatz danken wir dir, aber wir sind zusammen hier, darum geht es doch. Ich mache das gerne, okay?«

Daniela schwieg einen Moment, dann umarmte sie ihre Freundin. »Danke. Danke auch, dass du mit mir geredet hast, du weißt schon, an dem einen Abend … Wer weiß, wie ich mich sonst entschieden hätte. Also, wenn du auch einmal Entscheidungshilfe brauchst …« Sie zwinkerte Sandra zu, drückte ihr einen Kuss auf die Wange und war einen Augenblick später verschwunden.

Sandra nahm die Gläser und brachte sie in die Küche. Anders als ein paar Stunden zuvor war es jetzt ruhig hier. Geschirrtücher hingen zum Trocknen über einer Stange am Herd. Kräutersträuße trockneten an der Wand. Auf dem Tisch stand eine große Vase mit Blumen. Auf der Fensterbank thronte ein alter Kassettenrekorder. Sandra drückte auf PLAY und musste schmunzeln, als die Musik der Toten Hosen durch die Küche dröhnte. Gehörte diese Kassette nun Daniela oder ihrer Schwester oder beiden?

Sie stellte sich zu den Klängen von »Hier kommt Alex« an die Spüle, spülte die Schnapsgläser und trocknete sie gedankenverloren ab. Es war ein schöner Tag gewesen. Sie hatte sich Nils heute sehr nahe gefühlt, und sie hatte den Eindruck, dass es ihm ähnlich gegangen war. Vielleicht war es ja auch gar nicht nötig, sich gegen etwas zu stemmen, das vermeintlich der Vergangenheit angehörte. Vielleicht gehörte es einfach zu ihrem Leben dazu. Als sie das letzte Glas ins Regal stellte, hatte sie eine Entscheidung getroffen.

Als Sandra wenig später bei Nils klopfte, erhielt sie keinerlei Reaktion. Vorsichtig öffnete sie die Tür und spähte hinein. Das Zimmer war leer, auch Feli und Jonah waren nicht da, doch ihre Stimmen drangen von draußen durch die geöffneten Fenster herein. Von Nils hingegen war nichts zu hören und zu sehen. Wo war er? Sandra ließ den Blick durch das Zimmer schweifen, dann fiel ihr ein, wie er am Strand zu ihr gesagt hatte, dass er das Meer gerne noch einmal bei Mondschein sehen wollte. Und heute stand der Mond am Himmel, so schön, wenn auch nicht so voll wie in jener Nacht nach dem letzten Schultag. Nils war mit Sicherheit noch einmal zum Meer gegangen.

Sandra holte eine dünne Jacke aus ihrem Zimmer und lief los. Der Weg über die Rasenfläche vor dem Haus war noch hell genug, um ihn sicher beschreiten zu können. Feli und Jonah hatten es sich auf den Liegestühlen im Garten bequem gemacht, bemerkten sie jedoch nicht. Jonah trug noch seine kurze Hose, hatte aber eine Jacke angezogen, und Feli steckte in einem rosa abgesetzten, grauen Onesie, in dem wahrscheinlich nur dünne Mädchen wie sie nicht komplett bescheuert aussahen. Sie hatte ihre Haare zu einem Zopf geflochten und fuchtelte mit den Händen, während sie energisch auf ihren Bruder einredete.

Was die beiden wohl zu besprechen hatten?

Denk nicht darüber nach!

Im Wald war es dann doch dunkler, und Sandra nutzte ihr Smartphone als Taschenlampe. Inzwischen kannte sie den Weg zum Strand recht gut, sodass sie rasch vorankam.

Nils hatte tatsächlich sein Handtuch auf der kleinen Mole ausgebreitet und es sich dort in dunklen Jeans und einem dunklen Kapuzenpullover bequem gemacht. In der Ferne tanzte ein Fischerboot im Takt der Wellen auf und ab. Im nächsten Moment trat der Mond hinter dünnen Wolken hervor und schickte sein silbriges, erstaunlich helles Licht auf die Erde.

Sandra hatte mit Beginn des Strandes ihre Schuhe ausgezogen und schritt langsam voran. Sie mochte den Kontakt mit dem Boden, mochte den Kies an ihren Füßen und dann den rauen, etwas unebenen Untergrund der Mole aus Beton, die nach und nach vom Salzwasser angefressen wurde.

Als sie näher kam, bemerkte sie, dass Nils sein Handy und sein Notizbuch vor sich liegen hatte. Offenbar hatte er sie gehört und wandte sich um.

»Hallo, Nils«, sagte Sandra und kam sich vor wie ein Teenie. Ihre Wangen waren plötzlich heiß, wahrscheinlich war sie gerade rot angelaufen. Zum Glück war es dämmrig. Sie nahm ihren Mut zusammen, doch ihre Stimme zitterte ein wenig, als sie weitersprach: »Ich möchte jetzt gerne sagen: Ich glaube, ich habe mich in dich verliebt, aber sagt man das überhaupt noch in unserem Alter, oder sollten wir vernünftig sein?« Jetzt hatte sie es tatsächlich ausgesprochen, und ihr Mund war mit einem Mal furchtbar trocken.

Nils stand auf. »Vernünftig?« Er lachte. »Ach Gott, Sandra, ich glaube, du bist die Einzige, die die Worte Liebe und Vernunft gleichzeitig im Mund führen kann.« Sein Lachen wurde zu einem verschmitzten Grinsen. »Weißt du, dass ich mich noch daran erinnere, wie ich dich damals zum ersten Mal Prinzessin genannt habe? Ich glaube, wenn Blicke töten könnten, wäre ich heute nicht mehr hier.«

Sandra hatte sein Handtuch erreicht und berührte es mit der Zehenspitze. Es war sehr weich. »Ja, ich erinnere mich. Ich denke immer noch, dass Frauen keine Prinzessinnen sind.«

»Mir ist jedenfalls noch keine begegnet«, gab Nils mit sanftem Blick zurück, während er einen weiteren Schritt auf sie zutrat. Sandra legte den Kopf zurück und schaute ihn forschend an. Da war ein Kranz von feinen Lachfältchen um seine Augen, eine über die Jahre geschärfte Zornesfalte zwischen den Augen. Ein leichter Bartschatten lag um seinen Mund. Seine Haare waren noch feucht, offenbar war er noch einmal geschwommen. Noch immer ruhte sein sanfter Blick auf ihr, auch als Sandra die Hand unter seinen Pullover gleiten ließ und sein kleines Wohlstandsbäuchlein berührte, das er automatisch einzuziehen versuchte. »Und unsere alten Familien?«, stieß sie mit rauer Stimme hervor.

Er schwieg einen Moment, aber er wich ihr nicht aus. »Wir werden das regeln.«

Alles ließ sich regeln, so hatte Nils auch damals gedacht. Sandra schmiegte ihren Kopf an seine Brust. »Als wir zusammen waren damals, habe ich immer gedacht, du bist meine große Liebe und dann … Dann waren wir plötzlich getrennt, das Leben nahm seinen Lauf, und es ging – es ging einfach weiter, auch ohne dich …«

Sie spürte, wie Nils über ihr Haar strich. Es fühlte sich vertraut an, vertraut und einfach gut. »Aber vielleicht bin ich das ja trotzdem, deine große Liebe, vielleicht hat sich die junge Sandra ja gar nicht geirrt, vielleicht hatte sie einfach recht, und wir gehören zusammen. Warum sollte uns das Leben nicht eine zweite Chance geben?«

Maike stand zufällig am Fenster, als Sandra im Wald verschwand, dort, wo der Weg zum Strand führte, und fühlte sich tatsächlich ein bisschen wie damals, wenn man wusste, dass irgendwas los war, aber noch nicht genau, was. Manchmal hatte sie sich damals durchaus ein bisschen außen vor gefühlt, weil sie eben ehrgeiziger gewesen war als der Rest der Clique und genauere Vorstellungen von der Zukunft gehabt hatte. Trotzdem freute sie sich, die anderen wiedergetroffen zu haben. Irgendwie fühlte sie sich ihnen an diesem Ort hier manchmal sogar näher als früher. Sie hatten alle ihr Leben gelebt, hatten Dinge durchlebt, Enttäuschungen und Triumphe gehabt. Hinter ihr las Gregor den Zwillingen vor. Deren Stimmen waren in den letzten Minuten bereits gedämpfter geworden, sie stellten weniger Fragen und forderten ihn kaum noch auf, einen Abschnitt zu wiederholen.

Als sie sich jetzt zu ihnen umdrehte, war Bo bereits eingeschlafen – er war ohnehin der Ruhigere der beiden –, und auch Fynn fielen die Augen zu. Gregor und sie wechselten einen Blick, dann beobachteten sie beide die Kinder, bis Gregor endlich vorsichtig den Arm unter Fynns Nacken hervorzog und auf Zehenspitzen zu ihr schlich.

»Gibt es da draußen etwas zu sehen?«, neckte Gregor sie. »Wen beobachtest du denn da?«

Maikes Wangen wurden warm, doch sie schüttelte den Kopf.

»Nein, ach, mir gefällt es einfach, hier rauszugucken. Es hat etwas Friedliches, und der Mond … Ich mag dieses Licht.«

Sie wusste, dass Gregor in diesem Momentan an die Reflexion des Sonnenlichtes dachte, aber er sagte nichts.

»Ich fand es schön, dass wir heute alle am Strand waren«, fügte sie ruhig hinzu. Es war ihm schwergefallen, sich ihnen anzuschließen, das wusste sie. Es wunderte sie immer wieder von Neuem, wie stark seine Ängste waren. Sie konnte sich das nicht erklären. Sie hatte lange hierüber nachgedacht, und sie musste diese Frage einfach stellen. Warum nicht jetzt? Sie musste endlich verstehen.

»Hm.«

»Und es ist nichts passiert«, sprach sie ruhig weiter.

»Das ist richtig.«

Maike atmete tief durch. Sie streckte die Hand nach ihm aus, berührte ihn vorsichtig. Spürte ein leichtes Beben unter ihren Fingerspitzen. »Woher hast du solche Angst, Gregor? Ich meine, woher kommt sie? Ich verstehe das nicht. Wir haben beide so lange auf unsere Kinder gewartet … Müsste ich nicht auch so ängstlich sein? Bin ich keine gute Mutter?«

»Doch, das bist du. Natürlich bist du das.«

Gregor sah sie nicht an. Sein Blick ruhte auf den schlafenden Zwillingen, doch er sprach nicht weiter. Nachdem eine ganze Weile vergangen war, dachte Maike schon, dass er gar nichts mehr dazu sagen würde, dass er sich ihr entziehen würde, wie so oft, auch wenn sie ihn noch nie so konkret gefragt hatte.

Doch dann begann er zu sprechen, zuerst so leise, dass sie die Worte kaum verstand: »Anfangs dachte ich wirklich, es läge daran, dass es so schwer war, die Zwillinge zu bekommen. Es hat so lange gedauert, weißt du? Die ganzen Hormonbehandlungen, die unzähligen Versuche, die Kinder, die wir verloren haben …« Sie nannte sie immer »Kinder«, auch wenn es vielleicht kaum mehr als Zellen gewesen waren. »Ich habe dich leiden sehen«, fuhr er fort, »ich habe mit mir gekämpft. Ich wollte sagen, hör auf, das ist es nicht wert, aber ich konnte es nicht. Und das alles hat uns fast kaputtgemacht, nicht wahr?«

Maike schluckte schwer. Ja, es stimmte. Es war eine schwere Zeit gewesen: die Hormone, das Einsetzen der Eizelle, das Warten und die Enttäuschung, wenn es wieder nicht geklappt hatte, oder noch schlimmer, wenn man sich ein paar Tage oder sogar Wochen in Hoffnung wiegte und der Embryo dann wieder abgegangen war … Und dann die Frage, die diese Zeit immer begleitet hatte: Wann würden sie den Traum aufgeben müssen? Sie hatten beide gewusst, dass es ein Ende geben musste. Irgendwann. Welche Optionen gab es dann? Sahen sie sich als Adoptiveltern? Würden sie sich Katzen anschaffen oder Hunde und diese »meine Babys« nennen, deren Geburtstage feiern, Weihnachts-, Oster- und Nikolausgeschenke kaufen? Maike bemerkte, dass sie die Hände ineinander verkrampft hatte, und löste sie wieder.

»Aber dann hatte ich plötzlich diese Erinnerungen«, fuhr

Gregor fort. »Zuerst habe ich sie für Träume gehalten, also Alpträume, weil ich eben solche Angst hatte, alles wieder zu verlieren, aber sie wiederholten sich, und sie waren immer sehr konkret oder wurden mit der Zeit immer konkreter.«

Maike beobachtete ihn aufmerksam. »Was meinst du? Du erinnerst dich an etwas? Von früher?«

Gregor nickte langsam. »Ja. Und dann habe ich meine Mutter angerufen. Ich hatte Angst davor, aber ich habe es getan. Es war nicht leicht, das kann ich dir sagen. Wir reden ja nicht viel, meine Eltern und ich ...« Er schloss die Augen. Sein Mund zuckte. Seine Gesichtszüge wirkten mit einem Mal fein und verletzlich.

»Und?«, fragte Maike. »Was hast du erfahren?«

Gregor schwieg. Seine Augen zuckten jetzt, weil er sie zusammenkniff, als müsse er seine Emotionen irgendwie im Zaum halten. »Es war in einem Sommer«, sagte er schließlich langsam. »Mein Bruder Hannes war gerade zwei Jahre alt geworden, und ich war fünf Jahre, ein stolzes Vorschulkind.« Gregor öffnete die Augen und sah Maike an. Und dann erzählte er, wie seine Mutter den Bildern, die schon so lange in Gregors Kopf gewesen waren, eigentlich nur die Worte hinzugefügt hatte. So jedenfalls war es ihm vorgekommen. Irgendwie war da immer die Erinnerung an dieses unheimliche, große Fass gewesen, in dem sich Regenwasser sammelte. Er hatte nur nicht gewusst, was dieses Bild zu bedeuten hatte. Er hatte gedacht, dass es bloß ein Sinnbild für seine Ängste war, auch wenn es ihn erstaunt hatte, wie unglaublich konkret er sich daran erinnerte. Das Fass war aus Holz. Sein Geruch war ihm vertraut. Es gab eine kleine Leiter, mit deren Hilfe man an den Rand gelangte, und er wusste auch, dass das Fass so tief war, dass er den Boden mit den Füßen nicht erreichen konnte. Ja, er erinnerte sich an dieses Fass und daran, dass sie manchmal Schiffchen darauf hatten fahren lassen. Wenn es sehr warm wurde, hatten sein Bruder und er darin geplanscht. Natürlich nur mit Schwimmflügeln und in Anwesenheit der Eltern. Nur dann durfte die Leiter ans Fass gestellt werden. Das hatten sie versprechen müssen, und Gregor hatte sich eigentlich immer daran gehalten. Er war immer ein sehr vernünftiges Kind gewesen, dieser Wesenszug hatte sich auch später nicht verändert. Das alles war schön gewesen, auch wenn seine Erinnerungen stetig von einem Gefühl des Unbehagens begleitet gewesen waren.

In dem Sommer, in dem es geschehen war, waren die Brüder und die Mutter alleine voraus in ihr Ferienhaus im Spessart gefahren. Der Vater musste noch ein paar Tage arbeiten und wollte nachkommen. Mama war sehr aufgeregt, weil sie so lange keine solche Strecke mehr gefahren war, dabei fuhr Gregor gerne mit ihr. Wenn sie sich sicher fühlte, sang sie und machte Witze. Sie hatte eine schöne Stimme. Manchmal schimpfte sie mit den anderen Autofahrern, aber sie war nie beleidigend. Er fand sie lustig.

Als sie nach einer langen Fahrt und mehreren Staus ankamen, schlief sein Bruder Hannes. Sie stiegen aus und ließen die Türen des Autos weit offen stehen, damit er frische Luft bekam. Vom Boden stieg mit jedem ihrer Tritte der Duft von warmen Tannennadeln auf, der Himmel zwischen den Bäumen funkelte tiefblau. Aus irgendeinem Grund erinnerte Gregor sich gut an die vielen Gerüche. Auch das Ferienhaus roch immer auf diese besondere Art, die sich irgendwie verlor, je länger man dort war, vielleicht gewöhnte er sich auch einfach daran. Aus der Ferne hörte er die Kühe und freute sich darauf, frische Milch beim Bauern zu holen. Wenn sie hier waren, gingen sie jeden Abend gemeinsam mit ihren Eltern zum nächstgelegenen Bauernhof, um mit einer Kanne frische Milch oder auch ein Körbchen Eier zu holen, und manchmal steckte ihnen die Bäuerin auch etwas anderes zu: Äpfel, Kirschen, Pflaumen. Die Kirschen waren tiefschwarz und sehr süß, die Kirschbäume aus Gregors Sicht ewig hoch. Manchmal kaufte Mama auch Kirschen und machte daraus einen Kirschkuchen. Mama war eine gute Bäckerin. Wenn Papa da war, zeigte er ihnen, wie man die Milchkanne wirbelte, ohne einen Tropfen zu verschütten. Das hatte er früher auch gemacht, früher, als er so alt gewesen war wie Gregor.

Sie ließen Hannes also im Auto und gingen den erdweichen Weg hinunter zum Häuschen. Mama öffnete den Wasseranschluss und legte im Sicherheitskasten die Schalter um, und sofort wurde der alte Kühlschrank brummend aktiv. Gregor schaute nach seinen alten Spielsachen und fegte dann sofort um die Ecke, um das Fass zu inspizieren. Im Sommer zuvor war es unter großem Aufsehen als Regentonne und eine Art rustikales Planschbecken in einem in den Garten gebracht worden. Zuerst war es leer gewesen und hatte gefüllt werden müssen, dann hatten sie unter Mamas wachsamen Augen darin geplanscht. Abends war die Leiter immer beiseitegeräumt worden, hinters Sofa im Wohnzimmer mit den großen Fensterscheiben. Aber nun hatte es offenbar gut geregnet, das Fass war voll, das konnte Gregor spüren, als er in diesem Moment mit den Fingerspitzen über den Rand fasste, denn die Leiter befand sich natürlich noch drinnen. Gregor lief um das Ferienhaus herum zur Vorderseite, um auch dort alles in Augenschein zu nehmen, wie er es immer tat. Das Gras stand etwas hoch, Tisch und Stühle warteten noch darauf, in Position geschoben zu werden. Von dem Mäusefriedhof, den er im Vorjahr angelegt hatte, war nicht mehr viel zu sehen. Durch das Fenster konnte er seine Mutter in der Küche beobachten, sie verstaute die Vorräte. Er rief nach ihr, und sie kam zu ihm und ließ sich von ihm zu dem Fass ziehen.

»Es ist ganz voll, Mama, siehst du!«, rief er aufgeregt.

Gregor erinnerte sich, dass Mama für einen Moment die Stirn gerunzelt und eine zappelnde Fliege von der Wasseroberfläche gefischt hatte. Zwischen ihren Augenbrauen war eine tiefe, nachdenkliche Falte erschienen. Sie wollte einen Deckel für dieses Fass, das hatte sie Papa gesagt, und war nicht zufrieden damit, dass es noch nicht gesichert war. Also schauten sie sich nach etwas um, mit dem sie das Fass absichern konnten, mittendrin aber rief Hannes nach ihnen, und sie liefen zu ihm. Hannes weinte, beruhigte sich aber rasch. An diesem Abend schliefen sie erstmals gemeinsam in einem Zimmer. Morgens kroch Hannes zu ihm ins Bett, und Gregor teilte Gummibärchen mit ihm.

Dann standen sie alleine auf, wie so oft. Dort in ihrem Ferienhaus hatten sie mehr Freiheiten, fühlten sich selbstständiger. Meist spielten sie nach dem Aufstehen im Schlafanzug im Sandkasten, bis ihre Mutter sie zum Frühstück hereinholte, während sie über den Sand überall schimpflachte.

Gregor erinnerte sie als sehr fröhlich in diesem Urlaub. Er erinnerte sich an den Geruch nach warmem Gras, Heu und Tannennadeln. Es war ein perfekter Sommer gewesen. Sie machten Spaziergänge, besuchten Tierparks. Papa kam. Sie spielten in und um das Haus, rollten über die Wiese und schauten Papa zu, wie er mit der Sense hantierte, denn hier waren die Wiesen zu steil für Rasenmäher. Papa war geschickt. Er war auf einem Bauernhof in der Nähe aufgewachsen. Abends hörte man das Brüllen der Kühe, die gemolken werden mussten. Nachts war es so still, dass das kleinste Knacken überlaut erschien. Im Haus roch es nach Holz und frischem Brot und oft auch nach Kaffee und frisch gebackenem Kuchen. Die Milch wurde hier übrigens nicht schlecht, sondern zu leckerer Dickmilch, die man mit Zimt und Zucker aß. Es war das Paradies.

Gregor schwieg einen Moment. Er konnte sich nicht recht an den Tag erinnern, als es geschehen war. Natürlich kannte er inzwischen die knappen Erzählungen seiner Mutter, aber sie sprach nicht gerne von diesem Tag. Immer noch nicht.

»Aber jetzt konntest du mit deiner Mutter darüber sprechen?«, fragte Maike sanft.

»Ja. Sie hat sich lange geweigert. Ich kann das verstehen, es muss sehr schmerzhaft gewesen sein, aber letztendlich … Trotzdem tut es mir leid, dass ich sie gedrängt habe.«

Gregors Mund zitterte. Er kämpfte gegen Erinnerungen und Schmerz an, atmete zitternd ein und wieder aus. Seine Schultern sackten nach vorne. Maike sah, wie schwer ihm die Situation fiel, und nahm ihn in den Arm, hielt ihn fest. Erst dachte sie, er werde sich sofort von ihr lösen, doch er erwiderte ihre Umarmung. Eine Weile hielten sie sich einfach umschlungen, dann rückten sie voneinander ab, hielten sich aber bei den Händen.

»Was ist damals genau passiert?«, wagte Maike die Frage auszusprechen, die im Raum stand.

Gregor sah zu seinen Jungen, die sich jetzt zueinander hingedreht hatten und fast Nasenspitze an Nasenspitze lagen. Im nächsten Moment knurrte Bo etwas Unverständliches, schob den Po hoch und krabbelte ein Stück nach oben. Zuerst schien es, als würde er aufwachen, doch dann wurde sein Atem wieder gleichmäßiger.

Gregor stieß einen tiefen Seufzer aus und sah Maike an.

»Genau weiß man es nicht. Die Leiter muss am Fass gestanden haben. Vielleicht war ich das. Vielleicht habe ich auch den neuen Deckel vom Bottich geschoben, vielleicht war es Hannes selbst. Jedenfalls ist er wohl hineingestürzt. Als wir es bemerkten, war es zu spät. Er war ertrunken. Einfach ertrunken. In einem Fass. In unserem Fass.« Gregor schwieg und blickte Maike nachdenklich an. »Mama sagt, ich hätte sie damals gerufen, aber …« Er stöhnte auf. »Was heißt das? War ich dabei? Habe ich zugesehen? Habe ich zu lange gewartet? Ich kann mich einfach nicht erinnern. Da ist alles schwarz. Die Polizei hat den Unfallort untersucht. Man konnte niemandem die Schuld zuweisen. Wir hatten nichts falsch gemacht. Das Fass war gesichert, aber das hat eben nicht gereicht. Irgendwie hatte sich der Deckel lösen lassen. Irgendwie hatten wir für einen Moment nicht ausreichend aufgepasst. Papa hat das Fass noch am selben Tag kurz und klein gehauen.« Gregor schluckte. »Und seitdem treibt mich der Gedanke um, dass ich schuld an Hannes' Tod sein könnte.« Er blickte Maike hilflos an. »Verstehst du, es hat nie jemand gesagt, aber ich war irgendwann überzeugt davon, dass ich meinen Bruder auf dem Gewissen hatte. Und davor will ich unsere Jungs bewahren … Dieses Mal will ich besser aufpassen.«

Maike schüttelte den Kopf. »Du warst fünf Jahre alt, Gregor. Was auch immer du gemacht hättest, du konntest nicht schuld sein, niemals.«

Gregor wandte den Blick ab. »Sag das mal meinen Gefühlen. Ich fühle mich eben schuldig. Habe ich Hilfe geholt? Hätte ich Hilfe holen können? Was habe ich gemacht? Ich weiß es nicht.« Er atmete tief durch. »Meine Eltern waren danach verändert. Papa arbeitete viel. Mama war immer etwas abwesend. Sie sprachen nicht mehr so viel miteinander. Wir funktionierten, aber wir waren keine Familie mehr. Da fehlte immer etwas. Hannes fehlte. Und ich will einfach nicht, dass uns das passiert. Man kann das nicht mehr gutmachen. *Ein* solcher Fehler, und es ist einfach vorbei.«

Maike streichelte seinen Arm. Fynn setzte sich schläfrig auf, sank dann aber auf die andere Seite und schlief weiter.

»Das wird es nicht«, flüsterte Maike. »So etwas wird nicht passieren.«

»Kannst du das wissen?«

»Niemand kann wissen, was geschehen wird. Wir können nur unser Bestes geben, Gregor, und das tun wir. Wir müssen damit leben, dass sich nicht alles im Leben verhindern lässt. Leben bedeutet Vertrauen. Leben bedeutet zu glauben, dass die Dinge gut gehen werden.«

Einundvierzigstes Kapitel

Daniela gefiel es, wie Nils und Sandra sich einander wieder annäherten. Sie waren solch ein schönes Paar gewesen damals in der Schule. Daniela hatte immer gefunden, dass die beiden gut zusammen passten, auch wenn es sie durchaus geschmerzt hatte, als die beiden zusammengekommen waren. Nils war einfach ein ziemlich gut aussehender, cooler Typ gewesen, und es hatte eine Zeit gegeben, da hätte sie sich selbst gerne an seiner Seite gesehen.

Aber das war die Vergangenheit, und das hier – Daniela atmete einmal tief durch und schloss den Karton mit ihren Arbeitsproben – war die Zukunft. Sie hatte endlich mit Papa gesprochen, und der hatte nach einem wirklich guten Gespräch tatsächlich versprochen, im Anschluss sofort Zita anzurufen. Mit angehaltenem Atem wartete Daniela nun auf den Bericht ihrer kleinen Schwester, sie konnte vor Aufregung kaum still sitzen. War es richtig gewesen, diese Veränderungen anzustoßen? War sie nicht doch zu alt für all das? Bildete sie sich nur ein, noch etwas ändern zu können?

»Und?«, platzte Daniela aufgeregt heraus, als Zita gefühlte Stunden später endlich in ihr Zimmer kam.

»Er wird mir eine Chance geben«, sagte Zita zögerlich. »Er wird mir wirklich eine Chance geben«, wiederholte sie, und Daniela verstand, dass all das für ihre jüngere Schwester auch nicht einfach war. Auch sie hatte Ängste, auch sie sorgte sich, auch sie wusste nicht, was die Zukunft brachte. Daniela nahm ihre Schwester in den Arm.

»Er glaubt an mich«, flüsterte Zita und klang dabei selbst ein wenig ungläubig. »Er glaubt endlich an mich.«

»Und das ist richtig so! Ich freue mich. Du hast es verdient«, sagte Daniela und bemühte sich, die Tränen herunterzuschlucken.

»Aber was, wenn ich ihn nicht überzeugen kann? Was wenn ich mich doch einfach überschätze?«, stieß Zita hervor.

Daniela schüttelte energisch den Kopf. »Du wirst ihn überzeugen. Weil du gut bist«, sagte sie aus vollem Herzen. »Das hast du in den letzten Tagen mehr als einmal gezeigt.« Dann putzte sie sich die Nase.

Ihre kleine Schwester musterte sie prüfend. »Weinst du?«

»Ein bisschen, vielleicht.«

»Das musst du nicht, ich werde es gut machen.« Zita klang jetzt wieder überzeugter.

»Das weiß ich doch.« Daniela legte den Arm um sie. Warum stand man sich nur manchmal selbst im Weg, warum hatte es so lange gedauert zu erkennen, was richtig für sie beide war? Nun ja, vielleicht sollte sie an erster Stelle mal aufhören, mit sich zu hadern. Schließlich hatten sie die richtige Entscheidung getroffen, und jetzt würde alles gut werden, darauf vertraute sie einfach …

Sie besprachen noch ein paar Kleinigkeiten, dann brach

Zita auf. Vom Fenster aus sah Daniela zu, wie sie mit immer schnelleren Schritten über die Rasenfläche in Richtung Strandhaus lief und schließlich sogar in einen leichten Trab verfiel. Dann setzte sie sich an ihren Schreibtisch. Eine Weile starrte sie nachdenklich vor sich hin, bevor sie die Mappe mit ihren Entwürfen aufschlug und jeden einzelnen langsam durchging. Doch ja, sie hatte Angst, sie war aufgeregt, aber sie freute sich auch. Das hier war endlich der Beginn von etwas Neuem. Daran zweifelte sie nicht.

Zweiundvierzigstes Kapitel

Am nächsten Morgen wachte Maike mit dem Gedanken auf, dass Gregor immer noch die Kopie des Apoxiomen sehen wollte, jener griechischen Statue, die 1999 vor Mali Lošinj gefunden worden war. Sie hatte seine Hartnäckigkeit anfangs albern, fast ein wenig ärgerlich gefunden, aber jetzt … Sie waren sich wieder so viel näher gekommen, und nachdem sie nun endlich über alles gesprochen hatten, fühlte es sich ein bisschen so an wie zu Anfang ihrer Beziehung, auch wenn sie älter geworden waren. Es fühlte sich ein wenig wie ein Reset an, ein Neubeginn, ein frischer, neuer Morgen.

Während sie neben ihm lag und seinem leisen Atmen zuhörte, Bo in seinen Armen lag und Fynn es sich quer zu ihren Füßen bequem gemacht hatte, erinnerte sie sich daran, wie sie einander damals auf der Party kennengelernt hatten. Zufällig eher, denn sie waren beide keine Partymäuse gewesen. Sie hatte keine Ahnung, warum sie damals hingegangen war, aber es war gut gewesen. Etwas Gutes hatte sich daraus entwickelt.

Der Anfang ihrer Beziehung war also in jedem Fall irgendwie besonders gewesen. Dazu kam, dass Gregor, der zu diesem Zeitpunkt begonnen hatte, sich auf die Anästhesie zu spezialisieren, über alles redete, nur nicht über die Medizin oder das Studium, das bereits hinter ihm lag. Er hatte so viele Interessen. Das hatte sie fasziniert. Vom Aussehen her hatte er sie nicht vom Hocker gerissen, aber die Chemie stimmte, so war es einfach gewesen. Nach der Party waren sie tatsächlich noch gemeinsam spazieren gegangen. Um fünf Uhr morgens hatte er sie zu ihrem Studentenwohnheim gebracht. Sie war froh gewesen, dass am nächsten Tag Sonntag und keine Vorlesung war, denn das hätte sie keinesfalls geschafft. Ihren Mitbewohnern war aufgefallen, wie spät sie nach Hause gekommen war, und sie hatte einige Fragen beantworten müssen.

Jetzt schlug Gregor die Augen auf. Maike beugte sich über ihn und küsste ihn. Er unterdrückte ein Gähnen, erwiderte ihren Kuss und ließ sich dann wieder in die Kissen zurücksinken. Sie küsste ihn noch einmal. Er gähnte.

»Es tut mir leid. Ich bin seltsamerweise verflixt müde.«

»Es war spät gestern«, sagte sie lächelnd. Am Fußende setzte Fynn sich verschlafen auf, während Bo sich aus der Umarmung seines Vaters löste und sich halb auf seinen Bauch legte. Fynn krabbelte zu Maike, und sie nahm ihn in ihre Arme.

»Weißt du was«, sagte sie zu Gregor, »wir fragen Dani und die anderen jetzt doch, ob sie auf die Kinder aufpassen, und dann schauen wir uns diese Statue an.«

Gregor lächelte. »Meinst du wirklich?« Er war sichtlich begeistert, dennoch zögerte er. »Hat Dani nicht genug zu tun? Werden sich die Kinder bei ihnen wohlfühlen?«

»Das werden sie, und sie haben es mehr als einmal vorgeschlagen. Wir fragen sie, in Ordnung?«

»In Ordnung.«

Bo rappelte sich auf. »Oh ja, ich will mit Feli spielen und mit Alex.« Er war Feuer und Flamme.

Gregor zögerte wieder, und Maike schmiegte sich an ihn. »Denk dran, worüber wir gestern gesprochen haben.«

»Über Vertrauen«, sagte er leise.

Es hatte Maike Spaß gemacht, gemeinsam mit Gregor die Statue zu besuchen, ihm zuzuhören und von seinem Wissen zu profitieren. Daniela hatte vorgeschlagen, sich danach im Hafen von Mali Lošinj zu treffen, wo sie ohnehin zu tun hatte, und gemeinsam zu Mittag zu essen. Am Treffpunkt gesellten sich auch Nicolai, Sandra, Nils und alle Kinder dazu. Gregor schloss seine Zwillinge sofort fest in die Arme, die aufgeregt von ihrem Morgen erzählten und sich unter Protest einen Teller Spaghetti teilten, den sie – wie eigentlich zu erwarten gewesen war – kaum schafften. Feli aß einen Salat, Jonah ein Schnitzel. Sandra entschied sich für Meeresfrüchte, worüber Feli die Nase rümpfte. Gregor und Maike teilten sich einen Fischteller und widmeten sich anschließend noch den Spaghettiresten der Zwillinge. Bo und Fynn sprangen vom Tisch auf, um gemeinsam mit anderen Kindern kreischend einen Brunnen zu bespielen, dessen zentrale Skulptur einen Delfin zeigte. Gregor brach sichtlich der Schweiß aus, und Maike streichelte über seine linke Hand.

»Es ist alles gut. Entspann dich.«

»Aber …«

Die Kindermeute rannte weiter kreischend um den Brunnen. Bo schlug hin, rappelte sich aber sofort wieder auf. Gregor, der Anstalten gemacht hatte aufzustehen, sank in seinen Stuhl zurück.

»Wir passen alle auf«, sagte Daniela. »Vertrau uns. Vertrau dir.«

»Ich versuch's«, sagte Gregor.

Maike lächelte ihm aufmunternd zu. »Entspann dich.«

»Mach ich ja. Echt jetzt.«

Seine Miene zeugte vom Gegenteil, und Maike schmiegte sich an ihn. »Wir haben zwei wunderbare Kinder.«

Gregor seufzte. »Ich will sie nicht verlieren.«

»Das will ich doch auch nicht. Nichts wird sich wiederholen.«

Gregor atmete tief durch.

»Du musst dir verzeihen, Gregor.«

»Aber wie soll ich das tun?«, flüsterte er. Seine Stimme zitterte. Maike schmiegte sich noch enger an ihn. »Du musst es tun, weil dir niemand sonst verzeihen kann.« Sie hörte ihre eigene Stimme und fragte sich, ob sie irgendeinen Abschluss finden mussten, irgendetwas, was diesen furchtbaren Abschnitt in seinem Leben beendete.

Immer diese verdammten, gemeinsamen Ausflüge, als hätten sie alle hier irgendetwas miteinander zu tun. Blödsinn! Feli schob den Salatteller von sich. Blödsinn, wiederholte sie bei sich. Sie waren zusammen zur Schule gegangen, und dann hatten sie sich jahrelang nicht gesehen, und jetzt taten sie so, als wären sie beste Freunde! Ach ja, wer's glauben wollte …

Sie schob ihren Stuhl etwas ins Abseits und schlug die Beine übereinander. Immerhin hatten die in den letzten Tagen wirklich eine schöne Bräune gewonnen und den Selbstbräuner längst überflüssig gemacht. Schade, dass ihre Freundin Katja das nicht sehen konnte. Feli streckte ihre Hand nach ihrem Wasser mit Zitrone aus und nippte daran. Jonah hatte sich natürlich einen großen Eisbecher bestellt – ihr Bruder nahm allerdings nicht zu, sondern wurde irgendwie nur immer größer –, und Papa versuchte jetzt dauernd, etwas davon zu stibitzen, und machte einen auf heile Familie und tollen Urlaub. Und ab und zu sah er diese Sandra-Kuh von der Seite an. Seinen Kindern hatte er noch nichts gesagt. Glaubte der denn, sie bekamen nichts mit? Nein, das hier war noch nicht fertig. Sie schaute Alex hinterher, die jetzt am Brunnen mit den Zwillingen spielte und im nächsten Moment kreischte, weil Fynn sie nass gespritzt hatte. Alex war ganz okay, aber das half ja nichts in Bezug auf die Mutter.

Feli trank noch einen Schluck. Schade, dass Mama nicht hier war. Stattdessen war natürlich diese Sandra dabei, die blöde Kuh mit ihrem Faltengesicht und ihren Winkearmen. Hatte Papa neuerdings irgendwas an den Augen, oder hatte er es jetzt mit den inneren Werten? So eine hässliche Kuh.

Plötzlich stand Alex neben ihr. »Jonah, Feli, gehen wir bummeln?«

Feli blickte auf. Alex war eigentlich wirklich ganz in Ordnung, was schade war, denn Feli war entschlossen, dass sie einander nach diesem Aufenthalt hier nie wiedersehen würden. Papa würde zu Mama zurückkehren. Sie würden wieder eine Familie sein, und diese Sandra und ihre Tochter würden aus ihrem Leben verschwinden. So einfach war das. Sie stand auf. »Okay.«

»Denkt dran, dass wir um siebzehn Uhr zurückfahren«, rief Sandra ihnen hinterher.

Feli ignorierte den Einwurf.

Sandra schaute den Kindern einen Augenblick nach. Sie war sich vorher nicht sicher gewesen, wie Alex, Jonah und Feli aufeinander reagieren würden, aber bisher lief offenbar alles ganz gut. Sie lehnten sich nicht gegenseitig ab und hatten Dinge, über die sie miteinander sprechen konnten. Vielleicht hatte sie sich einfach zu viele Gedanken gemacht. Andererseits war Feli ihr gegenüber immer noch ziemlich ruppig und ließ keine Gelegenheit aus, Sandra ihre Ablehnung zu zeigen.

Natürlich waren die drei gegen siebzehn Uhr noch nicht zurück, also erklärten Nils und Sandra sich bereit zu warten. Der Rest der Ausflügler setzte sich für die Rückfahrt in Maikes und Gregors großen Leihwagen, Nils und Sandra würden Danielas kleineren Flitzer nehmen. Immerhin, dachte Sandra, würden sie jetzt vielleicht etwas entspannter miteinander reden können. Manchmal fühlte sie sich doch irgendwie gehemmt in der Gegenwart der anderen, auch wenn Dani und Maike beide beteuert hatten, wie sehr sie sich freuten, dass Nils und sie einander wieder nähergekommen waren.

»Klingt wie ein Klischee«, hatte Dani gesagt, »ist aber irgendwie nur toll.«

Sandra war sich momentan nicht ganz sicher, wie toll das war. In jedem Fall hatte sie sich nicht vorstellen können, dass Nils' Tochter ihr anhaltend so viel Ablehnung entgegenbringen würde, genauso wenig eigentlich, wie sie sich hatte vorstellen können, sich noch einmal in Nils zu verlieben. Nach den ersten paar Tagen, in denen er so ein extremes Großmaul gewesen war, hatte sie das sogar kategorisch ausgeschlossen.

Nils zog sein Handy heraus und textete eine Nachricht.

»Habe den Kindern geschrieben, dass sie Bescheid sagen sollen, wenn sie wieder hier sind«, erklärte er auf ihren fragenden Blick.

»Aha.«

Er stand auf und streckte ihr die Hand hin. Sandra ergriff sie und musste fast im gleichen Moment daran denken, das Feli sie bitterböse anschauen würde, wenn sie Zeugin davon würde. Andererseits konnten sie sich ja auch kaum dauerhaft verstecken. Sandra hielt Nils' Hand fester. *Ich sollte mich davon nicht mehr beeindrucken lassen.*

Warum räumte sie dem Mädchen eigentlich überhaupt so viel Raum in ihren Gedanken ein? Sie war zwölf, natürlich musste Sandra da Rücksicht auf ihre Gefühle nehmen, aber sie war doch nicht der Mittelpunkt der Welt, oder? Oder?

»Na ja, ich denke, wir bleiben auch nicht hier und warten, sondern schauen uns ein bisschen um. Du kannst mir doch sicher etwas zeigen, du warst hier ja schon mit Maike und Daniela unterwegs.«

»Ich weiß nicht.«

»Ach komm, wir werden Spaß haben.«

Das klang jetzt ein bisschen wie der alte, junge Nils.

»Interessierst du dich für Klamotten?«

»An deiner Seite schon«, konterte er, blickte sie dann aber düster an: »Findest du, ich bin schlecht gekleidet?«

Sie war einen Moment lang perplex, dann lachte er, und die Anspannung löste sich. Zuerst schlenderten sie durch den kleinen Hafen von Mali Lošinj, dann kauften sie sich ein Eis und drangen entlang von Souvenirständen, Boutiquen und Geschäften tiefer in den Ort ein. Immer wieder waren sie verwundert, den Kindern nicht zu begegnen, so groß war der Ort ja nun nicht. Sandra zeigte Nils die Geschäfte, die sie bereits mit Maike und Daniela aufgesucht hatte, bis Nils schließlich vorschlug, sich in den Seitenstraßen umzuschauen. Sandra war froh, ihre Kamera dabeizuhaben. Entschlossen stiegen sie die Steinstufen zur Pfarrkirche von Mali Lošinj hinauf. Der Anblick war bezaubernd. Es nahm wirklich nicht wunder, dass die Österreich-Ungarische Aristokratie auf der Suche nach Ruhe und Gesundheit auf Lošinj hier in der Nähe prächtige Villen und Sommerresidenzen dicht am Meer gebaut hatte. Sie hatten die Schönheit und Einzigartigkeit dieses Ortes als Erste erkannt, und Sandra war sehr glücklich über die Tage, die sie hier hatte verbringen dürfen. Mit einem Mal hielt Nils sie von hinten umschlungen. Sandra registrierte, dass sie nicht erschrak, wie sie es vielleicht vor ein paar Tagen noch getan hätte. Heute lehnte sie sich rücklings gegen seinen warmen Körper und sah zu, wie die Sonne sich fast unmerklich in Richtung Horizont bewegte. Dies war noch die Stimmung des späten Nachmittags, später würde das Licht von rötlich zu einem warmen Goldgelb wechseln.

Sie spürte Nils' Dreitagebart an ihrer linken Wange.

Vor ein paar Tagen, dachte sie, *hätte ich dies noch für unwahrscheinlich gehalten. Ich hätte mir nicht vorstellen können, dass wir einmal so hier stehen würden, Nils und ich, nach so vielen Jahren, und alles sollte wieder so sein wie früher …* Na ja, nicht alles, sie hatten ihre Erfahrungen gemacht. Nils beugte sich zu ihr herunter. Sie spürte seinen Mund an ihrem Ohr.

»Woran denkst du?«

Sandra sprach ihren Gedanken laut aus: »Es fühlt sich an wie früher und ist doch anders.«

»Wir sind älter geworden.«

»Das ist vermutlich so.« Sie drehte sich zur Seite, sodass ihr Kopf an Nils' Oberkörper zu lagern kam, spürte jetzt noch deutlicher seine regelmäßigen, ruhigen Atemzüge.

»Ich glaube, wir können Dani nicht genug danken, dass sie auf die Idee gekommen ist, uns hierher einzuladen.«

»Und uns für den Mut, hierhergekommen zu sein«, merkte Sandra an.

Nils lachte. »Irgendwie schon«, sagte er dann. »Mut gehörte wohl auch dazu.«

Eine Weile genossen sie schweigend die Nähe des anderen.

»Wir sollten wieder nach unten gehen«, brachte Nils schließlich hervor.

»Hm.«

Sie baten ein anderes Touristenpärchen, ein Foto von ihnen beiden zu machen, dann traten sie den Rückweg an.

Jonah, Feli und Alex saßen in dem alten Café, je eine Cola vor sich, als Nils und Sandra dort auftauchten. Wenig überraschend warf Feli ihnen einen düsteren Blick zu, sagte aber nichts, und Sandra biss sich auf die Lippen, um dem Kind nicht an den Kopf zu werfen, dass es hässliche Falten bekommen würde, wenn es weiter so guckte. *Du bist die Erwachsene hier,* ermahnte sie sich stumm, aber verdammt, es war nicht einfach mit dem Mädchen.

Auf dem Heimweg sprach keiner von ihnen ein Wort, und auch zu Hause bekamen sie dazu keine Gelegenheit, dort erwarteten sie andere Probleme.

Dreiundvierzigstes Kapitel

Daniela stürzte ihnen aus dem Haus entgegen, kaum dass sie aus dem Wagen gestiegen waren. Sie wirkte sehr aufgewühlt.

»Ihr seid aber spät!«, rief sie. Hinter ihr tauchten jetzt auch Maike und Gregor auf, jeweils einen der zappelnden Zwillinge auf dem Arm. »Habt ihr ihn auf dem Weg vielleicht gesehen?«

Sandra und Nils wechselten einen kurzen Blick, und Sandra hatte das Gefühl, rot anzulaufen. Die Teenies trollten sich ins Haus.

»Wen?«, fragte Nils, und als sie seine Stimme hörte, fühlte es sich plötzlich noch ein wenig so an, als hielte Nils ihre Hand, ein wenig so wie das erste Mal, als sie zusammengekommen waren und das noch geheim gehalten hatten, weil sie irgendwie beide gedacht hatten, dass sie eigentlich nicht zueinanderpassten.

»Nicolai! Wen denn sonst?« Dani runzelte die Stirn. »Natürlich geht es um Nicolai. Habt ihr denn gar nichts mitbekommen? Nein, entschuldigt, ihr wart ja unterwegs. Ich bin etwas durcheinander. Er ist jedenfalls noch einmal zu einem kurzen Spaziergang aufgebrochen, nachdem wir nach Hause gekommen sind. Höchstens eine halbe Stunde, hat er gesagt, und jetzt ist er immer noch nicht zurück. Das ist immerhin jetzt schon mehr als zwei Stunden her.«

»So lange?« Sandra hatte das Gefühl zu stottern.

»Tut mir leid. Wir haben lange auf die Kinder gewartet und uns Mali Lošinj noch einmal genauer angeschaut und darüber offenbar die Zeit vergessen«, hörte sie Nils sagen.

»Ihr habt ihn also auch nicht gesehen? Na ja, er ist eigentlich auch in die andere Richtung aufgebrochen, aber da gibt es so viele Wege … Ich habe keine Ahnung, wo wir zuerst suchen sollen!« Dani schaute jetzt von einem zum anderen, und kurz war Sandra sich sicher, dass sie jetzt doch nachfragen würde. Ihr Herz klopfte unwillkürlich schneller.

»Es tut uns wirklich leid.«

»Na ja, ihr konntet nicht wissen, was hier los ist. Uns ist ja auch erst spät aufgefallen, dass er noch nicht zurück ist.«

»Er ist ein erwachsener Mann, da ist es doch normal, dass man ihn nicht gleich vermisst. Vielleicht genießt er auch nur irgendwo ein gemütliches Plätzchen«, meldete sich jetzt Maike zu Wort, und alle nickten.

»Aber was, wenn etwas passiert ist?«, sagte Daniela leise. »Hat er auf euch nicht auch die ganze Zeit sehr verschlossen gewirkt? Er hat verdammt wenig von sich erzählt … Irgendwie war das gar nicht mehr Nicolai. Ich weiß nicht … Haben wir zu wenig mit ihm gesprochen?«

Sandra schaute ihre Freundin an. Was deutete die denn da an? »Er hat sich bestimmt nur verlaufen«, sagte sie leise.

Daniela seufzte. »Ja, wahrscheinlich.« Unter ihrer Sommerbräune wirkte sie blass, dann sackte sie zusammen, als habe sie mit einem Mal die Kraft verlassen.

Hatten sie etwas übersehen? Hätten sie genauer nachfragen müssen? Hatte Daniela recht, sich diese Gedanken zu machen, oder erwuchsen sie aus der Anspannung der letzten Tage?

»Trotzdem, ich mache mir Sorgen!«, stieß Daniela hervor. »Was, wenn er sich verlaufen hat oder gestürzt ist, was, wenn irgendetwas passiert ist? Er hat sein Handy nicht mitgenommen, und ganz ehrlich …« Sie hielt inne. »Ich habe ihn vor ein paar Tagen nachmittags gesehen. Er stand an einen Baum gelehnt. Ich dachte kurz, er denkt intensiv nach, aber irgendetwas war komisch.«

»Er stand an einen Baum gelehnt, was meinst du damit?«, hakte Sandra nach.

Daniela lehnte sich gegen den Türrahmen, das Gesicht dicht an das Holz gepresst.

»Na, so halt. Und länger halt, länger als normal, als denke er über etwas nach.« Sie schwieg einen Moment. »Oder als könne er nicht weitergehen«, sagte sie nachdenklich, »jedenfalls sah er nicht so furchtbar glücklich dabei aus. Und mal ganz ehrlich: Nicolai war ja nie der Typ zum Bäumeumarmen, oder? Ich weiß auch nicht. Als ich das nächste Mal rausgeschaut habe, war er jedenfalls weg.« Daniela straffte den Rücken. »Und jetzt sagt doch mal, findet ihr nicht, dass er sich sehr verändert hat? Manchmal habe ich ihn nicht wiedererkannt.«

Sandra überlegt. »Es stimmt«, setzte sie dann langsam an. »Mir kam er auch manchmal seltsam vor. Irgendwie verändert … Ja, wir haben uns alle verändert, aber er wirkte wie ein anderer Mensch auf mich.«

Dani verschränkte die Arme vor der Brust. »So ist es. Ich

bin echt froh, dass das nicht nur mir aufgefallen ist. Was machen wir jetzt?«

»Wir suchen ihn«, sagte Sandra, und ihr Herz zog sich schmerzhaft zusammen. Hatte sie wirklich etwas übersehen?

Eilig stellten sie kleinere Suchtrupps zusammen. Jeder wusste, was er zu tun hatte, als wären sie nicht lange getrennt gewesen und verstünden sich auch ohne viele Worte. Maike würde in der Villa bleiben, falls Nicolai zurückkehrte, den Kontakt mit den anderen halten und im Notfall an der entsprechenden Stelle einspringen. Gregor blieb bei den Kindern. Daniela, die mit Nicolai über die Strecke geredet hatte, beschrieb den anderen genauestens die Route, die er höchstwahrscheinlich genommen hatte, und die Stellen, an denen er davon abgewichen sein könnte. Die Wanderung sei nicht sonderlich lang, aber malerisch, sagte Daniela. An einer Stelle führe sie in einem Bogen nahe an der Mole vorbei.

Unsere Mole.

Nils und Sandra tauschten einen kurzen Blick, dann machten sie sich alle gemeinsam auf den Weg. Es war noch warm, die Sonne spendete noch ein wenig Licht, auch wenn es zwischen den Bäumen recht dunkel war. Sie passierten den Baum, bei dem Daniela Nicolai zuletzt gesehen hatte, und kurz darauf Milans Hütte, aus der sanftes Licht schimmerte. Daniela klopfte und fragte nach, doch auch Milan hatte Nicolai nicht gesehen. Kurz darauf teilten sie sich auf: Nils erklärte sich bereit, alleine zu gehen, die beiden Frauen blieben zusammen. Sandra und Daniela gingen eine Weile schweigend hintereinanderher, bevor sie an einer kleinen Lichtung hielten und horchten, doch es blieb still. Sandra beleuchtete das nächste Stück des Weges mit ihrer Taschenlampe und schickte sich an weiterzugehen.

»Ihr versteht euch ganz gut, oder?«, sagte Daniela unvermittelt. »Nils und du, meine ich?«

Sandra verharrte mitten in der Bewegung. Für einen Moment senkte sie ihre Taschenlampe und starrte in das Dämmerlicht des Waldes hinein. Ja, sie verstanden sich gut. Sogar mehr als das.

»Ja, das tun wir.« Sandra drehte sich zu ihrer Freundin um. »Ich wäre dir allerdings dankbar, wenn du noch etwas Stillschweigen bewahren könntest, Dani.« Sie blickte die Freundin ernst an.

»Klar.« Daniela lächelte. »Obwohl, ich glaube, alle haben es schon mitbekommen.«

Sandra wollte nicht darüber reden. »Lass uns weitersuchen.«

»Okay. Aber ich bin neugierig.«

»Hm.« Sandra ließ das Licht ihrer Taschenlampe erneut den Weg entlangleuchten, teils, um nicht zu stolpern, teils, um Danis forschendem Blick auszuweichen, und ging weiter. »Erst war er mir ja echt zu laut«, hörte sie sich plötzlich sagen. Eigentlich hatte sie doch nicht darüber reden wollen, nicht über Nils und sich, als mache das reine Reden das, was zwischen ihnen war, greifbarer. »Und dann waren da noch Feli und durchaus auch Alex … Ich habe keine Ahnung, wie ich mit den beiden umgehen soll. Jonah signalisiert mir immerhin, dass er die Sache eher ruhig sieht.«

»Und jetzt?«

Sandra wusste nicht, was sie sagen sollte. War es jetzt ein Klischee, mit dem Ex-Freund zusammenzukommen, und war sie nicht viel zu alt für all das? War sie bereit, sich noch einmal an ein anderes Leben anzupassen? Sie ließ das Licht der Taschenlampe zwischen die Bäume rechts und links des Weges gleiten. Daniela hatte ihr erzählt, dass sich irgendwo in dieser Bucht die Bronzestatue von Ambroz Haračić befand, des Professors, der das Anpflanzen der Pinienbäume in Čikat initiiert hatte. Sie hoffte nur, dass das nicht hier in der Nähe war. Das Risiko, sich zu erschrecken, war gerade extrem hoch.

»Jetzt ist es okay.«

»Ich finde, ihr passt immer noch gut zusammen«, sagte Daniela nach ein paar Schritten.

Sandra spürte, dass sie errötete. Aber was war es eigentlich, was sie so verunsicherte? Dass sie vielleicht zu alt für all das war, dass sie beide Töchter hatten, die womöglich ein Veto einlegten? Dass sie sich vielleicht doch nicht ganz klar war, ob sie das alles wollte, diese ganzen Veränderungen … Sie blieb abrupt stehen und beleuchtete eine Stelle am Boden, an dem mehrere Wurzeln Stolperfallen bildeten.

»Pass auf.«

»Ja.«

»Und mach dir nicht zu viele …«

Sandras Handy klingelte.

Nils beendete das kurze Gespräch und steckte das Handy wieder ein. Nicolai, der mit aufgeschürfter Wange zu seinen Füßen auf dem Boden saß, spürte seinen nachdenklichen Blick auf sich.

»Du bist gestürzt? Wie konnte das denn passieren?«

»Weiß nicht. Vielleicht war's schon zu dämmrig? Bin gestolpert, habe den Halt verloren und steckte dann fest.«

»Und du konntest dich echt nicht selbst befreien?« Nils blickte zu dem Stein, den er zur Seite geschoben hatte, um Nicolais Fuß loszukriegen.

»Nee, konnte ich nicht.« Nicolai beugte sich vor, um dem Blick des Freundes auszuweichen, und zog konzentriert seine Schnürsenkel nach. Er wollte nicht, dass Nils ihn anschaute, seine aufgeschürfte Wange musterte, die Folge dessen, dass er einfach nicht schnell genug hatte reagieren können.

Verdammte Kacke, er war aus den Latschen gekippt, wie so ein Rentner. *Und ja, Rentner, sag es doch, sprich es aus: Du bist ein Frührentner, ein Versager, ein … Niemand in deiner Familie hat diese verdammte Krankheit, nur du. Warum, warum, warum?*

»Wie geht's deinem Fuß?« Nils klang irgendwie besorgt. Nicolai hätte ihn am liebsten in die Schranken gewiesen, aber das wäre unhöflich gewesen. Nils hatte sein Leben nicht auseinandergebrochen, das hatte die Krankheit getan.

»Alles okay.«

»Du hast dir nichts getan? Also abgesehen von den Schrammen im Gesicht?«

Nicolai verabscheute das fragende Unverständnis in Nils' Stimme. Natürlich hatte er sich etwas getan. Er war gestürzt und hatte sich selbst nicht helfen können. Wenn das nichts fürs Ego bedeutete? Sein Ego war ja noch da und scherte sich nicht um Herrn Parkinson. Er hob den Kopf und schaute Nils an, lange, bis dieser sich unruhig abwandte. Ah, man konnte also auch den großen Nils verunsichern.

»Was ist denn?«

»Ich hab Parkinson.«

Nicolai stieß es hervor, geradeaus, einfach so, ohne nach einer besonderen Formulierung zu suchen. Es reichte. Er hatte einfach keine Lust mehr, den Mund zu halten, hatte keine Lust mehr, sich und andere zu schonen und zu verbergen, wie es ihm ging. Er sagte es einfach. Zack!

»Was?«

»Parkinson.«

»Die Krankheit?«

»Was denn sonst?«

Es dauerte offenbar einen Augenblick, bis Nils die Worte verarbeitet hatte. So war das immer, wenn Nicolai jemandem davon erzählte. Schließlich ließ Nils sich mit einem Seufzer an Nicolais Seite nieder, ihre angewinkelten Beine und die Schultern berührten sich. »Parkinson? Ich hatte ja keine Ahnung, Mann. Tut mir echt leid, ich …«

»Muss dir nicht leidtun«, unterbrach Nicolai ihn. »Ist nicht deine Schuld. Niemand ist schuld.« Mit einem Mal war die Wut weg, und er verspürte seltsamerweise sogar Erleichterung.

»Du wirst es den anderen sagen müssen.«

Nicolai hob ruckartig den Kopf. »Warum? Das ist meine Sache. Niemand muss das wissen. Ich will kein Mitleid und keine Blicke und …«

Nils seufzte. »Mann, jetzt hätte ich gerne eine Kippe.«

»Denkst du, das hilft?«

Nils schüttelte den Kopf, dann stand er auf, um sich im nächsten Moment gleich wieder zu setzen. Er suchte Nicolais Blick, doch der wich ihm aus.

»Sie sind bald hier. Du musst dir jetzt überlegen, was du machen willst. Ich denke, du solltest es sagen.«

»Hm.«

Nils' Handy klingelte. Er nahm das Gespräch an.

»Wo seid ihr denn?«, fragte Daniela, dann war Sandras Stimme zu hören.

»Ich glaube, ich sehe sie. Da drüben.«

Nach der Rückkehr in die Villa Hoffnung wollte Nicolai zunächst nichts sagen, sondern sich einfach in sein Zimmer zurückziehen, die Klappe halten, sein verdammtes Mistleben weiterleben. Niemanden ging an, wie er sich fühlte. Niemanden. Aber die Clique ließ das nicht zu, er konnte sich ihnen nicht entziehen. Genau so, wie früher in der Schule, als sie einander auch in schlechten Zeiten zur Seite gestanden hatten. Er musste zugeben, dass sich das nicht ausschließlich schlecht anfühlte, allerdings auch nicht gut. Er war sich einfach noch nicht im Klaren darüber, was genau er wollte. Immerhin hatte Nils bis jetzt die Klappe gehalten.

Jetzt waren sie alle im großen Wohnzimmer versammelt, doch dieses Mal hatte Nicolai sich nicht in den Hintergrund zurückziehen können wie sonst. Daniela hatte das Licht angemacht, das Schürfwunden an Nicolais linkem Schienbein und auf der rechten Wange offenbarte, um die sich nun Maike kümmerte. Dabei hatte Nicolai zuerst jede Hilfe abgelehnt, doch Maike war sehr bestimmt gewesen. Sie strahlte etwas aus, das Nicolai an die Ärztin erinnerte, die sie einmal gewesen sein musste. Ihre Stimme war sanft und freundlich, aber bestimmt. Sie würde ihn nicht gehen lassen, bevor sie nicht ihre Arbeit erledigt hatte. Das war ausgeschlossen. Nicolai war sich sicher, dass sie eine gute Ärztin gewesen sein musste, eine, die mit Herz und Verstand bei der Sache war.

Sie hatte die Wunde in seinem Gesicht behandelt und versorgte und desinfizierte auch die an seinem Bein, bevor sie sich schließlich, mit dem Verband in der Hand, vorbeugte, sich mit den Ellenbogen auf ihren Knien abstützte und ihn prüfend von der Seite betrachtete. Nicolai erwiderte kurz ihren Blick, wandte ihn dann aber ab. Doch so leicht ließ sie sich nicht abwimmeln.

»Was hast du, Nicolai? Sag es uns, wir sind deine Freunde«, sagte sie ruhig.

Nicolai schüttelte den Kopf. Schluckte schwer, sagte aber nichts.

»Bitte«, fügte Sandra hinzu. Ihre Stimme klang jetzt eindringlicher. »Wir wollen dir helfen.«

Nicolai starrte die tiefen Schrammen an, die sein Sturz auf dem Schienbein hinterlassen hatte. Es sah übel aus, aber es tat irgendwie nicht weh, jedenfalls nicht körperlich. Er hielt viel aus. Er war stark. Ach verdammt, für einen Augenblick vermisste er die Zwillinge, die eben noch um sie herumgesprungen waren, denn sie hatten die Aufmerksamkeit ein wenig von ihm abgelenkt.

»Nicolai?«, erinnerte Maike ihn jetzt noch einmal, und Nicolai riss den Kopf nach oben und traf in der Geschwindigkeit eines Fingerschnippens eine Entscheidung.

»Parkinson, verdammt. Ich habe Parkinson.«

Er rieb sich mit einer Hand über das Kinn – er hatte gar nicht gemerkt, dass ihm der Schweiß ausgebrochen war –, dann sah er sie hilflos an.

Oh ja, jetzt fragen sie sich alle, was ihnen denn vorher aufgefallen ist und ob ihnen etwas aufgefallen ist und ob sie ihn hätten fragen sollen, wie es ihm geht und … Er starrte Sandra an, die seinem Blick beschämt auswich. Oh ja, sie hatten alle geglaubt, Probleme zu haben, aber er hatte ein wirkliches Problem, eines, das sich nicht mit ein bisschen Anstrengung lösen ließ, weil er einfach keinen verfluchten Einfluss darauf hatte.

Maike fing sich als Erste. »Aber warum hast du nichts gesagt?«

Nicolai schwieg. »Weil ich nicht wollte, dass ihr mich jeden Tag fragt, wie es mir geht, verdammt.« Er sah Maike an. »Weil einem Teil von mir geht's oft echt beschissen, wisst ihr? Und was soll ich dann sagen? Es geht mir gut, denn ich habe keine Grippe, und es geht mir miserabel, weil ich weiß, dass ich diese degenerative Nervenkrankheit habe, die nie wieder weggehen wird, die einfach ein Teil von mir ist, wie so ein verdammter Parasit? Ich kann mein Leben nicht mehr ändern, das hat mein Körper übernommen, einfach so.«

Er bewegte unwillkürlich sein Bein und verzog sofort das Gesicht vor Schmerz.

»Darf ich mich jetzt um dein Schienbein kümmern?«, fragte Maike sanft.

Nicolai nickte und begann schleppend zu erzählen, während Maike sein Bein verband, aber seine Stimme gewann nach und nach an Kraft. Er erzählte von seinem Leben vor und nach der Diagnose und schließlich sogar von Mathilda. Er erzählte von den Medikamenten, die Teil seines neuen Lebens waren: Pramipexol, Levodopa, Madopar und wie sie alle hießen. Nicolai überraschte sich selbst, in dem er noch mehr von Mathilda erzählte. Er hatte viel an sie gedacht, aber kaum von ihr erzählt, und irgendwie tat das jetzt gut. Sein Herz klopfte immer noch schneller, wenn er an sie dachte.

Ich habe sie nicht vergessen, dachte er, *ich werde sie nie vergessen.* Aber was sollte er damit anfangen? Dieser Teil seines Lebens war vorbei, und er würde nicht zurückkommen.

Vierundvierzigstes Kapitel

Sie gingen alle spät ins Bett an diesem Abend, aber dieses Mal überraschte es keinen von ihnen, dass sie früh wieder wach waren, offenbar hatten sie alle etwas, über das sie nachdenken mussten. Auf der Frühstücksterrasse traf Sandra als Erste Gregor, Maike und die Zwillinge. Noch früher wach gewesen waren Dani und Zita, die schon in der Küche werkelten. Sandra fragte sich, ob Dani ihrer Schwester von Nicolai erzählt hatte und was Nils seinen Kindern sagte. Mit Alex würde sie natürlich auch reden müssen. Sie hatte im Kopf schon ein paar Sätze formuliert, sie aber wieder verworfen. Sie würde es Alex ganz einfach sagen, ganz sicher machte sie sich wieder einmal zu viele Gedanken.

Sie begannen mit dem gemeinsamen Frühstück. Kurz darauf stießen auch Nils und Nicolai dazu, vertieft in ein Gespräch über ihre Lieblingsbands, das sie noch in der Nacht zuvor begonnen hatten.

Wie früher, dachte Sandra und schenkte sich Kaffee nach.

Und dann musste sie mit einem Mal an Mathilda denken und daran, wie Nicolai geklungen hatte, als er von ihr erzählt hatte. Es war nicht zu überhören gewesen, wie viel sie ihm bedeutete. Immer noch. Er hatte sie nicht vergessen. Sie war immer noch da, immer noch in seinen Gedanken.

Er liebt sie, dachte sie, *immer noch*.

Nach dem Frühstück gingen Gregor, Maike und die Zwillinge in ihr Zimmer, um den Tag zu planen. Die Zwillinge begannen zu spielen, und Maike setzte sich mit der Ausflugstasche auf das Bett, stellte aber Minuten später fest, dass sie immer noch nichts gepackt hatte. Jeder hing seinen Gedanken nach. Es war so unendlich viel passiert in den letzten Stunden. Endlich wusste sie, was Gregor bedrückte, und dann hatte sie das mit Nicolai erfahren: Parkinson. Sie konnte sich nicht vorstellen, was das für ihn bedeutete. Es war, als mache ihr Gehirn einfach einen Bogen darum. Plötzlich warfen sich Bo und Fynn in ihre Arme und sprachen davon, Fußball mit Jonah, Feli und Alex spielen zu wollen. Gestern, als sie die beiden nach dem Ausflug mit Gregor wieder in die Arme hatte schließen können, war es ihr erschienen, als seien sie ein Stück größer geworden.

»Ich habe ein Tor geschossen«, sagte Bo. Fynn ließ sich nicht lumpen und beanspruchte zwei Tore für sich.

Gregor kam aus dem Bad und setzte sich an ihre Seite. Er strich Bo über dem Kopf. Fynn kletterte auf Maikes Schoß, und Gregor legte den freien Arm um sie. Sie streichelte sanft an seinem Daumen entlang.

»Es ist viel passiert«, sagte er leise.

»Hm.«

»Ich habe endlich über Hannes gesprochen, und Nicolai hat uns erzählt, was mit ihm los ist. Es sind viele Entscheidungen gefallen.«

»Ja.« Sie streichelte immer noch seine Hand. Da war eine kleine Narbe am Daumenansatz. Sie sah sie vor sich, ohne sie sehen zu müssen.

Gregor räusperte sich. »Weißt du was, ich habe nachgedacht und …« Er zögerte einen Augenblick und suchte dann ihren Blick. »Ich glaube, ich würde mich gerne von Hannes verabschieden. Vielleicht würde mir das helfen. Vielleicht wäre das eine Art Abschluss.« Er holte Luft, als müsse er sich für das wappnen, was er als Nächstes sagte: »Ich denke, so ein Abschluss wäre gut für mich. Ich möchte ihm nämlich gerne sagen, dass es mir leidtut und dass ich ihn gerne gerettet hätte.« Er schaute sie fragend an. »Klingt das okay?«

Maike zögerte einen Augenblick. Ihr lagen viele Dinge auf der Zunge, die sie zum Teil schon gesagt hatte. Dass es nicht seine Schuld gewesen war, beispielsweise, dass er einfach ein Kind gewesen war, das solche Dinge nicht hatte überblicken können. Sie wiederholte es nicht. Er musste seine Art finden, mit dem Ereignis umzugehen. Sie würden noch genug Zeit haben, darüber zu sprechen, wenn er bereit dazu war. Sie musste Geduld haben, und sie hatte verstanden, dass sie ihm diese Zeit geben musste. »In Ordnung, lass uns mal überlegen«, sagte sie leise, drehte sich zu ihm hin und hauchte einen Kuss auf eine Stelle hinter seinem Ohr.

Er schauderte leicht, dann rückte er näher an sie heran und küsste sie auf den Mund. »Wollen wir spazieren gehen? Den Kopf etwas frei bekommen?«

»In Ordnung. Und die Zwillinge?«

»Spielen Fußball.«

Sie nahmen den Weg hinunter zum Strand, gingen dann aber auf Waldwegen ein Stück nach rechts, bevor sie in einem Bogen zum Meer und von dort in Richtung Zitas Strandhütte gingen. Bo und Fynn waren begeistert bei Jonah und Feli geblieben, und schon bald war ein wildes Fußballspiel im Gange gewesen. Maike und Gregor liefen eine Weile schweigend nebeneinanderher, jeder seinen Gedanken nachhängend, bis sie schließlich erste Ideen austauschten. Zu Maikes Erstaunen gefiel Gregor ihr Vorschlag, auf dem Wasser von Hannes Abschied zu nehmen. Sie überlegten weiter, setzten sich schließlich noch eine Weile an den Strand und schauten aufs Meer hinaus.

»Woran denkst du?«, fragte Gregor plötzlich.

Maike zuckte zusammen. »Ich glaube, ich habe gerade daran gedacht, dass Wasser Teil eines Kreislaufs ist, so wie auch unser Leben.«

Gregor sagte zunächst nichts, beugte sich dann aber zu ihr und küsste eine Stelle unterhalb ihrer Schläfe. »Ich wusste gar nicht, dass du so spirituell bist.«

War sie das? Maike überlegte, fand aber keine Antwort. »Wir könnten Milan mit seinem Boot fragen«, sagte sie nach einer Weile.

»Das ist eine gute Idee. Wir fragen Milan.« Gregor stand auf.

»Jetzt?«

»Jetzt.«

Fünfundvierzigstes Kapitel

Sandra sah Alex schon von weitem, während sie sich über den Strand Zitas kleinem Strandhaus näherte. Sie war schon zweimal hier gewesen, um zu sehen, wie es Alex ging, denn abgesehen von einzelnen Mahlzeiten und den Ausflügen an den Strand und in die Stadt sah Sandra nicht viel von ihrer Tochter. Da hatte sie sich mehr erhofft. Wenigstens ging es Alex gut, das war nicht zu übersehen. Ihre Beziehung zueinander hatte sich ebenfalls entspannt. Sandra hoffte sehr, dass es ihnen irgendwie gelingen würde, dieses Verhältnis mit nach Hause zurückzubringen.

Sandra beschleunigte ihre Schritte. Alex saß mit ihrem Smartphone auf der niedrigen Holzveranda, die einmal rund um das kleine Haus lief, und spielte mit den Füßen im Kiessand. Zu Hause war Alex selten früh wach, wenn sie nicht gerade in die Schule musste, und auch dann musste Sandra sie meist mehrfach wecken. Hier war das anders. Vieles war hier anders, vielleicht waren sie sich deshalb nähergekommen als im ganzen letzten Jahr, und doch machte der Gedanke an ein Gespräch mit ihrer Tochter Sandra immer noch nervös.

Jetzt hatte auch Alex sie bemerkt. Nein, es ließ sich nicht leugnen: Trotz allem gab es da immer noch dieses latente Misstrauen zwischen ihnen, und Sandra fragte sich unwillkürlich, ob es je verschwinden würde. Warum war es überhaupt da? Was war eigentlich groß zwischen ihnen geschehen?

Sandra atmete tief durch. Heute würde sie das Thema jedenfalls nicht ansprechen. Sie würde ihr leises Bedauern beiseiteschieben und sich auf die Sache mit Nicolai konzentrieren.

Alex stand auf, das Smartphone in der Hand. »Hallo, Mama! Ist was?«, fragte sie knapp, als Sandra die Hütte fast erreicht hatte.

Sandra schluckte. Verdammt, konnte Alex streng gucken und irgendwie auch genervt. Das gab ihr wirklich nicht das Gefühl, willkommen zu sein, und das machte ihr Vorhaben nicht einfacher. Sie hatte viel darüber nachgedacht, aber sie wusste nicht, ob ihr Plan richtig war. Dennoch musste eine Entscheidung getroffen werden. Die Zeit lief ihnen einfach davon. Sandra atmete tief durch. »Guten Morgen, meine Liebe.«

Alex runzelte misstrauisch die Stirn. Das konnte sie wirklich gut. Sandra hatte tatsächlich den Eindruck, dass ihr der Mund ein wenig trocken wurde.

»Was ist, Mama?« Alex' Stimme klang ungeduldig.

»Nichts. Na ja … Ich brauche deine Hilfe.«

Alex blickte sie misstrauisch an und schob das Smartphone dann in die Tasche ihrer engen, abgeschnittenen Jeans. Sandra kannte dieses Kleidungsstück nicht. Vermutlich gehörte es Zita.

»Okay«, gab Alex lang gezogen und vorsichtig zurück. »Du brauchst also meine Hilfe.«

»Setzen wir uns?«

»Meinetwegen.« Alex ließ sich wieder am Rand der Veranda nieder, mit Blick zum Meer.

Sandra setzte sich an ihre Seite. Eine Weile war es still, während Sandra nach Worten suchte und verschiedene Sätze im Kopf vorformulierte, bevor sie doch einfach geradeheraus sagte: »Wie kann man jemanden über das Internet finden?«

Alex blickte ihre Mutter kurz überrascht von der Seite an, dann brummte ihr Smartphone. Alex zog es hervor, schaute darauf und scrollte ein Stück. »Das weißt du doch. Du bist ja kein Neandertaler.«

»Ja, schon, im Ansatz. Aber bei Google hab ich nichts gefunden, und viel mehr kann ich nicht. Bei den sozialen Netzwerken bin ich nicht angemeldet.« Sandra hatte die Füße nebeneinander aufgestellt, stützte sich auf den Knien ab und schaute ihre Tochter an. »Also: Wie würdest du da vorgehen? Was muss ich bedenken?« *Vielleicht können wir uns ja auf diese Weise etwas näherkommen*, schoss es ihr durch den Kopf.

»Bedenken musst du nichts, außer dass derjenige vielleicht nicht in den sozialen Netzwerken unterwegs ist.«

»Ja, natürlich, aber wenn er das ist?«

»Na ja, ich würde erst einmal bei Facebook schauen oder bei Instagram.« Ihr Smartphone brummte erneut. Alex schaute auf die Nachricht und tippte rasch eine Antwort mit beiden Daumen. »Willst du denn jemanden finden?«, fragte sie dann. »Wen denn?«

Sandra schwieg einen Moment. »Na ja … Mathilda.« Klang ihre Stimme wirklich so rau?

»Mathilda? Kenn ich nicht. Wer soll das sein?«, fragte Alex ungeduldig.

Sandra atmete tief durch. »Mathilda ist die Ex-Freundin von Nicolai«, begann sie und erzählte von dem Gespräch am vergangenen Abend, von Nicolais schwerer Krankheit und seinem Umgang damit und schließlich auch von Mathilda. Alex lauschte ihr aufmerksam, und obwohl ihr Handy ein paar Mal brummend den Eingang einer Nachricht verkündete, sah sie nicht nach. »Oh Mann, was für ein Mist«, sagte sie schließlich, als Sandra geendet hatte. »Und ihr habt das nicht gewusst? Können wir denn gar nichts tun?«

»Nicht, was die Krankheit betrifft. Wir können nur dafür sorgen, dass es ihm hier in seinem Umfeld so gut wie möglich geht. Deshalb auch die Suche nach Mathilda.« Sandra spürte, wie sie errötete, obwohl es dazu doch eigentlich keinen verdammten Grund gab. Sie wollte schließlich nur das Beste, und das, was Nicolai von Mathilda erzählt hatte, hatte ihr gezeigt, dass er immer noch etwas für sie empfand. Er liebte sie, also mussten sie einander wiedersehen und die falschen Entscheidungen berichtigen. »Meinst du, wir können sie finden?«

Alex zuckte die Achseln. »Meinst du denn, das ist ihm recht? Meinst du denn, das ist deine Sache? Vielleicht solltet ihr ihn erst fragen. Es war seine Entscheidung, mit ihr Schluss zu machen. Er wird seine Gründe gehabt haben. Es ist sein Leben.«

»Aber manchmal trifft man falsche Entscheidungen.«

»Ach ja?«

Sandra lehnte sich nach hinten und stützte sich mit den Händen ab.

»Ich denke, er hat einen Fehler gemacht, Alex. Er konnte damals nicht klar denken. Da war die frische Diagnose, und die hat ihn nur noch einen Ausweg sehen lassen, aber das ist jetzt anders und …«

»Ist es das? Das weißt du doch eigentlich gar nicht. Du weißt nicht, wie es ihm geht und wie er seine Zukunft sieht. Du weißt nicht, ob etwas anders ist. Fragt ihn doch erst einmal, und lasst ihn die Entscheidung treffen.«

Sandra schüttelte den Kopf. Sie wollte sich nicht von dieser Idee abbringen lassen. Im Gegenteil: Diese Idee gefiel ihr besser, je länger sie sich damit beschäftigte. Sie war perfekt.

»Ich finde, er sollte ihr die Wahrheit sagen, und er sollte keine Gelegenheit haben, sich aus der Affäre zu ziehen. Sie muss auch Teil dieser Entscheidung sein.«

»Findest du? Wirklich? Ich kann verstehen, warum er das gemacht hat. Mich würde so eine Diagnose auch umhauen, und wenn ich mir dann vorstelle, jemand muss mich den Rest meines Lebens ertragen … Er weiß ja nicht, was noch kommt.« Alex schwieg einen Moment. Ihre Stimme klang weicher, als sie weitersprach. »Das muss beängstigend sein.«

Sandra schloss für einen Moment die Augen. Vielleicht auch, um Alex damit auszuweichen, ja, das war möglich. »Und ich denke, manchmal braucht es einen Anstoß von außen, damit man nicht den einfachsten Weg geht«, sagte sie.

Alex atmete hörbar aus. »Von einfach würde ich da ja nicht reden. Er hat Parkinson, Mama.«

»Das ist mir klar. Wirklich.« Sandra setzte sich auf und tippte gegen das Smartphone in Alex' Hand.

»Kannst du sie finden? Für mich?«

»Klar. Schon. Theoretisch.«

Alex senkte ihren Blick auf das Telefon. Sie schien immer noch nicht überzeugt, aber sie lehnte die Sache auch nicht ganz ab. Sandra wartete.

Ihre Tochter blickte sie an. »Jetzt, meinst du?«

»Wäre gut.«

Alex rollte mit den Augen. »Okay«, sagte sie dann. Und seufzte. »Okay, ich mach es. Gib mir ihren vollen Namen.«

Alex fand Mathilda tatsächlich nach wenigen Klicks. Sie hob den Kopf und schaute ihre Mutter an.

»Ich hab sie. Bei Facebook. Aber bist du dir wirklich sicher? Das ist ein ziemlicher Eingriff in seine Privatsphäre, das ist dir hoffentlich klar.«

»Ist mir klar.« Sandras Stimme klang forscher, als sie sich fühlte. Privatsphäre – worüber ihre Tochter sich da Gedanken machte. Natürlich hatte sie recht, aber das musste ihr jetzt gleichgültig sein. Das, was sie tun wollte, war richtig. Sie durfte nicht daran zweifeln. »Okay, schreib sie an.«

»Auf deine Verantwortung.«

»Auf meine Verantwortung.«

Alex' Daumen flogen über das Display. Sandra reckte den Hals.

»Und?«

»Ja, ich hab's gemacht.« Alex legte das Handy neben sich auf die Holzterrasse und schaute ihre Mutter an. »Aber ich will auf keinen Fall, dass Nicolai erfährt, dass ich da meine Finger im Spiel hatte.«

»Ehrenwort.« Sandra schwieg einen Moment. »Danke«, sagte sie schließlich ehrlich.

Alex zuckte die Achseln. »Bitte. Ich denke trotzdem, es war falsch.«

Sie saßen noch einen Augenblick schweigend nebeneinander, dann stand Sandra auf. »Ich sag's so bald wie möglich den anderen.«

Alex zuckte die Achseln. »Ich fahr gleich noch mit Zita in die Stadt. Wir wollen nach Klamotten schauen.«

»Hat sie denn Zeit? Ich hoffe, du hast sie nicht bequatscht?«

»Oh Mann, Mama, denkst du, Zita kann das nicht selbst entscheiden? Wir sind große Mädchen. Und falls es dir um das Essen geht: Sie hat heute Morgen schon das Wichtigste vorbereitet. Wir waren nämlich echt früh wach.« Sie gähnte.

Sandra schluckte. »Sorry, war nicht so gemeint.«

»Erst denken, dann reden.«

»Ist ja schon gut.«

»Ich werde erwachsen, Mama, das weißt du hoffentlich. Ich bin nicht mehr dein kleines Mädchen.«

»Ich weiß. Es ist nicht leicht, sich daran zu gewöhnen.« Sandra hob die Hand zum Gruß und schickte sich an, den Rückweg anzutreten. Doch dann blieb sie noch einmal stehen und zog einen Fünfzig-Euro-Schein aus der Tasche. »Aber ich weiß, dass es so ist, Alex, und ich freue mich darüber. Hier, gönn dir was.«

Am Ende des Strandes, am Beginn des Weges, schaute sie noch einmal zurück. Alex war wieder mit ihrem Smartphone beschäftigt und sah nicht in ihre Richtung.

Als Sandra zur Villa zurückkehrte, saßen alle außer Nicolai auf der Terrasse bei einer Tasse Kaffee zusammen. Gregor und Maike waren gerade von ihrem Spaziergang zurück, zu dem sie vor Sandra aufgebrochen waren. Sandra erzählte ihnen die Neuigkeit, und für einen Moment fühlte es sich an, als hielten alle den Atem an. Nils war wie immer der Erste, der sprach. »Wie sieht sie denn aus?«, fragte er und fügte dann erklärend hinzu: »Keine Hintergedanken. Das müssten wir einfach wissen, falls wir sie irgendwo abholen sollen. Außerdem interessiert es mich.«

Sandra zuckte die Achseln. Das hatte sie Alex gar nicht gefragt. Nils zog sein eigenes Smartphone hervor. »Sie ist bei Facebook, sagst du?«

»Ja.«

Seine Finger bewegten sich über das Display, einen Augenblick später hielt er ihnen das Bild hin. Mathilda trug darauf ein langes, buntes Kleid und lange Rastalocken.

»Sie sieht jung aus«, bemerkte Maike.

»Sie ist jung«, sagte Daniela nachdenklich, »deshalb wollte er wahrscheinlich, dass sie die Belastung …«

»Trotzdem sollte sie die Wahrheit wissen«, hielt Sandra dagegen. »Sie sollte ihre eigene Entscheidung treffen dürfen.«

»Ich hoffe, sie ärgert sich nicht darüber, dass wir ihr nachspionieren«, gab Daniela zu bedenken.

»Wir spionieren ihr nicht nach, und melden muss sie sich ja auch nicht. Wir haben sie in aller Öffentlichkeit gefunden.« Sandra blickte von einem zum anderen. »Wisst ihr, wir hätten uns alle viel erspart, wenn wir etwas ehrlicher miteinander wären. Jetzt war Nicolai ehrlich, auch was Mathilda betrifft, und ich finde, dass auch er das Recht haben muss, seine Entscheidung zu korrigieren.«

Sechsundvierzigstes Kapitel

Maike und Gregor wählten für den Abschied jenen Teil des Nachmittags, zu dem sich der Abend anzukündigen begann und die Sonne sanfter und goldener schien. Daniela hatte ihnen ein paar Blumen und Schwimmkerzen mitgegeben, und Zita und Alex passten nach ihrer Rückkehr aus der Stadt auf die Kleinen auf. Maike und Gregor gingen alleine an den Strand. Sie hatten den anderen nur knapp umrissen, worum es ging, und erklärt, dass sie mehr erzählen würden, wenn sie so weit waren. Alle akzeptierten das, außerdem hatten sie mit den Informationen rund um Nicolai noch genug zu tun.

Am Strand war es still. Nur die Geräusche der Natur waren zu hören: Wasser, das sanft gegen Strand und Mole schwappte, Wind, der die Wipfel der Pinien bewegte. Sie würden auf Milans Boot ein Stück aufs Meer hinausfahren und dort Abschied von Hannes nehmen. Sie würden ihm Blumen schenken und Kerzen und ihm sagen, dass sie ihn vermissten.

Gregor ging nach Milan an Bord. Maike folgte ihm und setzte sich dicht zu ihm. Er wirkte jetzt doch angespannt, und sie legte den Arm um ihn. Er rückte näher zu ihr, und das fühlte sich gut an. Da stand nichts mehr zwischen ihnen, ein Knoten hatte sich gelöst. Maike wusste jetzt, dass sie alles meistern würden, auch Rückschläge und Ängste.

Milan lenkte das Boot von der Mole weg, beschleunigte zuerst ein wenig, drosselte das Tempo aber bald wieder. Kurz darauf hatten sie eine geeignete Stelle erreicht. Der Motor verstummte. Milan warf den Anker, und das Boot begann sanft auf den Wellen zu schaukeln.

»Von hier kommen Kerzen und Blumen nicht wieder an Land«, erklärte er.

Gregor nickte mit ernstem Gesicht.

»Alles gut?«, fragte Maike.

»Ja. Es ist ein erster Schritt.« Gregors Stimme war rau, dann wischte er sich rasch mit dem Handrücken über die Augen. Maike beugte sich vor und küsste ihren Mann, verlor dabei fast den Halt und musste sich an ihm festhalten.

»Hey, pass auf dich auf.«

»Natürlich.«

»Ich liebe dich.«

»Ich dich auch.« Gregors Hand zitterte, als er die erste und dann die nächste Kerze anzündete. Dann beugte er sich vor und setzte die kleinen Lichter auf die Wasseroberfläche, legte die Blumen hinterher. Maike tat es ihm gleich. Die Kerzen wurden sofort von ihnen fortgetragen.

Gregor sah den kleinen Lichtern hinterher. »Auf Wiedersehen, Hannes«, sagte er heiser. Er schluckte.

»Willst du zurückfahren?«, fragte Maike.

»Gib mir noch einen Augenblick.«

Maike sah, wie er die Augen schloss und wie sich seine Lippen bewegten. Er wirkte geradezu versunken in sein Tun.

Sie sah Schmerz in seinem Gesicht, dann entspannten sich seine Züge. Nach einer schier endlosen Weile öffnete er die Augen wieder.

»Ich bin fertig.«

»Ist alles gut?«

»Ja.« Er atmete tief ein. »Ja, das ist es.«

Mathilda meldete sich am späten Nachmittag zurück. Sie war nicht ärgerlich, wie Daniela befürchtet hatte, und sie wirkte auch kaum überrascht. Sie schrieb, dass sie sich quasi gerade auf Tour an der gegenüberliegenden Seite, an der italienischen Adria, befand und bei Gelegenheit einfach eine Fähre rüber nehmen würde, vielleicht sogar schon am nächsten Tag.

Beim Abendessen versuchte Sandra, Nicolai zu meiden, weil sie sich in seiner Gegenwart plötzlich unwohl fühlte. Als könne er ihr ansehen, was sie getan hatte. Denn natürlich hatte sie sich in sein Leben eingemischt. Richtig war das nicht gewesen, aber doch notwendig, wie sie fand. Trotzdem würde sie sich ihm erklären müssen. Sandra seufzte. Vielleicht hatte Alex doch recht, vielleicht hätte sie sich nicht einmischen sollen. Hatte sie nicht selbst genügend Probleme? Eine Scheidung, eine aufflammende neue Beziehung und die Kinder ihres neuen Alten, von denen zumindest eines sie ablehnte. Vielleicht sollte sie ja zuerst einmal vor der eigenen Haustür kehren?

Diese Gedanken bedrückten sie mit einem Mal unerwartet heftig. Sie äußerte ihr Unbehagen gegenüber Daniela.

»Es war eine schwierige Entscheidung, und ich verstehe, warum du sie so getroffen hast, aber ich bleibe dabei: Du hättest ihn fragen sollen«, antwortete die Freundin.

Sandra hob die Schultern und ließ sie wieder sinken. »Es kam mir richtig vor. Und ich wollte Nicolai nicht die Gelegenheit geben, der Situation auszuweichen, so wie er es die ganze Zeit mit uns versucht hat.«

»Dann musst du dazu stehen.«

Sandra blickte nachdenklich in die Ferne. Dazu stehen … War das die Antwort? Irgendwie war sie froh, als Nils vorschlug, noch einmal alle gemeinsam kurz zum Strand zu gehen. Dort würde sie sich abzulenken wissen. Sie würde schwimmen, mit den anderen reden und mit den Zwillingen Sandkuchen backen.

Das alles funktionierte auch ganz wunderbar, bis Alex sie zur Seite nahm und ihr das Smartphone entgegenhielt. »Sie kommt definitiv morgen.«

Sandra starrte sie verblüfft an und musste plötzlich tief durchatmen. Ihr Herz schlug schneller, und ihre Wangen fühlten sich mit einem Mal ganz warm an.

»Hast du verstanden?«, hakte Alex nach. »Mathilda kommt morgen.«

»Ja, klar, hab ich …« Sandra schaute sich nach Nicolai um, der ein Stück entfernt auf seinem Handtuch lag.

In diesem Moment beugte sich Nils über Sandras Schulter und schaute ungeniert auf das Display von Alex' Smartphone. »Oh ha«, rief er, »sagen wir's ihm jetzt?«

»Wer holt sie ab?«, wich Sandra aus.

»Sagen wir's ihm?«, wiederholte Nils. Er und Sandra wechselten einen langen Blick, während sie aus dem Augenwinkel beobachtete, dass Gregor auf sie zukam.

»Sie kommt mit dem Auto«, sagte Alex mit gesenkter Stimme. »Ihr solltet ihr einfach *directions* geben.«

»*Directions*?«

»Na ja, den Weg beschreiben.«

»Seit wann gibt es dafür kein Wort mehr in unserer Sprache?«

Alex verdrehte die Augen. »Ach du meine Güte.«

»Ihr wisst schon«, sagte Gregor, der jetzt zu ihnen stieß, »dass sich immer wieder Wörter aus anderen Sprachen in der eigenen wiederfinden? Davon lebt eine Sprache nämlich. Sie stirbt nur, wenn sie niemand mehr nutzt.« Er nickte Alex zu.

»Jetzt lasst mal die Kirche im Dorf«, beschwerte sich Sandra.

Alex verschränkte die Arme. »Der alte Mann hat recht.«

Alle lachten, und die Situation lockerte sich auf. Nicolai hatte offenbar nichts mitbekommen – eine Erleichterung –, aber was würde er sagen, wenn Mathilda vor ihm stand?

Siebenundvierzigstes Kapitel

Als Nicolai an diesem Morgen spät aufwachte und sich noch einmal wohlig in die Kissen kuschelte, kam ihm sofort wieder dieser eine Abend vor nunmehr zwei Nächten in den Sinn. Irgendwie war er rückblickend doch nahezu perfekt gewesen. Es war gut, den anderen endlich die Wahrheit gesagt zu haben. Er hatte auch das Gefühl, schon lange nicht mehr so gut geschlafen zu haben, und er haderte auch nicht mit sich, als ihm sein Körper beim Aufstehen erst einmal nicht gehorchen wollte. Heute gab er sich die Zeit. Sie würden eben den Rest ihres Lebens gemeinsam verbringen, Herr Parkinson und er. Es würde Tage geben, an dem er ihn hasste, und viele Tage, an dem es ihm immer besser gelingen würde, ihn zu akzeptieren.

Als er unten auf der Terrasse ankam, stand nur noch sein Gedeck dort. Wahrscheinlich waren die anderen schon am Strand. Da waren sie oft gewesen in den letzten Tagen, und vielleicht würde er später auch zu ihnen stoßen. Offenbar hatte Zita ihn von der Küche aus gesehen, denn sie brachte kurz darauf alles, was er gerne zum Frühstück aß. Er war überrascht, was sie sich alles gemerkt hatte. Wenn jemand das Restaurant der Familie Modic übernahm, dann war sie ganz gewiss die Richtige. Das sagte er ihr, und sie lächelte. Als er eine halbe Stunde später, nachdem er in Ruhe gegessen und dabei etwas gelesen hatte, auf den Vorplatz der Villa trat, drangen die Stimmen seiner Clique unerwartet aus dem Garten zu ihm. Sie klangen aufgeregt. Und da war noch eine weitere Stimme, die er irgendwie nicht einordnen konnte, auch wenn sie ihm bekannt vorkam.

Bedächtig ging er weiter in Richtung Garten, hörte seine Füße auf dem Kies knirschen, hörte hinter sich das gleichmäßige Geräusch von Milans Besen, der über die Stufen strich. Der Himmel war wunderbar tiefblau, ein Schmetterling schien geradezu an ihm vorbeizutänzeln. Er hatte die niedrige Mauer und das Tor erreicht, die den Garten abgrenzten, ein Huhn ging pickend seines Weges. Er trat mit einem Lächeln ein, hielt nach seinen Freunden Ausschau und erstarrte.

»Nicolai?«

Nicolai blieb sofort stehen, regte sich nicht und sagte auch nichts. Er stand einfach da, umklammerte den Wanderstock, den er seit dem Vortag immer mit sich führte, seit er akzeptierte, dass er jederzeit stürzen konnte. Sandra und auch die anderen starrten ihn an wie Kaninchen die Schlangen, und Nicolai wusste, dass sie in diesem Moment den Atem anhielten. Oh ja, sie fragten sich alle, ob ihre Entscheidung die richtige gewesen war, nicht wahr? Aber sie hatten diese Entscheidung getroffen, und sie ließ sich nun nicht mehr ändern.

Sandras Blick wanderte zu Zita. Sie war Mathilda als Erste begegnet, als die mit einem buntbemalten VW-Bus am oberen Ende des Strandes aufgetaucht war, nachdem sie einmal falsch abgebogen war. Mathilda hatte den Wagen dann einfach dort stehen gelassen, und Zita hatte sie nach oben zur Villa begleitet, wo sie irgendwie erst einmal alle im Garten gelandet waren, unschlüssig, was jetzt zu tun war. Mathilda sah tatsächlich aus wie auf ihrem Facebookfoto. Sie war hübsch, eigen, ein bisschen, als wäre sie aus einer anderen Welt gekommen, aber all das passte zu ihr. Sie trug lange Rastalocken, die sie am Hinterkopf zu einem riesigen Dutt zusammengenommen hatte, ein gebatiktes Oberteil über einer Jeans und einen kleinen Armeerucksack.

Sie passt zu Nicolai, war Sandras erster Gedanke gewesen. *Die beiden sind wie füreinander gemacht.* Es wunderte sie jedenfalls nicht, dass sie zueinandergefunden hatten.

Mathilda wartete jetzt auch nicht, bis er sich umdrehen und davongehen konnte, sondern schritt auf ihn zu und blieb dort vor ihm stehen, wo er ihr nicht ausweichen konnte.

»Hey, Nicolai, schön, dich zu sehen. Ich hab zufällig gehört, dass du hier bist, und dachte, vielleicht willst du mir noch etwas sagen?«

Ein Wechselbad von Gefühlen zeichnete sich in rasender Geschwindigkeit auf Nicolais Gesicht ab. Kurz sah es aus, als wolle er einfach an ihr vorbeigehen, dann ließ er mit einem Mal seinen Stock fallen und streckte die Hand nach ihr aus, als könne er gar nicht glauben, dass sie da vor ihm stand.

»Mathilda.« Seine Stimme klang rau. »Woher wusstest du?«

»Ich habe eine Nachricht bekommen.«

»Von wem?«

»Keine Ahnung.« Sie schaute sich um. »Eigentlich kenn ich ja hier nur dich.« Sie grinste.

»Du hättest nicht kommen sollen.«

»Weil du mir einfach so den Laufpass gegeben hast? Weißt du, ehrlich gesagt glaube ich, ich habe das Recht auf eine Antwort.«

»Du weißt doch ohnehin schon alles.«

»Was weiß ich alles?«

Sowohl Nicolais als auch Mathildas Stimme waren lauter geworden. Sie achteten nicht mehr auf ihre Umgebung, und Sandra bedeutete den anderen, sich zurückzuziehen.

»Und was machen wir jetzt?« Nicolai war ein paar Schritte zu der kleinen Mauer hinübergegangen und hatte sich vorsichtig darauf niedergelassen. Mathilda stand vor ihm, die Arme verschränkt, und musterte ihn nachdenklich. Der Streit war wie ein Gewitter über sie gekommen, und jetzt, nachdem sie sich vieles gesagt hatten, klärte sich die Atmosphäre wieder. Plötzlich nahmen sie ihre Umgebung von Neuem wahr. Dass die anderen sich zurückgezogen hatten, hatte Nicolai zwar bemerkt, doch es wurde ihm erst jetzt richtig bewusst. Die Sonne war am Himmel unmerklich noch etwas höher gestiegen. An seiner rechten Seite breitete sich ein großer Lavendel aus, von unzähligen Insekten umschwärmt. Drei Hühner verteilten sich pickend linker Hand auf einem Rasenstück. Mathilda setzte sich schließlich neben Nicolai und schlang den rechten Arm um ihn. Auf eine überraschende Art erkannte er sie sogar an ihren Berührungen wieder, an der Art, wie sie ihre Hand bewegte und sich an ihn schmiegte. Sie stieß einen Laut aus, und er meinte daraus zu hören, wie erschreckt sie darüber war, wie dünn er geworden war, aber vielleicht irrte er sich auch. Doch, er hatte abgenommen. Manchmal erschreckte ihn sein Anblick selbst. Schön war das nicht. Behutsam drehte er den Kopf und drückte seinen Mund auf ihr Haar.

»Ich bin krank«, murmelte er undeutlich.

»Davon habe ich gehört. Und das sehe ich.«

»Ich habe dich vermisst.«

»Ich habe dich auch vermisst.«

Er mochte ihre raue Stimme, die jetzt, nachdem sie sich angeschrien hatten, noch ein wenig rauer klang. »Eigentlich wollte ich nicht, dass du das hier siehst«, sagte er dann vorsichtig. »Deshalb …« Er stockte. Er wollte nicht, dass ihr Streit erneut losbrach, aber das wollte sie offenbar auch nicht, denn sie drehte den Kopf, um ihn anzusehen, und hob dann die rechte Augenbraue.

»Ist das vielleicht allein deine eigene Entscheidung, oder sollte ich daran beteiligt sein? Ich würde gerne selbst entscheiden, was ich mir zumute und was nicht.«

»Ich weiß nicht.« Nicolai hob eine Hand und spielte mit einer ihrer langen Rastalocken. »Du bist so jung, und ich bin so alt und krank.«

»Aber ich bin nicht blöd, und ich habe schon vieles alleine entschieden. Meine Eltern waren für mich da, aber sie haben mich nicht bewacht.«

»Ich weiß.« Er ließ die Locke los und wandte den Blick ab. Sie hatte ihm erzählt, dass sie einen großen Teil ihrer Kindheit und Jugend in einer Bauwagensiedlung verbracht hatte. Er musste an diese Werbung denken, in der ein kleines Mädchen seinem Vater erzählte, dass sie später auch einmal Spießer werden wolle. Erst in der Oberstufe war Mathilda zu ihrer Großmutter gezogen und dann sogar in ein Internat. Das waren ziemlich viele unterschiedliche Schritte, mehr, als er sich selbst je zugemutet hatte, und er war sich schon irgendwie immer sehr cool vorgekommen. »Ich weiß nicht«, sagte er langsam.

Mathilda erhob sich und baute sich vor ihm auf, die Hände in die Seiten gestemmt. »Dann sage ich es dir jetzt noch einmal: Es ist auch meine Entscheidung.« Sie ließ sich wieder auf die Mauer sinken, atmete tief durch, so, als sei sie zufrieden, die Sache endlich ausgesprochen zu haben.

Sie schwiegen einen Moment, dann sprang Mathilda auf,

breitete die Arme aus, als wolle sie ihre Umgebung umarmen. »Ist das nicht einzigartig schön hier?«

Nicolai schwieg, und so ließ sie sich wieder neben ihn fallen. »Hey, sag schon … w-u-n-d-e-r-s-c-h-ö-n …«

»Wunderschön.« Nicolai streckte den Arm aus und streichelte sehr vorsichtig Mathildas Rücken. Wie hatte er sie nur verlassen können? Wie hatte er sich nur vorstellen können, ohne sie zu leben? Wie absurd war das denn gewesen? Es war dumm gewesen, furchtbar dumm, und dennoch wusste er nicht, ob er ihr ein gemeinsames Leben zumuten wollte. Hatte er nicht die Verpflichtung, sie davor zu bewahren? Er war krank. Er war ein kranker Mann, und es würde stetig immer weiter bergab gehen, bis er ihr eines Tages zweifelsohne nur noch zur Last fallen würde.

Nein, es ging nicht. Er wollte etwas Endgültiges sagen – wieder einmal –, doch sie sprang auf, lief ein paar Schritte und bückte sich zu einer von Danielas Katzen herunter, die sich ihnen genähert hatten. Florence war ein besonders hübsches Tier mit hellcremefarbenem Fell und stolzem Blick, das sich gerne streicheln ließ und dem man hin und wieder kleine Äste oder Blätter aus dem Fell klauben musste.

»Sie schnurrt«, rief ihm Mathilda über die Schulter zu. Sie klang glücklich.

Er schaute auf ihren schmalen Rücken, die schlanke Taille, die verführerischen Hüften. »Hm.« Sein Blick wanderte weiter über ihre Bluse zu dem Streifen brauner Haut zwischen gebatiktem Oberteil und der hauteng sitzenden Jeans. Er konnte den Blick nicht rasch genug abwenden, als sie sich, die Katze auf dem Arm, plötzlich wieder umdrehte.

Doch Mathilda grinste nur.

Himmel, was fand sie nur an ihm? Sie setzte sich auf die Steinbank neben ihn und schmiegte sich enger an ihn. Das gefiel ihm, er hatte das wirklich vermisst. Er drehte sie jetzt so, dass sie ihm ins Gesicht sehen konnte, spürte, dass da mit einem Mal etwas Verlorenes in seinem Ausdruck war. »Du bist so jung«, murmelte er. »Du solltest dich wirklich nicht an jemanden wie mich binden.«

Mathilda schluckte an einem Seufzer. »Fängt das jetzt schon wieder an? Ich liebe dich.«

»Wirf dein Leben nicht fort.«

»Ich«, sie küsste ihn wieder, »bin wirklich alt genug, das selbst zu entscheiden. Ich habe, wie gesagt, schon vieles selbst entschieden.«

»Hm.«

»Was hm?«

»Aber das kann ich nicht. Was, wenn ich dir irgendwann im Weg stehe. Du hast etwas Besseres verdient.«

»Etwas Besseres als den Mann, den ich wirklich liebe?« Sie drückte sich an ihn und küsste ihn ein weiteres Mal. »Mach nie, nie wieder so einen Blödsinn, und lüg mich vor allem nie wieder an.«

Nicolai erwiderte ihren Kuss.

»Also, wie bist du jetzt hierhergekommen, und woher wusstest du, dass ich hier bin?«

»Du versuchst es immer wieder, was?« Mathilda hatte sich auf einer Gartenliege an Nicolais Seite ausgestreckt und blinzelte genießerisch in den tiefblauen Nachmittagshimmel hinauf. »Mann, ist das schön hier«, murmelte sie, seine Frage ignorierend. »Und die Villa ist echt ein Traum. Und ach ja, das ist übrigens sehr nett, dass ich in deinem Zimmer schlafen darf, aber wenn's ein Problem für dich ist, kann ich auch im Bus schlafen. Der steht am Strand. Ich hab mich auf dem Weg nämlich ein wenig verfahren.«

Nicolai streckte die Hand vorsichtig nach dem großen

Glas selbst gemachter Limonade aus, das Zita ihnen vor kurzem, vielleicht auch ein wenig aus Neugier, vorbeigebracht hatte, und trank einen großen Schluck.

»Ich weiß. Dein Orientierungssinn ist wirklich grandios schlecht. Kaum zu glauben, wo du solch einen großen Teil deines Lebens mit Reisen verbringst.«

»Das stimmt.« Mathilda lachte. »Aber so sehe ich einfach mehr von der Welt. Sagt man nicht so?«

Nicolai nickte und blickte sie dann an. »Es würde mich freuen, wenn du mein Zimmer mit mir teilst.« Er stellte das Glas ab. Seine Hand zitterte mit einem Mal leicht, aber es war nicht so schlimm. »Und jetzt sag endlich: Wer hat dir Bescheid gesagt?«, versuchte er es noch einmal.

Mathilda legte die Arme so über die Stirn, dass ihr Gesicht ein wenig im Schatten lag. »Also, das war so: Ich war gerade auf dem Weg die Adriaküste runter. Hatte ein paar Freunde getroffen. Da kam die Nachricht.« Sie ließ die Arme wieder sinken und drehte den Kopf zu ihm hin. »Lustigerweise hatte ich gerade darüber nachgedacht, meine Facebookseite abzuschießen – macht ja heute keiner mehr, den ich kenne –, und *bling* kommt da diese Nachricht.«

Nicolai hatte die rechte Hand auf den Boden sinken lassen und strich über den Boden. Grashalme verfingen sich zwischen seinen Fingern. Ein Grashüpfer tat einen gewaltigen Satz. »Die war nicht von mir.«

»Ja, ja, ich weiß. Aber es ging um dich.«

»Ich hatte nichts damit zu tun.«

Mathilda seufzte. »Ist ja schon gut. Das Wichtigste ist doch, dass ich hier bin und dass wir uns wiederhaben.« Sie setzte sich auf. »Mann, ich glaube, ich war noch nie an einem solch schönen Ort, und ich war schon an wirklich vielen Orten. Dani hat gesagt, die Villa ist echt alt.«

Nicolai warf einen Blick auf das Gebäude. »Ja, ist sie, die

stammt quasi aus den Anfängen des Tourismus auf dieser Insel.«

»Schon irgendwie cool. Aber weißt du, wen ich noch vermisse?«

»Nein.«

»Unseren alten Bulli. Gibt's den eigentlich noch?«

»Hm.« Nicolai spürte ihren Blick auf sich, doch es gelang ihm in diesem Moment nicht, ihn zu erwidern. »Ich hab ihn verkauft.«

»Bulli? Unseren Bulli? Echt jetzt?«, rief Mathilda überrascht. »Hey, wie konntest du nur? Unsere ganzen Erinnerungen, unsere gemeinsame Zeit. Er war so verlässlich.«

»Ich wollte nicht mehr reisen.«

»Du?« Sie schüttelte den Kopf. »Du bist fürs Reisen gemacht.«

»Ich reise nicht mehr.«

Mathilda schüttelte den Kopf. »Quatsch, Dani hat mir erzählt, du arbeitest an einer neuen Reiseseite. Ich weiß Bescheid.«

»Neue Reiseseite ist jetzt ein bisschen hochgestochen.«

»Finde ich jedenfalls gut, das mit der neuen Seite.« Mathilda nahm jetzt auch einen tiefen Schluck von Zitas selbst gemachter Limonade.

Nicolais Finger hatten einen Stein gefunden und pickten ihn vom Boden auf. »Was ist mit deinem neuen Bus?«

»Läuft.« Sie schaute ihn an. »Auf der Fähre hier herüber habe ich übrigens darüber nachgedacht, dass wir unsere Reise damals nicht beendet haben.«

»Ich denke schon, dass wir das haben.«

Mathilda schwieg einen Augenblick.

Nicolais rechter Arm zitterte. Da war sie, die stetige Erinnerung an das, was falschlief. Er durfte sich keinen falschen Hoffnungen hingeben.

Mathilda hatte es offenbar auch bemerkt. »Willst du mir sagen, wie es dir damit geht?«, fragte sie sanft.

»Womit?«, wehrte er ab.

Eine Fliege stürzte in Mathildas Limonade ab. Sie fischte sie heraus und deckte das Glas dann mit dem dazugehörigen Holzdeckel ab. »Mit der Krankheit. Ich kann mir natürlich auch was zusammenreimen.«

Nicolai wich ihrem Blick aus. »Ich weiß nicht, wie es mir damit geht. Ich weiß nur, dass es schlimmer wird. Und ich will nicht, dass du mich irgendwann pflegst.«

Mathilda schaute ihn ernst an, ernster, als er sie je zuvor erlebt hatte. »Und du denkst, das kannst du alleine entscheiden?«

Achtundvierzigstes Kapitel

Nils und Sandra saßen mit je einem Glas Wein vor sich vor der Konoba, die Daniela ihnen empfohlen hatte. Jetzt am späten Nachmittag war es nicht mehr zu warm, aber angenehm. Die Pflastersteine hatten die Wärme des Tages gespeichert. Die Unterhaltungen der anderen Gäste und die leise Musik bildeten einen Klangteppich um sie herum. Große, üppig bepflanzte Blumentöpfe waren oben an der Mauer angebracht und lockten Schmetterlinge und andere Insekten an. Mauersegler jagten auf der Suche nach Nahrung zwischen den hohen Wänden umher. Von ihrem Platz aus hatten sie einen guten Blick zum Meer hin, wo sie Jonah, Feli und Alex auf deren Wunsch hin zurückgelassen hatten. Die Bedienung brachte zwei Teller mit frischem Fisch. Sandras Magen knurrte, sie hatte gar nicht bemerkt, wie hungrig sie war. Erwartungsvoll nahm sie den ersten Bissen. Es schmeckte zitronig, nach Olivenöl und einfach köstlich.

»Hm, lecker«, murmelte auch Nils kurz darauf. »Das war ein guter Tipp von Dani. Probier mal das Brot!«

Sandra nickte, sagte aber nichts, aß dann noch einige Bissen, bevor sie ihre Gabel zur Seite legte. »Ich freue mich, dass wir endlich mal die Zeit hierfür gefunden haben«, sagte sie.

Nils schaute sie ernst an. »Ich auch. Es war etwas holprig zwischen uns, was?«

»Ein wenig.«

»Du hast mich bestimmt für einen ziemlichen Blödmann gehalten.«

»Ehm, ich …« Sie suchte nach Worten. Es klang harsch, ihm zuzustimmen, aber es würde auch schwierig sein, all ihre Gefühle in Worten zusammenzufassen.

Er räusperte sich. »Sandra, ich wollte dich etwas fragen …«

»Ja?«

Ein »Hey, Papa!« ließ sie im nächsten Moment die Köpfe drehen. Eine sorgfältig zurechtgemachte Feli kam in einer erstaunlich eleganten Mischung aus Hüpfen und Schreiten heran und setzte sich dann bei ihrem Vater auf den Schoß. In einer filmreifen Bewegung – manchmal hatte Sandra den Eindruck, Jugendliche wie Feli bewegten sich heute nur nach der Frage, wie gut etwas auf Instagram oder Youtube aussah – legte sie ihrem Vater einen Arm um die Schulter. Das Lächeln, das sie Sandra im nächsten Augenblick schenkte, geriet etwas künstlich. »Wo kommst du denn her? Ich dachte, ihr bleibt noch am Strand?«, erkundigte sich Nils.

»Die anderen schon. Ich hab Daniela getroffen, und die hat mir gesagt, wo genau ihr seid.« Sie schaute sich um. »Das ist ja echt süß hier.« Ihr Tonfall klang ebenfalls falsch.

»Und Jonah und Alex sind noch am Strand?«, versicherte sich Nils.

»Jonah wollte gucken, ob man surfen kann.« Feli drehte die Augen gen Himmel, wie es nur Teenies oder Fast-Teenies konnten. »Meine Güte!«

Abends hängte sich Feli an Alex und Zita, die zurück zum Strandhaus gingen. *Ich bin vielleicht erst zwölf, aber alle sagen doch, dass ich reifer wirke.* Sie war ein bisschen neidisch, denn das Strandhaus war ein echt cooler Schlafplatz, und hier draußen musste man die Schlampe auch nicht so oft sehen. Sie hatte sogar das Gefühl, dass sich etwas verändert hatte zwischen Papa und der Schlampe ... Doof, doof, doof! Wie hatte das nur geschehen können?

Und nur zu blöd, dass Alex eigentlich wirklich ganz okay war. Bloß heute war sie irgendwie komisch, Feli hatte schon mehrfach den Eindruck gehabt, dass Alex sie seltsam ansah. War die etwa sauer, nur weil Feli ein bisschen über ihre Mutter hergezogen hatte? Alex hing doch selbst nicht an Mamas Rockzipfel? Trotzdem komisch. Während des Ausflugs hatte sie jedenfalls nichts gesagt, und auf der Rückfahrt hatte Feli eigentlich kaum eine spitze Bemerkung fallen lassen.

Feli rückte den Träger ihres gepunkteten Bikinis zurecht und reckte ihr Gesicht der Abendsonne entgegen, als es plötzlich dunkel wurde. Verblüfft öffnete sie die Augen. Alex stand direkt über ihr und starrte sie an. »Hey«, beschwerte Feli sich unsicher.

Alex verschränkte die Arme vor der Brust. »Sag mal, was hast du eigentlich für ein Problem mit meiner Mutter?«

Feli war sofort in Habacht-Stellung. Was war das denn jetzt? Sie setzte sich auf.

»Mir ist schon klar, dass meine Mutter nerven kann«, fuhr Alex fort, »aber insgesamt ist sie echt okay.«

O.K.? Feli spürte Wut in sich aufsteigen. Vielleicht hatte sie sogar einen Laut von sich gegeben, irgendetwas Verächtliches, Schnippisches, jedenfalls stand jetzt auch Zita da. »Hey, Ruhe bewahren, girls«, sagte sie, offenbar in dem Versuch, zu beschwichtigen.

»Misch du dich nicht ein«, blaffte Alex sie an. »Das ist was zwischen Feli und mir, und wir hätten echt schon längst darüber reden müssen. Mir langt es nämlich langsam.«

Zita hob die Hände. »Okay, okay.«

Feli reckte das Kinn vor. »Wir haben nix zu bereden, und ich habe nix gegen sie, die Alte soll nur die Finger von meinem Vater lassen.«

»Wie hast du meine Mutter eben genannt?«

Feli riss kurz die Augen auf. »Oh, entschuldige, aber ich habe schon eine Mutter, ich brauche keine zweite.« Sie hielt Alex' Blick stand.

»Und meine Mutter will bestimmt nichts von dir«, zischte Alex sie an.

Feli sprang auf. Die Mädchen standen jetzt dicht voreinander, die Gesichter nur noch Zentimeter voneinander entfernt.

Zita drängte sich jetzt entschlossen zwischen die beiden und schob zuerst Alex beiseite, die ihr wütend Widerstand leistete, und schüchterte dann Feli mit einem scharfen Blick ein. »Setzt euch, ihr wollt euch ja wohl kaum prügeln, oder?«

»Vielleicht doch«, murrte Alex, während sie gleichzeitig ein wenig in sich zusammensackte.

»Da sieht man ja gleich, was ihr für welche seid«, stichelte Feli hinter Zitas Rücken.

Die drehte sich zu der Zwölfjährigen um: »Und du hältst jetzt mal die Klappe. Was soll das Ganze? Hast du dir schon einmal überlegt, ob deinem Vater vielleicht etwas an Alex' Mutter liegt? Vielleicht mögen sich die beiden, ja. Wäre das schlimm?«

Feli verschränkte die Arme. Ihr Ausdruck verdüsterte sich. »Papa hat Mama.«

»Aber die beiden haben sich getrennt, oder? Hast du jedenfalls erzählt.«

Anstatt einer Antwort presste Feli die Lippen aufeinander. Eine Weile war es still.

»Meine Eltern haben sich auch getrennt«, sagte Alex dann langsam.

»Interessiert mich einen Scheißdreck«, zischte Feli.

Zita hob die Hand. »Leute, Leute, ich will, dass ihr respektvoll miteinander umgeht. Und wisst ihr was? Ihr kommt jetzt beide noch einmal mit mir in die Küche und schält dort einen Riesenberg Kartoffeln für morgen.«

»Wieso das denn? Das werde ich nicht«, zischte Feli.

»Oh doch, das wirst du, oder ich sage deinem Vater, dass du abends chattest, anstatt das Handy auszuschalten.«

Feli schaute sie überrascht an. »Das ist Erpressung.«

»Das ist Notwehr«, sagte Zita ruhig. »Und es ist in eurem Sinne und in dem eurer Eltern.«

Etwas später hatten Alex und Feli am großen Arbeitstisch in der Küche Platz genommen, jeder an einem Ende, so weit wie möglich voneinander entfernt. Zita nahm sich selbst ein paar Tomaten für eine Sauce vor, die sie nun mit einem scharfen Messer rasch und geschickt zerkleinerte. Feli und Alex hatten bereits ein paar Zwiebeln geschnitten, was ihnen tränende Augen eingebracht hatte, und waren nun mit den Kartoffeln beschäftigt. Zitas Messer wirbelte am schnellsten und geübtesten über das Schneidebrett. Von Zeit zu Zeit spürte sie die bewundernden Blicke der beiden Mädchen auf sich, dann schmollten sie weiter.

»Sag mal, sieht dein Bruder das eigentlich genauso wie du, Feli?«

»Klar tut er das.« Feli warf ihre erste Kartoffel ins Wasser und nahm sich die nächste, während Alex zwischendrin ein paar Zehen Knoblauch schälte. Zita stellte sich an den Herd, gab Olivenöl in eine gusseiserne Pfanne, fügte nach und nach die Zwiebeln, Knoblauch und die ersten Kräuter hinzu. Ein verführerischer Duft breitete sich aus. Feli hielt für einen Moment inne und schnupperte, doch ihre Gesichtszüge entspannten sich nicht, wie Zita feststellte, als sie sich umdrehte. Das Mädchen war wirklich ein harter Brocken. Sie selbst machte Kochen einfach immer weich.

Zita nahm einen großen Holzlöffel zur Hand und begann in der Pfanne zu rühren. Einen Augenblick später stellte Alex das Kartoffelwasser auf den Herd. Knoblauch und gebratene Zwiebeln dufteten betörend. Zita drehte das Gas ein wenig herunter.

In diesem Moment spähte Jonah in die Küche.

»Das riecht aber gut«, sagte er. »Ich glaube, ich habe schon wieder Hunger.«

»Dauert noch ein bisschen.« Zita warf einen kontrollierenden Blick auf die Pfanne und drehte sich dann um.

Jonah ließ seinen Blick von seiner Schwester zu Alex und wieder zurück wandern. »Und, habt ihr Spaß, Mädels?«, fragte er.

»Wie man's nimmt, was?« Zita zwinkerte ihm zu. »Sag mal, hast du auch ein Problem mit Sandra?«, fragte sie direkt. Sie bemerkte, dass Alex und die Geschwister zusammenzuckten.

Jonah starrte sie an, strich dann nervös mit seinen schon etwas großen Jungenhänden über seine Jeans. Irgendwie war es, als hätten seine Hände eine Wachstumsstufe erreicht, die der restliche Körper noch nicht erreicht hatte. Er schaute kurz zu seiner Schwester, dann zu ihr. »Öhm, nö.«

Zita musterte ihn kurz, nickte dann in Richtung Feli, die

in eine Art Starre verfallen war, die Schultern hochgezogen, das Kinn vorgeschoben. »Weil deine Schwester, die hat nämlich eins.«

Jonah blickte zu Feli und runzelte die Stirn. Alex hatte vor Anspannung die Schultern hochgezogen. Zita war sicher, dass sie eine solche Situation auch nicht gewollt hatte, aber da musste sie jetzt durch.

»Was hast du denn gegen Sandra, Feli?« Jonah legte den Arm um seine Schwester.

»Mann, bist du blind, die Alte macht sich an unseren Vater ran, das hab ich dir schon tausendmal erklärt. Ich brauch keine neue Mama wie Liz. Die Neue von Liz' Vater ist einfach furchtbar.«

»Aber Sandra ist doch nicht unsere neue Mutter.«

»Du kapierst aber auch gar nix. Erst macht sie sich bei unserem Vater breit, dann fängt sie an Forderungen zu stellen, dann will sie uns erziehen … Bei Liz …«

»Mama will überhaupt nichts von euch«, hörte Zita Alex zu ihrer Überraschung sagen.

»Feli, wirklich«, Jonah strich seiner Schwester über den Arm, »das ist bestimmt alles ganz anders, als du dir das vorstellst. Echt jetzt. Ich finde Sandra wirklich ganz nett.«

»Verräter.« Feli ließ das Messer klirrend auf den Tisch fallen und war im nächsten Augenblick durch die Tür verschwunden. Jonah blickte zu Alex und Zita, seufzte und lief ihr dann hinterher. Zita überprüfte die Kartoffeln in ihrem Wasser. Himmel, das war doch komplizierter, als sie sich das vorgestellt hatte.

Neunundvierzigstes Kapitel

Nicolai zog die Hand zurück, mit er eben noch den Vorhang hatte zur Seite schieben wollen, um auf sich aufmerksam zu machen. Mathilda war nach ihrem Gespräch noch einmal zu einem Spaziergang aufgebrochen. Er hatte keine Lust darauf gehabt, auch wenn er das jetzt doch ein wenig bedauerte. Manchmal traf man eben die falschen Entscheidungen. Draußen auf der Terrasse unterhielten sich Daniela und Maike in der Abendsonne. Eine von ihnen saß offenbar im Schaukelstuhl, denn er hörte die typischen, knarzenden Geräusche, konnte den Stuhl aber von seinem Fenster aus nicht sehen.

»Wenn man es weiß, sieht Nicolai irgendwie schon anders aus, findest du nicht?«, fragte Daniela jetzt.

»Fragst mich das als Ärztin oder als Freundin?«

»Ich weiß nicht.« Das Knarzen hörte für einen Augenblick auf. »Vielleicht beides? Weil wir ihn eben beide seit langem kennen. Weil wir wissen, wie er früher war.«

Etwas klirrte, dann war wieder Maikes Stimme zu hören.

»Ständig in Bewegung meinst du und immer mit seiner Gitarre?«

»Hm.« Der Schaukelstuhl knarrte wieder. »Wir haben uns natürlich alle verändert, Maike. Wir sind alle älter geworden, das ist klar, aber da sind auch immer noch Dinge, bei denen ich denke: typisch Nils, typisch Sandra …«

»Typisch Maike?«

»Klar, aber bei Nicolai – ich weiß nicht. Bei Nicolai ist etwas anders. Er hat sich wirklich verändert. Findest du nicht? Er ist nicht mehr derselbe, auch innen nicht, meine ich.«

»Er hat wirklich ziemlich abgenommen.«

»Er ist regelrecht dürr, aber es ist eben nicht nur das. Dick war er ja nie, oder? Aber er hat sich auch in seinem Wesen verändert.«

»Das bringt die Krankheit mit sich.« Maike schwieg einen Moment. »Ich konnte es nicht lassen und habe nochmal ein bisschen nachgelesen.«

»Siehst du«, sagte Daniela, »das ist mal wieder typisch für dich.«

Nicolai lehnte den Kopf gegen den Fensterrahmen. Er war froh um den Vorhang und die dichten Efeuranken rund um sein Fenster, hinter denen er sich verstecken konnte. Er dachte nach. Klar, er war nicht überrascht, dass sie ihn jetzt genauer beobachteten. Zuerst hatten sie sich noch gewundert, dass er so lange zum Essen brauchte und häufiger als andere zu spät kam. Manchmal dauerte eben alles länger. Manchmal hatte er keinen Hunger, woran auch die Medikamente Schuld trugen. Als er sich von Mathilda getrennt hatte, hatte er gewusst, dass sich solche Momente häufen würden, auch deshalb hatte er ihr den Laufpass gegeben, weil sie sich nicht an ihn hängen sollte, an ihn, den Invaliden. Er wollte nicht, dass sie ihn pflegte. Niemals. Doch wie sollte er ihr das verständlich machen?

Er fühlte sich plötzlich furchtbar eingeengt und wollte einfach nur noch weg vom Haus. Hastig verließ er das Zimmer. Er spürte seine Anspannung, als er sich die Stufen hinuntermühte. Der Boden unter seinen Füßen fühlte sich seltsam an. Er konnte nicht sagen, warum. Er lief, und es war, als habe er keine Kontrolle über seinen Körper. Nein, so schlimm war es wirklich noch nie gewesen. Er zwang sich vorwärts, sein rechter Arm bewegte sich nicht im Rhythmus seiner Schritte. Es war, als würde er gegen seinen eigenen Arm ankämpfen. Geh weiter, geh weiter … Aber wie lange würde das überhaupt noch gehen? Herr Parkinson hatte wieder einmal übernommen, und er konnte nichts dagegen tun. Und im Laufe der Jahre würde es noch schlimmer werden. Er wollte das nicht denken und tat es doch immer wieder. Warum hatte er gedacht, dass es ihn befreien würde, wenn die anderen von seinem Leiden wussten? Es hatte ihn nicht befreit, er hatte sich das nur eingebildet. In den nächsten Tagen würden sie ihn mitleidig anschauen und nicht wissen, was sie tun oder sagen sollten, weil es einfach keinen Trost gab für jemanden mit einer unheilbaren Krankheit. Was sollte man da auch sagen?

Oh, wie schlimm.

Oh, das tut mir aber leid.

Seine Zukunft war entschieden. Er hatte keinen Einfluss darauf, und Mathilda musste verstehen, dass sie keinen Platz an seiner Seite hatte.

Das Bein zuckte.

Akzeptieren.

Verdammt, sollten das doch andere tun.

Akzeptieren, das sagte sich so leicht. Nimm es hin. Sie wussten nicht, wie das war. Sie hatten ja keine Ahnung.

Das Bein zuckte wieder. Nicolai verlor den Halt und stürzte, lag da auf dem Boden, hilflos, wie ein verdammter

Idiot. Mit dem Gesicht im Dreck. Sein ganzer Körper zuckte jetzt. Gleich würden sie gelaufen kommen. Er wollte nicht, dass sie ihn so sahen, doch natürlich näherten sich Schritte, das hätte er sich ja denken können.

Irgendwie gelang es ihm, sich zur Seite zu rollen.

Maikes Gesicht erschien über ihm.

Verdammt, verdammt, verdammt … Hau ab! Lass mich in Frieden.

Er hörte sich lallen. Wollte er etwas sagen? Was fragte sie?

Medikamente. Sie fragte ihn nach den Medikamenten.

Hatte er vergessen, die zu nehmen? Bestimmt nicht, vielleicht brauchte er eine andere Dosis? Es war kein einfacher Kampf, das wusste er. Er wollte nicht kämpfen.

»Wasser«, lallte er.

Schließlich gelang es Maike, ihm dabei zu helfen, sich aufzusetzen. Er dachte, dass er doch eigentlich zu schwer für sie sein musste, aber wahrscheinlich hatte sie das als Ärztin gelernt. Sie holte die Medikamente aus seiner Brusttasche. Es dauerte einen Augenblick, aber dann konnte er sie mit etwas Wasser einnehmen. Sie reichte ihm ein Feuchttuch von den Zwillingen, und er reinigte sich das Gesicht. Danach roch er nach Baby, irgendwie nach Kamille und Aloe Vera und Penaten. Jetzt saß er da mit seiner erdverschmierten Hose.

»Scheiß Parkinson«, sagte Maike.

Er starrte sie an und musste plötzlich schief grinsen. Kein Mitleid, kein Gesäusel. Das fühlte sich gut an.

»Du hast das gut gemacht, richtig professionell«, sagte er.

»Echt?« Sie rupfte ein Gänseblümchen aus, dann noch eins und knüpfte sie an einander. »Auch vorbei, ich bin zu labil. Ich werde nicht mehr als Ärztin arbeiten, dabei war das einmal mein absoluter Traum und ist es eigentlich immer noch.«

Fünfzigstes Kapitel

Am nächsten Morgen nach dem Frühstück brachen sie zu verschiedenen Orten auf: Daniela wollte malen, Zita, Alex und Mathilda fuhren nach Mali Lošinj. Feli und Jonah schlossen sich einem Ausflug von Maike, Gregor und den Zwillingen ins Blue World Institute in Veli Lošinj an und würden abends sicherlich viel über Delfine zu erzählen haben. Daniela hatte berichtet, dass in Inselnähe eine Kolonie von bis zu hundertfünfzig dieser Tiere beheimatet war. Die Zwillinge waren bei der Abfahrt sehr aufgeregt und redeten fast unablässig, wobei sie wie Springbälle um ihre Eltern herumhüpften. Sandra fiel auf, dass Gregor viel entspannter wirkte als bei seiner Ankunft.

»Ja, das stimmt«, sagte Maike, als Sandra sie darauf ansprach, und die Erleichterung war ihrer Stimme deutlich anzuhören. »Am Anfang hätte er es noch rundweg abgelehnt, mit den Zwillingen einen Bootsausflug zu machen. Allein dafür hat sich das alles hier schon echt gelohnt.«

Sandra freute sich für die Freundin. Es tat gut, Maike entspannter zu erleben. Sie war sogar irgendwann mit Daniela einkaufen gewesen und mit einem echt hübschen Kleid zurückgekommen. Es schien, als ob sich bei ihnen allen etwas löste. Sandra hielt inne. War das auch bei ihr so?

Sie ging mit Nils ans Meer, dieses Mal allerdings nicht in Richtung der gewohnten Bucht mit ihrer Mole, sondern auf Danielas Tipp hin etwas weiter nach Norden. An der ersten schönen und vor allem einsamen Stelle breiteten sie ihre Handtücher auf den großen Steinen aus und schlüpften aus ihrer Kleidung. Beide hatten sie ihre Schwimmkleidung schon in der Villa angezogen und musterten sich jetzt verstohlen – und lachten, als sie sich dabei erwischten.

Sie schnorchelten eine Runde im kristallklaren Wasser, schwammen dann weiter hinaus und kamen wieder zurück, tauchten Muscheln empor, die sie sich gegenseitig zeigten. Es war sehr friedlich und sehr still, und Sandra wäre am liebsten für Ewigkeiten im Wasser geblieben. Und doch kehrten sie natürlich wieder zu den Steinen zurück, trockneten sich ab und cremten sich gegenseitig ein. Sandra liebte Nils' Berührungen und fühlte sich dabei überhaupt nicht nervös. Sie sonnten sich eine Weile, sprachen über dies und das der vergangenen Jahre, gingen dann wieder ins Wasser. Sie schwammen gemeinsam, voneinander weg und aufeinander zu. Sie sahen sich an, kamen zusammen, so dicht, dass sich ihre Körper immer wieder wie zufällig berührten. Nils schlang mit einem Mal die Arme um Sandra und küsste sie leicht. Sandra erwiderte seinen Kuss und musste plötzlich an »Dirty Dancing« denken, an Patrick Swayze, der Jennifer Grey in seinen Armen hielt, an den Moment, an dem er sie aus dem Wasser hob und sie … Sie lächelte versonnen. Nils verschränkte seine Finger in ihrem Rücken, und sie lehnte sich gegen den Halt, den ihr seine Hände boten. Sein Blick musterte sie suchend, liebevoll. Da passte kein Blatt mehr zwischen sie, weder zwischen ihre Körper noch zwischen ihre Seelen. Sie waren eins.

»Woran denkst du?«

»Dirty Dancing.«

»Wirklich?«

»Wirklich.«

»Oh nein, sag jetzt nicht, du liebst den Film?« Er lachte.

»Wie alle Mädels damals.« Sie grinste.

Nils schüttelte gespielt entsetzt den Kopf. »Oh mein Gott, was habe ich getan!« Er küsste sie wieder. »Alle Mädchen, wirklich? Na, das wird schwer.«

»Wir gucken ihn doch einmal im Jahr, nicht wahr? Wenn wir wieder daheim sind.« Sie lehnte sich wieder zurück, gegen den festen Griff seiner Hände. Ihre Beine berührten sich, ihre Körper. Es fühlte sich gut an, es ausgesprochen zu haben: Sie würden sich auch zu Hause wiedersehen, er hatte nicht widersprochen. Vielleicht würden sie es langsam angehen lassen, aber sie würden einander nie, nie wieder aus den Augen verlieren.

»Mindestens«, sagte er und zog sie dann noch enger an sich. Ihre Unterleiber berührten sich. Sie legte den Kopf in den Nacken. Er beugte sich über sie und küsste sie erneut. Seine Lippen fühlten sich wirklich köstlich an, weich und etwas salzig. Sie drückte sich mit dem Unterleib fester an ihn und spürte etwas, was sie schon viel zu lange nicht mehr gespürt hatte: Verlangen, und sie konnte seinen Augen ansehen, dass er dasselbe spürte.

Anschließend lagen sie auf dem Rücken auf den warmen Steinen. Sie hatten ihre Handtücher nachlässig über sich gezogen und atmeten schnell. Eine Weile hatten sie die Gegenwart vergessen. Sandra hatte das nicht für möglich gehalten, aber jetzt war sie wieder da, ebenso wie die berauschende Erinnerung an das, was sie getan hatten. Sandra schaute auf Nils herunter, der seinen Kopf in ihren Schoß gebettet und die Augen geschlossen hatte, wie damals am Stausee.

»Hast du dir vorgestellt, dass du so etwas einmal tun würdest?«

»Ganz bestimmt nicht.«

Sandra spürte, wie sich Blätter und Kies in ihrem nackten Rücken abdrückten, und strich über Nils' Arm.

»Wir müssen es ihr ganz klar sagen«, sagte sie. »Feli, meine ich.«

»Das ist doch klar. Wir müssen es *ihnen* sagen.« Nils blinzelte zuerst gegen die Sonne, rollte sich dann zur Seite und öffnete die Augen ganz. Einen Augenblick lang sagte er nichts, schaute sie nur prüfend an. »Du schaust aber ernst«, stellte er dann fest. »Sag mal, fürchtest du dich vor meiner Tochter?«

Eine steile Falte bildete sich zwischen Sandras Augenbrauen. »Du etwa nicht? Also, wenn ich mit Feli reden müsste, dann wäre ich bereits jetzt vor Angst wie erstarrt. Und meine Tochter ist fünfzehn, ich bin also einiges gewohnt. Mit ihr muss ich ja auch reden.« Sandra lachte, aber es klang nicht ganz rund.

»Ich denke, sie weiß es schon«, sagte Nils.

»Und wenn.« Sandra seufzte. »Sie muss es von mir hören, und ich glaube, mit fünfzehn sind solche Sachen besonders schwer. Ich meine, wenn die uralte Mutter plötzlich jemand anderen hat. Wie peinlich!«

»Hm.« Nils setzte sich auf, beschattete seine Augen mit dem Arm und beobachtete ein paar Schiffe auf dem Meer. Dann zog er geschickt seine Badehose wieder an.

»Erinnerst du dich eigentlich daran, wie das bei dir mit fünfzehn war?«

Sandra angelte nach ihren Badesachen, während sie überlegte. »Nein. Nicht wirklich.«

»Wir sollten ihnen auf jeden Fall so schnell wie möglich die Wahrheit sagen«, sagte Nils ernst. »Das schulden wir uns auch selbst.«

»Das sollten wir.« Sandra hörte die Unsicherheit in ihrer eigenen Stimme. Sie räusperte sich. »Wann genau wirst du das Gespräch mit deinen Kindern suchen?«

Nils seufzte. »Touché. Ein Teil von mir würde es, glaube ich, tatsächlich gerne verschweigen. Ich weiß einfach nicht, wie ich das formulieren soll.« Er blickte jetzt etwas unsicher drein.

Sandra strich eine Locke aus seiner Stirn. »Leicht wird das nicht. Das wissen wir beide.«

»Ja.« Nils sah sie ernst an. »Das ist vermutlich so.«

Am späten Nachmittag waren auch Alex, Zita und Mathilda von ihrem Stadtbummel zurück. Mathilda hatte sich bereits Nicolai angeschlossen, die beiden waren wieder einmal im Garten. Sandra vermutete Alex in Zitas Nähe, denn die beiden waren inzwischen unzertrennlich. Anfangs hatte Sandra zuweilen befürchtet, ihre Tochter könne der älteren Zita auf die Nerven gehen, aber dem war nicht so. Die beiden hatten sich vom ersten Moment an gut verstanden und tatsächlich immer etwas zu besprechen. Irgendwie lagen sie auf einer Wellenlänge. Sandra hatte auch den Eindruck, dass es Zita leichter fiel, Alex durch den Dschungel des Erwachsenwerdens zu lenken, als ihr selbst. Vielleicht konnte sie sich auch einfach etwas abschauen. Zita war in ihrem Auftreten locker, aber bestimmt. Sie wusste, was sie wollte, und machte sich Gedanken darum, wie es zu erreichen war, auch wenn man nicht den geraden Weg gehen konnte. Dass sie auf ihrem eigenen Weg Abbiegungen genommen hatte, verhehlte sie nicht.

Zugleich machte sie es sich trotzdem nicht zur Aufgabe, andere von ihren Fehlern abzuhalten. Manchmal musste man Fehler machen, um etwas zu lernen.

»Schon einmal darüber nachgedacht, einen Lebensratgeber zu schreiben?«, hatte Sandra an einem Abend gescherzt. Zita hatte gelacht und dann einen köstlichen Salat aus frischen Gemüsen, Nüssen und leicht karamellisierten, würzigen Hühnchenstreifen aufgetischt. »Bestimmt nicht.«

Sandras Schritte wurden immer langsamer, als sie nun zusammen mit Nils auf die Strandhütte zuging. Sie hatten beschlossen, sofort mit den Kindern zu reden, und zwar gemeinsam. Beginnen wollten sie bei Alex, also begleitete er sie, und sie würde später ihn begleiten müssen. Als sie das Häuschen fast erreicht hatten, trat Alex gerade mit ein paar frisch gewaschenen Wäschestücken über dem Arm aus der Tür des kleinen Strandhauses. Sie hängte ein Bettlaken und ein paar Unterhosen über die Wäscheleine, die rechts der Tür zwischen die Balken gespannt war, die das Vordach stützten. »Hi, Mama!«

»Hi, Alex.« Sandras Herz klopfte mit einem Mal schnell wie das eines Teenagers. »Das ist Nils, aber das weißt du ja«, fuhr sie dann fort.

Alex schaute sie kurz irritiert an, bevor sie ihren Bikini von der Leine nahm, den sie zum Trocknen aufgehängt hatte. Sie trug ein dünnes, weißes, langes Hemd, das ihre Knie umspielte. Die Füße waren nackt, und Sandra fiel auf, dass sie eine hübsche Bräune gewonnen hatte. Ihr Haar hatte sie zu einem Zopf geflochten, um es sich aus dem Gesicht zu halten, darin waren immer noch Reste grüner Farbe zu sehen. Um ihren Hals trug sie eine Kette aus blauen und grünen Steinen. »Klar weiß ich das. Wir sind ja alle schon ein paar Tage hier, oder? Wäre ja komisch, wenn mir das nicht aufgefallen wäre.«

Sandra lächelte hilflos, während sie versuchte, sich nicht

aus der Ruhe bringen zu lassen, eine Ruhe, die sie doch eigentlich längst verloren hatte. Zumindest würde sie sich nichts anmerken lassen. Sie spürte Nils' Hand in ihrem Rücken, die ihr ein wenig Kraft gab.

»Ich war etwa zwei Jahre älter als du, als ich Nils kennengelernt habe«, sagte sie dann. Klang ihre Stimme jetzt rau? Alex schaute sie erneut irritiert an, so ganz verstand sie offenbar nicht, was ihre Mutter von ihr wollte. Oder sie wollte es nicht verstehen. Ihr zunächst fragender Blick wechselte im nächsten Moment zu abweisend. Sie öffnete den Mund, sagte dann aber doch nichts. *Himmel*, dachte Sandra, *das habe ich mir leichter vorgestellt.*

»Wir waren das Traumpaar der Schule«, sprang Nils ihr zur Seite, begleitet von einem Grinsen.

Alex ließ ihren Blick von ihm zu ihrer Mutter wandern. »Echt jetzt, Mama?«

»Echt jetzt. Wir waren das Traumpaar.«

»Vor Papa?«

»Na klar. Denkst du, das war damals anders als bei euch? Klar hatte ich Freunde vor Papa. Papa habe ich ja erst im Studium kennengelernt.«

Alex blickte sie für einen Moment nachdenklich an. »Darüber habe ich echt irgendwie noch nie nachgedacht. Und wie lange habt ihr euch jetzt nochmal nicht gesehen?«

»Fünfundzwanzig Jahre.«

»Fünfundzwanzig Jahre? Ihr seid damals einfach auseinandergegangen, und das war's? Ihr habt euch nie wieder beieinander gemeldet? Den anderen nie wieder besucht? Und dann, vor ein paar Wochen, habt ihr entschieden, dass ihr euch jetzt doch alle noch einmal sehen wollt? Und seid auch alle sofort losgeflogen?« Alex schüttelte den Kopf. Ihr Gesichtsausdruck spiegelte Fassungslosigkeit. »Also das finde ich jetzt mal echt komisch.«

Sandra wechselte einen langen Blick mit Nils. Ja, das klang echt komisch. War das wirklich so gewesen?

»Klingt wirklich seltsam, aber irgendwie ist das schon so gelaufen«, sagte Nils langsam. »Wir haben das Abitur gemacht, und unsere Wege zerstreuten sich.«

»Aber wir hatten uns das schon anders vorgestellt, oder?«, überlegte Sandra. »Vorher, meine ich, als wir noch in der Schule waren.«

»Hm, natürlich.«

»Das klingt jetzt aber wirklich ziemlich schräg«, korrigierte Alex ihn. »Wie kann man das denn zulassen? Einfach gehen, und das war's?«

»Wir wollten neue Erfahrungen sammeln«, versuchte Nils sich zu erklären. »Sandra ist als Au-pair nach London. Und ich war erst auf der Journalistenschule, bin dann nach Hamburg und dann wieder zurück. Ich wollte mich beweisen. Ich habe ab und zu von ihr gehört, aber das war's.«

»Ihr wolltet neue Erfahrungen sammeln und habt euch dann einfach aus den Augen verloren?« Alex schüttelte den Kopf. »Aber ihr habt euch doch geliebt, und auch damals gab es doch schon ein Telefon, und ein paar Jahre später nahm das Internet an Fahrt auf, oder? Ihr wart doch nicht aus der Welt. Hat euch das denn gar nichts bedeutet? Ich dachte, ihr wart euch wichtig. Habt ihr eben jedenfalls gesagt.«

»Wir waren jung, wir wollten uns nicht festlegen«, sagte Sandra und hörte im selben Moment, dass das doch irgendwie blödsinnig klang. Nils nickte zustimmend, aber es war Alex, die Sandra den nächsten Gedanken einfach aus dem Mund nahm: »Vielleicht wart ihr auch einfach nur zu feige, Entscheidungen zu treffen.« Sie verschränkte die Arme vor der Brust.

Sandra spürte, dass sie leicht errötete.

Alex nahm den Zopf über die Schulter nach vorne und

begann ihn zu entwirren. Sandra konnte den Blick nicht von ihr abwenden. Einerseits war da noch das kleine Mädchen in ihren immer noch weichen Gesichtszügen, andererseits eine junge Erwachsene. *Vielleicht hat sie sogar einen besseren Durchblick als ich.*

Alex erwiderte ihren Blick. »Und warum erzählt ihr mir das jetzt eigentlich?«

Sandra und Nils wechselten erneut einen Blick. Es war, als würden sie gemeinsam tief Luft holen. »Weil wir es noch einmal miteinander versuchen wollen.«

Alex hielt mit ihren Haaren inne und sah von einem zum anderen. »Echt jetzt?«

Alex hatte das dringende Bedürfnis, sich zu bewegen, nachdem Sandra und Nils gegangen waren, und lief eine ganze Weile am Strand entlang. Sie wusste nicht, was sie von alldem halten sollte. Klar, sie hatte es geahnt, vielleicht sogar gewusst, aber diese Ahnung doch irgendwie immer wieder weit von sich geschoben. Vielleicht auch, weil Feli so nervig darauf reagierte. Sie war jedenfalls gespannt, was sie dazu sagen würde.

Alex blieb stehen und starrte aufs Meer hinaus. Mama hatte also einen neuen Freund? War das möglich? Irgendwie hatte sie über ihre Mutter nie als Frau nachgedacht, nie als jemanden, der Beziehungen hatte. Und nachdem Papa und sie sich getrennt hatten, hatte sie bestimmt nicht in Erwägung gezogen, dass es irgendwann einen neuen Mann in Mamas Leben geben würde. Mütter hatten keine Freunde. Mütter waren Mütter. Alex kniff die Augen zusammen. Himmel, sie stellte sich ja auch nicht vor, dass ihre Mutter Sex hatte, auch wenn sie nun wirklich nicht verklemmt war.

Sie setzte sie sich wieder in Bewegung und ging zur Hütte zurück, wo sie sich von dem frischen Eistee aus dem kleinen

Kühlschrank in der schmalen Küchenzeile nahm. Sie trank zwei, drei tiefe Schlucke, füllte nach, bevor sie wieder hinaus auf die Holzterrasse ging, die hier rasch zu einem ihrer liebsten Plätze geworden war. Auch von hier hatte sie einen super Blick aufs Meer. Alex versuchte, an nichts zu denken, doch es misslang. Sie dachte an Mama, obwohl sie das nicht wollte.

Nils und ihre Mutter also, was sollte sie jetzt davon halten? War das peinlich? Was war mit Papa? Tatsächlich hatten erst Mamas Worte vorhin ihr gezeigt, dass sie vielleicht doch noch gehofft hatte, dass die beiden wieder zusammenkommen würden, dass Mimi irgendwann Geschichte war, aber sie hatte sich geirrt. Diese Tür war offenbar längst zugefallen. Sie waren keine Familie mehr, jedenfalls keine normale. Sie war jetzt ein Scheidungskind, was heutzutage vielleicht normal war, sich aber trotzdem komisch anfühlte. Alex bewegte ihre Füße über das sonnenwarme Holz und versuchte, sich auf die Wärme zu konzentrieren.

Als Zita schließlich von der Villa zurückkehrte, strahlte sie Zufriedenheit aus. Alex wusste, dass sie mit Daniela hatte sprechen wollen, über das Restaurant in Deutschland und Danielas eigene Pläne für ihre Zukunft. Zita war vor dem Gespräch angespannt und freudig aufgeregt zugleich gewesen.

Alex war mit einem Mal nicht sicher, ob sie jetzt mit Zita reden wollte. Sie zog die Beine unwillkürlich sprungbereit an und verlagerte das Gewicht etwas nach vorne, als wolle sie lossprinten, was auf dem kiesigen Untergrund wahrscheinlich eh ein Ding der Unmöglichkeit war.

»Alex, hey, was machst du denn hier so alleine?«

Alex sank in sich zusammen, die Anspannung ließ sofort nach. »Wie war es?«

»Gut. Ich werde gleich schnell das Menu für morgen entwerfen. Nur aus dem, was da ist.« Zita musterte sie jetzt aufmerksam. »Was ist denn, Süße?«

»Ach, nichts.« Alex musste plötzlich schlucken. »Ich weiß nicht … Mama und Nils wollten mit mir sprechen, und …«

Alex wusste nicht, wie sie es formulieren sollte. So viele Dinge kamen ihr mit einem Mal in den Sinn. Es war seltsam. Sie musste an zu Hause denken, an Papa und seine Neue, sogar an Lou, die mit alldem ja gar nichts zu tun hatte, als feuerten ihre Synapsen einfach so vor sich hin. Sie schluckte noch einmal. »Ich glaube sie sind wirklich verliebt«, sagte sie schließlich leise.

»Sandra und Nils?«

»Ja«, brachte Alex noch mit klarer Stimme hervor.

Und dann begann sie zu weinen.

Einundfünfzigstes Kapitel

Früh am nächsten Morgen stand Sandra wieder vor der Strandhütte. Sie und Nils hatten am Abend zuvor noch mit seinen Kindern geredet. Es hatte einen Riesenkrach gegeben, an dessen Ende Feli sich geweigert hatte, zum Essen nach unten zu kommen. Jonah hatte kaum etwas gesagt, sich aber zumindest nicht abweisend gezeigt und auch keine Probleme gehabt, Sandra gegenüberzusitzen. Die hatte allerdings bald selbst Müdigkeit vorgeschoben und war früh zu Bett gegangen, hatte aber natürlich keine Ruhe gefunden. Lange hatte sie Gedanken gewälzt, sich hin und her gedreht, war aufgestanden, hatte Wasser getrunken und den Sternenhimmel beobachtet, war wieder zu Bett gegangen und nach kurzer Zeit erneut aufgestanden. Sie hatte Nicolai und Mathilda beobachtet, die auf Mathildas orientalisch bunter Decke mitten auf der Wiese vor dem Haus gelegen hatten, Arm in Arm, die Gesichter ebenfalls den Sternen zugewandt, leise miteinander redend.

Irgendwann war sie endlich doch noch eingeschlafen. Nach dem Aufwachen hatte sie sich wie zerschlagen gefühlt. Sie hatte drei Tassen Kaffee getrunken und war dann in Richtung Strandhaus aufgebrochen, auf demselben Weg, wie ihr jetzt bewusst wurde, den Nils und sie damals gegangen waren, als sie zum ersten Mal wieder länger miteinander gesprochen hatten.

Alex saß bereits auf der Terrasse, in eine Decke gewickelt, die Haare verwuschelt, das Gesicht übernächtigt. Hatte sie auch nicht schlafen können? Sie grüßten sich lediglich mit einem Nicken, dann sagte Sandra: »Gehen wir ein Stück?«

»Okay.« Alex fuhr sich durch die Haare. »Ich zieh mir schnell noch etwas über.«

Sie liefen am Strand entlang. Erst in die Richtung der benachbarten Buchten, dann weiter und weiter. Sandra hatte sich nicht vorstellen können, jemals wieder eine solche Strecke gemeinsam mit ihrer Tochter zu laufen. Alex hasste das Wandern aus vollem Herzen und hatte das in den vergangenen Jahren immer wieder sehr deutlich kundgetan.

Jetzt schien ihr die Bewegung allerdings gutzutun. Alex war ihr zumeist einen halben Schritt voraus. Sie wirkte schmal in den schwarzen Jeans, zu denen sie grüne Chucks trug. Die ultramarinblaue Tunika, die Zita ihr geliehen hatte, bildete einen schönen Kontrast zu ihren Haaren. Ein Gespräch kam nur stockend in Gang, aber Sandra spürte, dass das in Ordnung so war. Manchmal hüpfte Alex ein wenig, wie es eigentlich nur Kinder taten, dann konnte man von außen leicht vergessen, dass hier ein Mensch am Übergang zum Erwachsensein stand.

Sie liefen und liefen, und es tat so gut, sich zu bewegen, dass Sandra erst auf dem Rückweg, kurz vor dem Übergang in ihre eigene Bucht, vorschlug, eine Pause zu machen. Alex verschränkte die Arme vor der Brust und schien zu überlegen.

»Wir müssen noch reden, glaube ich«, sagte Sandra und kam sich seltsam dabei vor, aber so war es nun einmal.

Alex regte sich für einen Moment nicht, dann nickte sie. »Müssen wir wohl.«

Sandra deutete auf ein paar Steine, auf denen sie bequem Platz fanden, und holte Wasserflaschen und ein paar Kekse aus ihrem Rucksack. Alex lehnte erst mechanisch ab, nahm dann aber doch von beidem. Wieder saßen sie eine Weile schweigend nebeneinander. Dann berührte Sandra den Arm ihrer Tochter. »Verstehst du, was das bedeutet, wenn Nils und ich wieder zusammenkommen?«

Alex verdrehte die Augen leicht und seufzte. »Mama, ich weiß, dass Papa und du euch scheiden lasst. Ich hab mit Lou drüber geredet. Sie hat's mir erklärt. Außerdem bin ich ja nicht blöd.«

»Sie hat dir *was* erklärt?«, fragte Sandra überrascht nach.

Alex stopfte den letzten Keks in den Mund, kaute, schluckte. Sie hatte das linke Bein angezogen und stützte sich mit dem Ellenbogen auf dem Knie ab, während sie ihre Wasserflasche locker in der anderen Hand hielt. »Die Scheidung und all das. Dass ihr euch nicht mehr liebt und dass das nichts mit mir zu tun hat.«

»Aha.« Sandra war überrascht. Hatte sie ihre Tochter falsch eingeschätzt? Machte sie sich etwa doch solche Gedanken? »Natürlich hat das nichts mit dir zu tun«, sagte sie liebevoll. »Hast du das etwa gedacht?«

Alex wich ihrem Blick aus und spielte mit dem Deckel ihrer Flasche, öffnete sie dann mit entschlossenen Bewegungen, trank und schluckte.

»Ich weiß nicht. Ja, vielleicht …«

Sandra bemühte sich, ihre Stimme fest klingen zu lassen,

als sie sagte: »Ja, Papa und ich lieben uns nicht mehr, aber das ist alles und hat hundert Prozent nichts mit dir zu tun.«

»Hm.« Alex ließ das restliche Wasser jetzt in ihrer Flasche hin und her schwappen, indem sie ihr Handgelenk locker hin und her drehte.

»Warum hast du mich denn nicht gefragt? Warum hast du nicht mit mir geredet?«, wagte Sandra zu fragen.

»Mama!« Alex verdrehte die Augen.

»Ich dachte, du vertraust mir?«

»Tu ich ja auch.«

»Aber?«

Alex seufzte. »Es gibt einfach Dinge, die man nicht mit seinen Eltern bespricht. Ist einfach so.« Sie leerte die Flasche.

Sandra beobachtete sie nachdenklich. Ja, so war das wahrscheinlich. Sie hatte auch nicht alles mit ihren Eltern besprochen.

Zweiundfünfzigstes Kapitel

An diesem Abend übertraf Zita sich wieder einmal mit ihrem Essen, und nicht nur Sandra hatte vorübergehend den Eindruck, sich nie wieder regen zu können, weil sie einfach viel zu viel gefuttert hatte. Mathilda schlug vor, Decken auf die Wiese zu legen und gemeinsam den Sternenhimmel zu beobachten. Gregor war sofort Feuer und Flamme, und auch die anderen ließen sich von der Idee mitreißen. August, das sei der Monat der Perseiden, klärte Gregor sie auf.

Sandra fiel auf, dass sie noch nie eine Sternschnuppe gesehen hatte, aber auch ohne war dieser Sternenhimmel wundervoll. Lange lagen sie nebeneinander, schauten, redeten, auch wenn sich keine Sternschnuppen zeigen wollten. Die Zwillinge liefen anfangs noch jauchzend um sie herum, schliefen aber irgendwann zwischen ihren Eltern ein. Alex setzte sich an die Seite ihrer Mutter, nachdem sie Zita mit dem Geschirr geholfen hatte. Feli belegte einen Platz, der weitestmöglich entfernt war von Sandra. Ihr Kopf stieß über der Sternenhimmel-App auf seinem Smartphone fast mit dem ihres Bruders zusammen. Gegen zwei Uhr gingen die Ersten ins Bett. Als der Morgen dämmerte, lagen nur noch Nicolai und Mathilda im Garten.

Nicolai fröstelte. Es war ein schöner Abend und eine ebenso schöne Nacht gewesen. Er hatte sich entspannt gefühlt und doch überfiel ihn jetzt, von einem Augenblick zum anderen, die Angst, dass ihn sein Körper gleich wieder im Stich lassen würde, dass Herr Parkinson seine hässliche Fratze zeigte.

Seine Stimmung änderte sich von einem Augenblick auf den anderen. Er merkte, wie das Gift durch ihn hindurchkroch, wagte es kaum, Mathilda anzusehen, die sich jetzt im Schneidersitz vor ihn hingesetzt hatte und es schaffte, sogar auf diese Weise unternehmungslustig und irgendwie hinreißend auszusehen.

Oh ja, sie tat ihm gut, das hatte ihm dieser Tag wieder einmal gezeigt, aber er war sich nach längerem Nachdenken doch auch wieder sicher, dass er ihr kein Leben an seiner Seite antun konnte. Er konnte das einfach nicht. Sie hatte ihr Leben noch vor sich. Sie durfte sich nicht an einen wie ihn binden, an einen kranken Krüppel, der weniger und weniger Gewalt über seinen Körper haben würde.

Er musste mit ihr reden. Sollte er die Hand nach ihr ausstrecken? Aber vielleicht würde seine Hand zittern und ihn unerbittlich daran erinnern, wie sehr sich sein Leben geändert hatte und dass es nie wieder so sein würde wie früher einmal. Er räusperte sich. »Ich habe nachgedacht, Mathilda.«

Sie schaute ihn von unten an, lächelte verschmitzt. »Du denkst immer zu viel nach.«

»Das mit mir wird nicht besser werden, meine Nervenzellen werden weiter degenerieren. Herr Parkinson wird immer mehr meines Körpers übernehmen. Irgendwann bin ich vollkommen hilflos …« Nicolai schwieg einen Moment, bevor er mit zitternder Stimme weitersprach. »Ich werde mich sicherlich auch verändern. Mein Wesen, meine ich.«

Sie blickte jetzt ernster drein. »Jeder verändert sich. Das ist auch gut so.«

»Ja. Aber bei mir wird das anders sein.« Er schluckte. »Vielleicht werde ich depressiv. Vielleicht lässt mich die Krankheit auch bösartig werden, wer weiß das schon.« Seine Stimme war mit den letzten Worten leiser geworden, als horche er ihr selbst nach. Diese Worte bildeten das Seil, an dem er sich jetzt entlanghangeln musste, um sie zu überzeugen.

Mathilda merkte auf, dann blickte sie ihn einen Augenblick lang nachdenklich an, bevor sie sich hinkniete und ihm tief in die Augen sah. »Du bist kein bösartiger Mensch, Nicolai. Das wirst du auch niemals sein. Auch Herr Parkinson wird dich nicht zu einem bösartigen Menschen machen.«

»Das kannst du nicht wissen.«

»Ich sehe das.« Sie hielt einen Moment inne. »Und ich kenne dich. Wir können es zusammen durchstehen. Gib uns eine Chance. Ich *will* das mit dir zusammen durchstehen. Du weißt schon: in guten wie in schlechten Zeiten.«

»Ich will dir das aber nicht antun«, beharrte er und wich ihrem Blick aus. Er konnte sie jetzt einfach nicht ansehen, denn wenn er sie ansah, würde er weich werden.

»Und wenn ich das für mich selbst entscheide? Dass ich das will? Dass ich dich will?«

»Du … Du kannst dich nicht dafür entscheiden, du … Ich meine, ich bin Teil dieser Entscheidung.« Er brach ab, wusste nicht, was er sagen sollte. Dann kam ihm etwas anderes in den Sinn. »Sag mal, hast du mir gerade einen Antrag gemacht?«

Mathilda schwieg einen Moment, dann lachte sie so sehr, dass sie zur Seite kippte. »Ja, du Blödmann.« Sie schaute ihn erwartungsvoll an. »Das habe ich. Ich habe dir einen Antrag gemacht. Was sagst du?«

Dreiundfünfzigstes Kapitel

Am nächsten Morgen nach dem Frühstück war es überraschenderweise Feli, die sich den Moment immer wieder von Mathilda schildern ließ: wie sie schließlich vor Nicolai niedergekniet war, um ihm den Antrag zu machen, wie er zuerst irritiert gewesen war und wie sie dann geredet und geredet und geredet hatte und gar nicht mehr hatte aufhören können, weil sie fürchtete, dass er doch noch »Nein« sagte, sobald sie auch nur kurz verstummte.

Die beiden saßen nun schon lange voreinander, umringt von den anderen: Mathilda auf einem der Gartenstühle, Feli im Schneidersitz vor ihr, die Ellenbogen auf den Knien, den Kopf in die Hände gestützt, ihre Augen leuchteten.

»Ich habe um mein zukünftiges Glück geredet«, sagte Mathilda. »Und dann haben wir diese Sternschnuppe gesehen, und da wussten wir einfach, dass alles gut wird.«

»Hm«, machte Feli genießerisch.

»Das musste sie eigentlich gar nicht, um ihr Glück reden,

meine ich«, mischte Nicolai sich ein. »Sie hatte mich ja schon nach wenigen Worten endgültig überzeugt, und sie hat auch nicht die ganze Zeit gekniet. Das stimmt gar nicht.«

Mathilda zwinkerte den anderen zu. »Vielleicht stimmt es nicht, aber es ist doch eine schöne Geschichte.«

Nicolai streckte die Hand zu ihr hin. Sie zitterte. Mathilda sprang auf. Für einen kurzen Moment hielten alle den Atem an, doch dann setzte sich Mathilda auf den Stuhl dicht an seine Seite und schmiegte sich an ihn. »Wir schaffen das, Nicolai, wir schaffen alles«, sagte sie.

»Aber wenn ich …«

Sie hob die Hand, als wolle sie seine Worte einfach fortwischen. »Nein, kein Wenn … Niemals. Wir finden immer eine Lösung, aber wir finden sie zusammen. Du darfst nie wieder weglaufen, versprich mir das.«

Nach dem Mittagessen bat Nicolai Daniela, ihn nach Mali Lošinj zu fahren. Er wolle Schmuck kaufen, verriet er ihr, gab sich ansonsten aber zugeknöpft. Daniela stimmte sofort zu und zeigte ihm in ihrem Zimmer einige Schmuckstücke aus dem Atelier einer Freundin, die ihm gut gefielen. Er mochte den Stil.

Nicolai war auf der Fahrt unerwartet schweigsam, und nachdem Daniela lediglich einsilbige Antworten erhielt, gab sie es auf, ein Gespräch mit ihm führen zu wollen. Er schien vollkommen in seinen Gedanken versunken und kaum mitzubekommen, was sie fragte. Er hielt die Hände in seinem Schoß übereinandergelegt – sie musste sich zurückhalten, nicht darauf zu starren, ob er zitterte – und sah die meiste Zeit schweigend aus dem Fenster.

Natürlich hatte sich etwas verändert zwischen ihnen, seitdem er von seiner Erkrankung erzählt hatte, aber sie hatte den Eindruck, dass er mit gewissen Sachen immer noch hinter dem Berg hielt. Sie hätte ihn gerne gefragt, wie man mit einer solchen Krankheit lebte, aber irgendwie fand sie das zu direkt. Wahrscheinlich war es richtiger zu warten, oder? Vielleicht ging sie das alles auch nichts an, oder wartete er vielleicht doch, dass jemand fragte?

Sie stellte das Radio lauter, ein Song von Depeche Mode. *Walking in my shoes.*

Jetzt blickte auch Nicolai auf. »Darf ich?«

»Klar.«

Er drehte das Radio noch lauter und begann zu singen.

»*Now I'm not looking for absolution / Forgiveness for the things I do / But before you come to any conclusions / Try walking in my shoes / Try walking in my shoes*«

Daniela bemerkte, dass sie lächelte, und summte mit. Depeche Mode war ein unverbrüchlicher Teil ihrer Jugend gewesen, eine ihrer Lieblingsbands, und sie bedauerte es sehr, nie auf einem Konzert gewesen zu sein.

In Mali Lošinj nutzte sie wieder den Parkplatz einer Freundin und führte Nicolai in den Laden, in dem sie selbst oft Schmuck kaufte.

Er sah sich sofort interessiert um, ging bedächtig von Vitrine zu Vitrine. Daniela schaute ihm eine Weile zu und betrachtete dann wieder die Ohrringe, die ihr beim letzten Mal aufgefallen waren, die aber recht groß und auffällig waren und von denen sie einfach nicht wusste, zu welcher Gelegenheit sie sie tragen sollte. Sie ging ja kaum aus, und um sie einfach so anzuziehen, schienen sie ihr doch etwas pompös. Der Mix aus Silber und Blau gefiel ihr dennoch ausnehmend gut.

Ach, verdammt. Daniela legte die Ohrringe in den Korb, den sie sich am Eingang genommen hatte. Ihr würde schon irgendwas Passendes einfallen. Das war ihr Talent. Sie fand immer etwas zum Kombinieren. Sie musste plötzlich lächeln und fühlte sich glücklich. Es war gut, dass Nicolai sie gebeten hatte, gemeinsam hierherzufahren. Es fühlte sich gut an, hier zu sein. Dann fiel ihr etwas ein, auf das Zita sie angesprochen hatte. Es gab da einen Bereich in diesem Laden, in dem auch ausgewählte Kleidungsstücke präsentiert wurden. Vielleicht konnte sie ja wirklich mal … Wenn sie sich traute …

»Dani?«

»Ja?« Sie wandte sich zu Nicolai, der bereits längere Zeit vor einer Vitrine gestanden hatte.

»Kommst du mal, bitte?«

»Klar.«

»Wie findest du diesen?« Nicolai deutete auf einen Ring, der einen kleinen stilisierten Delfin darstellte, der wirkte, als gleite er durchs Meer.

»Er ist sehr schön.« Sie rief die Verkäuferin, die die Vitrine aufschloss.

Behutsam nahm Nicolai den Ring entgegen. Er drehte ihn in den Händen. Eine lange Weile sagte er gar nichts. Es war, als sei er in Erinnerungen versunken, schönen Erinnerungen, denn er lächelte. »Ich denke, er wird Mathilda gefallen«, sagte er schließlich und schritt entschlossen zur Kasse.

Anschließend lud er Daniela noch zu einem Kaffee ein. Eine Einladung, über die sie sich freute, die sie aber auch ein wenig irritierte. Sie empfahl ihm einen Mokka, wie er hier in der Region üblich war, und er stimmte zu. Eine Weile saßen sie schweigend an dem kleinen Tisch und genossen die Sonnenstrahlen, die sie auch unter dem Schirm noch erwischten. Sie trugen beide eine Sonnenbrille, die Nicolai jetzt jedoch auf sein dichtes Haar nach oben schob. »Ich denke, ich habe mich vielleicht ein bisschen zu sehr zurückgezogen«, sagte er langsam.

Daniela verharrte mit der Mokkatasse an den Lippen.

»Ich habe mich von Anfang an sehr über deine Einladung gefreut, und ich will, dass du das weißt.«

Daniela trank einen Schluck und stellte die Tasse ab. »Das weiß ich.«

Nicolai bedachte sie mit einem langen Blick. »Wenn du willst, kannst du mir ein paar Fragen stellen.«

»Okay.« Sie drehte die Mokkatasse mit Daumen und Zeigefinger der rechten Hand. »Aber du sagst Bescheid, wenn es dir zu viel wird«, fügte sie dann hinzu.

»Ist klar.«

Zuerst war sie unsicher, aber dann begann sie ihn tatsächlich über die Krankheit auszufragen. Nicolai antwortete bereitwillig, bis sie keine Fragen mehr hatte, dann sprachen sie noch ein wenig über die letzten Wochen. Es fühlte sich gut an. Daniela überlegte, ob es Zeit war, zu erzählen, dass sie einmal in ihn verliebt gewesen war, aber dann fand sie den Moment nicht passend – vielleicht würde es auch nie einen passenden Moment dafür geben, und vielleicht war das auch nicht wichtig.

Wenig später brachen sie wieder in Richtung der Villa Hoffnung auf. Nicolai war auf der Fahrt wieder schweigsam, aber dieses Mal machte Daniela sich keine Gedanken darum. Als er ausstieg, lächelte er ihr zu. »Danke.«

»Danke, dass du so offen warst.«

Er nickte nur, dann hob er das Päckchen mit dem Ring darin hoch. »Ich gehe dann mal in den Garten.«

Nicolai entdeckte Mathilda schon, als er durch das kleine Tor schritt, hinten auf der Steinbank, in der Nähe des Feigenbaums. Er hatte gewusst, dass er sie hier finden würde, Mathilda und er liebten diesen Garten einfach. In den letzten Tagen waren sie oft gemeinsam hier gewesen. Manchmal saßen sie nur zusammen hier. Manchmal sprachen sie über die Vergangenheit und natürlich auch über die Zukunft. Nicolai gefiel der überbordende Pflanzenwuchs, Mathilda interessierte sich auch für den Gemüsegarten. Sie hatte ihm erzählt, dass sie schon lange davon träumte, auch einmal einen solchen Nutzgarten zu haben.

»Eigenes Gemüse zu essen, wäre das nicht toll? Früher in der Bauwagensiedlung hatten wir so etwas.«

»Ja, schon, irgendwie.« Eigentlich hatte er keinen Sinn für so etwas, aber mit Matilda gemeinsam würde er sich daran gewöhnen. Mit ihr gemeinsam würde er Neues entdecken, auch jetzt noch.

Er ging langsam auf sie zu, das Kästchen in den Händen. Sie hatte ihn, in ein Buch vertieft, noch nicht entdeckt. Erst, als er schon fast vor ihr stand, hob sie den Kopf, und sofort breitete sich ein Lächeln auf ihren Gesichtszügen aus. Er legte das Päckchen neben ihr ab.

»Setz dich«, sagte sie und nickte zu einem Korbstuhl ihr gegenüber. Er tat es, setzte sich direkt vor sie. Der Stuhl knarrte leise und gewissermaßen schon beinahe vertraut mit seinen Bewegungen. Sie hatten hier gesessen und sich ausgesprochen, sie waren sich nähergekommen, sie hatten es gewagt, sich von Neuem zu vertrauen.

Er streckte die Hände zu ihr hin, sie reichte ihm ihre, und er hielt sie zwischen seinen, wie einen kostbaren Schatz. Zum ersten Mal seit langem fühlte er sich mutig. Dieser kleine gehässige Knoten in sich, gegen den er so lange vergeblich angekämpft hatte, war verschwunden. Er war jetzt bereit, seiner Zukunft entgegenzutreten, was auch immer sie brachte, und er wollte es gerne mit ihr gemeinsam tun.

»Mathilda«, sagte er und musste sich räuspern, denn seine Stimme war mit einem Mal doch belegt. »Mathilda«, setzte er noch einmal an. »Du hast mich gefragt, und ich frage dich jetzt auch noch einmal: Willst du mich heiraten?«

Einen Augenblick war es still. Vielleicht zu lange, denn Nicolai spürte die Unsicherheit in sich aufsteigen, und wenn er es verlässlich gekonnt hätte, wäre er jetzt aufgestanden und davongelaufen.

Mathilda schaute ihn an. Ein kleines Lächeln schien auf ihrem Gesicht auf, dann lachte sie: »Hm, willst du dich denn mit mir verloben?«

Nicolai überlegte. War es das? Das klang so altmodisch, aber verdammt, vielleicht war es ja doch genau das. »Glaube schon.«

»Du glaubst schon?« Sie lachte wieder, und dieses Mal klang es noch herzlicher.

»Ja, ich will«, sagte er mit fester Stimme.

Sie beugte sich zu ihm vor und küsste ihn. Er erwiderte ihren Kuss, löste sich dann von ihr und nahm das Kästchen mit dem Ring zur Hand, den er ihr in Mali Lošinj gekauft hatte.

Seine Hände zitterten ein wenig, doch nicht durch die Krankheit, es war die Aufregung. Er schaffte es, das Kästchen zu öffnen, und präsentierte ihr den Inhalt. Für einen Moment hatte er das Gefühl, in einem Film zu sein.

Mathilda starrte auf den Inhalt und war offenbar sprachlos.

»Gefällt er dir nicht?«

»Er ist wunderschön.«

Vierundfünfzigstes Kapitel

Die Verlobungsfeier drei Tage später war wunderbar. Natürlich bog sich der Tisch geradezu unter den Speisen, Zita hatte sich nicht lumpen lassen. Alex und sie hatten sich mächtig ins Zeug gelegt, und auch Jonah und Feli hatten geholfen. Daniela hatte kurzfristig eine Band engagiert, die mit moderner Folklore zum Tanz aufspielte, sogar Nicolai tanzte, und Mathilda, in einem bunten Kleid, das Daniela ein wenig festlich abgeändert hatte, legte den Kopf in den Nacken und lachte fröhlich, während sie sich immer mal wieder einfach im Kreis drehte. Ihre Haare waren offen, und die Sonne machte ein glänzendes rotblondbraunes Farbenspiel daraus. Als Nicolai müde wurde, setzte er sich, aber es machte ihm nichts aus. Er haderte nicht mit sich. Es war gut so. Er war glücklich, auch wenn er saß. Mathilda tanzte, und er sah ihr nur zu gerne einfach zu, wie damals, als sie einander zum ersten Mal begegnet waren. Von Zeit zu Zeit kam sie zu ihm, setzte sich an seine Seite und schmiegte sich an ihn, dann legte er den Arm um sie und genoss es, ihren Körper zu spüren.

Sandra neigte sich zu Daniela herüber, und auch Maike beugte sich vor, sodass die Freundinnen die Köpfe zusammensteckten wie in alten Schulzeiten. Für einen kurzen Moment sah Sandra sich und die anderen beiden sogar vor sich, wie sie am Geländer der Schultreppe lehnten. Es gab da so ein Foto, dessen Farben verblasst waren, weil es zu lange an einem sonnigen Fleck gehangen hatte, darauf hatte Maike ein Bein angewinkelt und gegen das Geländer gestützt, Daniela nahm eine Modelpose ein, und Sandra selbst stand vorne mittig und lachte breit. Sie trug eine Karottenhose und ein weißes T-Shirt, dazu Billigturnschuhe, bei denen der Streifen fehlte. Sandra erinnerte sich nur zu gut: Ihre Eltern hatten sich einfach nicht zu Adidas-Turnschuhen überreden lassen, es war furchtbar gewesen. Sandra erinnerte sich mit einem Mal an den Sommer, so einen Sommer, der nach Eis und heißem Asphalt roch. Der Sommer, in dem sie von Oma die knallgelben Schuhe von Esprit bekommen hatte und sich diese kurze Zeit später im Asphalt ruiniert hatte, der in der Sonne geschmolzen war.

Danielas Stimme riss sie aus ihren Gedanken. »Die beiden sind ein unglaublich schönes Paar, findet ihr nicht auch?«, flüsterte sie. »Man kann sehen, dass sie zusammengehören. Man sieht es einfach sofort. Ich finde, sie sind wie füreinander gemacht.«

»Ja, wenn jemand zu ihm passt, dann Mathilda.«

»Sie hat erzählt, dass er *Waltzing Matilda* für sie gespielt hat, ganz am Anfang. So haben sie sich kennengelernt, an einem See, auf einem Campingplatz.«

Alle drei blickten mit einem versonnenen Lächeln zum Verlobungspaar, das gerade am Kopf der großzügigen Tafel, die auf dem Rasenplatz vor der alten Villa aufgebaut worden war, in bequemen Korbstühlen saß. Gegen Mathildas buntes Kleid bildete Nicolai in seinen schwarzen Jeans und dem lockeren nachtblauen Leinenhemd einen dunklen Akzent. Sein dunkles halblanges Haar fiel lockig auf seine Schultern. Im Sonnenlicht glänzten hier und da vereinzelt silberne Haare.

Langsam ließ Sandra den Blick weiter schweifen, über die üppigen Speisen hinweg. Das Essen war wirklich köstlich, und sie war sehr stolz auf den Einsatz von Zita, Jonah, Feli und ihrer Tochter. Ringsherum wirkten alle nach den Aufregungen der letzten Zeit entspannt und fröhlich. Ihr Blick fiel auf Gregor, mit dem sie am Anfang gar nicht hatte warm werden wollen. Er begleitete seine über die Wiese tollenden Zwillinge, ohne ständig »Vorsicht, Vorsicht« zu rufen, während Maike Zeit mit ihren Freundinnen verbringen konnte, ohne sich deshalb schuldig zu fühlen. Sandra zog die Freundin kurz an sich. Maike erwiderte die Umarmung.

Nils trat mit einer weiteren Flasche Wein zu ihnen. »Dani hat wahre Schätze im Keller«, rief er.

»Hast du sie auch gefragt?«, hakte Sandra nach. Bei Nils konnte man nie wissen.

»Hey, wir sind Freunde«, machte Nils mit gespielt großspuriger Geste, um dann ruhiger hinzuzufügen: »Klar habe ich das. Was denkst du denn von mir?«

Doch Sandra grinste nur breit. »Nur das Beste«, sagte sie, »nur das Beste, das weißt du doch.«

Feli beobachtete das Treiben von ihrem Korbstuhl ein Stück entfernt. Fast alle waren sie glücklich, und sie fühlte sich irgendwie schlecht. War das bei ihren Eltern auch so gewesen, als sie geheiratet hatten? Hatten sie sich so sehr gefreut? Waren sie so glücklich gewesen? Hatten sie getanzt, gelacht, ja, irgendwie von innen heraus gestrahlt? Und dann hatte sie eben auch noch ihren Vater gesehen, wie er den Arm um diese Schlampe gelegt und sie an sich gezogen hatte. Ihre Kehle wurde eng. Sie konnte das einfach nicht mehr mit ansehen, sie musste hier weg. Feli sprang auf und eilte über den Rasen davon, auf den Wald zu. Sie begann zu laufen. Ihr Atem keuchte. Es fiel ihr schwer zu atmen, aber sie wollte einfach nur weg, nur noch weg. Je weiter sie sich entfernte, desto undeutlicher wurde der Festlärm, doch Feli hatte trotzdem den Eindruck, nicht schnell genug davonzukommen. Sie hörte sie ja immer noch und … Waren da Schritte hinter ihr? Sie stolperte, fast wäre sie gestürzt.

»Feli.«

Jonah … Jonah, der ihr gefolgt war, fing sie gerade noch auf.

»Jetzt warte doch mal, Feli. Was ist denn los, wo willst du denn hin? Bitte, lass uns reden.«

Sie drehte sich um. »Ich will nicht reden«, fuhr sie ihn an. »Was soll es denn da noch zu reden geben? Ihr habt euch ja alle schon entschieden, dass ihr sie mögt und dass das in Ordnung ist, dass sie sich an Papa ranmacht. Meine Meinung ist ja hier vollkommen gleichgültig.« Sie versuchte, sich seinem Griff zu entziehen, doch Jonah hielt sie am Arm fest.

»Wer *wir*?«

»Papa und du und die ganzen anderen. Lass mich los, verdammt! Nur ich bin noch auf Mamas Seite und gegen die Schlampe.«

Jonah schüttelte den Kopf. Er ließ sie los, stellte sich ihr aber in den Weg. »Wir sind doch nicht gegen Mama, Feli! Ich denke nur, dass Papa sein Leben weiterleben muss und Mama auch. Sie lieben sich vielleicht nicht mehr, aber sie sind Freunde.«

»Blödsinn«, fauchte Feli. *Das ist unsere Familie, die ihr da kaputtmacht*, fuhr es ihr durch den Kopf. Sie machte einen raschen Haken um Jonah herum und rannte los.

Jonah folgte ihr, so schnell er konnte, plötzlich aber verlangsamte sie ihre Schritte und blieb stehen. Als er sie erreichte, fuhr sie sich mit einem Arm rasch über das Gesicht.

»Weinst du?«

»Ich schwitze, du Depp.«

»Hey, ich hab dir nix getan.« Jonah streichelte seiner Schwester über den Arm.

Feli entzog ihn ihm, wenn auch halbherzig.

»Feli, Mama und Papa haben sich getrennt. Schon lange.« Jonah schwieg einen Moment. »Und du weißt, dass Mama einen Neuen hat«, sagte er ruhig.

»Vorübergehend.«

»Nein.«

»Das ist nicht wahr.«

»Doch, ist es. Das ist nichts Vorübergehendes.«

Feli schüttelte den Kopf. »Sie hat mir gesagt, dass sie es irgendwann nochmal versuchen werden, Papa und sie.«

»Nein, Feli.« Jonah sah seine Schwester jetzt ernst an. »Das wird nicht geschehen.«

»Warum hat sie mir das nicht gesagt?«

»Weil sie dich nicht verletzen will.«

Feli starrte ihn an. »Und angelogen werden ist nicht verletzend?«

Jonah erwiderte ihren Blick. »Aber du wolltest die Wahrheit doch gar nicht hören«, sagte er sanft.

Blitzschnell fuhr sich Feli erneut mit dem Arm übers Gesicht.

»Hey.« Jonah umarmte seine kleine Schwester vorsichtig, und dieses Mal ließ sie es zu. »Hey, du weinst ja doch, Kleine.«

Feli schluckte. »Ich dachte, es wird alles wieder gut.«

»Vielleicht wird es das ja auch. Wir sorgen dafür.«

»Aber Papa und Mama …«

»Papa und Mama lieben uns.«

»Meinst du?«

»Klar doch, Gräte.« Er fuhr mit dem rechten Daumen zart über die Tränenspuren im Gesicht seiner Schwester, dann drückte er sie noch einmal an sich. »Klar lieben sie uns.« Er lächelte ihr zu. »Gehen wir zurück?«

»Hm, vielleicht möchte ich noch ein bisschen spazieren gehen. Gehst du mit?«

Nach dem kurzen Spaziergang hatte Feli sich beruhigt. Anfangs hatte sie noch gegen die Tränen angeatmet, aber es wurde besser. Als sie schließlich zum Fest zurückkehrten, verharrten sie beieinander untergehakt am Rande des Trubels. Die Lampions verbreiteten ein sanftes Licht, die Villa im Hintergrund sah wie verzaubert aus. Die Musik war jetzt leise. Nils hielt gerade eine Rede an das zukünftige Brautpaar.

Jonah streichelte seiner Schwester aufmunternd über den Arm. »Komm, trau dich.«

»Ich weiß nicht, wo ich hingehen soll.«

»Da sind Zita und Alex, geh zu ihnen.«

»Okay.« Unsicher machte Feli sich auf den Weg zu den beiden, die das Buffet überwachten und immer wieder arrangierten, sodass es auch nach Stunden immer noch unverändert schön aussah. »Hey!«, grüßte Feli und spürte, wie sie rot anlief.

Alex musterte sie aufmerksam und lächelte dann. »Hey!«

Feli ließ den Blick über das schön arrangierte Gemüse, Pasteten und gefüllte Leckereien wandern. Sie nahm eine dünne gewürzte Gebäckstange und knabberte daran. Einen Moment lang schwiegen sie alle.

»Schmeckt echt gut, was wir gezaubert haben, oder?«, erkundigte sich Alex schließlich.

»Ja.« Feli zog die Nase hoch. Zita reichte ihr ein Taschentuch, was sie dankbar annahm.

»Ihr wart gute Helfer.« Zita legte beiden Mädchen die Arme um die Schultern. Keine der beiden entzog sich.

»Frieden?«, fragte Zita. Feli und Alex nickten. »Und wenn eure Eltern jetzt irgendetwas miteinander anfangen, bleibt ihr cool, okay?«

Feli und Alex wechselten einen Blick.

»Klar doch«, sagte Alex.

Als Feli schwieg, drückte Zita ihr eine leere Schüssel in die Arme.

»Los, ihr geht jetzt noch einmal Nachschub holen. Es fehlt Brot … Alex, du weißt, wie man den Salat anrührt, ja?«

»Klar.«

Zita schaute sie prüfend an und entschied dann offenbar, den Dingen ihren Lauf zu lassen. »Redet ein bisschen«, rief sie den beiden hinterher, als Alex und Feli sich ein paar Schritte entfernt hatten. Die beiden sahen sich an, sagten aber nichts.

Die Küche war ihnen beiden über die vergangenen Ferientage zu einem vertrauten Ort geworden. Feli hatte bereits die Schüssel mit Brot gefüllt und setzte sich dann, entgegen ihrem Plan, sofort zur Feier zurückzukehren, an den großen, alten Küchentisch. Eine ganze Weile saß sie einfach nur da und malte mit dem Finger unsichtbare Muster auf die Tischplatte. Ihre Gedanken schweiften ab. Daniela hatte ihnen erzählt, dass sich dieser Tisch zwischen lauter Schutt im Haus befunden hatte, als ihre Eltern die Villa gekauft hatten. Vielleicht hatten Prinzen und Prinzessinnen an diesem Tisch gegessen und getrunken, hatten sie gemeinsam phantasiert, denn manchmal war ein Tisch eben nicht einfach nur ein Tisch. Selbst Jonah hatte die Idee fasziniert, er hatte Sinn für solche Geschichten. Wahrscheinlich würde er auch mal bei einer Zeitung arbeiten. Sie selbst wusste noch nicht, was mal aus ihr werden sollte. Sie wusste gar nichts, und das machte sie wütend.

»Willst du dir jetzt ein Krönchen aufsetzen?«, hatte sie ihren Bruder angezickt, es aber gleich darauf bereut. Sie liebte ihren Bruder. Er war ihr Fels in der Brandung, durch alle schwierigen Zeiten hindurch. Rückblickend konnte sie gar nicht sagen, was sie so sehr gestört hatte. Wahrscheinlich war es einfach alles gewesen. Sie hatte nicht hier sein wollen. Sie hatte gemeinsam mit ihren Eltern in Urlaub fahren wollen. Sie blickte zu Alex, die gerade neue Croutons für den Salat zubereitete. Feli atmete tief durch. Vielleicht sah sie das auch alles falsch, vielleicht ging es darum, zu akzeptieren, was alle anderen offensichtlich längst verstanden hatten?

Feli stand auf und mischte schweigend den Salat noch einmal durch. »Alex, wann hast du gewusst, dass sich deine Eltern wirklich trennen werden?«, wagte sie schließlich zu fragen.

Alex ließ die Croutons aus der Pfanne auf eine Unterlage aus Küchentüchern rutschen und tupfte sie sanft ab. »Ach, sie haben sich eben gestritten«, sagte sie dann. »Erst nur ein bisschen, dann immer mehr. Und sie haben ständig gegeneinander gestichelt, und dann hatte Papa eine Freundin. Ich habe sie zuerst gesehen, in der Nähe meiner Schule, als wollte Papa, dass ich es mitkriege und Mama davon erzähle.« Sie ließ die Croutons in eine kleinere Schüssel rutschen. »Das fand ich feige.«

Feli hielt den Blick auf die Salatschüssel gerichtet. »Mein Papa ist letztes Jahr ausgezogen«, sagte sie langsam, »aber ich dachte immer, er kommt irgendwann doch zurück.«

»Und das glaubst du jetzt nicht mehr?«

Feli schüttelte den Kopf. »Er, er … Nicht, nachdem er deine Mutter kennengelernt hat.«

»Und wer ist schuld daran, meine Mum etwa?«

Feli zögerte, dann schüttelte sie sehr langsam den Kopf. »Nein. Das weiß ich ja selbst. Es ist trotzdem nicht so einfach.«

Alex düstere Miene entspannte sich. »Ich weiß«, sagte sie. »Aber wir haben ja uns, oder?«

Feli hob den Blick und schaute die Ältere an. »Ich wollte immer schon eine große Schwester haben«, sagte sie dann langsam. Und grinste leicht.

Die Feier dauerte bis spät in die Nacht. Sie aßen, sangen und tanzten, und es graute schon der Morgen, als die Letzten ins Bett gingen. Nicolai musste sich auf Mathilda stützen, als sie gemeinsam nach oben gingen, und ihm kam der Gedanke, dass er sich allmählich doch daran gewöhnte. Gemeinsam erreichten sie ihr Zimmer – ihre Hochzeitssuite –, von Dani geschmückt. Auf einem kleinen Tisch stand ein prächtiger Strauß aus weißen und pfirsichfarbenen Rosen, die Bettwäsche war champagnerfarben. Auf den ersten Blick wirkte es fast ein bisschen zu viel. Auf den zweiten aber fand Nicolai es einfach schön, zwar erstaunlich kitschig für Dani, aber schön. Matilda öffnete die Fenster, durch die dünnen Vorhänge spitzte schon der Morgen herein. Erste Vögel waren zu hören, später würden die Grillen einsetzen.

Nicolai legte sich rücklings auf das breite Bett. Matilda schmiegte sich an seine linke Seite. Sein Atem streifte über einen Teil ihrer Stirn und die Schläfe. Einzelne Haare bewegten sich in seinen regelmäßigen Atemzügen. Er fühlte sich sehr ruhig und entspannt. Seine linke Hand lag auf ihrer Hüfte. Mit einem nackten Fuß strich sie zart über seine Waden.

»Geht es dir gut?«, wollte sie wissen.

»Ich bin froh, es war eine tolle Feier«, antwortete Nicolai, ohne zu zögern, »auch wenn ich nie vorhatte, so etwas Spießiges wie eine Verlobungsfeier zu veranstalten. Das hätte ich mir echt nicht träumen lassen.« Er hauchte einen Kuss auf ihr Haar.

»Ich möchte auch mal Spießer werden«, sagte sie und lachte dann.

Er musste auch lachen. »Aber in Wirklichkeit fand ich unsere Feier wunderschön«, fuhr er fort, »und ich frage mich, warum ich mich immer so einschränken wollte … Ich habe nachgedacht, weißt du …« Seine Lippen berührten ihre Stirn jetzt oberhalb der Schläfe. »Ich werde ab jetzt die Dinge tun, die mir gefallen, und mir keine Gedanken machen, was das für mein Image bedeutet, und …«, er machte eine kaum merkliche Pause, »ich werde mit Herrn Parkinson leben und das Beste daraus machen.«

»Das ist gut.« Matilda drehte sich so, dass sie sich auf ihre Arme stützen konnte, und schaute ihn dann unverwandt an. »Es wird dir auch kaum etwas anderes übrig bleiben.«

»Danke, meine Liebe, etwas mehr Mitgefühl hätte ich mir ja schon von meiner zukünftigen Frau gewünscht.«

»Du kriegst alles Mitgefühl der Welt, nur keine Lügen«, gab sie zurück, und er fragte sich, wie man so jung sein konnte und zugleich so weise.

»Du hast ja recht«, murmelte er. »Du hast mit so vielem recht.«

»Mit allem.«

»Na ja.«

Sie schmiegte sich wieder an ihn.

»Es wird Tage geben«, fuhr er fort, »an denen ich Mr. Parkinson hasse und unausstehlich sein werde. Sei gewarnt.«

»Wahrscheinlich wird das so sein, aber ich bin ein harter

Hund. Außerdem kenne ich dich inzwischen ja schon ganz gut.«

»Es könnte schlimmer werden. Es gibt keine Aussicht auf Besserung, und du kennst mich ja kaum … Womöglich trittst du mir dann gegen das Schienbein«, überlegte er.

»Wir werden sehen.«

Er küsste sie sanft. »Ich liebe dich, Mathilda. Ich kann dir nicht oft genug sagen, wie dankbar ich dir bin, dass du mich nicht fallen gelassen hast.«

Sie stieß einen tiefen Seufzer aus, schwieg einen Moment und sagte dann: »Das hätte ich niemals gekonnt.«

»Was denn?«

»Dich fallen lassen. Wir gehören zusammen. Ich wusste das immer.«

Fünfundfünfzigstes Kapitel

Alle hatten Danis Vorschlag gerne zugestimmt, zum Abschluss gemeinsam den Aussichtspunkt Providenza zu erklimmen. Sie wussten, dass es der richtige Ort war, um Abschied zu nehmen, das hatte Dani deutlich gemacht. Und es ließ sich natürlich nicht leugnen: Es blieb ihnen nur noch wenig gemeinsame Zeit hier, bald war der Urlaub endgültig vorbei. Erst im nächsten Frühjahr würden sie sich hier wiedersehen, zu einer weiteren Feier, nach Mathildas und Nicolais Hochzeitsreise, das hatten sie schon verabredet.

Jetzt saßen sie an einem der großen Holztische, aßen von den mitgebrachten Leckereien und tranken dazu leichten Wein.

»Nächstes Jahr auf Lošinj«, sagte Matilda, und alle fielen wie ein Chor ein.

Sandra schaute zu Gregor, der inzwischen wirkte, als habe er schon immer dazugehört. Sie alle wirkten inzwischen so, als gehörten sie zusammen. Natürlich hatte er eingehend jede Tafel studiert, die entlang des Weges von der Geschichte der Insel berichtete, und teilte sein Wissen nun bereitwillig mit den anderen. Die Zwillinge hatten erst wild gespielt und sich dann in die Arme ihrer Eltern zurückgezogen. Ruhe kehrte ein, während sie alle den Blick über die Bucht zum Meer schweifen ließen, hinunter auf die benachbarten kleineren Inseln, die wie alte Fabelwesen aus dem Meer emporstiegen. Die Sonne sank tiefer und tiefer. Das Licht wurde rötlicher, Gold mischte sich dazwischen. *Nächstes Jahr auf Losinj*, dachte Sandra und befand, dass sich das gut anhörte.

Epilog

Die restlichen Monate des Jahres, Weihnachten und Silvester waren längst vergangen. Manche Tage hatten sich endlos gezogen, aber jetzt war der Frühling gekommen und sie endlich alle wieder hier, auf Lošinj. Tatsächlich war es ein wenig so, wie Sandra gehofft hatte: Als würde sie nach Hause zurückkehren. Aber natürlich hatten sich auch Dinge verändert: Das Frühjahr hatte der Gegend ein noch bunteres Kleid angezogen, so wie Dani es versprochen hatte. Auch Alex hatte dieses Mal nicht gezögert, mitzukommen. Sie freute sich auf alle, besonders natürlich darauf, Zeit mit Zita zu verbringen, die ein paar Tage nach ihnen eintreffen würde. Sie wollte es sich nicht nehmen lassen, auch für diese Hochzeits-Nach-Wiedersehensfeier das Buffet auszurichten, auch wenn sie mittlerweile die Verantwortung für das Restaurant der Familie Modic trug und sich nicht einfach so davonmachen konnte.

Sandra schaute auf die Einladungskarte in ihrer Hand. Sie war schlicht gehalten, in gedecktem Weiß und mit zartem

Gold abgesetzt. Als sie die Einladung erhalten hatte, waren ihr vor Freude die Tränen in die Augen geschossen. *Es ist unglaublich*, dachte sie, *unglaublich, wie viel aus den Wochen geworden ist, die wir zusammen verbracht haben, aus der gemeinsamen Zeit, vor der ich mich zuerst gefürchtet habe.*

Wieder traf Nicolai als Zweiter ein, dieses Mal allerdings gemeinsam mit Mathilda. Die beiden reisten mit Mathildas Bulli an, auf dem zwischen Hippieblumen jetzt auch noch ein großes Herz mit ihren Initialen prangte. Sandra freute sich sehr, sie zu sehen. Dieses Mal schlossen sie sich alle in die Arme, auch Nicolai hielt keinen Abstand. Es gab nichts mehr zu verbergen.

»Wie geht es euch?«, fragte Sandra. »Seid ihr aufgeregt?«

»Erstens gut, zweitens nein«, antwortete Nicolai, drehte sich dann zu Mathilda, die sich an ihn schmiegte.

Sie grinste ihn an. »Nein, nicht aufgeregt, oder?«

»Nein, nicht aufgeregt«, bestätigte er, dann sprach er mit ernster Stimme weiter: »Es ist leichter, seit ich meine Krankheit akzeptiert habe. Und Mathilda hat mir dabei sehr geholfen. Ich denke auch nicht mehr, dass ich ihr oder anderen ständig zur Last falle. Ich bin, wie ich bin.«

Mathilda streichelte seinen Arm. »Nur wenn er schlecht drauf ist, kann es übel sein. Aber das lasse ich mir dann einfach nicht bieten.«

»Ja, das ist wahrscheinlich so.« Die beiden schauten einander wieder an und lächelten. »Und natürlich brauche ich einen ganzen Medikamentencocktail für ein paar Stunden Normalität«, sagte Nicolai dann, »aber so ist das eben. Mein Leben geht weiter. Ich gehe spazieren. Ich arbeite an meinem Blog. Ich berate andere mit der Diagnose oder tausche mich mit ihnen aus. Austausch ist wichtig, für mich jedenfalls. Ich verkrieche mich nicht mehr. Es war falsch, das zu tun. Ich fühle mich jetzt besser. Meistens jedenfalls.«

»Er spielt sogar wieder mehr Gitarre. Ich liebe es.«

»Nicht mehr so gut wie früher«, murmelte Nicolai.

»Na und, das interessiert uns nicht. Wir sind jetzt glücklich. Wir sind nicht früher.« Mathilda lachte Sandra an. »Wir müssen jetzt erstmal auspacken. Wir sehen uns beim Abendessen, ja?«

»Klar.«

Sandra hob zum Gruß die Hand und schlug dann den Weg in Richtung Garten ein. Schon aus der Ferne sah sie Milan, und jetzt bemerkte sie, wie sehr sie sich darauf gefreut hatte, auch ihn wiederzusehen.

Am ersten Abend, an dem alle da waren, fanden sie sich gegen neunzehn Uhr wie immer gemeinsam auf der Terrasse ein, das bedurfte nicht einmal einer Absprache. Da Zita noch nicht angereist war, mussten sie sich, wie Dani scherzhaft anmerkte, vorerst mit gewöhnlichem Essen begnügen. Dennoch genossen alle mit gutem Appetit Cevapcici und Grillgemüse. Sandras Blick fiel auf Alex, deren Gesicht sich irgendwie verändert hatte, es war weniger kindlich. In etwas mehr als zwei Jahren würde sie volljährig sein. Mit der Schule war es jetzt wieder entspannter, ihre Noten waren nicht super, aber sie hatten sich gebessert, direkt nachdem sie aus Lošinj zurückgekehrt waren. An den Wochenenden half sie oft im Modic-Lokal aus, das Zita äußerst erfolgreich führte. Daniela machte weiterhin die Finanzen und war für die Weinbestellungen zuständig, widmete sich aber ansonsten dem Design ihrer Kleider. Nicolai hatte ihr geholfen, eine Internetseite zu erstellen, und sie hatte ihre ersten Stücke verkauft. Langsam wurde sie bekannter. Leben ließ sich natürlich noch nicht davon, aber sie war auf dem richtigen Weg, und die Modic' hielten zusammen. Wie immer.

Maike war noch nicht in den Beruf zurückgekehrt. Sie gab sich Zeit, es eilte nicht.

Sie sprachen über Nicolais und Mathildas Hochzeit, und Nicolai blickte neugierig in die Runde. »Und, habt ihr unsere Hochzeitsreise verfolgt? Und meinen neuen Blog?« Als alle nickten und bestätigendes Gemurmel zu hören war, lächelte er zufrieden. »Ich kann euch sagen, diese Reise war ein Traum.«

»Das haben wir gesehen«, sagte Daniela. »Tolle Bilder.«

»Hat mir Lust auf mehr gemacht«, schloss sich Sandra an.

»Dein zweiter Blog ist auch echt gut geworden«, meinte Nils, der Sandras Hand hielt. »Barrierefreiheit ist ein großes Thema.«

Nicolai nickte, während er mit leicht zitternder Hand nach dem Sektglas mit Orangensaft griff.

»Wo war es eigentlich am schönsten?«, erkundigte sich Nils.

Nicolai musste nicht lange überlegen. »In Portugal, dort wo ich Mathilda damals kennengelernt habe. Und für dich, Mathilda?«

»Portugal, definitiv.« Mathilda lächelte ihm liebevoll zu.

Nach dem Abendessen entschloss Sandra sich zu einem Spaziergang, während Alex sich mit Feli und Jonah auf ihr Zimmer zurückzog. Sandra hatte den sanften Schein der letzten Laterne hinter sich gelassen und tauchte in den Wald ein, wo sie langsamer und vorsichtiger voranschritt. Es war noch nicht ganz dunkel, und sie war einige Monate nicht mehr hier gewesen, aber sie kannte diesen Weg zum Strand, den sie alleine oder gemeinsam mit den anderen so oft gegangen war. Sogar ihre Füße bewegten sich leicht, als trüge ihr Körper die Erinnerung einfach in sich. Sie trat aus dem Wäldchen hervor auf den Strand. Auf der Mole saß jemand, der jetzt aufstand. Sandra war nicht einmal überrascht, sie hatte ihn erwartet, irgendwie. Und sie merkte, wie sehr sie ihn schon wieder vermisst hatte. Ihr Herz klopfte schneller, da war ein Gefühl von Vorfreude. Natürlich hatten sie sich in Deutschland gesehen, eigentlich sogar oft, aber sie hatten einfach nicht genug Zeit gehabt – oder sich diese nicht genommen. Und ja, sie hatten sich auch Zeit lassen wollen zu erfahren, ob sich die Gefühle erhalten ließen, nach dem Urlaub, wenn der Alltag dazwischenfunkte. Dinge mussten geklärt und Entscheidungen getroffen werden.

Hätten wir uns mehr Zeit nehmen müssen?

Sandra hatte Nils mehrmals zum Essen eingeladen und er sie. Sie hatten über früher gesprochen und über die Gegenwart. Sie waren einander vertraut geworden, noch vertrauter eben. Es war nicht nur die Vergangenheit, die zurückgekehrt war, erkannte sie jetzt. Es war etwas Neues, von dem Sandra erst noch keine Ahnung gehabt hatte, was sich letztendlich daraus entwickeln würde. Hier am Strand aber war alles viel klarer. Ihre Wangen fühlten sich erhitzt an, das Glück, ihn zu sehen, brachte sie zum Lächeln. Dann bemerkte er sie.

»Sandra …«

»Nils.«

Sandra hatte plötzlich einen Kloß im Hals. »Ich freue mich auf die Feier«, sagte sie dann.

»Ich auch.«

»Eine Zeitlang hätte ich nicht gedacht, dass sie es schaffen, aber so viele Dinge sind an ihren Platz gefallen.«

Er verschränkte die Arme, schaute kurz wieder zum Meer, ließ den Blick schweifen.

»Ich wusste, dass du kommen würdest«, sagte er plötzlich leise.

»Ich weiß«, flüsterte sie.

»Wir kennen einander gut, was?«

Sie standen jetzt voreinander, so dicht, dass sie ihre Körper spürten, ohne sich zu berühren, und dann, von einem

Moment auf den anderen lagen sie sich in den Armen. Sandra schlang ihre Arme um seinen Leib, spürte seine festen Muskeln, genoss seinen Geruch, seine Wärme und alles, was längst so vertraut geworden war, dass sie es nicht mehr missen wollte.

»Warst du etwa im Fitness-Studio?«

»Ab und zu.«

Sie schaute ihn prüfend an.

Er grinste.

»Meinetwegen?«, platzte es aus ihr heraus, und sie war froh, dass die Dämmerung ihr noch tiefer errötendes Gesicht verdeckte.

Er küsste sie. »Vielleicht, ein bisschen.«

Sie lachte. Er stimmte ein.

Es ist gut, dachte Sandra, alles fällt an seinen Platz, und alles wird auch zukünftig seinen Platz finden.

Berührende sommerliche Liebesgeschichte auf einer kroatischen Insel

Sofia Caspari
DIE KLEINE PENSION AM MEER
Roman
DEU
368 Seiten
ISBN 978-3-404-17933-6

Jule braucht dringend Abstand vom Alltag und beschließt, mit ihrem Sohn Johan auf die Insel Krk zu reisen. Jule ist alleinerziehend; ihr Sohn hat über seinen Vater Ivan kroatische Wurzeln. Als sie im Internet nach einer Unterkunft sucht, entdeckt sie eine zauberhafte Pension – und erkennt überrascht, dass diese Ivans Eltern gehört. Mit klopfendem Herzen bricht sie nach Krk auf, um Ivans Familie zu treffen, die nichts von Johan weiß. Und dann kommt alles ganz anders als erwartet ...

Lübbe